SAMUEL BJØRK

De terugkeer van Mia

Vertaald door Perpetua Uiterwaal en Liesbeth Huijer

UITGEVERIJ LUITINGH-SIJTHOFF

Oorspronkelijke titel *Hitra*
Vertaling Perpetua Uiterwaal en Liesbeth Huijer
Omslagontwerp Studio Jan de Boer
Omslagbeeld David Matthew Lyons@Arcangel
Auteursfoto © Harald Øren
Opmaak binnenwerk Crius Group, Hulshout

ISBN 978 90 245 9712 3
ISBN 978 90 245 9713 0 (e-book)
ISBN 978 90 210 4139 1 (luisterboek)
NUR 332

www.lsamsterdam.nl
www.boekenwereld.com

Uitgeverij Luitingh-Sijthoff vindt het belangrijk om op milieuvriendelijke en verantwoorde wijze met natuurlijke bronnen om te gaan. Bij de productie van dit boek is daarom gebruikgemaakt van papier waarvan het zeker is dat dit niet tot bosvernietiging heeft geleid.

'Hallo?'
'Hoi, mam, met mij.'
'Waar ben je, Jonathan?'
'Ik ben bij Erik, we hebben krabben gevangen.'
'Jonathan, het is bijna negen uur. Je weet toch dat we morgen naar oma gaan?'
'Jaha, mama, maar...'
'Nee, daar komt niks van in.'
'Wat? Je weet niet eens wat ik je wil vragen!'
'Jawel, je wilt blijven slapen.'
'Toe nou, mama, dat mag toch wel?'
'Nee, Jonathan, dat doen we niet. Je moet vroeg op.'
'Kun je me dan komen halen?'
'Nee, ik heb een glas wijn op. Ik kan niet rijden. En je bent toch met de fiets?'
'Jaha...'
'Dan zien we elkaar zo, oké?'
'Oké, mama.'

1

1

Dorothea Krogh zat op de veranda van de witte pastorie en keek glimlachend naar het licht dat op zee bij het eiland Eaholmen knipperde. Het was een fantastische zomer geweest. Misschien de beste ooit op Hitra. Pessimistische stemmen beweerden dat de klimaatveranderingen hadden toegeslagen. Dat de aarde was opgewarmd. Dat we binnenkort een nieuwe ark van Noach nodig hadden, maar Dorothea Krogh luisterde niet meer naar pessimistische stemmen. Of nou ja, ze luisterde eigenlijk alleen niet meer naar Nora Strand, de chagrijnige koster die net op bezoek was geweest. Wat een pessimistisch mens. Nooit getrouwd, ontevreden over alles tussen hemel en aarde, en nu ging het natuurlijk over dat nieuwe altaarstuk.

'Sponsoring in de kerk? Mag het kapitaal nu over God beslissen?'

Dorothea was het daar ergens wel mee eens, maar ze wist ook dat de kerk moest worden gerenoveerd. Een nieuw dak. Een nieuwe laag verf. De middelen van de staat waren lang niet toereikend. Een gift van het meer welgestelde deel van de gemeente – dat kon toch geen kwaad?

Hitra. Dat mooie eiland voor de kust van de provincie Trøndelag, waar ze haar hele leven al woonde. Waar de natuur haar nog steeds de adem benam. Alleen de geur al. Van zeewier. Van de golven die op het strand sloegen. Alsof God het beste van alles had genomen en een plek had geschapen die de hemel op aarde moest zijn. Het licht. De zee. De kale rotsen. De verwaaide bomen. Een vrijhaven, een paradijs, dat nu een beetje verstoord was, ja, want dat was de kleine eilandgemeenschap. Met die familie die het zo goed had gedaan en nu bijna meer geld had dan de rest van het hele land bij elkaar.

Henry Prytz.

Ondernemer en eigenaar van het bedrijf Royal Arctic Salmon. Ooit een gewone boerenzoon, nu multimiljardair, een van de rijkste mensen ter wereld – *het zalmavontuur aan de kust van*

Trøndelag – en dat vond niet iedereen even eerlijk.

'Heeft die familie nu nog niet genoeg? Moet de kerk nu ook nog van hen zijn?'

Dorothea Krogh schudde haar hoofd en voelde dat ze een beetje geïrriteerd raakte over die hopeloos pessimistische koster, die onaangekondigd langskwam en die op deze prachtige dag donkere wolken opriep. Nee, daar zou ze zich niets van aantrekken. De weduwe stond op in het schitterende licht en ruimde de koffiekopjes en koekjes weg. De klok bij het raam wees kwart voor elf aan – was het nog te vroeg voor een glaasje port? Nee, natuurlijk niet. Dat bepaalde ze zelf wel, nu de oude dominee naar de Heer was vertrokken. Ze nam de fles en een glaasje mee de brandende zon in, toen haar telefoon op tafel begon te trillen.

Wel verdorie.

Kreeg je hier dan nooit rust?

Net nu ze haar kruiswoordpuzzel tevoorschijn had gehaald.

Dorothea zuchtte en drukte op de groene knop.

'Met Dorothea.'

'Kun je even hierheen komen?'

De nieuwe dominee klonk zoals altijd: zenuwachtig en angstig, misschien nog meer dan normaal. De eerste keer dat ze hem had ontmoet, dacht ze: dominees moeten mensen toch geruststellen, en ze niet nog angstiger maken dan ze al waren? Maar het kwam vast wel goed. Hij was jong en kwam uit de stad; als hij er een paar jaar op zou hebben zitten, zou hij wel rustiger worden. Maar nu was er al bijna een jaar voorbij, en hij leek nog steeds op een onzeker klein jongetje.

'Je moet komen, er is iets gebeurd...'

'Zijn de kippen er weer vandoor? Je weet toch dat ze hier vrij rond kunnen lopen? Ze komen vanzelf wel weer terug.'

'Wat? Nee, nee, dat is het niet. Het gaat om het nieuwe altaarstuk. Je zou het zelf moeten zien. Ben je thuis? Kun je langskomen?'

Dorothea zuchtte en zette haar glas port neer.

'Nu?'

'Ja, lukt dat?'

'Kan het niet tot vanavond wachten?'

'Nee, nee, ik geloof dat iemand ons straft. Van boven. Ik had die gift niet aan moeten nemen...'

De jonge dominee klonk bijna alsof hij in huilen zou uitbarsten.
'Geef me een paar minuten.'
'Fijn, ik ben in de raadskamer.'
'Ik kom eraan.'
Dorothea Krogh haalde de fles en het glas van tafel, en zocht in de gang naar haar strohoed. Dit was blijkbaar geen dag voor rust. Eerst die chagrijnige koster en nu die zenuwachtige jonge dominee. Misschien was het tijd om ergens anders te gaan wonen? In de seniorenwoning die ze haar in Fillan hadden aangeboden?
Ja, dat zou ze in overweging nemen.
Ze was net de buitentrap op gelopen, toen ze iemand op het kerkhof zag die haar ineen deed krimpen.
O, nee.
Was dat vandaag?
Ze wierp snel een blik op haar telefoon.
16 juli.
Natuurlijk.
Dorothea wilde eigenlijk niet kijken, maar ze kon het niet laten.
Anita Holmen.
De moeder.
Bij dat lege graf.
Drie jaar geleden.
Hier, op het veilige Hitra.
Haar zoon zou alleen naar huis fietsen nadat hij bij een vriendje was geweest, en sindsdien had niemand hem meer gezien.
Jonathan Holmen.
Acht jaar oud.
Dorothea schaamde zich.
Dat ze dit niet eerder had gedaan.
Niet naar haar toe was gegaan om een praatje met haar te maken.
Je zoon verliezen?
Nee, maar weet je?
Ze kwam dan wel uit Trøndelag, waar mensen zich liever niet met elkaars privéleven bemoeiden, maar nu moest het maar eens genoeg zijn.
Drie jaar?
Zonder een spoor van het kind?

Nee, nu moest het toch maar.

Dorothea Krogh zette haar strohoed op en liep met vaste tred naar het kerkhof.

2

Mia Krüger werd wakker van de krijsende meeuwen, maar deze keer was alles anders. De rechercheur met het donkere haar had de vorige avond op de rotsen naar de open zee zitten staren, en kon maar moeilijk bevatten wie ze was geweest. In het oude witte huis dat ze op dit afgelegen eiland had gekocht was de confrontatie met zichzelf schokkend geweest. *Mijn oude ik.* Kotsmisselijk had ze de kleine woonkamer opgeruimd. Pillen in alle soorten en maten. Sommige van de dokter, andere van plaatsen die ze het liefst zo snel mogelijk wilde vergeten. Overal lege rinkelende flessen, maar het ergste was wel die kalender. Het cirkeltje dat ze om 21 april had gezet. Dan zou ze doodgaan. Overal vanaf zijn. Haar tweelingzus weer zien. Sigrid, die de wereld tien jaar geleden had verlaten, in een smerige kelder in Oslo, met een naald in haar arm. Iedereen weg. Mama, papa. Oma, die haar beter begrepen had dan zijzelf omdat ze zo op elkaar leken. *Jij ziet toch dingen die andere mensen niet zien, Mia?* De hele familie. Allemaal dood. En dan ook nog al die rottigheid. Rechercheur Moordzaken bij het landelijke elitekorps. Onder Holger Munch in Mariboes gate 13, de zwaarste zaken. Haar verantwoordelijkheid. De ellende van de wereld. Op haar schouders.

Maar nu niet meer.

Mia sloeg het dunne zomerdekbed van zich af en liep voorzichtig over de krakende zoldervloer. De gordijnen bewogen zachtjes in de wind. Zeven weken geleden had ze haar baan als rechercheur in Oslo opgezegd, en sindsdien was ze hier. Alleen, op Edøya. Haar eigen eiland, een paar minuten met de boot van Hitra. De zon stond hoog aan de hemel en tussen de rotsen glinsterde het kristalheldere water. Tijdens haar vorige bezoek had ze niets gezien. Onder de drugs. Verdoofd. Van de wereld. De dagen op de kalender geteld. De terugkeer was een schok geweest. Alle zintuigen op scherp. Haar lichaam zuiver. Haar hoofd weer op zijn plaats, die knoop in haar maag waarvan ze het bestaan niet eens wist zo goed als verdwenen.

Ze liep rustig naar de badkamer en dwong zichzelf voor de spiegel te blijven staan. Minder dan een jaar geleden had ze net zo gestaan. Een waas voor haar ogen. Lang donker haar hing slap langs haar gezicht. Dun, veel te mager, al bijna dood. Ze had haar littekens geteld. De fysieke, na tien jaar politiewerk. Het laatste vingerkootje van haar ene pink ontbrak. De snee boven haar linkeroog.

Mia schoof voorzichtig het verband om haar heup opzij, en tot haar opluchting leek de wond goed te helen. Haar laatste zaak. Een stalker. Hij had van korte afstand geschoten. Eerst in haar been, vervolgens in haar heup. Ze ging dichter bij de spiegel staan, bestudeerde de wond; het littekenweefsel zag er goed uit. Een dag of twee, en dan kon het verband er helemaal af. Eindelijk de zee in. Weer gaan duiken. Wat had ze daarnaar verlangd sinds ze de boot aan haar steiger had aangelegd. Haar eigen steiger. Haar eigen eiland. De gevoelens waren bijna te overweldigend. Mia Krüger huilde niet vaak, maar had onderweg naar het fijne huis een traan weggepinkt.

Ze leefde nog.

Maar het was op het nippertje.

Puur geluk.

Als Munch haar niet was komen zoeken. Met een zaak die haar had teruggebracht naar Oslo.

Het ging beter nu.

Veel beter.

Tel je zegeningen, dacht Mia voor ze onder de douche stapte. Ze overwoog nog wat langer bij de open zee te blijven, maar nee, ze had het beloofd. Binnenkort zou de herfst aanbreken. En dan kwam de winter. De stormen hier in januari – nee, dat was niet zo'n goed idee, ze moest voor die tijd iets anders vinden. De huizen in Åsgårdstrand, van papa en mama, en van oma, lang geleden verkocht. Haar eigen appartement in Oslo, ook verkocht. Mia had er lang over nagedacht wat ze met haar leven wilde. Zij en haar zus Sigrid hadden er altijd van gedroomd om in Noord-Thailand een barretje te runnen, maar dat zag ze nu niet meer zitten.

Maar toen had hij gebeld.

Chen, haar Koreaanse vriend.

'Hoi Mia, er gaan geruchten dat jij een klusje zoekt? Dat je klaar bent bij de politie?'

Haar oude trainer, die nu een trainingslocatie voor bergbeklimmers had in Zuid-Frankrijk. Jongeren die op het slechte pad waren geraakt mochten zich uitleven op de bergwand, terwijl hij zijn eeuwige jacht op nieuwe, bijna onmogelijke klimpaden gefinancierd kreeg.

'Ik heb nieuwe instructeurs nodig. Waarom kom je niet hierheen?'

Perfect.

Ze stapte de douche uit en moest alleen al bij de gedachte glimlachen.

Helemaal alleen hier?

Jazeker, fantastisch.

Maar ze kon niet eeuwig blijven.

Een paar jaar bergbeklimmen in Frankrijk?

Beter kon het leven niet worden.

Mia slofte glimlachend de trap af naar de keuken, maakte een kopje espresso en liep blootsvoets de kale rotsen op, die al warm waren in de ochtendzon. Het licht hier was fantastisch, bijna bovenaards. Dag en nacht, de zon ging niet onder in deze tijd van het jaar. Ze was bijna blij dat haar auto het niet deed, zodat ze nog een paar dagen extra kreeg voor ze weg moest.

Ik kom als de Jaguar het weer doet, oké?

Helemaal goed, kom wanneer je wilt.

Haar auto.

Ze moest er vandaag heen.

En ook boodschappen doen.

Mia wilde net naar binnen gaan, toen ze een boot de baai binnen zag tuffen.

Wie kon dat zijn?

Ze kende hier niemand.

Mia schoot een spijkerbroek aan en liep de rotsen af.

Een kleine jol.

Met een meisje aan boord, jong nog, niet veel ouder dan tien of elf, lang blond wapperend haar en een gebloemde zomerjurk.

'Ben jij die beroemde politie?'

Het meisje klauterde enthousiast de boot uit en kwam de steiger op.

'Ben je dat echt?'

Mia glimlachte.

'Misschien. Wie ben jij dan wel?'

'Je moet me helpen.'

Mia zag nu de ernst in haar blik.

'Ik ben Sofia. Het is mijn schuld dat Jonathan weg is. Kun je me helpen? Alsjeblieft?'

3

Luca Eriksen stond op van zijn bureau, liep naar de muur van het kantoortje en haalde de foto van zijn vrouw eraf. Hij droeg hem plechtig door de ruimte, legde hem voorzichtig in de la en bleef leeg voor zich uit zitten staren. Zo veel mogelijk verwijderen. Haar kleren. Haar persoonlijke spullen. Alles in dozen doen. Het wegdoen, als hij dat kon. Zo niet, ze ergens zetten waar hij ze niet elke dag zag. Op zolder misschien, of in de kelder. Zo veel mogelijk. Ook de foto's. Niet doen wat hij eerder had gedaan: 's avonds in het lege huis achter zijn computer blijven zitten, de video's bekijken, steeds weer dezelfde, met zijn vingers over haar mooie gezicht strijken.

Film je me nu alweer, Luca? Hou nou op, ik heb me niet opgemaakt, ik zie er niet uit.

Hij stond weer op, liep naar het koffiezetapparaat en bleef met de kop in zijn hand staan. Het was een jaar, drie maanden en vier dagen geleden dat hij haar voor het laatst had gezien, en hij miste haar zo erg dat hij soms niet wist wat hij moest doen.

Politiebureau Hitra, met Luca.

Er is een ongeluk gebeurd.

Waar?

In de tunnel. Een auto op de verkeerde rijbaan. Totale chaos hier.

Heb je 112 gebeld?

Ja, ze zijn onderweg, maar… Luca?

Ja?

Het is Amanda.

Wat?

Amanda. Het is haar auto.

Luca bedacht zich, werd bijna een beetje misselijk, liep terug naar het kastje, trok de la open, bracht de foto terug naar zijn plek en streek met zijn hand over het glas.

'Sorry, Amanda.'

Hij schrok even toen de telefoon op het bureau ging. Voelde dat het advies dat hij had gekregen misschien toch goed was geweest. *Ik vind niet dat je moet werken, Luca. Het is nog te vroeg voor je. Je moet jezelf meer tijd gunnen.*

Niet werken?

Nee, dat moest wel.

Thuiszitten? Zonder haar?

Zonder plannen? Dat ging niet.

Hij moest de maatschappij weer in.

Nuttig zijn.

Luca Eriksen vermande zich en hervond zijn officiële stem voordat hij de hoorn opnam.

'Politiebureau Hitra, met Luca.'

'Hoi, Luca, met Dorothea. Heb je even?'

'Natuurlijk, Dorothea, wat is er aan de hand?'

'Er is hier in de kerk iets gebeurd. De dominee is behoorlijk van slag. Zou je misschien kunnen komen, of heb je het druk?'

Luca glimlachte.

Druk?

Politiebureau Hitra was maar twee dagen per week open. Van tien tot twee, en dat zei eigenlijk alles over de omvang van de criminaliteit op het eilandje. Vroeger reed hij naar Orkanger op en neer, werkte daar als het bureau gesloten was, maar hij had de goede raad ter harte genomen. Behield alleen zijn uren op Hitra, dus nu werkte hij alleen op maandag en woensdag.

Woensdag.

O, moet dit elke woensdag, Luca? Is één keer per maand niet genoeg?

Haar gezicht in de spiegel. De blik die hij zo goed kende, zogenaamd geïrriteerd, maar toch ook weer niet, het rinkelen van de autosleutels, de geur van haar parfum als ze haar lippen op zijn wang drukte.

En vandaag een beetje beter spelen, oké? Ik heb geen zin om weer te verliezen.

Vier stellen.

Altijd dezelfde.

Lachen en drinken, uiteindelijk moest hij altijd naar huis rijden.

Zaterdag, eigenlijk een vrije dag, maar ook weer niet.

Natuurlijk moest er iemand bellen.

'Ben je er nog, Luca?'

'Ja, sorry, Dorothea, wat zei je nou?'

'Er is iets gebeurd in de kerk. Het stelt vast niets voor, maar je kent de dominee, hij maakt zich overal druk over. Kun je misschien even langskomen?'

'Natuurlijk, ik kom er direct aan.'

'Fijn, tot zo dan.'

Als een robot.

Zo voelde het soms.

Alsof hij alleen een machine was.

Nergens meer plezier in.

Wakker worden in het grote bed.

Alleen.

Tandenpoetsen.

Alleen.

Ontbijten.

Alleen.

's Avonds voor het lege tv-scherm zitten.

Alleen.

Luca Eriksen stond moeizaam op, pakte de sleutels van het haakje bij de deur en liep de trap af. Hij bleef even stil achter het stuur zitten voordat hij op de afstandsbediening drukte om de garagedeur te openen, en reed de politieauto het zonlicht in.

Zon buiten. Dat was tenminste iets. Het was tot nu toe een heerlijke zomer geweest, een van de beste in jaren. Het slechte weer was een van de redenen geweest dat hij destijds had getwijfeld.

Er is een vacature op een school op Hitra, Luca. Wat denk je ervan? Zullen we naar het noorden verhuizen? Misschien kunnen we in mijn ouderlijk huis wonen. Zou dat niet romantisch zijn?

Toevalligheden.

Het vlindereffect.

Als het ene niet was gebeurd, zou het andere ook niet zijn gebeurd.

Als hij toen nee had gezegd, zou ze nu nog leven.

Het was perfect geweest.

Liefde op het eerste gezicht.

Hij was naar Oslo verhuisd om aan de Politieacademie te studeren. Hij was eigenlijk niet op zoek naar een relatie. Had het te druk met zijn eigen dingen, met trainen. Hardlopen. Daar leefde hij voor. Elke ochtend om zes uur op. Versleet verschillende paren hardloopschoenen per jaar, en zo had hij haar ontmoet. Een twintigjarige student van de lerarenopleiding met een bijbaantje in een schoenenwinkel in de wijk Majorstua.

Amanda.

Van Hitra.

Dorothea Krogh stond al op de kerktrap op hem te wachten.

'Hoi, Luca. Hoe gaat het met je?'

'Het gaat wel.'

'Je weet dat je altijd welkom bent, toch? Als je met iemand wilt praten?'

'Dank je. Je zei dat er iets was gebeurd?'

'Nou, ik weet het niet, hoor. Zeker gewoon kattenkwaad. Ik belde je omdat de dominee erop stond. Je weet hoe nerveus hij is, de arme stakker. Hij moest zelfs even gaan liggen. Kom, dan laat ik het je zien.'

Hij volgde haar de trap op.

'Hier is het.'

Het middenpad in, en hij bleef nieuwsgierig naar de muur achter de preekstoel staan kijken.

Een groot nieuw altaarstuk had het oude vervangen.

Luca glimlachte en schudde even zijn hoofd.

'Nu snap ik waar ze het over hebben.'

'Ja?'

De domineesweduwe draaide zich naar hem om.

'Vind je het te veel van het goede?'

'Nee, wat zal ik zeggen...'

'Te veel zalm? Dat vraag ik me af, snap je. Of iemand zich er zo aan heeft geërgerd dat die ons een boodschap wilde sturen.'

Ze liep naar een stuk textiel dat in de raadskamer op de vloer was gelegd.

'Deze hingen aan het altaarstuk.'

Dorothea haalde de doek weg en zette een stapje naar achteren.

Op de vloer lagen drie dode kraaien.

'Een beetje griezelig, vind je niet?'

'Zeker weten.'

Eriksen knielde en pakte een van de vogels op van de stenen vloer.

'Wat is er met de ogen gebeurd?'

Dorothea's gezicht vertrok even.

'Iemand heeft ze uitgestoken.'

'Ach jee.'

Hij legde de vogel voorzichtig terug.

'En dan dat daar – alsof iemand een boodschap wil sturen of zoiets.'

Dorothea wees op een metalen plaatje dat aan een vogelpootje vastgebonden zat.

Luca draaide de vogel om en keek naar de gegraveerde tekens.

'KTTY3?'

'Ja, al sla je me dood. Ik heb geen idee wat dat betekent. Misschien was dat het merk. Ornithologen, weet je wel. Ik weet het niet. Het is wel akelig.'

'En hingen ze daar boven?'

'Ja. Vanmorgen. Wat denk je?'

De weduwe sloeg haar armen over elkaar en keek hem bezorgd aan.

'Moeilijk te zeggen.'

'Kattenkwaad?'

'Waarschijnlijk wel. Maar erg vervelend. Goed dat je belde. Ik zal eens rondvragen.'

'Bedankt,' zei Dorothea. Ze streek hem vriendelijk over zijn rug en liep voor hem de kerk uit.

4

Het meisje had nog maar nauwelijks haar jol aan de steiger aangemeerd, of van achter de landtong verscheen met grote snelheid een nieuwe, grotere boot. Mia had hem eerder gezien: een grijze, platte RIB met twee krachtige buitenboordmotoren. Hij had aan de kade gelegen bij de Coop waar ze meestal boodschappen deed. Het logo op de boeg, HITRA DUIKSPORT, had natuurlijk haar nieuwsgierigheid gewekt.

'Nee, hè,' verzuchtte het meisje, terwijl ze haar slanke handen vouwde over het lijfje van haar jurk. 'Hoe oud denkt hij eigenlijk dat ik ben? Drie of zo?'

Ze schudde haar hoofd en holde weg in de richting van de rotsen, terwijl de oogverblindende grijze boot de steiger naderde.

'Sofia?'

Mia pakte het touw aan en maakte het vast aan een van de palen, terwijl de man die duidelijk verstand van boten had de motor afzette en de ladder op klauterde.

'Sofia, ik heb nog zo tegen je gezegd dat je haar niet moest storen.'

Het meisje rende boos weg en verdween uit het zicht.

'Het spijt me ontzettend,' verzuchtte de man, en hij streek een blonde lok uit zijn ogen. 'Ze weet dat ze dit soort dingen niet moet doen. Vond je het vervelend?'

Mia glimlachte.

'Nee hoor, ik hou juist van bezoek.'

De man verontschuldigde zich opnieuw en gaf haar een hand. Ze had hem al eerder op de kade gezien. Slank, lang, van haar leeftijd, blauwe ogen en een T-shirt met hetzelfde logo als op zijn boot. Tegen haar gewoonte in was ze een tijdje naar hem blijven kijken toen hij zuurstoftanks aan boord tilde. Ze kon er de vinger niet helemaal achter krijgen, maar ze had het gevoel dat ze hem eerder gezien had.

'Ik heet Simon. Nogmaals excuses, maar vanaf het moment dat ze in de gaten had wie je was moest en zou ze naar je toe.'

'Mia Krüger,' zei Mia met een knikje.

De man moest lachen.

'Ja, dat weten we. Zoals gezegd praat ze nergens anders over. En deze keer heb ik haar niet kunnen tegenhouden. Ik had nooit die jol voor haar moeten kopen, maar de zee, weet je.'

Hij draaide zich om en keek uit over het water.

'Kinderen kunnen er maar beter zo vroeg mogelijk vertrouwd mee raken. Sofia?'

De man haalde weer verontschuldigend zijn schouders op.

'Ik ga haar halen. Je hebt vast wel wat anders te doen.'

Mia glimlachte.

'Geeft niks. Maar ze leek gespannen, zei iets over dat het haar fout was. Die jongen?'

Nu een iets somberdere blik.

'Ja, dat is ook wat. Ze waren bij elkaar op de avond waarop hij verdween. Jonathan Holmen. Ik weet niet of je op de hoogte bent?'

'Jazeker,' zei Mia knikkend.

Wie was dat niet? Noorwegen is een klein land. Destijds kreeg de zaak veel aandacht. Een achtjarig jongetje, dat alleen maar naar huis zou fietsen, en daarna had niemand hem nog gezien. Niet háár afdeling, maar de landelijke recherchedienst Kripos had het onderzoek gedaan.

'Dus het klopt niet wat ze zegt?'

De aantrekkelijke man rook naar zilte zee en zon terwijl hij voorzichtig op het steigertje langs haar liep en net zoals het meisje de rotsen op klom.

'Nee, natuurlijk niet. Wat had ze kunnen doen?'

'Waarom denkt ze dan dat het haar schuld is?'

Hij schudde zijn hoofd.

'Ze is erg gevoelig. Ze trekt zich alles veel te veel aan. Als haar moeder thuis was geweest, was het misschien makkelijker geweest, maar ik was alleen, dus...'

De man draaide zich om en beet op zijn lip, alsof hij meer gezegd had dan hij eigenlijk van plan was.

'Ja, dat weet je misschien niet. Haar moeder is in Burundi. Dokter bij Artsen zonder Grenzen. Natuurlijk mooi dat iemand dat belangrijke werk doet, maar voor Sofia is het...'

'Snap ik,' zei Mia knikkend, en ze liep achter hem aan naar het huis.

Het meisje zat mokkend op de stenen trap, met opgetrokken knieën onder haar gebloemde jurk.

Toen ze dichterbij kwamen wierp ze een boze blik op haar vader.

'Ik ben elf en ik maak het zelf wel uit.'

'Natuurlijk, Sofia, maar je kunt toch niet zomaar...'

'Ja, dat kan ik wel. Het was mijn schuld dat Jonathan vermist raakte, en dan kan ik toch wel om hulp vragen als ik dat wil?'

'Ja, lieverd, ik...'

Simon ging naast haar op de trap zitten en gaf haar voorzichtig een aai over haar bol, terwijl het meisje haar gezicht in haar handen verborg.

'Waarom is het jouw schuld?' vroeg Mia, en ze ging voor hen op de rotsen staan.

'Omdat ik hem had kunnen tegenhouden,' riep het meisje. 'Ik zei nog zo dat hij niet moest gaan fietsen. Dat hij even moest wachten. Dat hij heus wel mocht blijven slapen, als hij het nog een keer vroeg. Zo was zijn moeder, met die wijn en zo...'

Haar vader onderbrak haar.

'Nee, Sofia, zoiets moet je niet zeggen. Daar weten we toch helemaal niets van?'

'Bedoel je dat zijn moeder alcohol dronk?'

Het meisje knikte en ging verder.

'Elke avond, en dan kon ze hem niet halen, toch? Dat was al eerder gebeurd. We waren bij Erik omdat hij Super Mario had. We zouden net een *boss* pakken, Bowser, en Jonathan vond het fantastisch om tegen Bowser te vechten. De vorige keer hebben we gewoon gewacht en toen heeft hij nog een keer gebeld en toen zei ze ja.'

'Sofia, nu moet je...'

'Nee, het is echt zo. Ik had hem moeten overhalen!'

Ze sloeg haar handen weer voor haar gezicht.

Simon streelde haar liefdevol over haar rug en keek even naar Mia.

'Zoals gezegd: Sofia is een beetje gevoelig...'

'Nietes!'

'Dat snap ik wel,' zei Mia, terwijl ze in de schaduw ging staan.

'Echt?' zei het meisje verrast.

'Ja, ik heb zoiets ook weleens gedaan, toen ik net zo oud was als jij.'

'Wat bedoel je?'

'Niet helemaal hetzelfde, maar ik had een zus, aan wie je me erg doet denken. Lang blond haar. Heel slim.'

'Is zij ook verdwenen?'

'Bijna,' zei Mia. 'Ik woonde ook aan zee, net als jij. Op een keer wilde ze gaan varen, maar dat mochten we niet. Ik probeerde haar tegen te houden, omdat we geen reddingsvesten hadden, maar ze wilde per se, en ten slotte gaf ik toe.'

'Wat gebeurde er toen?' vroeg het meisje terwijl ze haar neus optrok.

'Ze verdronk bijna.'

'Wat?'

'We kapseisden. Gelukkig schoot iemand ons te hulp, maar ze heeft heel lang in het ziekenhuis gelegen. Er was te veel water in haar longen gekomen.'

'Jeetje...'

'Dus ik weet hoe je je voelt. Vind je dat het mijn schuld was dat ze bijna doodging?'

'Wat?'

Het meisje keek vragend naar haar vader.

'Nee, ik weet het niet...'

'We kunnen toch niet over anderen beslissen? Iedereen moet toch zijn eigen keuzes maken?'

'Ja, dat is zo...'

Mia kreeg een dankbare blik van haar vader toen hij samen met het meisje naar de steiger liep.

'Mooi, Sofia. Dan heb je nu gedaan waar je voor gekomen was. Nu laten we Mia met rust, oké?'

'Wat?' zei het meisje. 'Nee, ik ben nog niet klaar.'

Ze rukte zich los en kwam met grote vragende ogen voor Mia staan.

'Kun jij hem voor me zoeken? Jij bent toch zo goed? Alsjeblieft, kun jij Jonathan vinden?'

5

Mia meerde haar boot aan bij de kade waar de winkel was, en het lukte niet goed om die smekende stem uit haar hoofd te krijgen. Ook hier kon ze er niet aan ontsnappen, want er hing een poster op het prikbord bij de ingang. Een verbleekte kleurenfoto van de jongen, met zijn ogen knijpend tegen de camera. Drie jaar sinds de vermissing, maar de poster was nieuwer. Er moest nog steeds iemand mee rondgaan die de hoop nog niet had opgegeven.

Drie jaar geleden.

Een plotselinge flits van een vervallen camper bij Tryvann. Munch en zij. Er was een tiener vermist, en ze hadden een tip gekregen dat die zich daar zou kunnen bevinden. Ze was er niet op voorbereid. Op wie ze daarbinnen zou aantreffen.

De ex-vriend van haar tweelingzus.

De junk door wie Sigrid verslaafd was geraakt.

Het meeste vervaagd nu.

Af en toe nog een glimp, de explosie in haar binnenste.

Ze had op hem geschoten, twee keer in zijn borst.

De ambulance.

De verhoren later, met Interne Zaken.

Als Munch niet had gelogen, zou ze nu in de bak hebben gezeten.

Zelfverdediging.

Natuurlijk niet.

Moord.

Ze had hem vermoord.

Vanaf toen bergafwaarts.

Duisternis.

Dagen en nachten die ze zich niet kon herinneren.

Verdomme, Mia.

Niet dit.

Niet weer nu.

Er hing een andere poster naast.

Ben je het leven op aarde zat?

Ga mee naar Jupiter!

Nu glimlachte ze.

Het leven zat?

Nee.

Nu niet meer.

Een nieuwe Mia.

Ze haalde diep adem, keerde haar gezicht naar de warme zon en bleef zo een tijdje staan, tot het goede gevoel terug was. Daarna liep ze naar de weg, richting de garage.

Roars Auto's.

Ze had er weinig vertrouwen in gehad dat ze haar auto hier konden repareren, maar ze kwam er al snel achter dat ze weinig keus had. Kvenvær. Dit deel van het eiland was misschien wel het mooist. De toeristen die ze in de supermarkt had horen praten, hadden het bijna uitgesproken alsof het om iets magisch ging. Alsof ze niet konden geloven dat plekken als deze echt bestonden. Witgeverfde houten huizen en rode schuren. Keurig onderhouden tuinen en wapperende wimpels, een tot leven gekomen ansichtkaart, de idyllische Noorse kust op z'n mooist. Maar Roars Auto's zag eruit alsof het een garage in een arme buurt in de zuidelijke staten van Amerika was. Alsof iemand het gebouw en alles eromheen over de Atlantische Oceaan had getransporteerd en het per ongeluk hier had gedumpt. Het lage crèmegele stenen gebouw had betere tijden gekend, de verf bladderde er overal af. De scharnieren van de twee garagedeuren waren zo verroest dat ze niet dicht leken te kunnen. Op het hele terrein stonden waar ze ook keek autowrakken, sommige ontmanteld. In het midden van het gebouw een dunne witte metalen deur, en een groot raam, dat sinds het erin was gezet nooit meer was gezeemd. Door het vuil heen kon je misschien iets van de smaak en persoonlijkheid van de eigenaar opvangen. Topless vrouwen, uit allerlei tijdschriften gescheurd, een oude lp van Kenny Rogers, en natuurlijk – daarom had ze meteen aan die vlucht over de oceaan gedacht – een grote vlag van de Geconfedereerde Staten van Amerika, een versie waarbij de tien sterren waren vervangen door cannabisblaadjes.

Haar Jaguar stond op precies dezelfde plek als waar ze hem twee weken geleden had geparkeerd, en hij viel enorm op. De esthetiek van de Engelse bovenklasse viel hier uit de toon. Mia was verbaasd over de stilte, dat er niet een of ander ZZ Top-nummer over het asfalt met olievlekken schalde. Misschien kwam dat door de ene luidspreker die ze aan het snoer had zien bungelen aan een muur vol gaten, alsof iemand er met een geweer op had geschoten. Ze had de eigenaar nog niet ontmoet, had alleen een nummer gebeld op een briefje naast de ingang, en had te horen gekregen dat ze de auto 'maar ergens neer moest pleuren', en ze merkte dat ze bijna een beetje nieuwsgierig was naar wie er zou opduiken. Of de eigenaar evenveel op een Amerikaanse kerstboom leek als de rest hier. Het enige wat nog ontbrak was een Ku Klux Klan-gewaad, maar wie weet wat zich daar binnen nog bevond.

Mia sloeg de hoek om en hoorde nu muziek. Zachte country op de radio, in een kleine werkplaats met een auto op de brug. Op een campingstoel, verscholen onder een pet, zat een man met laarzen en vuile werkkleding te slapen.

'Hallo?'

Ze klopte voorzichtig op het metalen kozijn.

'Ben jij Roar?'

De man werd langzaam wakker en zuchtte toen hij haar zag, alsof ze hem bij iets belangrijks had gestoord.

'Ja.'

'Mia Krüger. Van de Jaguar? Ik kwam alleen vragen of hij klaar is. Het is zonder auto een beetje lastig op het eiland.'

'Klaar?'

Hij lachte droog en ontblootte tanden die waarschijnlijk al een tijdje geen tandarts hadden gezien.

'Nee, hoor. De krukas is verrot en je cilindervoeringen moeten worden vervangen. Nog een wonder dat je het hierheen hebt gehaald.'

'Oké?'

Hij stond met tegenzin op en kwam geeuwend naar haar toe.

'Er moeten onderdelen uit Engeland komen.'

'Aha. En wanneer komen die?'

'Wil je dat ik ze bestel?'

'Dus je hebt ze niet...'

Mia moest op haar lip bijten om die vent niet de wind van voren te geven. De enige garage aan deze kant van het eiland, en als ze haar auto ooit nog op de weg wilde krijgen, was het beter om hem niet nog chagrijniger en recalcitranter te maken dan hij al was.

'Ja, doe dat maar.'

'Goed,' zei Roar, terwijl hij zijn vingers afveegde aan een vuile lap. 'Dat duurt wel een paar weken.'

'Heb je misschien een... leenauto?' vroeg Mia, maar ze begreep het natuurlijk al voordat ze het had gezegd.

Dit is Oslo niet. Dit is de provincie.

'Leenauto?' zei de garagehouder grijnzend, en hij ontblootte zijn gele tanden weer.

'Nee, ik snap het,' zei Mia.
'Dus je komt zo nergens?'
'Nee, maar toch bedankt.'
Ze wilde zich al omdraaien om naar buiten te gaan, toen hij opeens een beetje bijdraaide, alsof er ergens daar binnen toch nog een mens zat.
'Ik heb wel die voor je,' zei hij raspend, en hij knikte naar een zeil achter in de overvolle ruimte. 'Ik kreeg hem als onderpand. Klotekakkers, met hun zalmkwekerij. Diamanten horloges moeten ze hebben, maar hun rekeningen betalen? Allemaal poeha.'
Hij legde de lap weg en trok het zeil eraf.
Mia voelde dat ze glimlachte.
Voor haar stond een zwarte, mat gelakte Ducati.
'Wauw.'
'Ja? Hou je van motoren?'
Weer een glimp van een echt mens nu, toen Roar haar voor het eerst aankeek met iets wat op een glimlach leek.
'Ik ben zelf van de Harleys, niet echt een fan van die lichte Italiaanse dingen, maar oké, het is een goede motor, dat kan ik niet ontkennen.'
Hij spuugde weer en schoof zijn pet naar achteren.
'Dus ja, die kun je wel een paar weken lenen. Is dat iets voor je?'
'Zeker weten.'
'Hij staat hier binnen toch maar in de weg. Dus is die "leenauto" goed genoeg voor je?'
'Meer dan goed genoeg.'
'Mooi. Ik bestel de onderdelen later vandaag. Ik laat het weten als het in orde is, oké?'
'Doe dat maar,' zei Mia grijnzend.
En ze rolde het zwarte wonder de zon in.

6

Hannah Holmen keek nog een laatste keer om zich heen voor ze de klink van de deur beetpakte. Fabian Stengel, psycholoog. Ze had zich de eerste keer geschaamd en ze schaamde zich nog steeds een beetje. Niet omdat ze het zo erg vond hierheen te gaan, maar vanwege al dat geroddel hier. Hitra. Zo klein en zulke nieuwsgierige mensen. Als er de laatste jaren één onderwerp van gesprek was geweest, dan was het haar familie wel.

Hannah Holmen, de grote zus.

Jonathan Holmen, het kleine broertje.

Drie jaar geleden. Alles deed pijn, haar jurk aantrekken had al haar moeite gekost. Haar voeten konden de pedalen van haar fiets bijna niet rondtrappen, alsof haar lichaam honderd kilo woog.

Ze was er vroeg geweest, bijna een uur te vroeg. Op een bank in de schaduw achter het cultuurhuis, in de hoop dat niemand haar zou zien.

Elf jaar.

Dat zou hij zijn geweest.

Hannah liep de trap op en ging in een van de lichte stoelen zitten. Er was niemand in de wachtkamer. Hij lette daar altijd goed op, Stengel, begreep wáár hij psycholoog was en wie er op dit kleine eiland woonden. Niemand wilde graag zijn buurman of de moeder van een klasgenoot in de wachtkamer tegenkomen; daarom nam hij altijd ruim de tijd tussen de afspraken. Een keer... Ja, dit was dus een roddel, en Hannah hield eigenlijk niet van geroddel, maar dit was te sappig om het voor zich te houden. Toen ze een keer op haar afspraak zat te wachten, stond er een tasje op de grond, een heel exclusief tasje, en ze had alleen maar gedacht: hè, wie heeft er hier zo'n peperduur Hermès Birkin-tasje? En precies op dat moment was de deur opengegaan, en wie kwam daar naar buiten geslopen?

Cynthia Prytz.

Ze hadden er achteraf samen hard om moeten lachen, bij Sylvia, de enige plek waar ze naartoe kon. Want de moeder van Jessica was gek, en het was niet zo vreemd dat Jessica zo was geworden, en thuis was het zo stil dat ze bijna geen adem durfde te halen.

'Cynthia Prytz? Echt?'

Jessica had nog harder gelachen dan anders, en Sylvia had zulke grote ogen opgezet dat het leek alsof ze uit haar hoofd zouden rollen.

'Bij de psycholoog?'

Met handschoenen en een zonnebril, en met ook nog een sjaal

om haar hoofd geknoopt, als een ouderwetse filmster, liep ze daar in haar dure rode Marni-mantel, terwijl ze haar keel schraapte.

Hannah had gedaan alsof ze niets in de gaten had, maar ze kon zien dat de miljardairsvrouw zich opgelaten voelde.

Cynthia Prytz.

De vrouw van Henry Prytz.

De moeder van Alexander en Benjamin Prytz.

De chicste familie van het eiland.

'Zie je wel?' had Jessica gezegd. 'Geld helpt niet. Het maakt je alleen maar ongelukkig.'

Ze hadden geknikt. Hun families hadden natuurlijk geen geld, maar nu voelden die anderen het ook eens. Ze hadden dan wel Ferrari's en Lamborghini's, een zwembad en een eigen stal met warmbloedpaarden, maar er waren kennelijk toch nog zaken om met een psycholoog te bespreken.

En toen had Jessica het gezegd. Ze was zachter gaan praten en had hun gevraagd dichterbij te komen, ze zaten dicht bij elkaar op het roze vloerkleed.

Ik weet dingen over hen.

Fluisterend en met een ernstige blik.

Geheimen.

Ze waren natuurlijk ontzettend nieuwsgierig geworden, maar Jessica had verder haar mond gehouden.

Alleen haar vingers over haar lippen, als een ritssluiting.

Ik durf niet te denken aan wat er gebeurt als het uitkomt. Meer wil ik er niet over zeggen.

'Hannah?'

Plotseling stond hij daar, de psycholoog, glimlachend, en even later was ze in zijn spreekkamer, wat een goed gevoel gaf, veiliger daarbinnen, achter de gesloten deur.

De eerste keer had ze het idee in een andere wereld terecht te zijn gekomen. Rustig. Veilig. Geen bureau, of zo'n bank waar ze liever niet op wilde liggen. Fabian zat in een beige leren stoel, en zij zat in eenzelfde stoel tegenover hem. De stoelen stonden op een wit fluweelzacht kleed. Een boekenkast tegen de ene wand, niet overvol, misschien een dozijn boeken, op kleur gerangschikt.

Ze was hier helemaal op haar gemak.

Zozeer dat ze zich bijna schuldig voelde.

Ik zou willen dat ik hier voor altijd kon blijven, dat ik nooit meer naar huis hoefde.

Dat dode huis.

Die dode blik.

Mama.

Die zo levendig was geweest.

Die haar grote voorbeeld was geweest.

Nu nog maar een schim van zichzelf.

Stil op de bank in de woonkamer.

Zonder zelfs de televisie maar aan te zetten.

Geen geluid.

Nergens.

'Hoe gaat het met je, Hannah?'

Ze schoof de nare gedachten van zich af.

'Goed,' zei Hannah, en ze trok haar benen onder zich in de stoel.

'En je moeder, hoe gaat het met haar?'

'Hetzelfde.'

'Praat ze nog steeds niet?'

Hannah schudde haar hoofd.

'Vandaag is een bijzondere dag. Wil je erover praten?'

Ze aarzelde een beetje. Dat wilde ze liever niet.

16 juli.

Drie jaar sinds de vermissing.

Ze had gehoopt dat ze samen konden gaan.

Naar de plaats waar hij voor het laatst was gezien.

Maar nee.

Ze was alleen gegaan, op de fiets.

Zoals vorig jaar.

Had onderweg bloemen geplukt.

'Moet dat?' vroeg Hannah ten slotte, en ze hoopte dat de knoop die op weg hiernaartoe in haar maag had gezeten niet in de vorm van tranen naar buiten zou komen.

'Nee, nee, natuurlijk niet. Jij kiest. Het is jouw wereld. We kunnen overal over praten.'

Ze was zoals gezegd aanvankelijk een beetje sceptisch geweest. De psycholoog. Ze had alles aan hem stom gevonden. Zijn naam. Wie heet er nu Fabian Stengel? Het klonk als een figuur uit een kinderboek. En wie droeg er eigenlijk zulke kleren? Een overhemd en een vestje? Een bril met dik zwart montuur? Had hij soms een galerie of zo? Verbeeldde hij zich dat hij in New York woonde? Het waren niet haar gedachten, maar zo werd er over hem gepraat, in het café in het winkelcentrum, bij de bowling: *arrogant, uit de hoogte, hoog in de bol, voelt zich heel wat.*

Maar Fabian had zich allesbehalve egocentrisch en uit de hoogte getoond. Hij was supervriendelijk. Luisterde met lieve ogen. Hij was best oud, zeker in de veertig, maar iets aan hem gaf haar toch het gevoel dat ze een soort twee-eenheid vormden. Het was er de eerste keer zomaar uit gefloept, per ongeluk eigenlijk. Ze was in de bibliotheek geweest en had *Norwegian Wood* van Haruki Murakami geleend, had onder haar dekbed wakker gelegen tot ze het uit had, met stomheid geslagen door dat prachtige boek.

'Ik voel me soms als dat meisje uit *Norwegian Wood*,' had ze zich laten ontvallen.

Hij had verrast geglimlacht.

'O, heb je Murakami gelezen?'

Nieuwsgierig, voorovergeleund in zijn stoel.

'Wat bedoel je? Waarom denk je dat je op haar lijkt?'

Ze had op haar lip gebeten; het was zo onwennig om iemand te vertellen wat ze precies dacht.

'Nou, ze is heel verdrietig en ze weet niet precies waarom.'

Bij haar volgende afspraak had er een boek op de armleuning gelegen.

'Voor jou,' zei hij met een glimlach.

'J.D. Salinger?'

'*The Catcher in the Rye*. Dit gaat dan wel over een jongen, maar het gaat ook over anders-zijn. Over je niet thuis voelen in de wereld waar je het mee moet doen. Lees het maar eens als je zin hebt. Ik ben benieuwd wat je ervan vindt.'

Zo fijn.

Dat iemand haar serieus nam.

Een volwassene, tegen wie je dingen kon vertellen.

Met wie je je diepste gedachten kon delen.

'Zoals gezegd,' vervolgde Fabian. 'We kunnen over deze dag praten als iets bijzonders, of we kunnen hem als een gewone dag behandelen. Wil je dat, dat we in plaats daarvan over iets anders praten?'

Hannah knikte en voelde zich al beter. De knoop was nu kleiner, bijna weg.

'De vierde klas van de middelbare school afgerond? Wil je daarover praten? Heb je al besloten wat je in het najaar gaat doen? Blijf je hier, of denk je nog steeds aan Trondheim?'

Een eigen kamer.

In de stad.

Weg van hier.

Ze had de laatste tijd alsmaar liggen tobben, en was tot de conclusie gekomen dat ze dat niet kon maken.

Ze kon haar niet achterlaten.

Mama.

Ze had het hart niet om haar alleen in dat dode huis te laten zitten.

'Ik weet het nog niet.'

'Oké, en je vriendinnen? Blijven zij hier, of overwegen ze misschien ook een academische studie?'

Hannah moest even glimlachen.

Jessica en Sylvia.

Ja, ze waren goede vriendinnen, maar ze kon zich hen niet in een academische omgeving voorstellen, ze wisten vermoedelijk niet eens wat het woord betekende; dat gaf natuurlijk niet, maar met hen kon ze zulke dingen niet bespreken.

Wiskunde.

Daar had ze het meest zin in.

Niet zoals Jessica.

'Amerika!'

Ze hadden vorige vrijdag bij Andres Wold achter in de auto gezeten met illegaal gestookte drank en pillen, en ze waren tamelijk aangeschoten, en als ze zo was, een beetje high, begon Jessica altijd.

'Los Angeles! Hoe perfect is dat? Ik bedoel maar, de Kardashians wonen daar. Kunnen we niet gewoon met z'n allen daarnaartoe?'

Arme Jessica.

Ze vond haar soms zielig.

Iedereen wist van die vreemde mensen op de feesten bij haar moeder thuis, ze had niet eens een eigen kamer, ze mocht nu een oude boot gebruiken, en af en toe sliep ze daar ook.

'En Disneyland! Ik heb er op internet over gelezen. Je hoeft maar te komen en je kunt aan het werk – verkleed rondlopen als een van die figuren, hoe cool is dat?'

De weekends bij Andres Wold in de auto.

Ze rilde er bijna van.

Geen denken aan dat mama haar ooit met die groep zou laten optrekken.

Vroeger niet.

Maar nu...

'Bij je vorige bezoek had je het over een feest. Was dat niet vandaag? Een gemaskerd bal?'

Fabian schoof zijn bril hoger op zijn neus en tuurde naar de kalender die hij op het ronde tafeltje naast de stoel had staan.

Hannah knikte.

'Ja, dat is vanavond. Maar ik weet nog niet...'

'Wat denk je?'

'Nou, ik weet nog niet of ik wel ga.'

'Waarom niet?'

Er viel een stilte.

'Ach, ze zijn allemaal zo...'

Fabian trok zijn wenkbrauwen op.

'Vind je dat drinken vervelend?'

'Nee hoor, of ik weet het niet zo...'

'Het is toch helemaal niet zo gek, dat je op die leeftijd een beetje experimenteert? Zolang het met mate is?'

Met mate?

Afgelopen vrijdag dacht ze nog dat ze de ambulance moest bellen. Jessica had zoals gewoonlijk alles in één keer opgedronken, ze was meer dood dan levend. Hannah had haar bijna niet meer wakker gekregen.

'Verkleed gaan, dat is toch wel leuk? Of is het alleen maar stom?'

'Nee hoor, het is best grappig.'

'Hebben jullie al bedacht hoe jullie verkleed gaan? Als prinsessen en elfen en zeemeerminnen?'

Hannah moest lachen.

'Nee, dat is voor kleuters.'

'En dat zijn jullie niet meer, ik snap 'm. Waren het Jessica en...'

'Sylvia,' zei Hannah knikkend.

'Zijn jullie nog altijd met z'n drieën?'
'Ja.'
Fabian boog zich weer naar voren.
'Ik zou gaan, Hannah. Het zal je goeddoen. Vooral op een dag als vandaag. Even het huis uit?'
'Ik snap het.'
'Ik heb een pak en een extra bril als je die wilt lenen; dan kun je als mannelijke psycholoog gaan.'
Hannah moest weer lachen.
'Hoeft niet, hoor, we hebben al kostuums.'
'Vertel eens.'
'Weet je, Jessica is gek op Disney. Ze heeft op internet maskers besteld.'
'Leuk,' zei Fabian glimlachend. 'En wie hebben jullie gekozen?'
'Jessica gaat als Mickey Mouse, ik als Donald Duck en Sylvia als Goofy. Stom, ik weet het.'
Fabian wierp discreet een blik op de klok op tafel.
'Klinkt leuk wat jullie gaan doen. Maar, Hannah...'
'Ja?'
Hij streek over zijn kin en legde het notitieboek en het potlood op zijn schoot.
'Weet je het zeker?'
'Wat?'
'16 juli? Drie jaar geleden? Weet je zeker dat je er niet over wilt praten?'
'Ja.'
'Ook goed. Ik wilde het alleen even zeker weten. Wil je deze keer ergens anders over praten?'
Hannah dacht na voor ze antwoordde.
'Ik vroeg me af of ik hier een poosje mag zitten zonder iets te zeggen?'
'Oké. Ja, natuurlijk. Is er een speciale reden waarom je...'
'Nee, hoor. Ik vind het gewoon fijn om hier te zijn.'
'Dan doen we het zo,' zei Fabian met een glimlach. 'Wil je dat ik naar buiten ga?'
'Nee, het is goed zo.'
Alleen maar stilte.
Hier binnen.

Een paar minuten.

Hannah Holmen sloot haar ogen en leunde met haar hoofd tegen de steun van de beige stoel.

7

In de politieauto voor de ingang van de Europris aan het eind van de winkelstraat zat Luca Eriksen zich af te vragen wanneer hij voor het laatst twee keer op één dag was gebeld, en hij zou willen dat het iemand anders was die had gebeld. Niet dat hij iets tegen Caroline van de kapsalon had; het was het bordje bij de deur ernaast waar hij onrustig van werd.

Fabian.

Hij had geprobeerd om na het ongeluk de drie andere stellen met wie ze zo vaak afspraken zo veel mogelijk te ontlopen. Kaarten op woensdag. Vaak samen eten op zaterdag, het liefst buiten, als het weer het toeliet. Steeds appjes en berichten op zijn voicemail. Snapten ze het dan niet, dat hij er geen zin meer in had? Dat hij met rust wilde worden gelaten?

Hoi, Luca, met Karin, ik wilde alleen laten weten dat we zaterdag gaan barbecueën. Heb je zin om langs te komen?

Hé maat, met John, we willen zaterdag met de boot naar Ulvøya, zin om mee te gaan?

Ha Luca, ben je daar? Met Fabian weer, ik wilde alleen zeggen dat ik er voor je ben, als je met iemand wilt praten. Dat kan ook in de praktijk, als dat je beter lijkt. Laat maar weten of je een afspraak wilt maken. Ik maak graag tijd voor je vrij.

De psycholoog.

Hij had het serieus geprobeerd.

Garnalen, witbrood en zelfgebrouwen bier, terwijl iedereen probeerde te doen alsof er niets aan de hand was, alsof dit de gewoonste zaak van de wereld was. Acht man om de grote tafel – nee, zo was het niet meer. Ze waren nu nog maar met z'n zevenen.

Nee, bedankt.

Op een gegeven moment reageerde hij niet meer.

En de appjes kwamen gelukkig steeds minder vaak.

Alleen Fabian probeerde het nog. Hij gaf het maar niet op.

Hij had zich de laatste keer verstopt toen hij de zilvergrijze Lexus de oprit op zag draaien. Had met zijn handen over zijn oren in de badkamer gezeten, zodat hij kon doen alsof hij de bel niet hoorde.

Een brochure op het stoepje toen de auto weer weg was.

Traumatherapie.

Fabian Stengel.

Klinisch en resocialisatiepsycholoog.

Nee.

Hij wilde niet.

Hij was niet gek.

Hij wist wel wat dit betekende.

Wat de bedoeling ervan was.

Vergeten.

Dat wilden ze hem aanleren.

Haar vergeten?

Luca Eriksen werd kwaad toen hij uitstapte en naar het winkelcentrum liep.

Hij zou Amanda nooit vergeten.

'Hé, Luca, hoe gaat het?'

Een blij gezicht onder een fietshelm dat breed naar hem glimlachte.

'O, hoi, Pelle. Goed, hoor. En met jou?'

'Goed, heel goed. Ik vertrek binnenkort. Echt waar, ik kreeg een paar dagen geleden bericht.'

De vrolijke man zette zijn fiets op de standaard en bleef heen en weer staan wiebelen op de stoep.

'Wat spannend, waar ging je ook alweer heen?'

'Naar Jupiter. Ik ben uitverkoren.'

Luca knikte en wist niet goed wat hij moest antwoorden. Pelle Lundgren was een bekende figuur op het eiland. Ergens in de veertig, maar hij gedroeg zich als een kind. Tragisch eigenlijk. Hij werkte vroeger bij een van de botenbouwers, en er werd gezegd dat hij goed was in zijn vak. Toen was er een ongeluk gebeurd. Iets met een kapotte kraan. Pelle Lundgren was onder een scheepsromp terechtgekomen en zijn hoofd was geraakt, en sindsdien was hij niet meer dezelfde. Triest geval. *Ufo-Pelle.* Door iedereen belachelijk gemaakt als hij met zijn rugzak over het eiland fietste, klaar voor vertrek. Altijd blij. Als een klein kind.

Ik vertrek binnenkort.
Ze komen me halen.

'Ik vertrek binnenkort, heb ik dat al verteld?' vroeg Pelle, en hij keek nog blijer.

'Dat heb je verteld, Pelle, wat fijn voor je. Komt er een… ruimteschip? Zat het zo?' vroeg Luca.

'Ja!'

Hij stond te springen en te dansen, en klapte in zijn handen.

'Ik heb er zo'n zin in. Nul-drie-nul-nul.'

'Komen ze je dan halen?'

'Ja. Bij de vogeluitkijktoren in het Havmyran-moeras.'

'Succes dan, Pelle.'

'Dank je. Mag ik met je mee?'

'Wat bedoel je?'

Hij pakte snel het stuur van zijn fiets en haalde hem van de standaard.

'Ik kan met je mee, als je wilt.'

'Eh… waarheen dan?'

'Waar jij heen gaat.'

Luca glimlachte vriendelijk en legde een hand op zijn arm.

'Dank je, Pelle, maar ik denk het niet. Ik…'

'Ga je naar de psycholoog?'

Lundgren keek naar de ingang van het winkelcentrum.

'Nee, daar ga ik niet heen,' zei Luca.

'Ik ben er gisteren geweest,' zei Lundgren, en hij veegde kinderlijk zijn neus af. 'Ga er niet heen. Hij snapt er niet veel van.'

Hij tikte tegen zijn fietshelm.

'Dat zal ik onthouden,' zei Luca met een glimlach.

'Dan zien we elkaar wanneer ik terug ben, áls ik terugkom.'

'Afgesproken, Pelle. Goede reis.'

'Dank je!'

Lundgren fietste glimlachend weg.

Luca liep de laatste meters, haalde even diep adem, zette zijn professionele gezicht op, negeerde het bordje waar PSYCHOLOOG op stond en ging de andere deur binnen.

Kapper Chaplin.

Er rinkelde zacht een belletje.

'O, hoi, Luca, daar ben je.'

Caroline liep naar hem toe en omhelsde hem.
'Gaat het goed met je?'
Luca verbeet zich.
Al dat medelijden.
Konden ze hem niet gewoon met rust laten?
'Goed, hoor, dank je,' zei Luca, en hij glimlachte geforceerd. 'Een inbraak, zei je?'
'Ja, jeetje, ik weet het niet, er is niets weg, maar het was wel vervelend.'
Ze ging hem voor door de salon, naar achteren.
'Hier. Zie je?'
Een geelbruine deur, met duidelijke sporen rond het slot.
'Hier is inderdaad iemand geweest,' zei Eriksen met een knikje, en hij keek om zich heen. 'Maar er is niets weg, zei je?'
De kapster vouwde haar armen over elkaar en schudde van nee.
'Nee, dat is nou juist zo vreemd. Ik bedoel, zoveel heb ik nou ook weer niet, maar mijn computer staat hier, en de kassa kun je zo optillen en meenemen, dus ik weet niet waar ze naar op zoek waren.'
'Vreemd. Verder helemaal niets?'
'Niet eens een schaar.'
'Raar. Misschien heeft iemand ze betrapt. Of bedachten ze zich.'
De kapster zuchtte.
'Dus ze braken de deur open, maar kregen toen spijt?'
Eriksen haalde zijn schouders op.
'Dat zou toch kunnen? Als het jongeren waren, bijvoorbeeld.'
Een beetje geïrriteerd schudde Caroline haar hoofd.
'Nou ja. Goed dat er niets weg is in elk geval. En er kwam trouwens niets van.'
'Waarvan?' vroeg Luca.
'Van de bruiloft.'
Ze liep weer naar de salon en pakte haar beker van de balie.
'Gaat de bruiloft niet door?' vroeg hij verbaasd.
Het grote nieuws op het eiland. Waar iedereen het over had. Alexander Prytz zou gaan trouwen. De erfgenaam van het hele imperium. De oudste zoon van Henry Prytz. Dé gebeurtenis op Hitra deze zomer. Er deden al veel geruchten de ronde. Er zouden bekende muzikanten optreden. Er stonden overal keten voor ieder-

een die zou helpen. Hij wist niet wat ervan waar was, maar daar had iedereen het in elk geval over. En niet alleen hier trouwens; er stonden al wekenlang grote artikelen in de landelijke roddelpers.

Droomprins vindt Assepoester.

Miljardairszoon vraagt gewoon meisje ten huwelijk.

'Is het van de baan?' vroeg Luca weer.

'Wat?'

'De bruiloft.'

Caroline stak lachend een sigaret tussen haar lippen.

'Nee, nee, sorry. Mijn eigen idee is van de baan.'

Ze stak haar sigaret aan en liep voor hem uit naar buiten.

'Cynthia laat zich hier al jaren knippen – of nou ja, dat deed ze tot ze zich daar te goed voor voelde. Dus ik dacht: misschien kan ik het haar en de make-up van de bruid doen. Maar nee, ik las dat er een beroemde stylist uit Londen wordt ingevlogen.'

Toen fluisterde ze: 'Tweehonderdduizend.'

'Wat?'

'Ze zeggen dat het dat kost.'

'Vervelend idee dat er iemand hier binnen is geweest,' zei Luca. 'Maar fijn dat er niets weg is. Ik zal eens rondvragen, goed?'

'Bedankt, Luca. Zorg goed voor jezelf, oké?'

Terug bij de auto bleef hij even naar het messing bord bij de deur staan kijken.

Misschien moest hij toch...

Nee.

Hij was er niet aan toe.

Nog niet.

Er kwam een nieuw appje op zijn telefoon binnen.

Koorrepetitie vanavond. Kom je ook?

Hij zuchtte moedeloos en legde zijn telefoon op de stoel naast hem.

Nee, bedankt.

Konden ze hem niet gewoon met rust laten?

Toen hij de auto startte en de hoofdweg weer op draaide, gleed er een wolk voor de zon.

Hij had de auto voor het politiebureau geparkeerd en nam net de trap naar de ingang, toen er een zwarte motor het pleintje op reed.

Toen de berijder de helm afdeed, herkende hij haar meteen. Dat lange zwarte haar. Dat slanke lichaam, dat nu over het warme asfalt op hem af liep.

'Hallo, ben jij Eriksen?'

'Ja, dat ben ik.'

'Mia Krüger,' zei de knappe rechercheur, terwijl ze hem een hand gaf. 'Kan ik je even spreken?'

8

Sofia zette haar fiets bij het huis van Erik, liep het paadje af naar de zee en ging op de rotsen zitten. Wat was het een lawaai in de golven met al die gretige en vechtende meeuwen. Iemand had zijn vis aan boord van de boot schoongemaakt en de resten overboord gegooid. Sofia kneep haar lippen samen en vocht tegen het misselijke gevoel in haar maag; het was niet makkelijk, maar ze was vastbesloten: *ze zou haar hoofd niet laten hangen.* Elke zaterdag met mama skypen, om vijf uur. Dat was de afspraak. Ze had nog wel haar nette gele jurk aangetrokken. Die vond mama zo leuk. Met haar haar in een paardenstaart had ze glimlachend klaargezeten tot het tien over was geworden, en toen halfzes, en ten slotte had ze begrepen dat mama ook deze keer niet op het scherm zou verschijnen.

Sofia zuchtte, pakte een steen en wierp die in de golven.

Nee, niet huilen.

Volgende zaterdag.

Sofia streek haar jurk glad en liep terug naar het huis.

Dan is er zeker beter internet in Burundi.

Erik stond al op de trap toen ze aankwam.

'Wat ben je aan het doen? Waar was je?'

Hij schoof zijn bril hoger op zijn neus, hijgde alsof hij de trap vanaf zijn kamer snel af was gelopen, en maakte een gespannen indruk.

'Ik wilde alleen even naar de meeuwen kijken,' zei Sofia, wijzend.

'Kom nou maar,' zei Erik, en hij trok zijn sportschoenen aan.

'Waar gaan we naartoe?'

'Naar de Uitkijk,' zei Erik. Op een sukkeldrafje liep hij voor haar uit. 'Lees je je apps niet?'

'Jawel. Je had iets vreemds gezien, wat bedoelde je?'

'Sst.'

Erik legde zijn vinger tegen zijn lippen.

'Hoezo, "sst"? We zijn hier toch maar met z'n tweeën?'

Het Berkenbosje. Een kleine laan met aan weerskanten bomen, een beetje donker en weggestopt, niet bepaald typisch voor Hitra, maar iemand had ze vast opzettelijk zo geplant. Vanaf het huis van Erik tot aan de weg. Tien minuten lopen als je snel was.

Hier had Jonathan dus met zijn fiets aan de hand gelopen.

'Serieus?' vroeg Erik, en hij keek haar vreemd aan. 'Denk je echt dat we hier maar met z'n tweeën zijn? Heb je enig idee wat voor apparatuur ze hebben? Afluisterapparatuur? Heel hoog in de ruimte hangen satellieten die precies op dit moment op ons in kunnen zoomen, als ze dat willen.'

Hij schoof zijn pet naar achteren en wees naar de hemel.

Geen wolkje aan de lucht.

Ook geen satellieten overigens.

Erik was altijd al zo geweest, al voor die avond waarop Jonathan verdween. Zenuwachtig. Zag achter iedere struik spoken. Maar na die keer was het wel erger geworden.

'Wat wilde je me laten zien?' vroeg Sofia, terwijl ze achter hem aan dieper het bos in liep.

'Stil,' zei Erik zachtjes. 'Ik laat het je zien als we bij de Uitkijk zijn.'

'Híér kunnen ze ons toch niet zien?' vroeg Sofia, en ze wees naar het bladerdek boven hen.

'Ben je dom of zo?' vroeg Erik. Hij draaide zich om. 'Ze kunnen ons toch ook hóren? Er bestaan piepkleine microfoons. Bijna onzichtbaar. Ze kunnen ze overal plaatsen.'

'Bedoel je dat er hier microfoons in de bomen hangen?'

Ze wees naar een van de ranke berken.

'Of misschien in je pet?'

Erik keek haar verbaasd aan; hij begreep niet helemaal wat ze bedoelde.

'Ik hou mijn mond wel,' zei Sofia.

Ze vond het meestal wel leuk, detectivje spelen. Een geheime opdracht uitvoeren. Ze deden dat vaker. Maar vandaag niet. Ze was in een slecht humeur.

'Daar,' fluisterde Erik toen ze er waren.

De zee koesterde zich glanzend in de zon. De vissersboot was verdwenen en had de meeuwen meegenomen.

'Waar?' vroeg Sofia, en ze schermde met haar hand haar ogen af.

'Daar,' zei Erik zachtjes. Hij wees weer. 'Vlak voor Hamnøya.'

Sofia zag niets.

'Wat moet ik zien?'

Erik trok zijn pet weer terug en veegde met de rug van zijn hand het zweet van zijn voorhoofd.

'Nee, nu niet. Eerder op de dag.'

Hij haalde zijn opschrijfboekje uit zijn achterzak en bladerde erin, zodat ze het kon zien.

'Kijk, hier. 10.43 uur. De gele boot.'

'Oké, een gele boot?'

'Denk eens even na, Sofia. *De gele boot.* Wat heb je vandaag?'

'Sorry, hoor,' zei Sofia, en ze was weer bij de les.

'Die gele boot, weet je nog? En welke dag is het vandaag?'

'Zondag?'

'Nee, het is zaterdag. Even opletten.'

Hij bladerde fanatiek terug in zijn opschrijfboekje.

'Kijk, vorige week zaterdag. *De gele boot.* 11.05 uur.'

Nog een paar bladzijden terug.

'En hier? Twee weken geleden. *De gele boot.* 12.06 uur. Denk je ook niet dat dat ergens op wijst?'

Erik stak het opschrijfboekje terug in zijn zak en keek om zich heen.

'Is het geen visser?'

'Wat?'

Erik keek haar vreemd aan.

'Iedereen weet toch dat er hier geen vis zit? Elke zaterdag? Hier is iets mysterieus aan de hand, dat voel ik gewoon.'

Hij trok zijn pet verder over zijn ogen en keek om zich heen voor hij dichterbij kwam en in haar oor fluisterde: 'Weet je nog wat Jonathan zei?'

'Nee,' fluisterde Sofia terug. 'Wat zei hij dan?'

'De gele boot. Weet je dan niet meer dat hij het daarover had?'

'Nee,' zei Sofia.
Ze was vandaag misschien wel een beetje dwars, maar het was echt zo. Ze kon zich niet herinneren dat Jonathan iets over een gele boot had gezegd.
'Denk eens goed na, Sofia!' zei Erik, die zijn geduld begon te verliezen. 'Hebben we een missie of niet?'
Hoofdschuddend liep hij terug naar het bos.
Sofia voelde zich schuldig. Haar humeur was Eriks schuld niet. Hij had niets verkeerds gedaan.
'Ik heb met haar gesproken!'
Ze liep snel de rotsen op en haalde hem in het bos weer in.
'Ik heb met haar gesproken,' herhaalde ze, en ze pakte hem bij zijn schouder.
'Met wie?' vroeg Erik.
'Met die superpolitie. Mia Krüger.'
'O ja?'
Hij spuugde op de grond en deed of het hem niets kon schelen, maar ze kon zien dat hij best nieuwsgierig was.
'Ze zei ja,' zei Sofia glimlachend.
Dat was gelogen, maar toch.
'Echt?' zei Erik, en hij ontdooide een beetje.
De telefoon in haar zak ging over.
Op het scherm stond: PAPA.
'Ja?'
'Hoi, Sofia, waar ben je?'
'Bij Erik, hoezo?'
Het werd even stil.
'Ik heb vanavond iets te doen en ik wil niet dat je dan alleen thuis bent. Denk je dat je bij Erik kunt blijven slapen?'
Vreemd.
Papa wilde altijd dat ze bij oma bleef slapen.
'Ja? Ja, ik kan het vragen.'
'Mooi, stuur je me een appje als het goed is?'
'Doe ik...' zei Sofia, en ze wilde nog iets zeggen, maar papa had de verbinding al verbroken.
'Wie was dat?' vroeg Erik. Het leek wel of hij niet meer zo chagrijnig was.
'Papa. Hij wilde dat ik bleef slapen.'

'Bij mij?' vroeg Erik, en hij fronste zijn wenkbrauwen.
'Ja?'
'Dat mag vast.'
Hij draaide zich om en liep voor haar uit het pad af.
'Maar wel een beetje normaal doen, oké?'
'Beloofd,' zei Sofia knikkend. Ze liep achter hem aan.

9

Hannah Holmen stond in haar kamer voor de spiegel en had zich lang niet zo stom gevoeld. Zo verkleed naar een feest? Waarom had ze daar in godsnaam ja tegen gezegd? Ze deed haar Donald Duck-masker af en plofte op bed. Een gele panty, een paar gele sloffen die eendenpoten moesten voorstellen, een lichtblauw T-shirt dat veel te groot was, en een rode strik om haar nek. Het had best een grappig idee geleken. Jessica natuurlijk, bij het kampvuur bij Andres Wold. *We gaan als Disney-figuren! Ik kan de kostuums bestellen!* Ze waren allemaal dronken geweest, vooral Jessica, die bijna niet op haar benen kon staan. Hannah stond op, draaide nog een keer in het rond en schudde haar hoofd. Nee, dit kon niet. Mijn god, zo kon ze zich buiten niet vertonen. Ze trok die vervelende panty uit en deed in plaats daarvan een witte rok aan. Zo, dat was beter. Een Donald-masker en een Donald-T-shirt moesten genoeg zijn. Had ze niet ergens gele sportschoenen? Nee, die waren te klein. Dan de rode maar. Er kwam een appje binnen op haar telefoon. Voor de veertiende keer in het afgelopen uur.

We zien elkaar bij Andres, oké?
Kom je nog?
Stuur eens een foto van je kostuum.
Je blijft toch niet thuis?
Zelf had ze er maar één teruggestuurd.
Ik kom. Zie je om zes uur.
Hannah keek zuchtend naar de datum op haar telefoon.
16 juli.
Vandaag drie jaar geleden.
Ze zou natuurlijk thuis moeten blijven.
Niet naar een feest gaan.

Ze stond snel op en liep naar de woonkamer beneden.
'Mama? Waar ben je?'
Stilte.
Nergens een geluid.
Hannah liep naar de slaapkamer, klopte voorzichtig op de deur.
'Mama? Slaap je?'
Ze deed de deur open, maar er was niemand.
Ze liep naar de keuken en ging de voorraadkamer in.
Twee drieliterpakken wijn, rood en wit.
Ze kon misschien een plastic fles vullen? Mama zou het verschil niet merken, toch?
En een fles wodka, achter de potten jam.
Hannah pakte hem. Het was lang geleden dat hij tevoorschijn was gehaald, er zat stof op de dop.
Oké, dat is beter.
Op de vloer bij de aardappelen vond ze een lege fles met een schroefdop, die ze bij de gootsteen in de keuken omspoelde.
Ze keek goed voordat ze begon te schenken.
Precies tot de rand van het etiket.
Wodka in de waterfles.
Water in de wodkafles.
Ze boog zich voorover om te kijken of het klopte.
Perfect.
Hannah stopte de fles in een rugzak en deed het licht in de voorraadkamer uit.
Wodka.
Eigenlijk hield ze daar niet zo van.
Taxidrank.
Zo noemde Jessica het altijd, omdat ze een taxichauffeur kende die dat dronk als hij werkte, omdat je dan niet aan zijn adem kon ruiken dat hij had gedronken.
Het moest maar zo.
Hannah liep de woonkamer weer in en bleef midden in de kamer staan.
De knoop in haar maag.
Ze had zich na de afspraak bij de psycholoog beter gevoeld, maar nu kwam hij terug.
'Mama?'

Ze fluisterde het bijna.
Weer een appje op haar telefoon.
Een foto deze keer.
Jessica voor de werkplaats, met een fles in haar hand.
Kom je nog??
Hannah Holmen stopte haar telefoon in haar rugzak, liep naar de gang, trok haar rode sportschoenen aan en wierp nog een laatste blik op zichzelf in de spiegel, voordat ze naar buiten stapte en met haar fiets aan de hand naar de hoofdweg liep.

10

Mia deed een paar stappen terug en voelde dat ze even moest pauzeren. Het had haar niet veel tijd gekost. Werkmodus. Het was niet waar ze eigenlijk op uit was, dus ze had zich er onbewust een beetje tegen verzet, maar nu was er geen weg terug. *Jonathan, waar ben je?* Dit was altijd haar kracht geweest. Alle bijzaken uitsluiten, alle energie richten op wat belangrijk was, zoals een schaker, zo gefocust op de strategie dat ze nauwelijks in de gaten had dat het dak naar beneden is gevallen.
Verdorie nog aan toe, moest ze weer zo nodig?
Vooruit, maar een paar weken.
Tot de auto klaar was.
Het moest maar even.
Nu was het te laat.
Er was geen weg terug.
Ze ging naar de steiger en wendde haar gezicht naar het milde licht. De oranje avondzon had even aan de horizon gedobberd en stond nu weer aan de hemel. Ergens op het eiland hoorde ze zwakke basgeluiden – er was bij iemand een feestje.
Jonathan Holmen.
Acht jaar.
De vriendelijkheid zelve toen ze belde:
Kripos, met Janne.
Hoi, Janne, met Mia Krüger.
Jeetje, Mia, wat leuk, dat is lang geleden. Wat doe jij op dit moment?

Moet je luisteren…

Een paar minuten later had ze, samen met de agent met het droevige gezicht, in de kelder van het politiebureautje gestaan. Daar had Kripos de documenten opgeslagen om later nog opnieuw te bekijken.

Vier alternatieven:

Jonathan heeft een ongeluk gehad.

Jonathan is vermoord.

Jonathan is gekidnapt, en dood.

Jonathan is gekidnapt, en leeft.

Iets anders kan het toch niet zijn?

Vijf uur in het materiaal, en er begonnen zich voor haar ogen al flauwe contouren af te tekenen. Een vaag gevoel dat er iets niet klopte. Want het was té ongeloofwaardig. Naar huis fietsen. Slechts een kilometer. En dan, pats, geen enkel spoor?

Nou ja, één concreet spoor.

De fiets.

Door duikers op enkele meters diepte gevonden, vlak bij de pier.

Een ongeluk dus?

Ze had geprobeerd het zich voor te stellen.

Jonathan fietst naar huis.

Om een of andere reden fietst hij niet direct naar huis. Hij fietst naar de pier, en daar verliest hij, hoewel het die avond droog was, om een of andere reden de controle over zijn stuur, valt over de rand, op zijn hoofd, verliest het bewustzijn en drijft naar zee.

Mogelijk?

Beslist.

Maar wat deed hij helemaal daar?

Zijn eigen fiets in het water gegooid?

Nee.

Een paar jongeren, anderen, misschien was hij ergens heen gelokt, en was er vervolgens een ongeluk gebeurd?

Had hij iets gezien wat niet voor zijn ogen bedoeld was?

Maar er waren daar die avond toch geen activiteiten waargenomen?

Alleen die auto.

Mia sloot haar ogen en boog zich voorover; ze probeerde zich een voorstelling te maken van alles wat ze aan de wand had gehangen.

Wat zag ze over het hoofd?

Een soort fluisterende stem diep achter alle documenten en foto's.

Ze had de tijdlijn midden op de wand gehangen.

20.31 – Moeder belt de familie By.

20.40 – Jonathan verlaat het huis.

20.50 – Een auto geobserveerd in de Bocht.

21.42 – Moeder belt de familie By opnieuw.

21.47 – Moeder belt de politie.

22.05 – De politieboot komt aan in de Bocht.

Een uur en twintig minuten.

Tussen het tijdstip waarop de jongen het huis had verlaten en de politie met de boot ter plaatse was.

Maar één getuige.

Waarneming van de auto.

Een man van in de vijftig.

Hoe heette hij ook alweer?

Wallstedt.

Jacob Wallstedt.

Het enige huis met uitzicht.

Op de Bocht.

Ze kon op de kaart niet vinden wat de officiële naam van de plaats was; die werd zo genoemd. De plaats waar hij verdwenen was: *de Bocht.*

En nogmaals: slechts één huis.

Die man van in de vijftig.

Die wakker was geweest en de hele avond buiten had gezeten.

De jongen niet had gezien.

Maar wel die bewuste auto.

De jongen niet gezien?

Vreemd.

Mia stond op, rekte zich uit en weerstond de verleiding het verband af te doen, haar lichaam in het magische water te laten zakken, en sjokte terug naar het huis.

Jacob Wallstedt.

Hem moest ze morgen als eerste opzoeken.

Eerst even slapen.

11

Normaal zou Luca Eriksen een glas wijn hebben genomen. Zaterdagavond. De eeuwige zon door de grote woonkamerramen. Zwak nu, maar toch. Zulke avonden. Hij had ze heerlijk gevonden. Amanda en hij. Samen. Op de veranda buiten. Maar de winters hier? Die waren in het zuiden erg genoeg, maar hier? O ja, hij gaf het graag toe. Hij was een paar keer kwaad geworden, op haar, als het zulk verschrikkelijk weer was. De sneeuw bleef hier niet eens liggen – dan kon je nog gaan langlaufen –, maar stoof alle kanten op, nat en klef, bijna om gek van te worden.

Maar deze avonden?

Luca nam zijn thee en zijn iPad mee naar de veranda.

De hele nacht zon hier.

En wijn.

Veel wijn.

Hij nam een slok thee en bleef wezenloos uitstaren over de zee.

Het was weleens te veel geworden.

Wijn.

Voor haar.

Hij had haar vaak moeten ondersteunen bij het naar bed gaan.

Dronken.

Voorzichtig uitgekleed, haar goed ingestopt.

Die rotouders van haar.

Wie doet nou zoiets?

Tegen je eigen dochter?

Hij had het eerst niet gemerkt.

Twee heel gewone Hitra-bewoners.

Maar later zag hij het ook.

Haar vader totaal ongeïnteresseerd. Wat ze ook probeerde, er kwam eigenlijk nooit een reactie. Haar moeder was bijna nog erger. Altijd kritisch. Over haar kleding. Over haar werk. Over de manier waarop ze praatte. Nooit een vriendelijk woord.

Dus hij zei er niets van.

Als ze te veel dronk.

De pijn moest worden verdoofd.

Natuurlijk wilde hij haar dat niet verwijten.

Maar toen begonnen de anderen er iets van te zeggen.

Fabian als eerste, heel voorzichtig.
Luca? We hadden het even over hoeveel Amanda drinkt. Zou het misschien goed voor haar zijn om eens met me te komen praten? Zou dat helpen?
Hij was natuurlijk woedend geworden.
Wat wisten zij er nou van, van wat ze had meegemaakt?
Maar later begreep hij dat er iets moest gebeuren.
Dus toen was ze bij hem begonnen. Bij Fabian.
Eerst af en toe.
Later vaker.
En ja, dat had geholpen.
Een beetje tenminste.
Luca schoof het weg en opende zijn iPad.
Hij had een systeem gemaakt dat nog niet helemaal af was.
Foto's in de ene map.
Video's in de andere.
Luca nam weer een slok thee en opende er eentje.
O...
Hij glimlachte terwijl hij de tranen voelde prikken.
Het duiken.
Arme Amanda.
Ze hield erg van de zee, zolang ze maar boven water mocht blijven.
Maar hij had haar gedwongen, toch?
Wilde zo graag zijn eigen enthousiasme met haar delen.
Een heel andere wereld daar beneden.
En ze had het geprobeerd.
Om hem een plezier te doen.
Luca zoomde in op de ene foto.
Amanda in een wetsuit, tot haar middel afgestroopt, haar haar in een handdoek, en een verschrikt gezicht richting de fotograaf.
Sorry, Amanda.
Ik wilde alleen dat je...
Luca stopte.
Wat?
Hij zette zijn mok weg en zoomde verder in.
Verder op de achtergrond.
Een boot.

Aan wal, half bedekt met een zeil.
De naam op de boeg geschilderd.
KITTY3.
De i was weg.
K TTY3.
Shit.
De kraaien in de kerk.
Het merkje aan de poot.
KTTY3.
De agent in hem ontwaakte.
Hij nam snel een besluit, draafde naar de gang, trok zijn jas aan en stapte in de auto.
Setervågen.
Die baai was niet ver.
Een kwartiertje.
Hij voelde zich even schuldig toen hij de weg op draaide.
Arme Amanda.
Hij had haar natuurlijk nooit moeten dwingen.
Hij was zelf ook gestopt.
Met duiken.
Het voelde niet goed meer.
Luca stapte de auto uit en liep het pad af.
Setervågen.
De jachthaven in het water, de stalling op het land. De zon verdween nu achter een wolk, een donker licht gleed over de baai.
Hij stond er nog.
KTTY3.
Een oude vissersboot die iemand had willen opknappen, maar het halverwege had opgegeven.
Een groot blauw zeil lag over de kajuit.
Luca liep om de boot heen.
Een ladder leidde naar het dek aan bakboord.
'Hallo?'
Hij zette voorzichtig een voet op de ladder.
Muziek van een eindje verderop – iemand hield een feestje.
Luca schoof het zeil opzij, kroop aan dek, haalde zijn zaklamp uit zijn jas en knipte hem aan.
'Hallo?'

Vreemd.
Kleding.
Een paar schoenen.
Een paar oude pocketboeken.
Woonde hier iemand?
Onder het zeil was het bijna hoog genoeg om er te kunnen staan.
'Hallo?'
Een leeg colablikje.
Chips.
Een vuile sok op de bovenste tree.
Luca liet het licht van de zaklamp verder over de trap schijnen.
Hetzelfde gevoel onder het dek.
Er woonde hier iemand.
Hoopjes kleren.
Een matras in de ene hoek.
En wat was dat voor lucht?
Iets verbrands?
Luca schrok opeens en bleef naar adem staan happen.
Er lag een meisje op de vloer.
In een plas bloed.
Trillend bleef hij achter de lichtstraal staan, die uiteindelijk het ingeslagen hoofd bereikte.
O, verdomme...
Haar gezicht was weg.

2

12

Holger Munch zat op rij 8 in het concertgebouw van Oslo, met een onbeschrijflijk gevoel van leegte in zijn hele lichaam. Het openingsdeel van de Negende Symfonie van Beethoven – gewoonlijk zou hij als een kind hebben genoten. Het geroezemoes in de zaal terwijl de lichten langzaam doofden. Het stemmen van de instrumenten en de musici die voorzichtig hun plaatsen zochten. De zinderende seconden van absolute stilte voordat de dirigent plaatsnam op de bok. Maar deze keer ging het aan hem voorbij. Hij was met twee kaartjes in zijn binnenzak naar het concertgebouw gekomen. Maar de stoel naast hem was leeg. Geen Lillian. Ze meende het dus toch. Als een subtiele bevestiging van zijn nederlaag, na de gebeurtenissen van de laatste weken.

Het telefoontje van het hoofdbureau in Grønland. De stem die probeerde neutraal te klinken, maar waarin hij wel enig leedvermaak kon horen. *Om budgettaire redenen is besloten alle afdelingen in de hoofdstad samen te voegen.* Hij had de geruchten natuurlijk gehoord, het gesmoes in de gangen, maar hij weigerde te geloven dat het zou gebeuren. Ze hadden er al zo vaak eerder mee gedreigd. De afdeling Moordzaken in Mariboes gate 13. Holger Munch, de competentste rechercheur in Noorwegen, met een team waar de allerbesten alleen van kunnen dromen. De zwaarste zaken. Het aantal opgeloste zaken bijna honderd procent. Niet gek dat je dan vijanden kreeg. Jaloerse duivels die hem graag van zijn troon wilden zien vallen, maar hij had hen altijd van zich af zien te vegen, als pluisjes van de schouders van zijn versleten tweedjasje.

Maar nu was het voorbij.

'Het is afgelopen, Holger.'

Anette Goli op zijn kantoor, zachtjes pratend als altijd, al tien jaar lang zijn rechterhand, en hij had zich in haar ogen gespiegeld.

De teleurstelling.

Kort en bondig een paar uur later in de briefingruimte. Ludvig Grønlie. Gabriel Mørk. Curry. Ylva. Kim Kolsø, die hij met moeite had weten te bewegen terug te komen uit Hønefoss door hem gouden bergen te beloven.

'Allemaal bedankt voor de samenwerking. We kunnen er helaas niets aan doen.'

Holger Munch had sinds zijn dertiende geen druppel alcohol aangeraakt, maar die middag had hij toch de verdoving gezocht. Een Glenfiddich met drie ijsblokjes, ineengedoken aan de bar van een morsig café in Tøyen, maar hij had de kracht niet het glas aan zijn mond te zetten. Gelukkig, voor Lillian tenminste. Warme, evenwichtige Lillian, die hij nog maar kort kende, maar heel dichtbij had laten komen. In bed later dezelfde avond de warmte van haar lichaam, de zachte vingers over zijn vermoeide gezicht.

'Zullen we het nu toch maar doen, Holger? Dit is toch wel een teken? Het verleden is voorbij. De toekomst is begonnen – onze toekomst?!'

Later hadden ze de stad afgezocht naar een plek om samen te wonen.

Lillian en Holger.

Weg uit die studio in Bislett, zijn weinige bezittingen uit de kartonnen dozen pakken, planken vinden om zijn spullen op te zetten. Zijn leven op de rails krijgen.

Voor het eerst sinds de scheiding.

En hij was geleidelijk ontdooid, niet zo negatief als zij het deed voorkomen. Hij had een paar panden waar de makelaar foto's van had gestuurd echt mooi gevonden. Een prachtige vierkamerflat in Frogner, met uitzicht op de Uranienborgkerk – ja, beslist, hij meende het wanneer hij zei dat hij hier wel zou kunnen wonen. Een grote maisonnette in Vika, niet ver van het concertgebouw, en hij was weer positief, maar er was iets in haar blik, de manier waarop ze praatte, en ten slotte had ze het gewoon gezegd.

Volgens mij wil je dit niet, Holger. Niet echt.

Haar hand die de zijne niet langer vast wilde houden.

Wat bedoel je?

Volgens mij hou je nog steeds van haar.

Hè?

Hij had het antwoord bijna uitgeschreeuwd, en op dat moment had hij begrepen dat ze weleens gelijk kon hebben. Het was alsof iemand hem op een leugen had betrapt waar hij zelf niet van op de hoogte was, maar die hij toch moest verdedigen.

'Nu moet je ophouden, Lillian.'

'Holger, kun je het niet gewoon toegeven? Ik ben een volwassen vrouw. Ik kan de waarheid aan.'

'Lillian...'

'Ik denk dat ik wat tijd voor mezelf nodig heb.'

Het vreselijke geluid van de stoel die over de vloer van het restaurant schraapte. De stilte toen ze haar tasje van de grond oppakte en wegliep zonder om te kijken.

Beethovens Negende Symfonie in d-mineur, opus 125, zijn laatste, een meesterwerk, voltooid in 1824, een proeve en voorbeeld van de romantiek in het classicisme. Die symfonie zou dit keer voor haar zijn – zijn onhandige manier om te zeggen dat hij van haar hield. Twee dure kaartjes, de beste plaatsen, maar het orkest speelde al lang en breed het tweede deel, en voor het eerst van zijn leven had het niets bij hem opgeroepen.

Na de pauze ging hij niet opnieuw de zaal in.

Hij bleef met lege blik over het plein staren, haalde al een derde sigaret uit het pakje voordat de vorige op was.

Zijn telefoon trilde, maar hij merkte het niet.

Het trillen stopte en begon opnieuw.

Een automatisme in zijn bewegingen toen hij hem ten slotte uit zijn zak haalde.

'Ja, met Munch.'

Een vreemde stem ver weg.

'Hé, Holger, sorry dat ik je stoor, je spreekt met Tom.'

'Tom wie?'

'Ludvigsen.'

Een auto met joelende jongeren en harde muziek uit de ramen passeerde hem op de Munkedamsveien.

'O, hallo, Tom. Sorry. Ik... was in gedachten. Dat is lang geleden.'

'Ja, veel te lang. Hoe gaat het met je?'

'Hm? O... goed, hoor. En met jou, ben je nog steeds...?'

Tom Ludvigsen.

Een oud-collega uit de tijd van voor de afdeling. Een van de subhoofden op het hoofdkantoor.

'Nog steeds in Trøndelag, ja,' zei Ludvigsen lachend. 'Ik moet zeggen dat ik het weer bij jullie wel mis, maar als je een goed aanbod krijgt voor een managementfunctie bij de politie, moet je haast wel toehappen. Dat vind jij toch ook?'

Een droog lachje van de kant van Ludvigsen; hij verwachtte zeker een antwoord, maar Munch bleef stil naar beneden kijken.

'En...' ging de oud-collega verder. 'Is het waar?'

'Wat?'

'Dat je op dit moment even geen werk hebt?'

Munch zuchtte en stak de sigaret op.

'Dat is helaas het geval.'

'Ga je terug naar Grønland, of heb je...?'

'Ik weet het nog niet,' zei Munch kortaf, en hij had er spijt van dat hij zijn telefoon op trillen had laten staan.

Oude gewoonte.

Altijd bereikbaar.

'Mooi zo,' zei Ludvigsen bijna vrolijk. 'Dan heb ik misschien iets voor je.'

'Wat bedoel je?'

'Zou je je kunnen voorstellen om... misschien hierheen te komen?'

'Sorry?'

'Ik weet dat het veel gevraagd is, maar we hebben hier een zaak, en ik vraag me af of we het wel aankunnen. Veel goede mensen, daar niet van, maar het lijkt me beter als er iemand komt die dit echt kan.'

Munch spitste zijn oren.

'Waar gaat het over?'

'Een meisje van zestien, op een van de eilanden. Hitra.'

'Oké?'

Hitra.

Krap een jaar geleden.

Hij had Mia daar aangetroffen.

Onherkenbaar.

Al zo goed als dood.

'Ik wil de details niet over de telefoon bespreken,' ging Ludvigsen verder. 'Maar ik heb er geen goed gevoel bij. Zoiets heb ik nog nooit gezien. Barbaars. En wat op de plaats delict aangetroffen werd – nee, ik vraag me af of we...'

Munch onderbrak hem zuchtend.

'Tom, ik stel het zeer op prijs dat je het vraagt, maar ik geloof niet dat...'

Het antwoord kwam snel, alsof hij op zijn beurt had gewacht.

'Ze heeft me gevraagd je te bellen.'

'Wie?'

'Mia Krüger.'

'Hè?'

'Ze was hier vannacht. Het lijk werd gevonden door een lokale agent en hij heeft haar erbij gehaald.'

'Is Mia daar?'

'Ja,' zei Ludvigsen. 'Ze wil je hier hebben. Vroeg me om te bellen. Om het officiëler te maken. Nou, wat denk je? Kom je hierheen?'

'Ik ben er over een paar uur. Stuur me alles wat je hebt,' zei Munch, en hij liep op een drafje naar de taxistandplaats.

13

Mia Krüger stond op de kade van de snelboot, nog steeds in dezelfde kleren die ze had aangeschoten toen Luca Eriksen haar de avond ervoor had gebeld. Hij stond tegen de politieauto geleund, wit in zijn gezicht. Mia was vergeten hoe het was om zoals hij te zijn. Ze ging in de schaduw staan en sloeg hem stilletjes gade. Wat ze in zijn ogen zag, beviel haar goed. Die reactie bij de aanblik van een dood mens. De schok. Het kwaad. *Iemand heeft dit meisje doodgeslagen.* Ze keek weer nieuwsgierig naar hem en probeerde het in zich op te nemen. Dat normale. Die menselijkheid. Ze kon zich nauwelijks herinneren hoe het de eerste keer voor haar was geweest. De oude, onschuldige Mia die ze ooit was geweest.

Dat was de reden dat ze was gestopt.

De hoop om de weg terug te vinden.

Terug naar zichzelf, zoals ze ooit was.

Eens politie, altijd politie.

De woorden stonden in haar geheugen gegrift.

Munch.

Na de eerste zaak.

Twee jongens op een veldje, bijna naakt, met een vos tussen hen in.

Ze had toen beter begrepen waar de rector van de Politieacademie het over had gehad. Dat ze iets speciaals had.

Jij hebt iets wat niemand anders heeft, Mia.

Twee bijna naakte jongens en een pelsdier.

Ze kon hem bijna voelen.

De dader.

Ze kende hem, alsof hij ergens binnen in haar zat.

Tien jaar jonger in die tijd, en heel opgetogen toen ze hem eindelijk pakten, in een huisje diep in het bos.

Pas later, maanden later, was de shock gekomen, een volledige instorting, in elkaar gedoken onder een deken, en ze had bijna niet kunnen praten.

Misschien beter om te stoppen.

Misschien is dit niet gezond voor je, Mia.

Maar Munch had haar overtuigd.

Eens politie, altijd politie.

Het kwaad.

Wie vermoordt nou twee kinderen, kleedt ze uit, legt een dier tussen hen in, en maakt er naderhand foto's van?

In zo'n wereld wil ik niet leven.

Munch had het zeker aan haar gemerkt; daarom was het debriefen zo grondig gebeurd, en ze had het gevoel gehad dat dat vooral omwille van haar was.

Een antwoord op het waarom.

Wie hij was, die man.

In het huisje hadden ze zijn dagboeken gevonden.

Lange, akelige uiteenzettingen.

Zijn kijk op de zaak.

Duidelijk pedofiel, maar dat wilde hij niet voor zichzelf toegeven. Die kinderen hadden hem erin geluisd. Hem ertoe aangezet om dingen met ze te doen, dingen die hij anders nooit zou hebben gedaan. Verwijderen, dat moest hij met hen doen, want deze kinderen waren slecht voor de wereld; ze zouden het steeds weer doen, bij anderen die waren zoals hij.

Ze had er toen op gereageerd, op het woordgebruik: 'verwijderen', niet 'vermoorden'.

Ze esthetisch verwijderen.

Ze voelde zich er niet beter door, absoluut niet, maar er was saamhorigheid geweest.

Alle anderen van de afdeling.

Ze zaten er samen in.

Daarom was ze gebleven.

'Daar is de boot.'

Terwijl hij over het grind naar haar toe liep, wees Luca naar de zee.

'Gaat het?'

Mia legde een hand op zijn schouder.

'Hm? Ja, hoor. Het gaat wel.'

'Ik ben blij dat je me gisteren belde,' zei Mia.

Luca haalde een hand over zijn bleke gezicht.

De hitte van de brandende zon hoog aan de wolkeloze hemel.

'Ik weet het niet, ik had misschien moeten...'

'Nee, hoor, het is goed zo,' zei Mia, en ze streek weer over zijn schouder.

Hij bleef met een lege blik voor zich uit staren, merkte niet eens dat zijn telefoon ging.

'Is alles op kantoor klaar?'

'Eh... wat?'

Hij keerde zich met een afwezige blik naar haar om.

'We hebben een ruimte nodig om in te werken, oké?'

'Eh... wat? Ja, natuurlijk. De vergaderruimte aan het eind van de gang, zou die geschikt zijn?'

Eriksen leek zijn aandacht er weer bij te hebben.

'Zeker.'

'En we hebben jóú nodig, is dat goed? Iemand die iedereen hier kent.'

'Ja, oké. Natuurlijk.'

'Fijn, Luca. Een relatieoverzichtje, kun je dat maken?'

'Overzicht?'

'Van haar directe omgeving? Moeder, vader, buren, vrienden, school, werk – je weet wel, alles wat nuttig kan zijn?'

Luca knikte weer, streek zijn haar van zijn voorhoofd.

Weer professioneel.

Dat leek te helpen.

'Zal ik...'
Hij knikte naar de boot.
'Nee, rijd maar terug. We moeten zo snel mogelijk aan de slag. We komen er zo aan, goed?'
'Prima,' zei Luca knikkend, en hij liep naar zijn auto terwijl de snelboot langzaam naar de kade gleed.

14

De toeristen hadden de brochures waarschijnlijk goed gelezen. Of de waarschuwingen op internet. Zomervakantie in Noorwegen. Aan de kust? Neem warme kleren mee, want je krijgt het hier gegarandeerd koud. Maar de weergoden hadden zich er niets van aangetrokken. De zon brandde boven de glanzende zee, en overal zag hij opgetogen gezichten. Duits, Frans, Amerikaans en Japans gelach rond telefoons en fotolenzen bij de balustrade en het opspattende zeewater. Hoewel Holger Munch alleen maar buiten stond om te roken, moest hij even blijven zitten om het grandioze landschap in zich op te nemen. Hitra. Dat prachtige eiland aan de monding van de fjord.
Ze stond hem op de kade op te wachten.
'Hoi, Holger.'
Mia omhelsde hem en liep voor hem uit naar een bank in de schaduw.
Munch wiste het zweet van zijn voorhoofd en ging zitten.
'Ben jij het hele welkomstcomité?'
Mia legde glimlachend haar telefoon op het tafeltje tussen hen in.
'Voorlopig. Forensisch Onderzoek is nog steeds op de plaats delict, en Trondheim heeft al het beschikbare personeel gestuurd, maar het wachten is op jou.'
'Mooi,' zei Munch knikkend, en hij haalde zijn iPad uit zijn koffertje.
'Alles goed?'
Mia keek hem met een schuin hoofd aan.
Klein landje.
Klein wereldje.
Ze had het natuurlijk gehoord.

De afdeling opgeheven.
'Ja, wat wil je dat ik zeg? Beroerder kon het niet?'
Hij haalde zuchtend een sigaret uit het pakje.
'Het komt wel goed,' zei Mia, en ze legde haar hand op de zijne.
'Denk je?'
'Natuurlijk.'
Ze glimlachte even van onder haar donkere pony.
'De leiding bestaat uit politici. Ze worden regelmatig vervangen. Nieuwe leiding, en je bent zo weer terug. Ze weten wie je bent en wat je kunt.'
'Laten we het hopen.'
Munch zuchtte diep voor hij zijn sigaret opstak.
'En jij?'
Mia aarzelde even.
'Goed, hoor,' zei ze ten slotte.
'Niet echt?'
'Jawel...'
Mia wendde haar blik naar de zee.
'Ik verwijt je niets, als dat je dwarszit,' zei Munch. 'Je hebt gedaan wat je moest doen.'
'Echt?'
'Natuurlijk, Mia. Maak je daar geen zorgen over.'
'Mooi. Ik voelde me natuurlijk schuldig toen ik hoorde dat ze je hadden opgeheven. Want dat kon met mij te maken hebben. Mijn vertrek bood een opening.'
'Zo belangrijk ben je nou ook weer niet,' zei Munch met een knipoog.
'O, nee?' Mia glimlachte.
'Nee,' zei Munch. 'Ik loste al lang voordat jij in beeld kwam zaken op, weet je dat niet meer?'
Ze moest lachen.
'We installeren ons in het politiebureau. Het is klein, maar ik denk dat het wel gaat lukken.'
'Maar wil je hier beginnen?'
Mia knikte.
'Ik wilde je voor mezelf hebben, voordat je al die praktische dingen moet gaan regelen.'
'Fijn,' zei Munch, en hij zette zijn iPad aan.

'Heb je alles gekregen?'
Mia opende haar telefoon en liet hem iets zien.
'Heb je deze?'
Munch knikte.
'Oké, gisteravond. Tegen middernacht kreeg ik een telefoontje van de plaatselijke politiechef, Eriksen. Helemaal over zijn toeren, hij wist zich geen raad.'
'Heeft híj haar gevonden?'
Ze knikte.
'In een oude boot op het droge.'
'Wat deed hij daar? En er waren ook nog vogels in de kerk – zo zat het toch?'
Mia knikte weer.
'Drie kraaien aan het nieuwe altaarstuk, met merkjes rond de poten. Hier.'
Ze hield hem de telefoon weer voor en liet de foto's zien.
'Zag hij deze letters en bracht hij ze in verband met een boot?'
Mia knikte.
'KTTY3. KITTY3. Een oud wrak op het land, de i was weg. Scherp opgemerkt. Hij is best wel slim, volgens mij.'
'Nemen we hem in het team op?'
'Ja, ik denk dat dat wel verstandig is.'
'Prima,' zei Munch, met zijn hand zijn ogen afschermend tegen de zon. 'Dus die vogels hingen aan het altaarstuk? En wat was het verhaal daarbij?'
'Er is nogal wat achterklap op het eiland,' merkte Mia op. 'De familie Prytz?'
Munch knikte.
Henry Prytz.
Royal Arctic Salmon.
Daar kun je niet omheen.
Weinig miljardairs in dit land.
'De familie heeft een nieuw altaarstuk gesponsord, en er zijn mensen die dat misschien te ver vinden gaan. Iets te veel zelfverheerlijking.'
'Te veel vis en te weinig Jezus?'
'Zoiets. Ik heb het niet gezien, maar volgens Luca...'
'Luca?'

'Sorry, Eriksen. De lokale politieman. Zijn eerste indruk was dat het om een grap ging. Een beetje uit de hand gelopen misschien, maar toch.'

'De ogen waren uitgestoken, dat klopt toch?'

Mia knikte en liet hem een nieuwe foto zien.

'Wat vind je ervan?'

Ze keek zwijgend en wazig voor zich uit.

Kreeg die blik.

Munch kende die nu wel.

Wat had hij haar gemist.

'Ik weet het niet,' zei ze langzaam.

'Maar wel relevant?'

'Wat? O ja. Zeker weten, natuurlijk... maar weet je...'

'Waar denk je aan?'

'Ach, ik weet het niet. Er is hier iets waar ik niet helemaal de vinger achter kan krijgen.'

'Ben je er geweest?'

'In de kerk? Nee, het gaat achter elkaar door. Ik heb bijna niet geslapen.'

'We moeten erheen, dat heeft prioriteit, oké?'

Mia knikte en hield hem de telefoon weer voor.

'Hier, ons slachtoffer. Ze heet Jessica Bakken. Zestien jaar. Het zou kunnen dat ze in die boot sliep. Hoe vaak en hoelang, geen idee.'

Ze scrolde naar de volgende foto.

'Doodgeslagen, een botte aanval, frontaal lijkt het, zoals je ziet is haar gezicht bijna helemaal weg.'

'Moordwapen?'

Ze haalde haar schouders op.

'Een ijzeren staaf? Mijn eerste gedachte was een hamer, maar ik twijfel. Zou je dan niet duidelijker zien waar ze werd geraakt?'

Ze vergrootte de foto en keek naar hem.

'Eens,' zei Munch knikkend. 'Heb je iets gevonden?'

'Nee. Het is binnen vrij donker. Ze leek geen stroom te hebben. Wat kaarsen en lampen op een batterij. Forensisch zal er wel achter komen. Een agressieve frontale aanval, mogelijk terwijl ze op haar rug lag.'

'Was ze wakker?'

'Te vroeg om te zeggen. Volgens Eriksen was er gisteravond een verkleedfeest, een party. Ik heb een Mickey Mouse-masker gevonden, dus ze zal wel van plan geweest zijn erheen te gaan, of was er geweest. Hoogstwaarschijnlijk sliep ze niet.'

'En de tijdlijn?'

Mia haalde haar schouders op.

'Geen idee. Alles was vers, maar ook weer niet zó vers, als je snapt wat ik bedoel. Het bloed op de grond om haar heen was nat, maar aan de randen al geronnen. Een paar uur voor we haar vonden misschien?'

'Dus laten we zeggen: rond zeven, acht uur?'

'Zoiets.'

'IT?'

'Ik heb naar haar telefoon gezocht, maar heb hem niet kunnen vinden. Ook geen computer. Voor zover ik weet is er nog niemand bij haar thuis geweest.'

'Dus ze heeft een thuis? Naast deze boot?'

Munch stak een nieuwe sigaret aan met de vorige.

'Voor zover ik heb begrepen wel,' antwoordde Mia. 'Met wat gecompliceerde verhoudingen. Moeder is alcoholist. Verslaafd. Zoiets. Zoals gezegd: ik heb nog niet zoveel kunnen doen.'

'Is de familie op de hoogte gebracht?'

'Ik geloof dat ze geprobeerd hebben haar te bereiken, maar nee.'

'De moeder?'

'Ja. Er werd gezegd dat ze vaak de stad in gaat. Op kroegentocht misschien – geen idee.'

'Alles onder de pet tot we haar te pakken krijgen, oké?'

'Natuurlijk,' stemde Mia in. 'Tot nu toe geen pers, geloof ik. De journalisten van de plaatselijke krant hier zijn wel beleefd. Nog geen nationale pers, voor zover ik weet. Alleen geruchten dat het eiland binnenkort zal worden overspoeld.'

'Hoezo? Waarom?'

'De bruiloft. De erfgenaam van het zalmimperium gaat trouwen. Dat zal wel wat heisa geven.'

'Ook dat nog,' mompelde Munch.

'Ik weet het,' zei Mia. 'We moeten het zo lang mogelijk stilhouden.'

Ze zweeg weer.

'Waar denk je aan?'

'Wat zal ik zeggen?' mompelde Mia. 'De agressie in het plaatje lijkt op een hevige emotie, vind je niet? De gewelddadigheid?'

Munch knikte.

'Maar aan de andere kant: de kerk, en wat ik op de plaats delict aantrof, lijkt allemaal zo gepland. Het lukt me alleen niet die twee vondsten met elkaar te rijmen.'

'Bedoel je dit?' zei Munch, en hij schoof de iPad naar haar toe.

'Ja.' Mia knikte langzaam.

Op de foto stond een witte theekop.

Iemand had op de zijkant geschreven: BABY JEZABEL.

En in het bloed van het meisje een naam: JONATHAN.

15

Sofia stond op de open plek voor de preekstoel en had binnenpretjes, want het was steeds hetzelfde liedje. Die twee stonden te ruziën over wie de dirigent was, maar ze waren volwassen, dus ze wilden het aan niemand laten merken, hoewel iedereen wel wist hoe laat het was. De meisjes naast haar gniffelden stilletjes. Sofia knipoogde naar hen en moest ook gniffelen. Ze hield van zingen in het koor. De stemmen die in de mooie ruimte rondzweefden. Ze moesten door dat toneelstukje heen voordat ze konden beginnen: de twee dirigenten die het niet met elkaar eens waren. Sofia's lievelingsliederen waren 'Here God, Uw naam zij geëerd' en 'Liefde van God'. Papa schudde na de concerten altijd zijn hoofd en zei: 'Ja, ja', maar voor haar was dat met God niet zo belangrijk; het ging om de melodieën. Hoe ze er helemaal vervuld van raakte als ze zong, en alle andere stemmen die als warme bubbels om haar heen in de lucht leken te zweven. Niet waar ze over zongen. Papa wilde net als alle andere volwassenen alles uitleggen en was een paar keer met haar gaan zitten. *Je weet toch dat mensen verschillende dingen geloven?* Ja, hoor. Ze was toch geen baby meer? Ze snapte best dat er waarschijnlijk geen oude man met een baard op een wolk in de hemel zat en alles zag wat ze deden, maar dat maakte niet uit. Het ging erom hoe het vóélde om te zingen. Hoe blij ze ervan werd. Niet om de woorden die ze zongen. Het was anders geworden met de komst van de nieuwe dominee. En wat eigenlijk een beetje raar was, was dat híj had voorgesteld om andere liederen te gaan zingen, niet de hele tijd over God. Eén keer, toen Nora ziek was, had hij andere muziek bij zich en fluisterde tegen hen, alsof ze samen een geheim deelden: *Vandaag gaan we iets leuks zingen.* Dat was voor kerst geweest, en ze zouden voor de kerstdienst repeteren. Het lied dat hij bij zich had was 'All I Want for Christmas Is You', een Engels lied dat niets met God te maken had. Dat was heel leuk, vooral omdat hij niet zo goed piano kon spelen als hij zelf dacht, en het had heel raar geklonken, een beetje *pling-plong*, maar de Engelse woorden waren grappig, bijna alsof er een vreemd snoepje door haar mond rolde. Ze hadden gewacht op wat Nora zou zeggen als ze terug was. En die had zich maar net in kunnen houden. Ze was knalrood, de stoom kwam bijna uit haar oren, en daarna hadden ze dat lied nooit meer gezongen.

Ze krabde aan haar knie en wapperde zich met de tekst wat koelte toe. Het was vandaag vreselijk warm in de kerk, maar hoewel er een paar klaagden, moesten ze toch oefenen voor het GROTE concert. Ze had vlinders in haar buik als ze daaraan dacht. Stel je voor! Misschien wel de grootste bruiloft ter wereld, en daar mocht zij zingen? Ze werd er steeds blijer en opgewondener van. Wat romantisch. Bijna als in een sprookje. De prins zou gaan trouwen, en hoewel de koning en koningin waarschijnlijk liever wilden dat hij met een prinses trouwde, uit een ander land misschien, was hij verliefd geworden op *een heel gewoon meisje*, zoals zij.

'Ja, maar Prytz...' mompelde de nieuwe dominee, terwijl hij op een blad voor zich wees.

Nora's wangen gloeiden, en ze deed haar uiterste best om niet te hard te praten, maar ze keek wel heel chagrijnig. Zo was ze af en toe: heel erg bezig met wat goed was, met God en Jezus en zo. Die twee leken eindelijk klaar te zijn. Nora schraapte haar keel en keek glimlachend naar het koor, terwijl de dominee naar de piano slofte. Sofia voelde zich een beetje schuldig, omdat ze zo negatief over hem had gedacht. Want hij speelde best aardig. Waarschijnlijk was dat Engelse lied gewoon te moeilijk geweest.

Nora wilde net beginnen, toen haar gezicht opeens verstrakte.

Eerst dacht Sofia dat ze naar haar keek, maar dat was gelukkig niet zo; ze keek naar het meisje van het eiland Frøya dat naast haar stond. Sofia wist niet hoe ze heette, want ze was nog maar net bij het koor, en misschien had ze daarom nog niet helemaal begrepen hoe Nora het wilde hebben in de kerk.

'Pardon,' zei Nora, en ze knikte naar haar. 'Wat heb je nou aan?'

Het meisje keek voorzichtig om zich heen.

'Ik?'

'Ja, jij, ja,' zei Nora. Ze liep op het koor af. 'Waar denk je dat we zijn? In een waterpark?'

Nora zette haar handen in haar zij en knikte naar wat ze aanhad.

Een korte broek en een bloesje dat haar buik bloot liet.

'Heb je geen respect voor God?'

'Maar het is zo warm...'

'Hier binnen kleden we ons fatsoenlijk,' zei Nora. 'Heb je niets anders bij je?'

'Ik heb een trui in mijn tas,' mompelde het meisje, en ze keek naar de vloer.

'Ga maar halen.'

Het meisje boog haar hoofd en draafde door het middenpad. Verlegen kwam ze terug met de trui aan.

'Ziezo,' zei Nora knikkend. Ze liep terug naar haar plek en hief haar armen in de lucht. 'Dan zingen we "Liefde van God".'

Ze wilden net beginnen, toen de deuren achter in de kerk opeens opengingen.

'Sorry dat ik stoor.'

Sofia glimlachte toen ze de stem hoorde.

'Ja, Dorothea?' verzuchtte Nora.

Oma kwam niet helemaal naar hen toe; ze bleef een beetje dralen voor de open deuren.

'Sorry, maar ik moet even met Sofia praten.'

Sofia keek om.

'Nu?' vroeg Nora. 'Het concert is al over...'

'Ja, het moet nu.'

Oma's stem klonk vreemd.

'Goed dan,' zei Nora knikkend, terwijl ze haar uit de rij wenkte.

Sofia liep snel door het middenpad.

'Wat is er, oma?'

Oma pakte haar hand, deed de deuren achter hen dicht en zei pas iets toen ze buiten op de trap stonden.

'Er is iets gebeurd, Sofia. Iets verdrietigs.'

16

Het kleine politiebureau was er natuurlijk niet op berekend. Alle beschikbare collega's uit de buurt waren naar het eiland gekomen, in de hoop op de juiste tijd op de juiste plaats eindelijk een zinvolle politiedaad te kunnen verrichten. Mia was bijna vergeten hoe autoritair Munch kon zijn, tot hij luid zijn keel schrapend iedereen om stilte vroeg, nadat ze zich ten slotte in de briefingruimte aan het einde van de gang hadden geperst.

'Wie is hier de opsporingsleider?'

De stem van Munch bulderde door het kamertje.

Een paar agenten in uniform keken elkaar onzeker aan, waarna iemand zijn hand opstak.

'Dat ben ik. Jack Olsen, politie Orkanger.'

'Mooi, Jack Olsen, politie Orkanger. Het eerste wat je moet doen: neem iedereen – en dan bedoel ik ook iedereen – die vandaag zijn uniform aanheeft mee naar buiten. In deze ruimte wil ik geen uniformen zien, begrepen?'

Een vrouw in uniform, die in een hoek gedrukt stond, stak snel haar hand op.

'Mag ik even wat vragen? Bedoel je dat we ons moeten omkleden?'

'Nee. En ik had het tegen Jack.'

Munch wees op Olsen.

'Jack, jij bent verantwoordelijk voor iedereen in uniform, is dat duidelijk?'

Olsen knikte ernstig.

'Ik wil binnen geen enkel uniform zien. Dit is de afdeling Recherche, oké?'

'Maar,' begon een agent, die in een groepje op de gang stond, maar Munch poeierde hem af.

'Alleen jij brengt verslag aan mij uit, oké?'

Jack Olsen knikte weer.

'Mooi. Ik heb begrepen dat de plaats delict is afgezet, FO heeft wat ze nodig hebben, en het lijk is voor obductie naar het Forensisch Instituut gestuurd?'

Olsen keek onzeker naar de collega naast hem, die voorzichtig knikte.

'Ja,' zei Olsen.

'Goed. Volg verder het protocol, en nogmaals: als er iets is wil ik het alleen van jou horen, duidelijk?'

'Duidelijk.'

'Eerste prioriteit is de familie. Ik heb begrepen dat er geen vader in beeld is en dat we nog op zoek zijn naar de moeder?'

Weer een onzekere blik van Olsen, maar zijn collega knikte.

'Laat het weten zodra er contact met haar is, oké?'

Olsen knikte, stond op en wuifde de agenten naar de gang.

'Jullie hebben gehoord wat hij zei. Iedereen naar buiten.'

Een koor van licht ontevreden gegrom en teleurgesteld gezucht, terwijl iedereen in uniform de ruimte verliet.

'Zo,' zei Munch, en toen het eindelijk stil was keek hij de ruimte rond. 'Wie hebben we hier?'

Een handjevol mensen, allemaal in burger, was blijven zitten.

'Ik begin wel,' zei een donkerharige vrouw van begin dertig. Ze schraapte haar keel. 'Nina Riccardo, rechercheur, Trondheim.'

De een na de ander volgde.

'Ralph Nygaard, rechercheur, Orkanger.'

'Hoi, Claus hier, Nielsen, officier van justitie, Trondheim.'

'Kevin Borg, recherche, Trondheim.'

Luca Eriksen stond achterin en keek onzeker om zich heen.

'Eh... ja, Luca Eriksen, politiechef Hitra. Ik ben in uniform, maar als jullie willen dat ik...'

Mia glimlachte naar hem.

'Jij hoort natuurlijk hier, Luca. Ga maar zitten.'

Eriksen knikte voorzichtig naar de anderen en vond een stoel bij het raam.

'Oké,' zei Munch, naar buiten kijkend.

'Voor degenen die niet weten wie ik ben: mijn naam is Holger Munch, en dit is Mia Krüger.'

Mia knikte naar de gezichten in de ruimte.

'Wij hebben de verantwoordelijkheid voor dit onderzoek, en als je daar problemen mee hebt, neem je dat maar met Ludvigsen op. Is er trouwens iemand die daar problemen mee heeft?'

Een paar mensen schudden hun hoofd.

'Mooi. En overigens: als het wel zo is, dan is daar de deur. Ik verwacht dat jullie doen wat ik zeg en dat we van nu af aan als één team werken.'

Er werd weer naar elkaar gekeken en geknikt.

'Een paar basisregels,' gromde Munch. 'Geen woord van wat we hier bespreken verlaat deze ruimte. Niet tegen je vrouw, je man, buurman, en ook niet tegen je plaatselijke leidinggevende. Alle informatie gaat via mij naar buiten, begrepen?'

Niemand zei iets.

'Mooi. En het allerbelangrijkste: geen woord tegen de pers. Ik snap dat het verleidelijk kan zijn om een exclusieve primeur aan de lokale krant te geven, maar als ik erachter kom dat er uit deze groep gelekt wordt, dan...'

Hij zweeg even.

'Dat begrijpen we,' zei Nina Riccardo knikkend.

Halflang haar, olijfkleurige huid, een Zuid-Europese vader misschien. Kleurig gekleed, in een strakke gele spijkerbroek, een knalrood T-shirt en lichte sportschoenen. Donkere, ernstige ogen. Ze maakte een rustige en betrouwbare indruk. Alsof ze ondanks haar jonge leeftijd al vaker met dit bijltje had gehakt.

'Fijn, hartelijk dank. Nogmaals: ik begrijp dat het misschien geen ideale situatie voor jullie is dat er rechercheurs uit Oslo de leiding komen overnemen, maar het is nu eenmaal zo. Vanaf dit moment heb ik het hier voor het zeggen.'

'Niet Mia?'

Een flauwe grap van Kevin Borg, de blonde krullenbol met zijn beige zomerjasje en witte overhemd, een van de rechercheurs uit Trondheim.

'Als jullie iets tegen Mia willen zeggen, maar niet tegen mij, ga je gang, als het maar binnen deze muren blijft,' zei Munch droog, en hij haalde zijn iPad uit zijn tas. 'Is hier ergens een stopcontact?'

Luca mompelde iets en stond op uit zijn stoel.

Mia had er een beetje spijt van dat ze hem verantwoordelijkheid had gegeven. Eriksen was duidelijk niet op zijn gemak toen hij met de kabels achter Munch aan het rommelen was om de beamer aan het plafond aan te sluiten.

'Zo.' Hij glimlachte bij wijze van excuus toen de foto's van de iPad van Munch eindelijk op het scherm verschenen.

'Oké,' zei Munch, en hij keek weer naar zijn toehoorders. 'We zullen elkaar in de loop van het project wel beter leren kennen, maar we hebben geen tijd te verliezen. Laten we meteen aan de slag gaan. Kun je...'

Hij knikte naar Eriksen, die de gordijnen sloot, de deur naar de gang dichtdeed en weer ging zitten.

'Jessica Bakken,' zei Munch, en hij liet de eerste foto zien.

Die leek van sociale media geplukt te zijn. Een glimlachend meisje, in een afgeknipte spijkerbroek en een kort roze T-shirt dat haar platte buik liet zien. Een beugel en het V-teken met haar vingers; ze stak haar tong uit naar de fotograaf.

Munch keerde zich naar het gehoor.

'Ik heb haar een uur geleden leren kennen. Is er iemand die meer weet dan ik?'

Nina Riccardo kuchte en keek in haar notitieboekje.

'Jessica Bakken, zestien jaar, geboren in het ziekenhuis in Trondheim. Moeder Laura Bakken, drieëndertig, opgegroeid buiten Tromsø. Een kleine voetnoot: ze was dus pas zeventien toen Jessica geboren werd. Vader onbekend. Ik heb een zaak gevonden waarbij zij, de moeder dus, heeft geprobeerd het vaderschap te laten vaststellen...'

Ze bladerde snel in haar aantekeningen.

'Een zekere Ronny Hov uit Fauske. De DNA-test wees uit dat hij niet de biologische vader van het kind was. Terug naar Jessica. Sinds haar geboorte heeft ze volgens het bevolkingsregister op drie verschillende adressen gewoond: in Bremnes, verder naar het noorden, in Østbyen in Trondheim, en hier dus, waar ze kwam wonen toen ze negen was. Ze wonen hier dus al een jaar of zeven.'

'Dank je wel,' zei Munch knikkend. 'Verder nog iets?'

'Ja,' zei Ralph Nygaard, een breedgeschouderde man met een gladgeschoren hoofd.

Hij droeg een verwassen Springsteen-T-shirt, een bruine ribbroek en versleten sportschoenen, en leek minder zeker van zichzelf dan de andere rechercheurs in het vertrek.

'Ik ben, of ja... Ik heb nooit eerder aan dit soort zaken gewerkt, dus ik weet niet precies...'

Hij keek voorzichtig om zich heen.

'Kom maar op,' zei Munch.

'Oké.'

Nygaard schraapte zijn keel.

'Mijn zus woont hier op het eiland. Ze woont vlakbij, dus ik...'

'Vlak bij waar?' vroeg Munch.

'Eh... ja, sorry, niet zo ver van Jessica Bakken en haar moeder – het slachtoffer dus. Ze heeft me vanmorgen gebeld, toen het verhaal bekend werd.'

Munch onderbrak hem.

'Bekend? Het lijk is gisteravond gevonden. Bedoel je dat het al bekend is dat...'

Hij keek om zich heen.

'Klein eiland,' zei Luca Eriksen verontschuldigend. 'Iedereen hier weet zo ongeveer alles. Ík heb niets gezegd, maar het is absoluut onmogelijk om...'

'Oké,' verzuchtte Munch, en hij greep naar zijn voorhoofd.

Hij wisselde snel een blik met Mia, die hem direct begreep.

We moeten de moeder vinden.

Haar zestienjarige dochter is vermoord.

Ze moest het van iemand te horen krijgen die haar de nodige hulp kon geven, ongeacht de toestand waarin ze werd aangetroffen.

Mia knikte kort terug.

'Sorry,' zei Munch tegen de rechercheur met het Springsteen-T-shirt. 'Ga door.'

'Ja,' zei Nygaard, 'zoals gezegd, heeft mijn zus me gebeld, en ze zei dat ze bekend waren in de buurt – Jessica en Laura dus. Een huis met een draaideur, zogezegd.'

'Dat betekent?'

'Mensen in en uit,' zei Nygaard met een knikje. 'Altijd maar feesten. Nille zei dat...'

'Is dat je zus?'

'Eh... sorry, ja. Mijn zus vertelde dat ze een paar keer de politie heeft gebeld.'

Munch wierp een snelle blik op Luca Eriksen, die bevestigend knikte.

'Ik heb de processen-verbaal,' zei de lokale politieman. 'Ik heb er in totaal zes gevonden, ben zelf bij drie betrokken geweest. Moet ik...?'

'Die bekijken we later,' zei Munch, en hij gebaarde dat hij kon blijven zitten.

'Ze beschreef de woonsituatie van het meisje als erg onveilig,' vervolgde Nygaard. 'Vertelde dat Jessica bij hen thuis was geweest. 's Nachts. Een aantal keren. Vooral toen ze jonger was. Ze gaven haar eten, kleren, een bed; ze hielpen haar met van alles en nog wat, om het zo maar te zeggen, als de moeder de controle weer eens kwijt was.'

Munch stak zijn hand op om hem te onderbreken.

'Betekent dat de kinderbescherming? Zijn daar rapporten van?'

Het werd stil.

'Nielsen, toch?' vroeg Munch.

'Ja, Claus,' zei de officier van justitie.

Hij was lang, en het leek haast alsof hij zich voor de gelegenheid netjes had aangekleed. Zwart pak, ondanks het warme weer, wit overhemd, met een saaie blauwe stropdas, en keurig gepoetste schoenen. Trouwring en een attachékoffertje, dat er ook duur uitzag.

'Kijk wat we in het systeem kunnen vinden, oké?'

De officier van justitie knikte en maakte een paar aantekeningen op zijn iPad.

'Oké, nog iets?'

'De laatste jaren hebben ze haar niet zo vaak meer gezien,' ging Nygaard, de rechercheur uit Orkanger, verder. 'Het was hoi en dag als ze elkaar tegenkwamen, maar ik kreeg in elk geval een beetje informatie van haar.'

Hij scrolde op zijn telefoon.

'Ik weet niet of het relevant is, maar ik heb het volgende opgeschreven. Ze had net de onderbouw afgerond, werkte als oppas bij verschillende families. Ik heb hier een paar namen: Mary Brun, Anne Mikkelsen...'

'We nemen de lijst later door,' zei Munch.

'Dat was het,' zei Nygaard.

'Mooi,' zei Munch. 'Dan...'

'Nee, wacht even,' zei Nygaard, en hij krabde zich op zijn hoofd. 'Nog één ding, sorry...'

Hij glimlachte verontschuldigend naar de anderen.

'Nou?' zei Munch.

'Vorig jaar moet er iets gebeurd zijn. Jessica was zo veranderd dat iedereen in haar straat het erover had.'

'En wat was dat?' vroeg Munch.

'Het leek alsof ze ineens geld had.'

'Oké?'

'Nu had ik geen tijd om door te vragen, maar Nille zei dat ze ineens nieuwe kleren droeg, een mooi horloge, dure laarsjes. Ik weet ook niet precies waar het allemaal over ging, maar in elk geval een verandering van levensstijl. Dat viel op.'

'Oké,' zei Munch knikkend. 'Mooi. Initiatief, proactief, goed gewerkt – zo wil ik graag verder.'

Hij knikte waarderend naar zijn team.

'Ik...' begon Luca Eriksen, en hij keek om zich heen.

'Ja?' zei Munch.

Luca keek snel even naar Mia voor hij verderging.

'Ik heb een lijstje gemaakt van de mensen die haar leken te kennen. Ik weet niet of we moeten...'

Hij haalde een stapeltje opgevouwen blaadjes en een pen uit de zak van zijn politieoverhemd.

'Laat maar horen,' zei Munch en hij wenkte.

'De vriendinnenclub,' zei Luca. 'Dat zijn met name drie meisjes die vaak samen zijn: Jessica, Sylvia Green en Hannah Holmen.'

'Holmen? Als in...'

'De oudere zus van Jonathan Holmen, ja,' zei Luca knikkend.

Munch keek naar Mia.

Geroezemoes in de kleine ruimte.

'Oké, ga verder.'

'Alle bewoners hier kennen hen allemaal goed. Het zijn erg leuke, aardige meisjes. Sylvia is...'

'Laten we later op de details ingaan,' zei Munch. 'Geef ons nu even snel een beeld van de verhoudingen.'

'Oké,' ging Luca verder. 'Sylvia en Hannah dus. Dan hebben we nog de moeder, Laura, die al genoemd is. Verder geen familie, in elk geval niet hier. Dan heeft ze – of liever: had ze – een vriendje, Andres Wold. Hij is twintig, vier jaar ouder dus, zoon van Roar Wold, de garagehouder in Kvenvær.'

Mia knikte langzaam bij zichzelf.

Andres Wold.

Ze had hem gezien toen ze de motor uit de garage haalde, een oude Volvo met een groep jongens erin.

De bestuurder kon je niet over het hoofd zien.

Een luidruchtige jongen met lang haar, tatoeages op zijn handen en ringetjes in beide oren. Harde muziek uit de ramen, en hij had het achterportier opengerukt en een van de jongens uitgekafferd.

'Het was een knipperlichtrelatie,' vervolgde Eriksen met een blik op zijn papieren. 'Of ze op het laatst iets samen hadden weet ik niet, maar hij wordt in elk geval als haar vriendje genoemd.'

Eriksen zweeg. Het leek alsof hij zich bedacht.

'En?' zei Munch.

'Nee, ik weet eigenlijk niet of ik het nu moet noemen, of...'

'Ga door,' zei Munch bemoedigend.

'Ja, hoe moet ik het zeggen? Andres – Andres Wold dus – is hier berucht. Hij is bij een aantal zaken betrokken geweest. Niet ernstig, dat wil ik niet zeggen: wat vechtpartijen hier, wat kleine inbraken daar, opstandig. Kan ik het zo omschrijven: niet echt een lieverdje?'

Borg zuchtte en sloeg hoofdschuddend zijn armen over elkaar.

Munch stak zijn hand op en onderbrak Eriksen.

'Wilde je iets zeggen?'

'Wat?' zei Borg, toen hij begreep dat het commentaar voor hem bedoeld was.

'Ja?'

'Eh... nee, ik wilde...'

'Wilde wat? Is er hier iets wat ik niet begrijp? Je komt uit Trondheim en je hebt iets tegen provinciaaltjes, is dat het? Dat begrijp ik niet zo goed.'

De correct geklede man keek naar de grond en haalde zijn hand door zijn blonde krullen.

'Nee hoor, niets.'

'Dank je wel,' zei Munch, en hij knikte naar Eriksen om aan te geven dat hij door kon gaan.

'Ja, die Andres Wold, een kwajongen. Maar zoals gezegd: ik ken hem al een tijdje, en er steekt geen kwaad in hem.'

'Strafblad?'

Nina Riccardo had de vraag gesteld. Ze leek alert en liet zich niet van de wijs brengen door de mensen om haar heen. Mia merkte dat ze de kleurrijke rechercheur wel mocht.

'Nee...'

Eriksen aarzelde even.

'Of hij had het misschien wel moeten hebben, maar ik... Ja, je weet hoe dat gaat.'

'Oké,' zei Munch. 'Andres Wold moeten we zo snel mogelijk hier zien te krijgen, en natuurlijk ook alle anderen op je lijstje, vooral die twee meisjes...'

'Sylvia en Hannah,' preciseerde Eriksen.

'Juist,' zei Munch. 'Is er hier een verhoorkamer?'

Hij keek naar de mensen in de kleine ruimte.

'Nee, niet echt,' zei Eriksen. 'Maar er is nog wel een vergaderruimte. Misschien kunnen we die gebruiken?'

'Prima. Breng hem maar in gereedheid, liefst met opnameapparatuur, als jullie die hebben?'

'Jazeker.' Luca knikte.

'Mooi,' zei Munch, en hij keek in het rond. 'Heeft er verder nog iemand iets? Over Jessica?'

De aanwezigen schudden hun hoofd.

'Goed,' zei Munch. Hij projecteerde weer een foto. 'Jessica Bakken, zestien jaar. Gisteren leefde ze nog.'

Een nieuwe foto op het scherm achter hem.

'En vannacht hebben we haar zo aangetroffen.'

17

Hannah Holmen durfde haar hoofd niet te draaien. *Jezus, wat voelde ze zich brak. Hoe laat was het eigenlijk?* De zestienjarige probeerde haar telefoon te pakken, die ze op het nachtkastje dacht te hebben gelegd, maar het lukte niet. Haar armen gehoorzaamden haar niet. Geen enkel lichaamsdeel functioneerde zoals het moest. Misselijk. Overal pijn. *Hoe laat was het geworden? Shit, was ze eigenlijk wel thuis?* Hannah probeerde haar ogen open te doen. Het lukte net haar ene ooglid een klein beetje te openen. Het licht sneed als een zwaard in haar hersenen, en de misselijkheid kwam direct op, als een lawine uit haar maag. *O, verd... ze moest overgeven. Nee, nee, nee.* Ze bleef heel stil liggen. Probeerde zo langzaam mogelijk adem te halen. *Jezus.* De misselijkheid trok gelukkig een beetje weg, en ze durfde weer normaal adem te halen. Hannah bleef met haar ogen dicht liggen, terwijl ze de avond ervoor probeerde terug te halen. Het feest. Het was in de garage van Andres Wold begonnen. Rond een uur of zes, toch? *Shit, haar fiets. Hoe was ze eigenlijk thuisgekomen?* Er waren niet zoveel mensen in de garage, alleen de vaste groep: Sylvia, Jessica, Andres, Morty, Fille, de jongens van Frøya, hoe heetten ze ook alweer, Jeppe en... Nee ze kon er niet op komen. Andres had natuurlijk een show gegeven, had zijn nieuwe installatie hard aangezet. Zoals altijd slechte muziek, dreunende feestmuziek, met vage teksten. De jongens waren al dronken toen ze aankwamen. Grote flessen met vruchtensap en illegaal gestookte drank. Ze had natuurlijk een slokje genomen toen het haar beurt was, anders raakte de rest weer geïrriteerd, maar het had ook deze keer in haar keel gebrand. Toen had ze een besluit genomen. Niet zoveel drinken. Ze moest er niet aan denken om zich zo beroerd te voelen. Ze voelde zich naderhand altijd ellendig van die zooi. Een verkleedfeest, maar de kostuums hingen al op halfzeven. Andres was verkleed als een vent uit een of andere horrorfilm en zag er angstaanjagend uit. Het elastiekje van Jessica's Mickey Mouse-masker was kapotgegaan, dus het hing gewoon los om haar nek. *Wat? Nee. Dat was toch pas veel later?* Een glimp van binnen in de bunker. Ook daar harde muziek, en overal stroboscopisch licht, betere muziek dan gewoonlijk, haar lichaam had voor de verandering een keer zin om te dansen. Meestal deed ze dat niet, ze hield er niet van om te dansen als anderen naar haar keken, maar nu had ze het niet kunnen laten. Ze lachte hard en sprong wild in de menigte rond, alsof iets haar te pakken had gekregen, alsof de hele plek behekst was. Overal kostuums en maskers. Een paardenkop die tegen haar hinnikte. Een heks die grijnsde onder een groene neus. Een duivel die iets in Jessica's oor fluisterde. Dan Sylvia met haar Goofy-masker, en weer een glimp van Jessica – was dat buiten? Mickey Mouse recht voor haar neus, een stem die klonk alsof hij uit een wolk kwam. *Kijk, het elastiekje is kapot.* O jezus, nu kwam de misselijkheid weer op. Hannah sloeg wanhopig haar hand voor haar mond.

O, verdorie, wat erg. Een flits van een kampvuur nu, ergens ver weg. Achter de garage van Andres? Ze waren naar buiten gegaan, toch? Ze waren de herrie en zijn muziek zat. Iemand had een paar planken met benzine overgoten. Jessica's gezicht weer, de kleine hand naar haar uitgestrekt.

Een paar pillen.

Infinity.

Hannah probeerde voorzichtig haar ogen weer open te doen; deze keer ging het beter. De Justin Bieber-poster bij de deur. Ze was in elk geval thuis. In haar eigen bed. *Poeh.* Dat was tenminste iets. Hoe laat was het eigenlijk? Ze tastte naar haar telefoon op het nachtkastje, maar daar lag hij niet. Ze zag haar kleren op een hoopje op de grond liggen. Oké, hij zat zeker in haar broekzak. Even stilliggen, daarna zou ze hem proberen te pakken. Ze moest met iemand praten. Wat was er eigenlijk gebeurd? Jessica's stem en de lage zon. *Je moet ze gewoon proberen, ze zijn net binnengekomen, ze heten Infinity.* Ze dacht dat ze had geprobeerd af te wijzen, maar dat was niet echt gelukt. Het pilletje op haar tong, ze had het met bier weggespoeld. O jezus, nu kwam het. Hannah schoot met een ruk overeind en krabbelde moeizaam uit bed. Ze probeerde te staan, maar haar voeten weigerden.

O, nee, verd...

Ze kotste de hele vloer onder, ging weer terug in bed en bleef met haar armen om zich heen geslagen liggen trillen. Gadver, wat vies. Overal braaksel: op haar kin, in haar haar. Een misselijkmakende stank, waardoor ze nog meer wilde overgeven, maar haar maag was leeg. Het lukte om haar arm op te tillen en het dekbed over zich heen te trekken. *Haar telefoon.* Haar broek lag recht voor haar. Er zat iets in de zak. *Gelukkig.* Het kostte haar al haar kracht, maar uiteindelijk kreeg ze haar telefoon eruit. Batterij leeg. *Shit.* De lader zat in het stopcontact onder haar bed. Ze sloot hem op haar telefoon aan en bleef zwaar ademend liggen.

Infinity.

Jessica's bijna bezeten gezicht, binnen in de bunker op de dansvloer. De gele pillen. Voelde ze zich daarom zo beroerd? Dat moest het wel zijn. *Verdomme, Jessica.* Nee, ze nam het terug. Het was haar eigen schuld. Ze had een besluit genomen. Niet zoveel drinken. Niet de pillen nemen die ze altijd aangeboden kreeg. Haar telefoon gaf een piepje. Genoeg stroom om hem aan te kunnen zetten, zolang hij maar aan de lader lag. Haar vingers trilden toen ze de code intoetste. *Pling, pling, pling, pling, pling, pling.* De geluiden sneden in haar oren. Jezus, hoeveel berichten had ze wel niet gekregen? Ze keek op het schermpje en probeerde er een paar te lezen, maar het draaide voor haar ogen. Onbeantwoorde oproepen, zeker vijftig. Ze verzamelde moed en klikte op Sylvia's naam.

'Hannah, waar ben je?'

De stem knalde in haar oor.

'O, Sylvia, niet zo hard, ik ben zo ziek, verdomme, ik...'

'Jessica is dood!'

Ze kreeg haast geen adem, de misselijkheid kwam weer opzetten.

'Ik weet het,' fluisterde Hannah. 'Ik ook. Ik ben helemaal dood. Wat is er eigenlijk gebeurd? Hoe zijn we thuisgekomen?'

Even stil aan de andere kant van de lijn, en toen een doordringende gil en een waterval van tranen.

'Nee, ik meen het! Ze hebben haar in de boot gevonden! Serieus. Jessica is dood!'

18

Mia parkeerde haar motor bij de afzettingen en liep naar Munch, die al bij de oude boot stond. Een vrouw in een wit pak had haar lichtblauwe mondkapje naar beneden getrokken. Haar ogen begonnen te glinsteren toen ze Mia zag.

'Hoi, Mia.'

'Hoi, Rita.'

'We moeten ermee stoppen elkaar zo tegen het lijf te lopen, is dat niet wat ze zeggen?' zei de vrouw droogjes, en ze gaf haar een hand.

Rita Mellbye, van Forensisch Onderzoek.

'Zijn jullie binnen geweest?'

Mellbye knikte in de richting van het dek.

'Alleen ik,' bevestigde Mia. 'Gisteravond laat in het donker. Ik kon niet zoveel zien.'

'Snap ik,' zei Mellbye, en ze wenkte een van de technici, die met een iPad naar haar toe kwam. 'Ik zal jullie erheen brengen, we moeten eerst even ons werk afmaken. Ik heb foto's van wat ons tot dusver opgevallen is.'

Ze liepen achter haar aan de tent in en gingen aan een tafel zitten.

'Hebben jullie haar telefoon gevonden?' vroeg Munch.

'Nog niet,' zei Rita, terwijl ze naar zijn sigaret keek. 'Prima als jij een langzame dood wilt sterven, Munch, maar sleep ons er niet in mee.'

Munch ging hoofdschuddend naar buiten om zijn sigaret uit te drukken.

'Zou hij ooit nog stoppen?' vroeg Rita, en ze zette haar iPad aan.

'Hij zegt dat hij het nodig heeft om na te denken,' zei Mia.

Mellbye moest even lachen.

'Jij kunt toch ook goed nadenken, Mia?'

'Jawel.'

'Zie je wel, dat gaat best zonder.'

'Zo,' zei Munch, die terug was gekomen. 'Hebben jullie iets wat wij niet hebben?'

'Ik weet niet wat jullie hebben gekregen,' zei Rita. Ze swipete over het scherm. 'Het duurde even voordat we de lampen aan de praat hadden. Onze generator deed het niet, daarom zijn we een beetje traag, het spijt me.'

'Dat geeft niets,' zei Munch, die ging zitten.

Er stond een ventilator in de ene hoek van de tent, maar die kon de hitte niet helemaal buiten houden. Bijna zes uur 's avonds, en toch was de zon nog net zo warm als rond het middaguur in een zuidelijk land.

'Oef,' zei Munch, en hij deed zijn jasje uit.

Mia lachte.

Het was onwennig om hem zo te zien. Meestal zat hij dik ingepakt – een donkere ribbroek, een dikke sjaal en die onafscheidelijke beige duffel –, maar nu was hij de zomerversie van zichzelf. Een lichte broek en een overhemd met een Hawaï-achtig printje dat eruitzag alsof hij het onder uit de kledingkast had geplukt en vergeten was te controleren of er knopen ontbraken. Een lichtgeel jasje, dat er ook uitzag alsof het uit een ander tijdperk kwam.

Ze had het in zijn blik gezien.

Een kleine steek in haar buik gevoeld.
Die blauwe hondenogen.
Serieus, Mia. Je gaat toch niet stoppen?
Niet echt?
Jij en ik? Dit doen we toch samen?
Diezelfde blik nu hij naar een nieuwe sigaret reikte, voor hij zich realiseerde dat Mellbye roken in de tent had verboden.

'Zo,' zei Rita, scrollend door de foto's. 'Wij, of de lokale politie eigenlijk, hebben het meisje zó gevonden. Op haar rug, op de grond, schoenen aan, rok, onderbroek, topje. Nu moeten we natuurlijk wachten op het obductierapport, maar ik zie eerlijk gezegd geen tekenen van seksueel misbruik. Helemaal aangekleed, zoals gezegd. Het enige wat we hebben gevonden was een scheur in het jasje naast haar.'

Ze vergrootte de foto.

'Zien jullie wel? Een winkelhaak onderaan de mouw, die nieuw lijkt, maar dat kan allerlei redenen hebben, want ze was toch op een feest geweest?'

'We zijn bezig om de tijdlijn na te gaan,' sprak Munch met weer een blik op zijn sigaretten.

'Dan deze kop nog.'

Ze swipete weer.

'Die heb je toch gezien?'

Mia knikte.

'Lijkt met een gewone viltstift geschreven te zijn. De woorden BABY en JEZABEL, en hier, zie je dat, zit een vlek, maar het zou ook een punt kunnen zijn.'

Ze vergrootte de foto, zodat ze het konden zien.

'De kop is vrij nieuw, en kán van het meisje geweest zijn, maar hij past niet bij de andere spullen die ze had. Niet om het een of ander, maar het lijkt me een samengeraapt zootje, ze heeft niet bepaald een binnenhuisarchitect in de arm genomen. We hebben toch wel het idee dat ze hier sliep?'

'We onderzoeken het nog,' zei Munch. 'Maar het lijkt er wel op.'

'Helemaal mee eens,' zei Mellbye knikkend. 'In elk geval af en toe. We zijn nu met die kop bezig, een goedkoop ding. Er zit een Europris op het eiland. Misschien hebben we geluk en komt hij daarvandaan.'

'Goed,' mompelde Munch, en hij wees op het scherm. 'Wat is dit?'
'Iets heel interessants,' zei Mellbye, 'maar dat moeten jullie natuurlijk beoordelen.'
Ze haalde haar schouders op en vergrootte de foto waar Munch naar had gewezen.
'We hebben in de kop restjes van iets gevonden, zie je wel? Wacht even, hier heb ik een betere, een microscoopfoto.'
'Onder in het kopje?' vroeg Munch.
'Yep,' zei Rita, en ze riep naar buiten. 'Benny?'
Een jongeman stak zijn hoofd naar binnen.
'Heb jij het zakje met de inhoud van het kopje?'
De rechercheur verdween en kwam terug met een bewijszakje.
Rita nam het mee naar de andere kant van de tent en legde het triomfantelijk onder de loeplamp.
'Een haar?' zei Munch.
'Bijna onzichtbaar, maar we hebben hem gevonden.'
Ze legde het zakje terug op tafel.
'Kijk,' zei Rita. 'Een theekop met de woorden BABY JEZABEL, en voor zover we kunnen nagaan heeft iemand de moeite genomen om een klein ritueel uit te voeren. Die heeft dus haar in de kop verbrand en hem vervolgens naast het meisje op de grond gezet.'
'Haar van Jessica?' vroeg Mia nieuwsgierig.
'Ik denk van niet,' zei Rita hoofdschuddend. 'We wachten op de uitslag, maar deze is toch veel donkerder?'
Ze hield het zakje voor hen op.
'Laten we afwachten wat het laboratorium zegt,' zei Munch, met zijn vingers op zijn sigaretten trommelend.
'Het bloed,' zei Rita, en ze liet weer een andere foto zien, 'is allemaal van haar. Nogmaals: we moeten het natuurlijk dubbelchecken, maar uit de sneltest van gisteren kwam dat het zeer waarschijnlijk van haar is. Geen sporen van bloed van een ander. Het is daar net een vuilnisbelt, dus er kunnen nog meer vlekken zijn, maar tot nu toe hebben we in elk geval niets gevonden.'
Ze ging weer naar een andere foto.
'En dit hebben jullie natuurlijk gezien: de naam Jonathan, in het bloed gekrast. Ik ga ervan uit dat jullie denken dat het...'
'De vermiste jongen is,' zei Munch knikkend. 'Heb je meer gevonden wat we niet hebben gezien?'

Rita keek hem kribbig aan.

'Willen jullie nou alles nalopen of niet?'

'Niets nieuws? Dan kijken we er later naar.'

Hij greep zijn sigaretten van de tafel, stak er op weg naar buiten een op en liep voor Mia uit naar de boot.

'Wat denk je?'

Mia schudde haar hoofd.

'Geen idee.'

'Een soort ritueel? Iemands haar in een kop verbranden met een boodschap?' vroeg Munch.

'Zou kunnen. *Baby.* Ik weet het niet. Denk je dat ze zwanger was?'

'Dat horen we later, maar denk je in die richting? Jong meisje? Gaat vreemd met de man van een ander? Wraak?'

'Is dat niet een beetje vergezocht? Haar vermoorden, ja, kan. Maar er zo'n circus van maken? Is dat niet onwaarschijnlijk?'

'Misschien wel,' zei Munch, en hij keek naar het dek. 'Ga je ervandoor?'

'Ja,' zei Mia. 'Pak jij dit op? Dan trek ik de sporen van Jonathan na, oké?'

'Oké,' antwoordde Munch. 'Weet je waar ik logeer?'

'Hotel Hjorten. Ze zitten eigenlijk vol vanwege die bruiloft, maar ik denk dat ze voet bij stuk hielden. Nu moet er vast een chagrijnige sensatiejournalist in een tent slapen.'

'Net goed,' mompelde Munch. 'Kom je later die kant op?'

'Ik bel je wel,' zei Mia, en ze liep op een drafje naar haar motor.

19

Hier was het. Dit huis had Jonathan op die avond drie jaar geleden verlaten. De familie By. De laatste mensen die de jongen in leven hadden gezien. Een witgeverfd prefabhuis uit de jaren tachtig, met een uitbouw. Een modern vierkant van glas dat aan de ene kant uitkeek op zee. Heel gewoon, was het eerste wat ze dacht. Er was niets wat opviel, niets wat eruit sprong. Een grijze Subaru voor de deur. Een boomhut in de tuin. Een blauwe mountainbike die bij de trap naar de veranda was neergesmeten.

Een handbeschilderd bordje van keramiek naast de voordeur: HIER WONEN ERIK, CHARLOTTE EN EINAR. Mia drukte op de messingkleurige bel en hoorde hem binnen rinkelen.

'Ja?'

Er verscheen een vragend gezicht in de deuropening. Het was duidelijk dat het hier niet meer zo was als vroeger. Sinds gisteren was alles opeens anders. De idylle was uit elkaar gespat. De veiligheid was weg. Normaal zou Charlotte By de deur waarschijnlijk wijd hebben geopend, met een glimlach.

Hallo, en jij bent?

Maar nu niet meer.

Haar ogen schoten heen en weer. De vrouw van rond de veertig keek haar wantrouwend aan.

'Hallo, ben jij Charlotte?' vroeg Mia.

'Ja?'

'Ik ben Mia Krüger, van de politie.'

'O,' zei Charlotte By.

Mia zag opluchting op haar gezicht.

'Sorry, ik wilde alleen...'

'Geen probleem, hoor,' zei Mia. 'Ik snap dat de gebeurtenissen van gisteren er bij iedereen hebben ingehakt.'

'Dat kun je wel zeggen,' zei Charlotte By, terwijl ze haar armen over elkaar sloeg.

Ze stapte naar buiten en keek even om zich heen.

'Het begon net een beetje beter te worden. Ja, na de vermissing van Jonathan, bedoel ik. Maar een moord? Hier vlakbij? Nee, ik kan het bijna niet geloven. Iedereen doet nu zijn deur op slot. Ik durf Erik haast niet alleen naar buiten te laten gaan.'

'We doen wat we kunnen,' zei Mia geruststellend. 'Maar ik begrijp je goed. Heb je even? Is het goed als ik...?'

'Ja, ja, natuurlijk,' zei de blonde vrouw. 'Wil je binnenkomen? Ik heb net koffiegezet.'

'Nee, hoor,' zei Mia. 'Dit duurt niet lang. Ik probeer die avond in kaart te brengen. Toen Jonathan verdween. Hij was toch hier bij jullie?'

Charlotte By zag er opeens verdrietig uit.

'Ja, hij was hier. Het klinkt misschien raar, maar het is alsof het gisteren was. Ik heb die scène steeds opnieuw afgespeeld in mijn hoofd. De spelende kinderen. Het gestommel in de gang toen hij zijn schoenen aantrok. De manier waarop hij "doei" riep – heel normaal, weet je? Ik was in de keuken, dacht er verder niet over. Ik vind dat ik had moeten... Ik weet het niet...'

Ze schudde bedroefd haar hoofd.

'Je hoeft jezelf niets te verwijten,' zei Mia. 'Je had het toch niet anders kunnen aanpakken?'

'Nee, of... Ik weet het niet. Ik had hem weg kunnen brengen. Soms zou ik graag willen dat ik dat had gedaan. Had ik hem maar een lift aangeboden. Zijn fiets in de achterbak gegooid. Hem veilig naar huis gebracht. Maar ik...'

'Daar was toch geen reden toe?'

'Hè?' vroeg Charlotte By, die even had zitten dromen.

'Dit kon je niet weten.'

Ze zweeg weer even.

'Nee, dat kon ik niet weten. Jonathan fietste altijd zelf naar huis als hij hier was geweest. Maar toch...'

Ze schudde haar hoofd en keek Mia verdrietig aan.

'Ik snap het,' zei Mia. 'Klopt het tijdstip, denk je?'

'Wat bedoel je?'

Mia pakte haar notitieboekje en bladerde in haar aantekeningen.

'Kripos heeft geregistreerd dat er om 20.31 uur werd gebeld. En dat hij hier om tien over halfnegen wegging. Klopt dat?'

Charlotte By knikte.

'Ja, dat klopt. Ze hebben er verschillende keren naar gevraagd, en ik weet het honderd procent zeker. Ik zag hem door het keukenraam toen hij zijn fiets van de grond opraapte. Ik wierp een blik op de klok. Tien over half. Ik weet nog dat ik dacht: dan is hij rond negen uur thuis en ligt hij op tijd in bed. Zo zijn moeders.'

Ze glimlachte even, bijna verontschuldigend.

'Ik begrijp het,' zei Mia. 'Bedankt. Dan is dat bevestigd. Gebeurde er die avond verder nog iets?'

'Waar denk je dan aan?'

'Iets wat anders was dan anders? Had Jonathan het over iets bijzonders? Iets wat hem opviel? Had hij niets vreemds gezien? Was hij niemand tegengekomen?'

Ze schudde van nee.

'Nee, zoals ik destijds al tegen de agenten zei, kan ik me niets bijzonders herinneren. Ik heb het ook aan de kinderen gevraagd, een paar keer, zowel aan Erik als aan Sofia, maar nee. Ze waren met elkaar aan het spelen, aten de popcorn die ik had gemaakt. Een doodgewone avond. Totdat...'

Charlotte By viel weer stil en zuchtte diep.

'Oké,' zei Mia. 'Goed. Kun je aanwijzen welke weg hij nam?'

Vanaf het huis, langs het veld, door het laantje – ze had het thuis al op de kaart gezien –, maar ze wilde het zeker weten.

Charlotte By kwam verder naar buiten.

'Ik weet het natuurlijk niet honderd procent zeker,' zei ze, wijzend. 'Maar zoals ik tegen de andere rechercheurs zei, liep hij altijd met zijn fiets aan de hand langs het veld en door het Berkenbosje. Daar loopt een pad. Zo kom je veel sneller bij de hoofdweg.'

'Het Berkenbosje?' vroeg Mia.

Die naam stond niet op de kaart.

Charlotte By glimlachte vluchtig.

'Ja, zo heet het misschien niet, maar zo noemen we het altijd. Eriks overgrootvader heeft het lang geleden aangeplant. Hij vond dat er hier te weinig loofbomen waren. Wilde graag zijn eigen bosje hebben, geloof ik.'

'Oké, dan neem ik dat als uitgangspunt. Is je zoon thuis?'

'Nee, hij is met Einar gaan vissen. Het begint al laat te worden, dus ze zullen zo wel thuiskomen. Zal ik vragen of ze contact met je opnemen?'

Mia haalde een visitekaartje uit haar zak.

'Hier is mijn nummer, als ze nog op iets anders komen.'

Charlotte By keek ernaar en knikte.

'Weten jullie meer over...'

'Jessica?'

'Ja. Is het echt waar dat ze...'

'Daar kan ik helaas niets over zeggen,' zei Mia. 'Maar we werken eraan. O ja, er was toch nog iets.'

'Oké?'

'Weet je of die twee elkaar kenden?'

'Wie? Jonathan en Jessica?'

'Ja.'

Charlotte By fronste haar wenkbrauwen.

‘Dat denk ik wel… of ik weet het eigenlijk niet. Jessica was een vriendin van Hannah, zijn zus dus. Maar of ze weleens samen waren weet ik niet.’

‘En Erik, je zoon? Kende hij haar?’

Ze schudde van nee.

‘We hebben het er eerder vandaag met hem over gehad, maar hij wist niet wie ze was.’

‘Oké, dan heb ik alles wat ik nodig heb, denk ik.’

Mia wilde net gaan, toen Charlotte By haar tegenhield.

‘Denken jullie dat?’ vroeg ze bezorgd.

‘Wat?’

‘Dat het met elkaar te maken heeft? De vermissing van Jonathan en…’

‘We denken op dit moment niets,’ zei Mia. ‘We houden alleen alle mogelijkheden open. Bedankt voor je hulp. Bel me als jullie nog iets te binnen schiet, goed?’

Charlotte By knikte en bleef op de buitentrap staan totdat Mia aan het eind van het veld was.

Oké.

20.40 uur, Jonathan verlaat het huis.

Mia liep door een hek in een omheining, stak de wei over, en toen was het bijna alsof ze in een magische wereld kwam. Een bosje waarin de berken dicht op elkaar waren geplant, een mooie laan die naar een bijna sprookjesachtig bos leidde. Ze bleef tussen de bomen staan, kon de boten op het glinsterende water verderop zien.

Hier had hij gelopen.

Had hij daar iets gezien?

Iets ongewoons?

Een boot?

Iets wat hem nieuwsgierig had gemaakt?

Mia liep verder langs het pad en stopte bij een open plek.

Zes minuten tot hier.

Hij gaat direct naar huis, toch? Zijn moeder heeft gebeld. Hij blijft nergens staan. Tenzij hij een reden heeft om te blijven staan? Hier misschien? Als hij daar iets zag? Iets wat hem opviel?

Mia keek om zich heen.

Iemand had een hartje in de schors van een boom gekerfd.

THOMAS + HEIDI.

Het pad hield op en ze stond op de weg. Ze keek op haar telefoon. Twaalf minuten. En ze was nog een paar keer gestopt. Ze draaide zich om en keek weer naar het pad. Een jongen die snel liep? Ook al had hij een fiets aan de hand? Tien minuten? Elf misschien?

20.40 uur vertrokken. Hier rond 20.50 uur?

Ze stopte de telefoon terug in haar zak en liep verder langs de hoofdweg. Maar een paar minuten lopen. *De Bocht.* Ze keek om zich heen. Niets hier. Geen huizen. Geen afslagen van de weg. Rotsen aan de ene kant, sparren aan de andere. Helemaal verlaten. Dus waar was die auto dan gezien? Waar woonde die Jacob Wallstedt? Pas een paar honderd meter verderop zag ze het staan, hoog aan het einde van de bocht: een grijs, goed onderhouden huis met een bovenetage en een groot balkon. Uitzicht over het hele gebied. Daarvandaan moest de auto zijn gezien.

Circa 20.50 uur. Een auto gezien in de Bocht.

De tijd klopte.

Absoluut.

Mia liep terug naar haar motor, liet de helm aan het bagagerek hangen en reed de paar honderd meter naar de onverharde weg.

Jacob Wallstedt.

Er stond een man in de tuin met een hark in zijn handen. De geur van pas gemaaid gras. Een muur van glanzende stenen. De struiken waren gesnoeid. Prachtige seringen. De man onderhield zijn huis blijkbaar goed.

'Hallo?' zei Wallstedt nieuwsgierig, en hij zette de hark tegen een van de mooie bomen.

Er was iets in zijn blik toen hij zijn handen afveegde en op haar af liep.

'Ik ben Mia,' zei Mia. 'Ben jij Jacob?'

'Ja?'

'Jij was toch degene die de auto had gezien, op die avond een paar jaar geleden? Ik...'

Verder kwam ze niet.

Wallstedt bleef op het gazon stilstaan.

'Ik heb gezegd wat ik wil zeggen over die zaak. Ik heb geen zin in nog meer gezeur.'

'Natuurlijk, sorry,' zei Mia. 'Ik snap alleen een paar dingen niet goed. Kunnen we...?'

'Nee, nee,' zei de oudere man, terwijl hij zijn armen voor zich uit strekte. 'Praat met de politie.'

'Ik ben van de politie,' zei Mia. 'Het duurt niet lang, ik wil alleen...'

'Nee, ik heb al verschillende keren verteld wat ik heb gezien.'

Daar was het weer.

De onzekerheid in zijn blik.

'Vijf minuutjes maar?'

'Laat me met rust, oké?'

De man draaide zich om, slofte terug over het gras en verdween om de hoek.

Mia bleef bij de hoofdweg staan en keek om naar het huis.

Nu zag ze een gezicht achter het gordijn.

Oké.

Hier is iets aan de hand.

Ze wilde net haar helm opzetten, toen haar telefoon ging.

'Ja?'

'Met Holger. Ben je ver weg?'

'Nee, een kwartiertje.'

'We hebben iets gevonden. Dit moet je zien.'

Mia stapte op haar motor en reed terug naar de baai. Ze had haar motor nog maar net geparkeerd, of daar kwam Munch de helling op gedraafd.

Hij moest actiever zijn geweest sinds ze hem voor het laatst had gezien, want hij leek energieker dan ooit. Nauwelijks buiten adem toen hij op haar af liep, met een bewijszakje in zijn hand.

'Kijk,' zei hij glimlachend, en hij gaf haar het doorzichtige zakje aan.

Een zwart notitieboekje.

'Hebben jullie dat in de boot gevonden?' vroeg Mia, en ze pakte een paar handschoenen uit haar jaszak.

'Onder de matras in de hoek,' antwoordde Munch.

Mia sloeg het boekje open en bekeek de eerste pagina.

Namen en getallen.

En data.

Een lijst.

Met potlood geschreven, op een paar plekken met pen.

14/4: Mr. LOL *- 1500*

16/4: Big-B - 1200

21/4: Vic - 500

22/4: Mr. LOL *- 1500*

28/4: Mr. LOL *- 1500*

'Zo, hé,' zei ze, en ze bladerde voorzichtig verder.

Hetzelfde op de volgende bladzijde.

Drie namen.

Eerst een datum, een getal erachter.

'Het lijkt erop dat onze vriendin Jessica bezoek heeft gehad,' zei Munch, terwijl hij een sigaret tussen zijn lippen stak.

'Geldbedragen?' vroeg Mia.

'Denk je niet?'

Mia bladerde verder en hield haar vinger bij de onderste datum.

'Drie mannen dus? Eerste aantekening in april en de laatste een paar dagen geleden?'

Munch glimlachte zuinig.

'Maar dat is niet alles.'

'O?'

'We hebben drugs in een van de boothuizen gevonden. Vrij veel. Duur spul. Kom, dan laat ik het je zien.'

Hij haalde zijn aansteker uit zijn zak, stak zijn sigaret aan en liep met snelle passen voor haar uit naar de boot.

20

Sofia lag in bed en er gingen zoveel emoties door haar heen dat ze niet precies wist wat ze ermee aan moest. Buiten dobberde de ondergaande zon behaaglijk oranje op het wateroppervlak, stilletjes, alsof hij haar iets wilde zeggen. *Ik ben er voor jou.* Of liever: *Ik zal je wel helpen.* Sofia wist dat het een vreemde gedachte was, maar zo voelde het soms. Alsof ze met de dieren en de natuur kon praten. Niet met woorden natuurlijk, maar toch een soort communicatie. Ze vond het altijd vreselijk als papa krabben in het kokende water liet glijden; het was alsof ze schreeuwden dat ze dat niet wilden.

Zoveel indrukken.

Akelige en angstaanjagende, rare en mooie, en dat laatste was in elk geval opmerkelijk: dat ze vandaag fijne dingen had gevoeld, want dat zou niet hebben gemoeten.

Haar oppas was dood.

Oma had zo ernstig gekeken, en papa was daarna in vliegende vaart naar huis komen rijden. Ze waren met haar aan de keukentafel gaan zitten en ze hadden alles verteld met een stem die ze opzetten als er iets ergs was gebeurd. Ze hadden het zo vaak herhaald dat ze bijna zin kreeg om te zeggen: *Ja, nu weet ik het wel.* Dat had ze natuurlijk niet gedaan. Ze wilde ook niet brutaal doen. Het was verschrikkelijk dat haar oppas dood was. Maar ze hadden gedaan alsof zij hartsvriendinnen waren of zo. Dat was helemaal niet waar. Ja, ze had een paar keer op haar gepast, maar meer ook niet. Ze was niet bepaald aardig geweest. Breed glimlachend totdat papa was vertrokken, maar de auto was nog niet uit het zicht of alles werd anders.

'Ga jij lekker op je kamer zitten, Sofia? Een film kijken of een computerspelletje doen? Ik krijg bezoek. Tegen niemand zeggen, hè?'

Nee, hoor.

Zij zou haar mond wel houden.

Ze was geen klikspaan, dat had ze op school wel geleerd, al waren ze maar met weinigen.

Maar het was wel saai, in haar eentje boven zitten. Dat lawaai en gelach uit de woonkamer. Probeer dan maar eens te slapen.

Bijna zoals nu.

Sofia ging zuchtend rechtop in haar bed zitten.

Het ging gewoon niet.

Hoe kon ze nou slapen?

Na alles wat er vandaag was gebeurd?

Ze deed de gordijnen open en zette het raam op een kier. Ze sliep graag met het raam dicht. Vroeger sliep ze altijd met het raam open, totdat ze vorig jaar plotseling wakker was geworden van een vogel in haar kamer, een grote kraai die in paniek leek, krijsend met zijn vleugels had geklapperd en haar bekers van de plank had gemaaid.

Papa had hem uiteindelijk moeten afmaken.

Dus het raam ging 's avonds dicht.
Maar nu niet.
Het was gewoon te warm.
Bij oma op de radio hadden ze het over 'tropennacht'.
Dat was tenminste iets positiefs in die ellende.
Dat ze met z'n drieën bij elkaar waren.
Want dat gebeurde niet zo vaak meer.
Vroeger, toen opa nog leefde en mama thuis was, waren ze altijd samen. Eten in de tuin, als een heel normaal gezin. Maar nadat mama was verhuisd werd het anders.
Echtscheiding.
Ze had hen aan de telefoon wel gehoord.
Ze wenste vurig dat ze het niet had gehoord, maar ze had zo'n dorst, en het water smaakte het lekkerst uit de kraan in de oude badkamer.
Toen had ze hem met rode ogen met zijn telefoon zien staan.
Echtscheiding.
Sofia deed het raam een beetje verder open en spuugde in de tuin.
Wat een lelijk woord.
Ze had gedaan alsof er niets aan de hand was.
Was gewoon weer terug naar bed gegaan.
De volgende dag: niets.
Het was niet gebeurd.
Ze had alleen maar een boze droom gehad.
Alles is als vroeger.
La-la-la.
Maar ze wist donders goed dat dat niet waar was.
Mama was nu al een hele tijd weg, en ze zou zeker zijn teruggekomen als zij belangrijk genoeg voor haar waren, toch? Als ze echt van hen hield? Niemand koos toch voor zieke mensen in andere landen in plaats van voor je eigen gezin, als je van hen het allermeeste hield?
Verdrietig, blij, boos.
Ze stak haar hoofd uit het raam en spuugde weer.
De zon was nu bijna helemaal onder water, alleen het puntje stak er nog bovenuit.
Ze schrok toen ze de buitendeur hoorde opengaan. Papa kwam

plotseling naar buiten, met de telefoon aan zijn oor.

Sofia deed snel het nachtlampje uit en legde haar oor tegen het raamkozijn.

Wat gek!

Met wie was hij zo laat aan het praten?

Waarom was hij buiten?

'Ja... nee... niet mijn fout... Ik kom er nu aan...'

Papa stopte de telefoon in zijn zak en liep door de tuin.

Wat?

Sofia nam een snelle beslissing. Ze deed haar nachtpon uit, trok een broek en een T-shirt aan, en sloop op blote voeten de trap af.

Niet door de buitendeur, die kraakte te veel.

De veranda.

Ze sloop naar buiten, over de vlonder, en liep op een drafje over het gras tot ze aan de voorkant van het huis was.

Daar.

Hij was op weg naar de steiger.

Zo laat nog?

Hij wist toch dat ze het niet leuk vond als hij wegging?

Dat slapen moeilijk was?

Na dat gedoe met die kraai en zo?

Hij werd weer gebeld, en zei iets wat ze niet verstond.

Zijn stem klonk heel vreemd.

Niet gewoon vriendelijk en aardig, maar... bang?

Was papa bang?

Sofia trapte op iets hards en schreeuwde het bijna uit, maar ze kon zich gelukkig inhouden.

Ze bukte zich om iets uit haar voet te halen.

Stom takje.

Papa stond nu op de steiger en had zijn telefoon weer in zijn zak gestopt.

Sofia sloop langs het pad en verstopte zich achter de kisten waar de netten lagen.

Papa stond helemaal aan het eind van de steiger en keek uit over de zee.

Er was een boot op weg de fjord in.

Eerst met de lichten aan, maar vervolgens gingen ze uit, net als de motor.

Stil en rustig gleed de boot hun kant op.

Boven het boothuis brandde licht, en ze schrok toen de boot aanmeerde.

De boot was geel.

Haar hart ging tekeer toen ze zich herinnerde wat Erik de vorige dag had gezegd.

De gele boot.

Er kwam een man uit de boot, die de steiger op stapte.

Ze kon zijn gezicht niet zien, hoorde alleen zijn bromstem.

'Heb je soms een hond bij je?'

'Wat? Nee,' antwoordde papa, nog steeds met die bange stem.

'Oké. Ik dacht dat ik daar iets zag bewegen.'

Sofia dook razendsnel in elkaar en bleef met haar armen om haar benen geslagen zitten, terwijl haar hart bonkte onder haar T-shirt.

'Ben je klaar?' vroeg de bromstem.

'Ja,' zei papa.

'Weet je zeker dat er verder niemand is?'

Voetstappen nu.

Over de steiger.

3

21

Het was pas zeven uur, maar Luca Eriksen was al op het politiebureau. Hij had niet echt goed geslapen, maar nu was het een keer om iets anders. Niet om Amanda. Hij had zich onderweg in de auto bijna schuldig gevoeld. Het was achter elkaar doorgegaan, hij had bijna niet geslapen nadat ze het meisje in de boot hadden gevonden, en al die politiemensen die het eiland hadden ingenomen. En dan zijn nieuwe rol. Opeens in het middelpunt van alles. De spanning in zijn lijf, dat was de reden dat hij slecht sliep. Hij had er zelfs naar uitgekeken om op te staan en kon zich haast niet herinneren wanneer dat voor het laatst was geweest. Haar foto stond op de ontbijttafel. Hij propte zijn eten naar binnen, maar zorgde er wel voor dat hij tenminste even met haar kon praten. *Sorry, Amanda, ik moest gisteren direct naar bed. Ik was kapot. Wat een dag. Ik heb bijna geen seconde rust gehad.* Als ze er nu was geweest, dan was ze waarschijnlijk blij en trots geweest. Niet omdat er iemand dood was natuurlijk, en vooral niet omdat het Jessica was, maar om hem aan het werk te zien. Amanda had Jessica altijd een leuk meisje gevonden, op de basisschool, toen ze haar juf was. Ze hadden 's avonds vaak over haar thuissituatie gepraat; hoe meer glazen rode wijn ze dronk, hoe geïrriteerder ze raakte. *Hoe kun je nou niet voor je kind zorgen? Hè? Hoe is dat mogelijk? Als dat rotwijf nu hier was, zou ik...* Hij had Amanda zelden zo kwaad gezien als wanneer het over Laura Bakken en haar dochter ging.

De kinderbescherming.

Ja, die was wel ingeschakeld, maar iedereen wist hoe dat hier ging. Een eiland. Een kleine gemeenschap waar iedereen elkaar kende. Dus nou ja, ingeschakeld... Dat wist hij eigenlijk niet. Het enige wat hij wist, was dat hij had geprobeerd een eind aan de feesten te maken, die keren dat hij was gebeld. Niet zo makkelijk, want hij kende natuurlijk iedereen die daar binnen zat te drinken. Hij had het meisje zelfs niet één keer gezien, anders had hij uiteraard actie ondernomen. *Verdomme.* Luca schonk koffie voor zichzelf in en nam de kop mee naar zijn bureau. Hij had natuurlijk beter moeten opletten. Een betere agent moeten zijn. Een beter medemens. Beter op het meisje moeten letten. Maar het afgelopen jaar? Zijn schoenen aantrekken was hem al te veel.

Munch kwam geeuwend binnen. Zijn rossige haar zat in de war, zijn overhemd met korte mouwen was verkeerd geknoopt en hij had kennelijk weinig geslapen.

'Goedemorgen,' zei Luca. 'Wil je koffie?'

'Ja, graag,' gromde de rechercheur, en hij plofte op de stoel naast hem.

Luca schonk bij het koffiezetapparaat koffie in en gaf die aan hem.

Munch trok zijn neus op en keek in de kop.

'Filterkoffie? Heb je niets anders?'

'Nee, sorry,' zei Luca. 'Ik heb thee, als je dat liever wilt?'

Munch lachte zachtjes en geeuwde weer in zijn grote rossige baard.

'Maar bied dat bocht niet aan Mia aan, ze is een kieskeurige koffiedrinker.'

Munch knipoogde en zette de kop aan zijn lippen.

'Ah, kijk, nu word ik wakker.'

Luca wist niet goed of hij moest blijven staan, maar besloot om toch ook te gaan zitten.

'Dus het hotel is niet zo goed?'

'Wat?'

Munch rekte zich uit.

'Ja, prima, maar ik hou niet zo van hotels. Slaap liever in mijn eigen bed. Ik wen er wel aan. Heeft iemand een auto voor me gebracht?'

Luca knikte.

'Die staat voor de deur.'

'Mooi,' zei Munch geeuwend. 'Ben je klaar met het verhoorschema?'

Het zweet brak Luca uit toen hij haastig in de papieren op zijn bureau zocht.

'Alsjeblieft,' zei hij, en hij gaf Munch het papier aan.

Munch wuifde hem weg en nam een nieuwe slok koffie.

'Lees het maar voor. Wanneer is de eerste?'

'Om negen uur komt Andres Wold. Ik wist niet goed hoeveel tijd je voor iedereen nodig had, dus ik heb er een uur voor uitgetrokken, is dat goed?'

'Ja, dat is prima.'

'Dus Andres Wold om negen uur. Daarna om tien uur de meisjes, Sylvia en Hannah.'

'Tegelijk?'

'Ja?'

Munch fronste zijn wenkbrauwen terwijl hij zijn beker neerzette.

'Doe ze allebei apart.'

'Oké.' Luca schreef het op. 'Direct na elkaar? Dan kan ik de rest opschuiven? Iedereen opnieuw inplannen?'

Munch geeuwde weer, terwijl hij zich onder zijn oksel krabde.

'Mensen kunnen best wachten, dat geeft niets.'

'Ik heb Laura Bakken om elf uur ingepland. Als ze tenminste terug is uit de stad.'

'Was ze in het ziekenhuis?'

Luca knikte.

'Ja, ze vonden haar in...'

Hij moest even op zijn notitieblokje kijken.

'Bobby's Bar. Een ruige kroeg, als ik het goed heb begrepen. Ik ben er zelf nooit geweest.'

Munch keek hem aan.

'In welke toestand, weet je dat ook?'

Luca schudde van nee.

'Ze was vrij ver heen, voor zover ik begreep. Ze hebben haar zoals gezegd naar het ziekenhuis gebracht.'

'Moet ze haar dochter niet zien?'

'Bedoel je...?'

Munch knikte.

'Ze moet het lichaam toch wel zien?'

'Ja, misschien, dat zal wel.'

'Dan haalt ze elf uur niet.'

'Zal ik dan iemand eerder laten komen?'

'Nee, hoor. Als we de meisjes apart verhoren, gaat dat tijd kosten.'

'Oké,' zei Luca. 'Daarna komen ze achter elkaar.'

Hij wilde de lijst verder oplezen, maar Munch wuifde hem weer weg.

'Ik kan niet de hele dag verhoren afnemen. Ik doe de vriend en de meisjes samen met Mia, dan kun jij de rest doen, oké?'

'Ik?'

'Ja, is dat een probleem?'

'Nee, nee, maar ik ben niet zo gewend om...'

'Dat lukt je wel. Waar waren ze? Welke relatie hadden ze met haar? Hebben ze haar onlangs nog gezien? Hebben ze haar zaterdag gezien? Nog iemand van het feest, trouwens?'

Luca keek op zijn lijst.

'Ja, er staan er veel op die...'

'Mooi. We moeten twee dingen in kaart brengen: alle relaties rondom haar in het algemeen, en dan specifiek en in detail wat er zaterdagavond is gebeurd. Neem Nygaard mee, als je denkt dat dat nodig is.'

'Oké, en Nygaard, dat was...'

'Die uit Orkanger. Met dat Springsteen-T-shirt. Die een zus op het eiland heeft.'

De deur ging open en Mia kwam binnen.

'Is Forensisch klaar? Heb je het hem laten zien?'

'Nee, ik ben nog maar net wakker.'

Mia zag eruit alsof ze helemaal niet had geslapen en ook geen slaap nodig had. Ze liep snel op hen af en bleef ongeduldig voor hen staan.

'Wat laten zien?' vroeg Luca.

'Dit,' zei Munch, en hij haalde iets uit zijn zak.

'Een notitieboekje,' zei Mia.

'Jessica's zwarte boekje,' zei Munch zachtjes, en hij legde het voor hem neer.

'FO heeft het in de boot gevonden,' zei Mia. 'We denken dat we daar wel wat aan zullen hebben. Kun jij ons iets zeggen over wat dit betekent?'

Ze pakte het boekje van tafel op, bladerde snel naar de eerste bladzijde en hield die voor hem op.

'Zeggen deze namen je iets?' vroeg Mia, terwijl ze verder bladerde. 'Mr. LOL? Vic? Big-B? Datum, naam en een getal; we nemen aan dat het geldbedragen zijn.'

'Het zijn steeds dezelfde drie, zoals je ziet,' zei Munch. 'Komt iemand je bekend voor?'

Luca keek weer naar de namen, maar schudde zijn hoofd.

'Nee?' vroeg Mia. 'Mr. LOL? Dat doet geen belletje rinkelen?'
'Niet dat ik...'
'Big-B?'
'Nee, ik...'
'We kunnen wel raden dat het om iemand gaat met een naam met een B. Misschien iemand in haar kennissenkring?'
Luca voelde dat hij het weer warm kreeg.
'Met een B? Niet meteen, maar ik zal het onderzoeken.'
'Doe dat,' zei Mia. 'En de laatste, Vic? Is er hier iemand die Victor heet?'
'Er werkt een Victor bij de visverwerking,' zei Luca snel, blij dat hij zo snel iemand kon bedenken.
'De zalmverwerking?'
'Ja.'
'Royal Arctic Salmon?' vroeg Munch. 'Het bedrijf van Henry Prytz?'
'Ja?'
Munch en Mia keken elkaar aan.
'Oké,' zei Mia. 'Is dit het verhoorschema?'
'Ja?'
'Haal die Victor vandaag hierheen. Zo snel mogelijk.'
'Uiteraard,' zei Luca en hij schreef het in zijn notitieboekje.
Mia gaf Munch het zwarte boekje terug en keek om zich heen.
'Is er hier koffie?'
Munch lachte even.
'Niet voor jou.'
'Wanneer begint de gezamenlijke briefing?'
'Acht uur,' zei Munch.
'Oké, tot dan,' zei Mia, en ze verdween weer.
'O ja, trouwens,' zei Munch. 'Nu ik eraan denk: er is iemand uit Oslo bij. Gabriel Mørk. Hij zal ons helpen met alles – je weet wel: computers, internet, sociale media en dat soort dingen.'
'Wil je hem op het grote scherm hebben?'
'Of het scherm groot of klein is maakt niet uit, als ik hem maar kan zien, en hij ons.'
'Dat regel ik wel,' bood Luca aan.
Munch stond moeizaam op en viste een pakje sigaretten uit zijn jaszak.

'Er is hier zeker geen asbak?'
'Nee, sorry, je zult naar buiten moeten.'
Munch schudde moedeloos zijn hoofd, stak een sigaret tussen zijn lippen en liep langzaam naar buiten.

22

Mia nam haar takeawaykoffie mee naar de vergaderruimte achter in de gang. Het was alsof ze een schoolklas binnenkwam. Iedereen vroeg aanwezig en allemaal muisstil. Iedereen keek vol verwachting richting Munch, die met een afstandsbediening in zijn hand stond, waar hij zoals gewoonlijk niet erg goed mee overweg kon. Munch en IT, de standaardgrap op het oude kantoor in de Mariboes gate. Anette Goli, Munchs vroegere rechterhand, zei altijd dat Munch een jeugdige vierenvijftigjarige was, met de ziel van iemand van negentig en de smaak van een vogelverschrikker. Een vrij goede beschrijving. Met liefde uitgesproken, natuurlijk.

Het was duidelijk van de gezichten af te lezen: het respect voor die wat sjofele leidinggevende die niet met de beamer kon omgaan. Ook een vorm van trots: *Hier ben ik, en ik maak deel uit van iets belangrijks*. Het leek een goed team. Nina Riccardo, uit Trondheim. Ook vandaag kleurig gekleed in een geel T-shirt en een groene spijkerbroek. Ze logeerde ook in het hotel, dat dus niet zo vol zat als werd beweerd. Ralph Nygaard, die een zus hier had wonen, vandaag in een ander Springsteen-T-shirt. Kevin Borg, die opschepperige rechercheur met hetzelfde lichte pak en de blonde krullen. En Claus Nielsen, de officier van justitie, nog steeds onberispelijk gekleed, als een accountant, twee pennen op zijn attachékoffertje in de aanslag. Mia ging zitten en nam de laatste slok koffie. Het was nog niet eens acht uur, maar ze voelde al dat het een warme dag zou worden. Gelukkig stonden er twee ventilatoren in de ruimte, gebruiksklaar indien nodig.

De beamer kwam langzaam tot leven en er verscheen een bekend gezicht op het scherm.

Gabriel.

Mia zwaaide glimlachend naar hem.

'Goedemorgen, allemaal,' zei Munch, en hij wendde zich tot het team. 'Over een uur hebben we het eerste verhoor, dus ik wil dat we dit snel en efficiënt afhandelen. Zoals jullie zien hebben we vandaag bezoek. Dit is onze collega Gabriel Mørk; hij werkt nu bij het Functioneel Parket, maar hij is aan ons uitgeleend, zo lang we hem nodig hebben.'

'Hallo,' zei Gabriel, vanaf het scherm.

Iedereen knikte hem toe.

'Je bent op het grote scherm,' zei Munch.

'Oké,' zei Gabriel kuchend.

Mia glimlachte.

Munch had Gabriel Mørk iets meer dan een jaar geleden bij zijn team in Oslo gehaald. Hij had helemaal geen politie-ervaring, maar was soepel in de baan gegleden. Een voormalig datafreak, die destijds nog bij zijn moeder in het souterrain woonde en wiens leven zich online afspeelde. Ontzettend vriendelijk en aardig. Stil en verlegen. Mia merkte dat ze hem erg had gemist. Gabriel begon al te blozen daar op dat grote scherm, en hij probeerde zich onzichtbaar te maken, wat natuurlijk niet lukte.

'Ik weet niet wat jullie allemaal weten,' zei Munch, terwijl hij de afstandsbediening weglegde. 'Maar er bestaat een alternatieve wereld waar ik niet zoveel van begrijp. Gabriel is van nu af aan onze man in 'cyberspace' – zo noemen ze dat toch?'

Hier en daar een glimlach.

'Sociale media. Er is niemand beter op de hoogte van alles wat er op het net gebeurt dan Gabriel, en als we in de databases van de NASA of de CIA zouden willen kijken, dan kan hij ons daar ook bij helpen, of niet soms?'

Dat laatste was als grap bedoeld, maar Gabriel begon er toch van te blozen.

'Ik denk niet dat dat hoeft,' zei de hacker glimlachend.

'Oké, aan de slag. Heeft iedereen alles gisteravond gekregen?'

Er werd voorzichtig geknikt.

'Mooi,' ging Munch verder. 'Twee, nee, drie dingen die FO in de boot heeft gevonden. Ten eerste: de theekop. Zoals jullie hebben gezien leek het alsof er iets in was verbrand. Haar. Wat komt er als eerste bij jullie op?'

Hij keek naar de aanwezigen.

'Een soort ritueel?'

Een snel antwoord van Nina Riccardo terwijl ze om zich heen keek.

'Misschien,' zei Munch.

'Serieus?' zei Ralph Nygaard, en hij keek met gefronste wenkbrauwen nerveus naar de anderen. 'Wie verbrandt er nou haar in een kop?'

'Daar moeten we achter zien te komen, daarom zijn we hier,' zei Munch. 'Andere ideeën?'

Luca Eriksen stak zijn vinger op.

'Ja, Luca, zeg het maar, je hoeft je hand niet op te steken.'

'Oké, sorry,' zei de plaatselijke agent. 'Ik bedacht opeens dat er in de nacht van vrijdag op zaterdag ergens is ingebroken.'

'O ja?'

'Bij de kapper in het winkelcentrum. Een beetje vreemd,' ging Eriksen verder. 'De achterdeur was opengebroken, maar er was niets weg. Het heeft misschien niets met elkaar te maken. Maar haar in een kop? Een inbraak de voorgaande nacht, bij de kapper?'

'Geen gekke gedachte, Luca,' zei Munch. 'Daar moeten we iets mee doen. Pak jij het op, Kevin? Camera's in de buurt? Klantenbestand? Wat gebeurt er met het afgeknipte haar? Je weet wel.'

'Laat het maar aan mij over,' zei Borg knikkend, terwijl hij aantekeningen maakte in zijn boekje.

'Maar het is niet gezegd dat...' begon de officier van justitie.

'Ja, Claus?' zei Munch.

De accountant-achtige officier van justitie keek om zich heen.

'Nee, ik bedoel: we weten toch niet honderd procent zeker of die kop hier iets mee te maken heeft? Misschien stond die er al de hele tijd.'

'Dat kan,' beaamde Munch, maar hij werd afgebroken door Riccardo.

'Waarom zou Jessica haar verbranden in een theekop, waar ze ook nog BABY JEZABEL op had geschreven? Daar geloof ik niets van.'

De rechercheur met de donkere ogen sloeg haar armen uit, en er werd instemmend geknikt.

'Was ze trouwens zwanger?' vroeg de nog steeds zenuwachtige Ralph Nygaard.

‘Goede opmerking,’ zei Munch, en hij keek weer in zijn papieren op tafel. ‘Ik heb het obductieverslag vanmorgen gekregen en heb nog geen tijd gehad het te delen, maar het komt eraan.’

Hij hield het omhoog.

‘Alles staat erin, en kort samengevat: nee, Jessica was niet zwanger. Ze zat wel vol met van alles en nog wat. Hoog alcoholpromillage.’

Hij bladerde even.

‘En een lange lijst andere preparaten.’

‘Drugs?’ vroeg Borg.

‘Zeker weten.’ Munch knikte. ‘En veel ook. We hebben een tamelijk omvangrijke mix van DMT, ketamine, lorazepam…’

‘Was ze…’

De officier van justitie weer.

‘Was ze wat?’ vroeg Munch.

‘Nou, ik bedoel: was het als partydrug bedoeld? Wilde ze een beetje trippen? Of denken we dat ze werd gedrogeerd?’

‘Ik heb de artsen om een evaluatie gevraagd,’ zei Munch, ‘maar voor zover ik kan zien is er sprake van eigen gebruik voor een feest. Veel verschillende preparaten, maar naar mijn idee ook weer niet zulke grote doses dat we kunnen aannemen dat ze voorafgaand aan de moord werd gedrogeerd.’

‘Er werden toch ook drugs gevonden?’ vroeg Borg.

‘Zeker,’ zei Munch, ‘zoals jullie op de toegezonden foto’s kunnen zien, heeft FO een grote hoeveelheid pillen gevonden op de plaats delict.’

Hij corrigeerde zichzelf.

‘Niet op de eigenlijke plaats delict, maar in een klein boothuis vlakbij. Bij elkaar driehonderd tabletten. De samenstelling is niet duidelijk, maar het lijkt op ecstasy, partydrugs. Mooie kleurige tabletten met kleine afbeeldingen: een sterretje, een doodshoofd…’

‘Een liggend cijfer acht,’ zei Mia.

‘Inderdaad,’ zei Munch knikkend, terwijl hij zich op zijn hoofd krabde. ‘Luca, is het niet beter als we…’

Hij knikte naar het scherm.

‘Volgende keer zet ik hem op een computer, zodat je de foto’s kunt laten zien,’ zei Eriksen.

‘Fijn, dank je wel. Jullie kunnen ze ook zelf bekijken. Ik weet het niet precies, maar we hebben dus kleurige pillen in kleine zakjes. De vondst is niet zo groot dat het aan een soort distributiecentrum doet denken. Kleinere gebruiksdoses, dus het magazijn van een kleine speler, helemaal achteraan in de keten...'

'Denken we dat Jessica dat geweest kan zijn?' vroeg Riccardo.

'Er zijn veel mensen die toegang hebben tot dat haventje, maar met de gedachte aan de informatie uit het obductierapport, waarom niet?' zei Munch. 'We houden alle opties open, ook deze. Nu de moordmotieven, mensen, ik denk dat iedereen dat wel begrijpt.'

Munch maakte weer notities op het board.

'Baby jezabel. Was Jessica zwanger? Nee. Maar had ze een verhouding met iemands... Ja, wat zullen we zeggen – man, vriendje, minnaar? Zeer wel mogelijk. Drugs. Verkocht Jessica pillen als bijbaantje? Zo ja, aan wie? Was haar hele vriendenkring daarvan op de hoogte? Had de moord daar iets mee te maken? Behoort ook tot de mogelijkheden. Hoe dan ook, we moeten hier niet in blijven hangen. Het zijn maar mogelijkheden. We moeten ergens beginnen.'

Instemmend geknik.

'Dan nu de misschien wel belangrijkste vondst.'

Munch liep naar de stoel waar hij zijn jasje over had gehangen en kwam terug met het zwarte boekje, dat hij voor hen omhooghield.

'Het opschrijfboekje van Jessica. Namen, data en getallen, waarvan we denken dat het geldbedragen zijn. Wie waren deze mannen? Waarvoor is er hier betaald?'

'Prostituee?' vroeg Nygaard voorzichtig.

'Dat heet tegenwoordig sekswerker,' zei Nina Riccardo droogjes, en ze keek even naar Munch. 'Drie stuks? Niet veel klanten, vind ik, als zij haar diensten verkocht.'

'Goed punt,' bevestigde Munch.

'Maar het kunnen ook drie goede vrienden met een dikke portemonnee zijn geweest,' merkte Borg op.

'Ook zeer goed mogelijk,' zei Munch. 'Nu wil ik hier geen al te ouderwetse indruk maken, maar een jong meisje noteert transacties in een opschrijfboekje, waarvan aangenomen wordt dat ze afkomstig zijn van drie mannen? Seksuele diensten misschien, verkoop van drugs? Die pillen die we hebben aangetroffen? Een van die twee lijkt niet onredelijk.'

Munch schreef op het whiteboard.

'Dus. Drie mannen. Mr. LOL. Big-B en Vic.'

Hij legde zijn viltstift neer en ging verder.

'Volgende punt. Waar we de vorige keer over gesproken hebben: circa zestig verklede jongelui op een feest. We kunnen maar één ding met zekerheid aannemen: dat negentig procent veel had gedronken. Telefoons, toch? Wie heeft iets?'

Nina Riccardo nam het woord.

'We hebben al het nodige binnen. Ik geloof dat we al vijfentwintig video's hebben.'

'Geweldig – van het verkleedfeest?'

'Een paar, ja. De meeste van de tijd voor de bunker, met gejoel in auto's en harde muziek op de achtergrond.'

'Staat zij ergens op?'

'Nog niet. Maar ze staat wel op een paar foto's.'

Ze pakte haar telefoon van tafel.

'Mag ik ze even zien?' vroeg Munch, terwijl hij de telefoon van haar aannam.

Hij scrolde snel door de foto's en gaf de telefoon door aan Mia.

Jessica met het Mickey Mouse-masker op, in haar eentje, met een blikje bier in haar hand. Twee foto's met het masker op haar hoofd, samen met Sylvia Green, deze keer met een glimmende fles in haar hand.

'Is dit alles wat je hebt?'

'Voorlopig helaas wel.'

Mia liet de telefoon rondgaan, terwijl Munch verderging.

'Foto's, video's – het is duidelijk wat we zoeken. Jullie agenten ondervragen iedereen, oké? Ben je op het feest geweest? Heb je er foto's van? Jullie snappen het wel.'

Munch draaide zich om en wees op het whiteboard.

'Drie mannen. Uit het boekje van Jessica. Mr. LOL, Big-B en Vic. Ik hoef natuurlijk niet te zeggen dat dit nu onze hoogste prioriteit heeft. Wie zitten er achter deze namen? Zoek, vraag, graaf, wees aardig, wees onbeleefd, het kan me niet schelen. We moeten hen vinden, en wel zo snel mogelijk, liever gisteren dan vandaag, oké?'

Instemmend geknik in de ruimte.

'Mooi.'

Munch viste zijn sigaretten uit zijn zak.

'Oké. Zoals gezegd hebben we Gabriel Mørk uit Oslo in ons team. Hij is het leven van Jessica al op internet aan het natrekken en zal jullie even snel briefen. Ben je er klaar voor, Gabriel?'

'Jazeker.' Gabriel knikte vanaf het scherm.

'Mooi, ga je gang. Zo terug.'

Munch stak een sigaret in zijn mond terwijl hij naar de deur liep en gebaarde naar Mia dat ze mee moest komen.

23

Hannah Holmen stond aan de rand van de parkeerplaats en keek naar de ingang van het politiebureau, terwijl ze Sylvia's hand stevig vasthield. Hun handen hadden sinds de vorige dag zo'n beetje aan elkaar geplakt gezeten. Hannah wilde niet loslaten, nooit meer. Gewoon hier in de schaduw staan, samen met Sylvia, voor altijd, totdat er iemand zou komen die zei dat dit allemaal onzin was, dat dit niet echt was, maar een verzinsel. Er waren overal mensen om hen heen, niet zo stil als normaal. Politieauto's, maar ook andere, neutrale personenauto's, met belangrijke, ernstig kijkende mensen erin. Mobiele telefoons. Wijzende vingers. Fluisterende monden. Hannah schermde met haar hand haar ogen af en keek naar de lucht. Warm vandaag. Een paar witte wolken – kleine, lichte watjes, een paar maar. Het had een normale, mooie dag kunnen zijn. Welke dag was het eigenlijk? Zondag.

Hoi, Hannah, ga je mee picknicken op Ulvøya?

Nee, dat is zo ver, Jessica, ik heb geen zin om te fietsen.

Maar we kunnen met Andres meerijden, kom op nou!

'Hannah?'

Ze schrok op omdat Sylvia hard in haar hand kneep.

'Hè?'

'Waar was je?'

'Sorry, ik was gewoon...'

'Bij me blijven,' zei Sylvia verdrietig, en ze kneep nog eens in haar hand.

Sinds Sylvia had gebeld waren ze samen. Ze had niet meer overgegeven. Vreemd genoeg had ze ook bijna geen pijn meer. Alsof de schok haar hele lichaam had gezuiverd, haar bloed en alles. Ze waren direct naar Sylvia's kamer gegaan en waren daar gebleven. De moeder van Sylvia was lief; ze had niet zoveel gezegd, had hen niet gestoord; ze had alleen eten voor de deur gezet, had aangeklopt en was weer weggegaan.

'Ik zie er zo tegen op,' fluisterde Sylvia. 'Wat moeten we eigenlijk zeggen?'

'Hoe bedoel je?' vroeg Hannah zachtjes.

'Je weet wel... over die avond.'

'Dat we ons niets herinneren, bedoel je?'

'Ja, en over alles wat we hebben geslikt.'

Ze fluisterde het laatste.

'Ik bedoel, voor jou maakt het niet uit. Jouw moeder kan het niets schelen, maar mijn ouders... Mijn god, mijn vader vermoordt me als hij erachter komt.'

Hannah vond het pijnlijk, maar ze zei niets, want ze wist dat Sylvia er niets mee bedoelde.

Jouw moeder kan het niets schelen.

Dat was ook waar.

Gelukkig waren Sylvia en haar familie er nog.

Liever op je kop krijgen dan niets.

'Het kan niemand iets schelen, denk ik,' zei Hannah.

'Denk je van niet?' vroeg Sylvia, en ze beet op haar lip.

'Dat we iets hebben genomen? Ik denk niet dat dat nu zo belangrijk is. Niet vergeleken met...'

Kom op nou, Hannah, niet zo laf zijn!

Je bent niet wijs, Jessica.

Amerika!

We kunnen nu toch niet naar Amerika gaan, ben je gek of zo?

Tuurlijk wel, ik heb heel veel geld, kijk maar.

'Hannah?'

Sylvia porde haar in haar zij.

'Ja? O, sorry.'

'Wel bij me blijven. Ik ben bang, ik durf hier niet alleen te zijn.'

'Ik ben toch bij je?' zei Hannah, en ze kneep in haar hand.

'Wat zullen we zeggen?' vroeg Sylvia, terwijl ze haar ernstig aankeek.

'Wat bedoel je?'

Sylvia keek om zich heen en fluisterde: 'Over die dingen, weet je wel?'

'Welke dingen?'

'Kom op zeg, Hannah. Je weet best wat ze daar in die boot deed.'

'Wat?' zei Hannah.

'Ach, hou op, dat wist je toch? Wat ze deed?'

Hannah keek haar verbaasd aan.

'Wat bedoel je? Ik weet dat het een geheim was dat ze in de boot woonde. Ik heb dat tegen niemand gezegd.'

'Dát niet,' zei Sylvia zachtjes. 'Jezus, heeft ze je dan niéts verteld?'

'Hè?' zei Hannah, en ze liet Sylvia's hand even los.

'Wat voor dingen?'

'Sst,' zei Sylvia.

Ze kneep haar lippen op elkaar en knikte naar de ingang.

Er kwamen twee personen op hen af. Een man met een rossige baard en een gebloemd overhemd, en de knappe vrouwelijke rechercheur over wie iedereen het had.

'Hallo,' zei de man, en hij stak zijn hand uit. 'Zijn jullie Hannah en Sylvia?'

Ze knikten.

'Ik ben Holger Munch en dit is Mia. Zijn jullie er klaar voor om even te praten?'

'Oké,' piepte Sylvia.

'We willen graag eerst met jou praten, Hannah, als dat goed is?'

Sylvia greep haar hand stevig vast.

Die Mia keek naar hen, en toen weer naar de man met de baard.

'Willen jullie misschien liever samen naar binnen?'

'Als dat mag,' zei Hannah zachtjes.

'Dat is goed, kom maar mee,' zei de man, die zich als Munch had voorgesteld.

En ze liepen over de parkeerplaats voor hen uit.

24

Munch was blij dat hij de meisjes tegelijk had laten komen. Ze zaten samen aan de andere kant van de tafel en leken het liefst dicht tegen elkaar aan te willen kruipen. Hannah Holmen was tamelijk lang, met donkerblond haar dat halverwege haar rug hing. Haar zomerjurk versterkte het effect dat ze vooral uit armen en benen bestond. Haar blauwe ogen, die normaal vast straalden, waren rood en stonden verdrietig. Sylvia Green was iets kleiner, maar even slungelig. Halflang rossig haar, lichte huid, waar de zon sproeten op had laten verschijnen. Beide meisjes waren ergens anders met hun gedachten. Afwezige blikken. Een beetje weggedoken. De tieners deden zo goed mogelijk hun best, zaten netjes op hun stoel, maar leken elk moment te kunnen instorten.

'Zo, ik ben zoals gezegd Holger Munch,' zei hij, terwijl hij zijn keel schraapte, 'en dit is Mia Krüger. Ze hebben ons uit Oslo gehaald, en we zijn verantwoordelijk voor dit onderzoek. Laat ik jullie eerst condoleren. We begrijpen dat jullie verdriet hebben over Jessica, maar ik hoop dat jullie ook begrijpen dat het ons werk is om deze zaak op te lossen. Als ik streng overkom, komt het daardoor, oké?'

De meisjes knikten.

'Mooi,' zei Munch, 'dan kunnen jullie ons misschien eerst vertellen wat er zaterdagavond is gebeurd?'

Sylvia keek even naar Hannah, die het meest volwassen van de twee leek.

'Wie wil er beginnen?' vervolgde Munch.

Hannah nam het woord.

'Eerlijk gezegd herinneren we ons niet zoveel.'

'Oké?'

'Alleen stukjes en beetjes,' beaamde Sylvia.

'Is er een speciale reden waarom jullie het niet meer weten?' vroeg Munch.

Ze keken elkaar weer even aan.

'We hebben pillen genomen,' zei ze schuchter.

'Van wie hebben jullie die gekregen?' vroeg Munch.

Weer even stil.

'Van Jessica,' zei Hannah ten slotte.

'Waren het zulke?' vroeg Mia vriendelijk, en ze pakte een paar foto's uit de envelop die voor haar lag.

De meisjes keken naar de foto's en keken elkaar aan.

'Die gele,' zei Sylvia, en ze wees een van de foto's aan.

'En die rode,' zei Hannah.

'Dus die met die vleugels?' vroeg Munch.

'Ja, Skywalker,' antwoordde Sylvia.

'Heeft hij een naam?'

Ze knikten gelijktijdig.

'Dat hebben ze allemaal,' zei Hannah.

'Kunnen jullie ons vertellen hoe ze heten?' vroeg Mia, en ze legde al de foto's voor hen op tafel.

'Die blauwe met de auto erop heet Autobahn,' zei Hannah.

'Ik geloof dat er amfetamine in zit,' zei Sylvia voorzichtig. 'Ik heb die niet geprobeerd, maar dat zeggen ze.'

'En deze,' vroeg Mia, terwijl ze op de zwarte wees.

'Deathcrush,' zeiden de meisjes.

'Deathcrush?' vroeg Munch.

De meisjes keken elkaar weer aan.

'Dat is van een nummer, geloof ik,' zei Hannah voorzichtig.

'Van Mayhem,' vulde Sylvia aan.

Munch zag dat Mia moest glimlachen – om hem zeker, omdat hij niet veel begreep van de muziek waar jongeren naar luisterden.

'Mayhem. O? En dat is...'

'Een oude deathmetal-band,' zei Sylvia. 'De jongens vinden ze fantastisch. Het is een Noorse band, en ik geloof dat ze een van de eerste waren. Je weet wel, met wit geschminkte gezichten en echt bloed op het podium en zo. Ik vind het verschrikkelijk, gewoon rotherrie.'

'Maar de jongens houden wel van deathmetal?' vroeg Mia.

'Ja,' antwoordde Hannah. 'Van deathmetal en feestmuziek. Ze hebben een vreselijke muzieksmaak.'

Voor het eerst een glimlach van verstandhouding tussen de meisjes.

'En hebben jullie deze zaterdag genomen? Die met die liggende acht?' vroeg Mia.

'Infinity,' antwoordde Hannah voorzichtig. 'Die is nieuw.'

'Nieuw, hoe bedoel je?' vroeg Munch.

'Ze had die nooit eerder. Voor mij was het in elk geval de eerste keer.'

Hannah keek naar Sylvia, die knikte.

'Ja, ik had ze niet eerder gezien.'

'Dus jullie namen wel vaker pillen?' vroeg Munch.

'Zoveel nu ook weer niet...' zei Sylvia voorzichtig.

Hannah had blijkbaar voor zichzelf besloten niets achter te houden.

'Bijna op elk feest,' zei ze. 'Sinds vorig jaar zomer.'

'Vorig jaar zomer?' vroeg Munch. 'Was dat de eerste keer?'

'Ja, toen had Jessica voor het eerst pillen bij zich. We hebben ze weleens eerder gezien, maar deze niet... niet zo...'

Ze keek naar Sylvia, die naar het juiste woord zocht.

'Professioneel, eigenlijk,' zei Sylvia.

'Ja,' viel Hannah bij. 'Vroeger zagen de pillen er gewoon uit als... ja, wat zal ik zeggen... fluortabletjes, of van die heel gewone.'

'En deze waren er vorige zomer ineens?'

Ze knikten.

'Weten jullie hoe ze eraan kwam?' vroeg Mia.

Weer stilte.

'Nee,' zei Hannah ten slotte. 'Ze wilde liever niet dat we ernaar vroegen.'

'Daar was ze heel strikt in,' vervolgde Sylvia. 'We moesten beloven niets te vragen. Als we niets vroegen, hoefde zij ook niets te zeggen, snap je?'

Het was wel even geleden sinds Munch logica van tieners had begrepen, maar Mia knikte vol begrip.

'Dus jullie mochten geen vragen stellen?' vroeg Munch.

'Nee,' zeiden de meisjes.

'En dat deden jullie ook niet?'

Ze keken elkaar aan.

'Nee, natuurlijk niet. We hadden het toch beloofd?'

Munch keek even naar Mia, die weer moest glimlachen – zeker weer om hem.

'Oké, helder,' zei Munch. 'Dus jullie hebben niets gevraagd, maar weten jullie of anderen vragen stelden? Hebben jullie een vermoeden? Ik bedoel, als jullie moesten raden, zomaar een gok in het wilde weg?'

Er viel nu een lange stilte. Licht gebogen hoofden, terwijl ze af en toe een blik op elkaar wierpen.

'Alles wat jullie zeggen blijft tussen deze vier muren,' zei Mia. 'Dat hadden we eigenlijk meteen moeten zeggen, hè Holger? Het blijft onder ons. Jullie hoeven hier niet bang te zijn.'

Munch knikte bevestigend en probeerde vriendelijk te lachen.

De meisjes waren even stil, waarna Hannah ten slotte haar mond opendeed.

'Andres Wold,' zei ze zachtjes.

'Ja, hij ja,' zei Sylvia.

'Dacht iedereen daar zo over, naar jullie idee?' vroeg Mia. 'Dat alle drugs eigenlijk van Andres kwam?'

De meisjes knikten, nu met gebogen hoofd.

Mia keek even naar Munch, en hij knikte terug.

Andres Wold, Jessica's vriendje, zou als eerste worden verhoord, maar hij was niet komen opdagen.

'Hadden ze een relatie, of hoe zat het precies?' vroeg Mia.

De meisjes aarzelden even.

'Geen relatie. Of, nou ja...' zei Sylvia.

'Gingen ze met elkaar naar bed?' vroeg Mia.

'Ja,' beaamde Hannah, 'maar vooral vroeger, in het voorjaar. Nu niet meer zo vaak. Ze hadden ergens ruzie over gehad.'

'Wanneer was dat, die ruzie?' vroeg Mia.

'Rond haar verjaardag,' zei Sylvia.

'In maart,' bevestigde Hannah. 'We dachten dat het daarom was.'

'Ja,' zei Sylvia. 'Jessica had een wellnessweekend voor haar verjaardag gevraagd, maar hij gaf haar alleen maar een fles sterkedrank.'

'Ja, waar hij al uit had gedronken,' zei Hannah.

Munch fronste zijn wenkbrauwen en keek naar Mia.

'Ruzie op haar verjaardag? En daarna was het uit? Hadden ze geen relatie meer?'

'Ik geloof dat het zo is gegaan,' zei Sylvia. 'Daarna werd alles in elk geval anders.'

'Jullie zeiden "dachten" – dat de ruzie over het cadeau ging, maar kan die ook ergens anders over zijn gegaan?' vroeg Mia.

De meisjes haalden hun schouders op.

'Ik zou het niet weten,' zei Hannah. 'Hij was nooit zo goed in cadeautjes en zo, dus dit was niets nieuws.'

'Met Kerstmis kreeg ze een pakje Wunderbaum-luchtverfrissers,' merkte Sylvia op. 'Je weet wel, die je in de auto ophangt.'

'Oké,' zei Munch, 'maar laten we even teruggaan naar zaterdag. Kunnen jullie ons daar iets over vertellen? Jullie weten toch nog wel iets? Wanneer hebben jullie haar voor het laatst gezien?'

Ze keken elkaar weer aan.

'Ik weet niet precies hoe laat het was,' zei Sylvia.

Hannah knikte.

'We waren samen in de bunker, dus het moet na achten zijn geweest.'

'De bunker, was dat...'

'Het verkleedfeest,' zei Mia.

'Oké, dus jullie weten nog dat jullie daar samen waren. Hebben jullie een laatste herinnering, iets wat met een bepaalde tijd te maken kan hebben?'

'Het elastiek van haar masker was losgegaan,' zei Hannah. 'Dat is het laatste wat ik me herinner.'

'Toen kreeg ze een bericht op Telegram,' zei Sylvia. 'Dat dacht ik tenminste, als ik het niet heb gedroomd. De muziek stond keihard, dus ik kon niet horen wat ze zei, maar ze liet me haar telefoon zien.'

'Heb je gezien wat er stond?' vroeg Mia.

Het meisje leek nu een beetje van streek en schudde haar hoofd.

'Sorry, ik... Na die pillen... Ik weet gewoon niet wat er echt is gebeurd en wat ik me maar inbeeld.'

'Dat geeft niets,' zei Mia. 'Was de laatste keer dat je haar zag toen ze dat bericht kreeg?'

Sylvia knikte.

'Telegram?' vroeg Munch. 'Is dat...?'

'Een app,' zei Mia. 'Gebruiken jullie die veel?'

'Ja, de hele tijd. Iedereen gebruikt die. Hij is versleuteld. Niets wordt geregistreerd. Het kan niet worden opgespoord, snap je?'

Munch keek naar Mia, die knikte.

'Denk je dat ze daarna is weggegaan?'

Sylvia kroop weer in elkaar en liet haar hoofd tussen haar schouders zakken.

'Ik weet het gewoon niet, sorry.'

'Jullie doen het goed,' zei Mia, en ze legde voorzichtig een hand op haar arm. 'We weten dat het moeilijk voor jullie is, en jullie hoeven hier niet meer zo lang te blijven. We zijn bijna klaar. Ik ga ervan uit dat jullie je telefoons mee hadden naar het feest. Hebben jullie nog foto's genomen? Filmpjes gemaakt?'

De meisjes keken elkaar behoedzaam aan.

'Op de mijne staat niets,' zei Hannah. 'Toen ik wakker werd was de batterij leeg.'

'Ik heb alleen iets van het indrinken,' mompelde Sylvia.

'Mogen we ze hebben?' vroeg Munch. 'Zou dat kunnen?'

'Ja, natuurlijk,' zei Sylvia.

'Mooi, zeg het even tegen Luca Eriksen als we hier klaar zijn, dan regelt hij het. Nu mogen jullie bijna weg. Nog één dingetje.'

Mia schoof een briefje over tafel.

'Zeggen deze namen jullie iets? Mr. LOL? Big-B? Vic?'

Hannah keek nieuwsgierig naar het briefje, en hij kon zien dat het andere meisje, Sylvia, reageerde.

'Geen flauw idee,' zei Hannah.

'Sylvia?' vroeg Munch, deze keer een beetje streng.

Er gleed een traan over haar sproetenwang.

'Ik heb beloofd dat ik niets zou zeggen.'

Ze nam haar gezicht in haar handen.

'Wat?' zei Hannah. 'Had je het daar buiten over?'

Sylvia knikte snikkend achter haar handen.

'Als je iets weet, Sylvia, moet je het tegen ons zeggen.'

Mia, nu gedecideerder.

'We doen het voor Jessica, oké? Heeft ze het over een van deze namen gehad?'

Ze knikte weer.

'Over alle drie?'

Ze schudde haar hoofd.

'Over wie dan wel? Mr. LOL?'

Haar wangen waren nu nat.

'Ja,' fluisterde ze bijna.

'Over geen van de anderen?'

'Nee, alleen over hem. Een oudere man.'

'Ouder? Hoe oud ongeveer, denk je?'

'Geen idee,' zei Sylvia zachtjes.

'Zeker weten?' vroeg Mia. 'Je weet toch dat we dit voor Jessica doen? Alles wat je te binnen schiet is belangrijk voor ons.'

Sylvia keek even naar Hannah, die alleen haar schouders ophaalde.

'Ik heb er nooit iets over gehoord,' zei ze.

'Verder nog iets, Sylvia?' vroeg Munch.

'Was hij een bekende?' ging Mia verder. 'Iemand uit haar directe omgeving? Was het een familielid? Of zomaar een kennis?'

Sylvia beet hoofdschuddend op haar lip.

'Ze zei alleen maar dat hij haar aardig vond.'

'Was dat alles?' vroeg Munch.

'Ja,' mompelde de tiener, 'en dat hij royaal was.'

'Royaal?' vroeg Mia. 'Bijvoorbeeld dat hij haar ergens voor betaalde?'

'Dat is alles wat ik weet,' zei Sylvia, en ze bracht haar handen weer naar haar gezicht.

Mia wilde iets zeggen, maar Munch legde zijn hand op haar arm.

'Het is goed zo, Sylvia. Ik geloof dat het wel genoeg is geweest.'

De tiener kon haar tranen niet meer bedwingen.

'Arme Jessica,' zei ze snikkend.

Hannah sloeg haar arm om haar vriendin heen en keek hen aan.

'Zijn we klaar? Ik denk dat we maar beter...'

'Bijna,' zei Munch vriendelijk. 'Nog een paar praktische dingen. Jullie telefoons – is het goed als we er even snel doorheen lopen voor jullie weggaan?'

'Geen probleem,' zei Hannah. 'En voor jou, Sylvia?'

Sylvia knikte van achter haar handen.

'We kunnen eerst wel even een kleine pauze houden,' zei Munch. 'Willen jullie iets eten? Water?'

'Water,' zei Sylvia snikkend.

'Dat zal ik voor je regelen. Het komt eraan, oké?' zei Munch terwijl hij de kamer uit liep.

25

Mia liet Munch het verhoor van de meisjes afmaken en liep gejaagd naar haar motor. Het was tijd. Ze keek er niet naar uit, maar het moest nu eenmaal gebeuren. Anita Holmen. Ze moest met Jonathans moeder praten. Dat vond ze altijd het moeilijkste aan haar werk: de slachtoffers. Munch was daar veel beter in. Hij straalde rust uit, vriendelijkheid en zekerheid, die leken te helpen, terwijl zij heel emotioneel was en zo ongeveer het idee had dat ze er na het gesprek slechter aan toe waren. Ze wilde net op de motor stappen toen haar telefoon ging. Geen nummer dat ze had opgeslagen.

'Met Mia.'

Een mannenstem aan de andere kant van de lijn.

'Dag, Mia, met Daniel Lie van Kripos. Ik weet niet of je nog weet wie ik ben. We zijn elkaar een paar jaar geleden op een feest tegengekomen.'

De radertjes in haar hoofd draaiden terwijl ze probeerde het terug te halen.

O ja.

Lie. Een slanke man van haar leeftijd. Blond en een bril. Hij had een vriendelijke indruk gemaakt. Had niet geprobeerd om haar te versieren, zoals de meeste anderen als ze eens een enkele keer naar zo'n politiefeest ging.

'Hoi, Daniel, hoe is het?'

'Prima, eigenlijk. Er wordt hier gereorganiseerd, nieuwe mensen aan de leiding, dus het is op dit moment een beetje chaotisch, je weet hoe dat gaat. Maar ik zal je niet te lang ophouden. Ik hoorde dat jullie bezig zijn. Een meisje in een boot, was dat het?'

'Ja. Was jij hier toen toevallig?'

'Toen de jongen verdween? Nee, aan die zaak heb ik niet gewerkt. Dat deed Myrboe, en wij liggen elkaar, zoals bekend, niet zo goed. Ik wilde je iets anders vragen. Ben je toevallig de naam Longden Shipping tegengekomen?'

'Longden Shipping? Nee, er gaat geen belletje rinkelen. Hoezo?'

Lie zuchtte even.

'Misschien zit ik er helemaal naast, maar ik wilde het toch proberen toen ik hoorde dat jij daar was. Je staat bekend om je fingerspitzengefühl. Ik ben bezig met een traffickingzaak, maar ik zit muurvast. De nieuwe chef wil dat ik de zaak voorlopig laat rusten, maar ik krijg die toch niet uit mijn hoofd.'

'Oké, vertel.'

'Nou ja, het is eigenlijk altijd hetzelfde liedje. Meisjes uit Oost-Europa en Azië. Hierheen gelokt met beloften over geld en een beter leven, maar er zitten natuurlijk zieke klootzakken achter. Vooral prostitutie, en zolang het niet op grote schaal gebeurt, wordt er geen prioriteit aan gegeven. Maar goed, ik kreeg een tijdje geleden een tip over Longden Shipping. Dat dat bedrijf erbij betrokken zou kunnen zijn. Ik heb de havenlogboeken bekeken, en Hitra is een van de plekken waar ze een paar keer zijn geweest.'

Het werd even stil.

'Vorig jaar herfst, op 16 oktober, en vervolgens weer in het voorjaar, op 4 maart. Twee verschillende schepen, MS *Salazar* en MS *Rover*. Maar jij bent daar niets over tegengekomen?'

'Helaas niet,' zei Mia.

'Nou ja, het was een poging waard.'

'Ik zal mijn ogen openhouden. Was het Longden?'

'Ja, het zijn Britten, maar het schip staat in Cyprus geregistreerd.'

'Ik bel je als er iets opduikt.'

'Fijn. Sorry dat ik je stoorde.'

'Geeft niets. Succes met de zaak.'

'Dank je.'

Mia stopte haar telefoon in haar zak, zette haar helm op en reed weg. De zon stond nu hoog aan de hemel, de wind blies warm rond haar lichaam en ze weerstond de verleiding om vol gas te geven. Ze had lang geen motor gereden. Ze had die spanning in haar lichaam gemist, dat gevoel van totale vrijheid, met die gierende motor onder zich. Zo was ze van kleins af aan geweest. Hield van alles wat extreem was. Wat gevaarlijk was. Dat was altijd zo gebleven. Parachutespringen. Klimmen. Duiken. De Ducati was als een warm mechanisch dier onder haar, Italiaanse perfectie, en ze kon het nu toch niet laten, draaide het gas open en glimlachte breed achter het vizier toen ze de motor weg voelde schieten.

Oké, rustig nu, Mia.

Een camper verderop.

Ze minderde vaart en behield die snelheid totdat de afslag in zicht kwam. Ze parkeerde de motor bij de weg en liep naar het goed onderhouden huis aan het eind van de helling.

Het had haar natuurlijk geraakt.

De naam in het bloed.

Jonathan.

De razernij van een moeder?

Had ze iets ontdekt?

De fiets in het water bij de pier, alsof de jongen iemand op heterdaad had betrapt, iets had gezien wat hij niet had mogen zien. Drugs? Een levering? Misschien een ontmoeting tussen Jessica en een leverancier? Het hoofd van de bende? Jonathan op de verkeerde tijd op de verkeerde plek, doet iets waardoor ze geen andere keus hebben dan hem uit de weg te ruimen.

En dan hoort de moeder, recent misschien, een gesprek waaruit ze opmaakt wat er is gebeurd.

De politie vertrouwt ze niet, want hun onderzoek heeft niets opgeleverd, dus besluit ze om het heft in eigen handen te nemen.

Een laatste ritueel in de boot.

Het haar in de kop.

De naam in het bloed.

Vaarwel, Jonathan.

Nu staan we quitte, die jezabel en ik.

Het zou kunnen.

Mia ging het poortje door en klopte op de deur. Het was hier mooi. Mooi huis, goed onderhouden, de tuin ook. Ze had het zich anders voorgesteld. Depressie. Dat het onkruid welig woekerde. Maar zo was het absoluut niet. De ramen blonken en zagen er pas gezeemd uit. De deurmat lag precies in het midden op de brandschone stenen trap. Misschien was dat haar manier van verwerken: om alles om zich heen keurig schoon te houden. Controle. Geen kiezeltje op de verkeerde plek.

Het duurde even, maar toen ging de deur open en een droevig gezicht verscheen in de deuropening.

'Ja?'

'Anita Holmen? Ik ben Mia Krüger van de politie.'

Na een ogenblik kwamen de dode ogen opeens tot leven.

'Gaat het over Jonathan? Is er nieuws?'

'Nee, helaas niet,' zei Mia. 'Maar ik wil je wel graag een paar vragen stellen, als dat kan?'

Het vlammetje dat was opgelaaid doofde weer. Anita Holmen knikte langzaam en deed de deur verder open. Ze zag er even keurig uit als haar huis. Halverwege de veertig, met een licht opgemaakt gezicht, haar haar in een strakke paardenstaart. Een halflange grijze linnen rok. Een zachtroze blouse met lange mouwen. Ze leek op een etalagepop. Een levenloos mens.

'Kom binnen,' zei Anita Holmen zachtjes, en ze liep door de gang voor haar uit.

Even netjes hier binnen. Rijen met haakjes in de gang, op een rechte lijn. De schoenen keurig op een plank. Een van de haakjes was leeg, maar er hing nog een naambordje onder.

JONATHAN.

In de woonkamer ging het verder. De vloer leek geboend te zijn. Een roze bank, met de kussens netjes in de hoeken. Een stoel uit dezelfde collectie, voor een boekenkast, de boeken erin op kleur gesorteerd. Gordijnen met embrasses, wat goedverzorgde planten. Drie wit-roze orchideeën in identieke potten naast elkaar op de ene vensterbank.

Anita wees naar de bank.

'Kan ik je iets aanbieden?'

'Nee, dank je, ik zal je niet lang lastigvallen.'

Mia ging zitten, maar Anita Holmen bleef midden in de kamer staan, alsof ze er niet was. Een lege blik, haar armen langs haar lichaam, alsof ze ergens op wachtte.

Mia schraapte ten slotte haar keel.

'Wil je niet zitten?' vroeg ze vriendelijk.

'Wat?' zei Anita Holmen, die al was vergeten dat Mia er was.

'Dat is misschien prettiger?' zei Mia, en ze knikte naar de roze leunstoel.

'Sorry,' zei Anita Holmen. Voorzichtig ging ze zitten op het puntje van de stoel, met haar handen gevouwen in haar schoot.

'Dat geeft niets,' zei Mia. 'Nogmaals: ik blijf niet lang, ik heb alleen een paar vragen.'

'Wie ben je ook alweer?' vroeg Anita Holmen, die nu iets minder afwezig leek. Ze kneep haar ogen een beetje dicht, alsof het te licht was in de opgeruimde kamer.

'Mia Krüger,' zei Mia. 'Van de politie. We onderzoeken de moord op Jessica Bakken.'

'Sorry,' onderbrak Anita haar. 'Ben je hier niet om over Jonathan te praten?'

'Jawel, natuurlijk, ik wilde alleen...'

'Wanneer sturen ze weer iemand?'

'Sorry?'

'Kripos? Wanneer sturen ze iemand? Want ze zijn hier maar heel kort geweest. Ik breng bloemen naar zijn graf, maar dat is alleen om een plek te hebben om naartoe te gaan. Hij ligt daar immers niet. Hij is daar nog ergens. Wie gaat me helpen om hem te vinden?'

'We werken eraan,' zei Mia voorzichtig.

'O ja? Je zei toch net dat je hier voor Jessica was? Zij is het wel waard en mijn jongen niet? Zit het zo?'

'Kende je haar?'

'Jessica?'

Anita Holmen zuchtte en schudde zachtjes van nee.

'Een beetje. Ze is... ze was een vriendin van Hannah, maar ze zijn hier niet zo vaak. Ze hangen buiten rond. Ik weet niet zo goed waar.'

Anita Holmen leek weer een beetje afwezig en bleef met een lege blik uit het raam zitten staren. Ergens in de stille kamer tikte een klok.

'Kenden ze elkaar? Jessica en Jonathan?'

'Wat?'

Ze schrok op en bewoog weer.

'Jonathan en Jessica, kenden ze elkaar?'

Anita Holmen snoof, alsof ze het een beledigende vraag vond.

'Jonathan was pas acht. En wat moest zo'n lieve jongen nou met iemand zoals zij?'

'Iemand zoals zij – wat bedoel je daarmee?'

'Nou, je weet wel.'

'Nee, dat weet ik niet,' zei Mia. 'Mocht je haar niet?'

Anita Holmen fronste haar wenkbrauwen en schudde even haar hoofd.

'Tja, niet mogen... Ze had nou niet bepaald een goede reputatie, toch?'

'Dat weet ik niet,' zei Mia, terwijl ze haar notitieboekje uit haar zak haalde. 'Wat voor reputatie had ze dan? Wat dachten mensen dat ze deed?'

'Nou ja, deed,' mompelde ze. 'Het was meer uit welk nest ze kwam.'

'Bedoel je Laura Bakken?'

'Weet je,' zei Anita Holmen. 'Ik geloof niet dat ik zoveel zin heb om nu over Jessica te praten, als je dat goedvindt.'

Ze zette een strak gezicht op en veegde iets van haar rok.

'Natuurlijk,' zei Mia. Ze legde haar boekje weg. 'Op de avond dat Jonathan verdween, was je thuis, toch?'

Anita Holmen knikte langzaam.

'Kripos heeft je dit vast al een paar keer gevraagd, maar ik wil het zelf graag van jou horen,' ging Mia verder. 'Was er die dag iets gebeurd? Of in de dagen ervoor? Iets wat anders was dan normaal?'

'Wat bedoel je?'

'Ik vraag me alleen af of je toen iets was opgevallen. Of er iets was wat niet in de haak leek?'

Anita Holmen fronste haar wenkbrauwen.

'Bedoel je dat met Lucien Frank?'

'Met wie?'

Mia pakte haar boekje weer.

Anita Holmen zuchtte.

'Wat doen jullie eigenlijk als jullie werken? Lucien Frank? Heeft Kripos je dan niets verteld?'

'Nu werk ik niet voor Kripos, ik...'

'Lucien Frank,' zei Anita Holmen bits. 'Ik heb het toen gezegd, en ik zeg het nu nog een keer. Ik zag hem hier die avond rondsluipen. En nee, ik geloof niet dat hij een alibi had, of wat die idioten dan ook hebben verzonnen. Lucien Frank was hier. Daar.'

Ze stond abrupt op en liep naar het raam dat uitkeek op de weg.

'Kijk.'

Mia liep naar haar toe.

'Daar. Zie je? Daar bij het hek.'

'Zag je daar die avond een man?'

'Niet *een* man,' zei Holmen geïrriteerd. 'Ik zag Lucien Frank. Hij sloop daar rond. En nee, ik had niet te veel gedronken, zoals die onbeschofte rechercheur insinueerde; die waardeloze idioot moet zich met zijn eigen zaken bemoeien.'

'Wanneer was dat?' vroeg Mia.

'Dat weet ik niet precies meer. Eerst dacht ik rond zeven uur, maar later bedacht ik dat het journaal al was afgelopen, dus het moet na halfacht zijn geweest.'

'En dat heb je aan Kripos verteld?'

Anita Holmen schuimbekte zowat.

'Heel vaak. Héél vaak.'

Ze bleef stijf voor het raam staan, maar uiteindelijk liep ze terug naar de stoel en ging op het randje zitten.

'Ze willen niet eens naar me luisteren.'

'Wie is die Lucien Frank?'

'Een klootzak. Iedereen weet wat hij daar op zijn griezelige boerderijtje uitvoert.'

Mia zette haar pen op het papier.

'Wat dan?'

'O, wat doet hij eigenlijk níét, dat zwijn?'

Er vlamde nu haat in de blik van de keurig geklede vrouw.

'Vraag het aan de politie, die kennen hem. Iedereen hier kent hem. Hou je kinderen bij die vent vandaan, zeg ik alleen, vraag het aan welke ouder op dit eiland dan ook.'

'Een pedofiel?'

Anita Holmen gaf een soort knikje.

'Is hij ergens voor veroordeeld?'

'Dat weet ik niet, maar dat zou hij wel moeten zijn.'

'Zijn er incidenten geweest? Heeft iemand...?'

'Luister,' zei Anita Holmen. 'Een moeder weet zoiets, hè?'

Haar blik werd nu somberder.

'Ik ben er zelf heen gegaan – ja, dat heb ik gedaan. Als ik bij de politie geen rechtvaardigheid vind, dan...'

'Ben je naar hem toe gegaan?'

Ze knikte trots.

'Zeker weten.'

'Hoe ging dat?'

'Poeh! Hij verstopte zich binnen, durfde me niet onder ogen te komen. Die zak belde Luca Eriksen, dus ik moest...'

Ze legde haar handen hoofdschuddend op haar borst.

‘Ík werd in een politieauto afgevoerd. Kun je het je voorstellen? Ík! Terwijl hij gewoon...’

‘Ik zal ernaar kijken,’ zei Mia met een knikje.

‘Doe dat maar,’ zei Holmen sarcastisch. ‘Dat helpt vast. Jullie zijn toch zo competent?’

Anita Holmen rechtte haar rug en keek weer naar het raam.

Het werd stil in de kamer.

‘Het spijt me echt,’ zei Mia. ‘Als ze bij Kripos hun werk niet doen, kan ik daar weinig aan veranderen, maar ik zal ernaar kijken, goed?’

Holmen keek naar beneden en knikte langzaam.

‘Je hebt twee kinderen, toch?’ ging Mia verder. ‘Jonathan en Hannah?’

‘Ja.’

‘Ik zag in de rapporten dat ze niet dezelfde vader hebben?’

Anita Holmen zweeg weer en veegde een onzichtbaar stofje van haar grijze rok.

‘Ja, dat klopt,’ zei ze uiteindelijk.

‘En wie is Jonathans vader? Is hij nog in beeld?’

Holmen schudde weer van nee.

‘Nee, hij is niet “in beeld”,’ antwoordde ze koel.

‘Mag ik je vragen wie hij is?’

Anita Holmen keek haar aan met een blik die Mia niet eerder had gezien: streng, bijna hatelijk en tegen haar gericht.

‘Nee, dat mag je niet,’ zei Holmen.

‘Dus hij is niet...?’

‘Heb je me niet gehoord?’

‘Jawel, ik wilde alleen...’

‘Het begint laat te worden,’ zei Holmen, terwijl ze haar hand demonstratief voor haar mond sloeg. ‘Ik moet even gaan rusten. Was er verder nog iets?’

Mia keek op haar telefoon hoe laat het was.

Nog geen halftwaalf ’s middags, maar het leek haar beter het hierbij te laten.

‘Nee, dat was alles,’ zei Mia, en ze stak het notitieboekje weer in haar jaszak. ‘Bedankt voor je hulp.’

‘Lucien Frank,’ zei Anita Holmen nadrukkelijk toen ze weer buiten stonden.

'Ik zal zien wat ik kan vinden,' zei Mia. Ze gaf haar haar visitekaartje. 'Je kunt me altijd bellen als er iets is, goed?'
Anita Holmen knikte kort en deed de deur dicht.
Mia liep terug naar de weg en bleef bij haar motor staan.
Vreemd.
Haar telefoon trilde in haar zak.
'Ja?'
'Hoe ging het?' vroeg Munch.
'We hebben een nieuwe naam op onze lijst.'
'O ja?'
'Ene Lucien Frank. Kun jij hem voor me opzoeken in het systeem?'
'Ik vraag het aan Luca. Zie ik je bij de kerk? Om naar het beroemde altaarstuk te kijken?'
'Oké. Zie je daar.'

26

Munch parkeerde zijn auto in de schaduw van een grote rode beuk bij de ingang van het kerkhof en haalde een sigaret uit het pakje, terwijl Mia het plein op draaide en van haar motor stapte. Ze hing haar helm aan het stuur, keek omhoog naar de kerk en liep naar Munch toe. Een oudere vrouw op sandalen en met een strohoed haastte zich over het kerkplein en verdween door de deur naar binnen.
'Ging het goed met de meisjes? Is er nog iets uit gekomen toen ik weg was?'
'Niets bijzonders. Jij nog wat?'
Hij zag dat Mia even aarzelde.
'Ik denk dat ze er wel toe in staat zou zijn.'
'Ja?'
'Beslist, ja. Als Jessica er op een of andere manier bij betrokken was.'
'Dus we zetten haar op de lijst?'
'In elk geval voorlopig.'
Mia pakte een flesje water uit de zijtas van haar motor en zette het aan haar lippen.

'Heb je nog naar die Lucien Frank gekeken?'

'Eriksen wist wie dat was,' zei Munch. 'Een bekende figuur hier op het eiland, maar niets extreems op zijn strafblad. Kleinigheidjes. Waar kwam die naam vandaan?'

'Anita Holmen denkt hem voor haar huis te hebben gezien. Op de avond van de verdwijning van haar zoon. Ik kan me de naam niet herinneren uit de aantekeningen van Kripos, maar ik zal nog eens kijken als ik weer thuis ben. En dan hebben we nog de vader van Jonathan.'

'Wie is hij?'

Fronsend schudde Mia haar hoofd.

'Ze wilde het niet zeggen.'

'Denk je dat het er iets mee te maken heeft?'

'Geen idee, maar ze was op z'n zachtst gezegd niet bepaald blij toen ik het haar vroeg.'

Mia richtte haar blik op de kerk.

'Weten ze dat we komen?'

'Ja, ik heb gebeld.'

'Wat staan we hier dan te doen?'

Munch pakte een aansteker uit zijn zak om zijn sigaret aan te steken.

'Even een kort overleg. Jij en ik?'

'Kijken waar we staan?' vroeg Mia.

'Wat denk jij?' vroeg Munch, terwijl hij het zweet van zijn voorhoofd wiste.

'Helemaal vanaf het begin – alles?'

'Graag.'

Mia schroefde de dop terug op de fles en ging op de motorkap zitten.

'Oké. Jessica. Zestien jaar. Slechte thuissituatie. Woont in die boot, gedeeltelijk in het geheim. Een jaar geleden: veranderingen in haar leven, ze heeft opeens geld.'

'Drugs. Mannen,' vulde Munch aan.

'Ja,' beaamde Mia. 'Niet meer dan drie klanten. In elk geval noteert ze er maar drie in haar boekje, en dat lijkt me wel belangrijk.'

'Omdat?'

'Als ze in de drugs zit, moet ze er toch meer dan drie hebben? Zo niet, dan zou niemand haar dat baantje geven – eens?'

Munch knikte.

'Ze is een schnabbelaar, krijgt tweehonderd hier, driehonderd daar, vrienden, bekenden, een klein kringetje – geen enkele reden om alle bedragen op te schrijven.'

'Omdat?'

'Die niets voor haar betekenen. Maar we denken dat deze drie wel wat voor haar betekenden. Het gaat niet alleen om de bedragen, want zo hoog zijn die ook weer niet, ze moeten bijna een soort symbolische waarde hebben. Drie mannen, van wie er in elk geval één iets ouder is...'

Een oudere man.

Het enige wat dat arme kind wist.

'Verder gebruikte ze afkortingen. Mr. LOL, Big-B, Vic. Ze wilde het geheimhouden. Omdat dat moest, of omdat het spannend was?'

'Misschien allebei?' suggereerde Munch.

'Misschien.'

Mia nam weer een slok uit haar fles.

'Weet je, ik denk eigenlijk niet dat al die aantekeningen op drugs slaan. Het zijn niet genoeg klanten om de zaak draaiende te houden. Ik denk dat de aantekeningen ergens anders op slaan.'

'Seks?'

Ze haalde haar schouders op.

'Hoogstwaarschijnlijk. Wat voor seks weet ik niet, er zijn zoveel verschillende behoeftes, maar we moeten er maar van uitgaan dat het om dat soort transacties is gegaan.'

'Eens,' beaamde Munch, en hij nam een trek van zijn sigaret. 'De kop? Het haar? De letters in het bloed?'

Mia zweeg even.

Hij herkende die blik.

Hij hield ervan.

Even in haar eigen wereld, voor ze weer met beide benen op de grond kwam.

'Oké, laten we beginnen met de kop. Dat houdt hier verband mee, denk je niet?'

Ze knikte naar de kerkdeur.

'Vrijdagavond? Drie kraaien aan het altaarstuk. KTTY3. Een duidelijke boodschap? *Ik zal haar wel krijgen.* Door en door gepland.'

'Eens,' zei Munch. 'Inbraak bij de kapper. Dezelfde nacht?'
'Ja, toch?' zei Mia. 'Een paar uur ertussen misschien?'
'Dus iemand kreeg het idee... *nu ga ik het doen*?'
'Denk je niet? Kan er even over nagedacht hebben. Ineens kreeg de dader het in zijn kop: nú... de kraaien, de inbraak, de moord – alles in heel korte tijd. Zo moet het gegaan zijn, denk je niet?'
'In mijn hoofd is het beslist zo gegaan. Wat moeten we met de letters?' vroeg Munch.
'Baby jezabel. Ja, dat is irritant ingewikkeld.'
Ze was weer even weg.
'De woordkeus verrast me.'
'Hoezo dat?' vroeg Munch.
Ze haalde haar schouders op.
'Het woord "jezabel" wordt vandaag de dag niet meer zoveel gebruikt. Daarom denk ik niet zo sterk aan haar vriendje als jij. Ik denk niet dat hij "jezabel" gebruikt zou hebben, ik denk dat "teringteef" meer in zijn straatje zou hebben gepast.'
'Dus een ouder iemand?' vroeg Munch. 'Mr. LOL?'
'Ze wist zijn leeftijd toch niet?'
'Nee, ze had het alleen over een oudere man. Ik weet niet wat dat betekent voor een tiener. Veertig, vijftig?'
'Niet een van die jonkies in elk geval, dat zie ik niet voor me,' zei Mia hoofdschuddend, en ze nam een laatste slok.
'Maar waarom al dat gedoe?' zei Munch. 'Al die rituelen? Waarom haar niet gewoon vermoorden?'
'Dat is er juist zo vreemd aan, en dat heb ik al eerder genoemd: die gewelddadigheid. Het lijkt wel een crime passionnel. Maar het haar, de kraaien...'
'Gepland,' dacht ook Munch.
'Ja, dat kan ik niet helemaal met elkaar rijmen.'
'Want?'
'Dat is dc hamvraag,' zci Mia.
'Ja. Wat is verdomme het verband? Tussen de vermissing van de jongen en de moord? Jonathan was het broertje van Hannah. Kenden ze elkaar eigenlijk? Weten we daar iets van? Iets wat ik over het hoofd heb gezien?'
'De naam in het bloed schrijven...' mijmerde Mia, en toen werd het weer stil. 'Ik weet het niet. Dat lijkt zo...'

'Dramatisch?'
'Dat is het ook niet helemaal. Ik...'
Weer die glanzende ogen. Ze was even van de wereld, voordat ze weer aanspreekbaar was.
'Nee, ik zie ook geen verband.'
'Hoever ben je met de rest? De ooggetuige uit het Kripos-archief?'
'Ik heb Gabriel gevraagd hem na te trekken.'
'Wallnes, was dat het niet?'
'Wallstedt, Jacob. Ik weet niet of er iets uit komt. Het kan ook niets zijn. Ik kreeg gewoon een gevoel.'
'Wat was zijn rol eigenlijk? In de vermissingszaak, bedoel ik.'
'Hij was de enige getuige die in de tijd dat Jonathan verdween een auto in de Bocht dacht te hebben gezien.'
'Als er al een auto was,' zei Munch. 'Zou hij iets anders verzwijgen?'
'Dat hij betrokken is bij de vermissing, bedoel je?'
'Ja?'
Ze aarzelde even.
'Ik weet het niet. Het zou kunnen, maar waarom zou hij zich erin mengen? "Ik heb een auto gezien, maar weet niet welke kleur en welk model."'
'Is dat dan niet perfect? "Ik heb geen idee wat het was, maar ik heb in elk geval iets gezien, dus ik heb mijn plicht gedaan."'
'Ja, misschien,' zei Mia, en even zei ze niets.
Munch veegde het zweet weer weg en ging meer in de schaduw staan.
'Waar ben je naar op zoek?' vroeg Mia.
'Oude gewoonte,' zei Munch. 'Vrijdagnacht, iemand is de kerk binnengedrongen, misschien is het opgemerkt.'
'Succes ermee,' zei Mia. Ze zette de lege fles aan haar lippen. 'Verdomme, wat is het warm.'
'Ik geloof dat ik nog lauw mineraalwater heb,' zei Munch, naar de passagiersstoel wijzend.
'Hoe wil je nu verder?' vroeg Mia.
'Andres Wold?'
'Ik kan hem nemen. Ik moet toch met zijn vader praten – vragen of hij de onderdelen van mijn auto heeft besteld. En verder?'
'Die Victor van de zalmverwerking?' vroeg Munch.

'Wat heeft Luca over hem gezegd?'
'Niet zoveel. Hij is er nu niet, hij komt overmorgen thuis.'
'Oké, dan nemen we hem dan,' zei Mia.
'Weet je zeker dat we niets met die app kunnen? Telegram? Met de fabrikant praten of zo?'
Ze schudde haar hoofd.
'Vergeet het maar. Die lui leven van geheimhouding. Daar komen we niet verder mee.'
'Maar we denken toch aan het volgende scenario: feest, een appje van iemand, en dan hup, naar de boot?'
'Klinkt aannemelijk. Waarom anders zo vroeg ervandoor?'
'Eens.'
Hij drukte zijn sigaret uit toen de kerkdeuren opengingen. De oudere vrouw die het plein was overgestoken, wenkte naar hen vanaf de trap.
'Hallo? We zijn hier, hoor.'
'Ga je mee naar binnen, of ga je meteen naar de garage?'
'Ik ga mee,' antwoordde Mia. 'Ik wil dat altaarstuk weleens zien.'
'Hopelijk is het bij de Heer koeler,' zei Munch onbewogen, en hij liep voor haar uit over het grind.

27

Munch hield niet van kerken. Had er zelfs bijna een hekel aan. Respect voor de geloofsovertuiging van anderen? Absoluut. Allah, Shiva, Boeddha, Jezus. Mensen mochten geloven wat ze wilden. Maar die kerken? Nee, de weinige keren dat hij er naar binnen ging huiverde hij. Hij was een keer in Rome geweest, jaren geleden, samen met Marianne, had de Sint-Pieter bezocht en het was hem echt tegen gaan staan. Van onder tot boven versierd, een poppenkast van jewelste, en ten koste van wie? Al de armen natuurlijk. Die door de eeuwen heen hun laatste bezittingen weggaven, vanwege dreigementen over de hel en eeuwige verdoemenis. Dat had hij van thuis meegekregen. Munchs vader werkte voor de spoorwegen en was een verbeten communist. Voor hem geen andere goden dan Stalin en Lenin. Zijn moeder was iets voorzichtiger, maar dacht er hetzelfde over. In zijn onwetendheid had hij eens gevraagd of hij naar de zondagsschool mocht. Spannend. Gouden stickers, en een van de leukste meisjes uit zijn klas ging erheen, dus waarom niet? Hij had de wind van voren gekregen. Een grotere uitbrander dan toen hij op zijn veertiende voor het eerst en het laatst in zijn leven dronken was geworden van de zelfgemaakte kersenwijn van zijn vader.

'Aardig zijn,' zei Mia zachtjes toen ze naar de trap liepen.

'Ik? Ik ben toch...'

'Sst,' zei Mia.

De weduwe met de strohoed schudde hun glimlachend de hand.

'Hallo, ik ben Dorothea Krogh. En dit is Thomas.'

Ze knikte naar de slungelige man die naast haar stond. Hij was achter in de twintig, droeg een zwart overhemd met een wit boordje en leek vreemd nerveus. Hij schraapte zijn keel, veegde zijn hand aan zijn ene broekspijp af en stak die naar hen uit.

'Thomas Ofelius, regiopredikant.'

'Munch,' zei Munch. 'En dit is Mia.'

'Hallo,' zei Mia.

'Over jou hebben we gehoord,' zei de weduwe vrolijk, terwijl ze de deur voor hen openhield. 'Want je bent heel beroemd, toch? Ik heb het idee dat mensen het over niets anders hebben sinds je hier bent. Zit je niet in Kvenvær?'

'Ja, op Edøya,' antwoordde Mia met een knikje, en ze liep achter haar aan de kerk in.

'O, Edøya. In het huis van de oude Monsen? Daar ben ik vaak geweest, maar dat is wel een tijdje terug. Monsen en mijn man, de oude dominee dus, waren goede vrienden. Wat is het daar prachtig, echt fantastisch. Woon je daar permanent? Of is het een vakantiehuis?'

'Op dit moment woon ik daar inderdaad. Ik zie wel hoelang ik blijf.'

Mia glimlachte en wisselde snel een blik met Munch.

Hij knikte kort terug.

Hij dacht hetzelfde.

Wat is het met die dominee?

Ze stonden al halverwege het middenpad, maar de dominee stond nog bij de deur. Munch keek om zich heen. Kruizen en grote kandelaars. Gewelfde ramen met gekleurd glas, versierd met Bijbelse motieven. Munch was zoals gezegd niet erg Bijbelvast, maar hij herkende er toch een paar. Eva met de appel in de Hof van Eden. Mozes met de stenen tafelen op de berg Sinaï. De temperatuur was binnen in elk geval beter dan buiten.

'Kom je, Thomas?'

Dorothea keek naar de dominee, kwetterde tegen hem, bijna alsof hij een kind was.

De dominee knikte en haalde iets uit zijn zak.

'Ja, ik moet alleen...'

Hij snoot zijn neus in een zakdoek.

'Arme Thomas, hij is een beetje verkouden,' verontschuldigde Dorothea hem.

'Het spijt me – allergie,' mompelde de dominee, en hij liep naar hen toe.

'Ja?' zei Dorothea.

Munch hoorde nu lichte irritatie in haar stem.

'Misschien moet jij het laten zien, Thomas. Jij hebt ze gevonden.'

'Eh... ja, natuurlijk.'

'Dit is dus Sandstad Kirke,' ging de weduwe verder. 'Veel mensen denken dat hij Hitra Kirke heet, maar dat is niet zo. Hitra Kirke is de mooie oude stenen kerk die in Melandsjø staat. Die hebben jullie misschien gezien?'

'Ik geloof het niet,' zei Munch.

'Zeker een bezoekje waard. Echt prachtig. Gebouwd met lokale stenen, met de klokkentoren in het midden, een ongelooflijk mooie koperen koepel. Schitterend, hè Thomas?'

'Eh... ja.' De zenuwachtige dominee knikte. 'Die is heel mooi. Maar...'

'Wel een beetje klein helaas,' zei Dorothea. 'Daarom gebruiken we meestal deze. Voor doopdiensten en wekelijkse diensten, bruiloften; dat vindt allemaal hier plaats.'

Ze sloeg glimlachend haar armen uit.

'Dus hier vindt ook de grote bruiloft plaats?' vroeg Munch.

Dorothea keek naar de dominee, en hij knikte.

'Ja, hier, ja. De ceremonie wordt door ons – door mij eigenlijk – geleid. We verwachten er veel van. We zijn er nog niet uit wat we moeten...'

De weduwe rolde met haar ogen.

'Let maar niet op Thomas. Hij heeft vandaag zijn dag niet. Gras, toch, Thomas? Daar ben je toch allergisch voor?'

'Ja, helaas wel,' antwoordde de dominee, en hij veegde zijn neus af.

'Ik voel met je mee,' zei Mia. 'Dat had mijn zus ook. Het verpest je hele zomer, zeker?'

'Eh... ja, dat kun je wel zeggen. Behoorlijk. Dank je.'

'Zullen we?' vroeg Munch met een knikje richting het altaar.

Nu zagen ze waar iedereen het over had.

Het nieuwe altaarstuk.

Gigantisch en kolossaal domineerde het de muur.

Op de muren en ramen in de rest van de kerk wemelde het dan misschien van de religieuze symboliek, hier ontbrak die bijna volledig. In het midden een gedaante die duidelijk Jezus aan het kruis moest voorstellen, maar verder waren de motieven meer seculier. Een spartelende zalm aan een lijn. Een jonge zalm in iemands handen.

'Dit is dus ons nieuwe altaarstuk,' zei de dominee met raspende stem. 'En ja...'

Dorothea nam het hoofdschuddend weer van hem over.

'Dat is toch geen geheim? We hoeven niet te doen alsof, Thomas. De kerk heeft weinig geld, en de kerkenraad heeft een gift van de familie Prytz aangenomen. Je kunt je afvragen of het precies de afbeelding was die we wilden, maar is dat nou zo erg, denk ik dan. We kunnen toch onze lokale geschiedenis erin opnemen? De vissers? Zo hielden mensen zich hier generaties lang in leven. Nee hoor, ik vind het mooi.'

'Hingen ze daar – de kraaien?'

Munch liep tot vlak bij het altaarstuk.

'Ja, hieraan.'

De dominee kwam achter hem staan en hij wees.

'Wat bedoel je? Waar hingen ze?'

De slungelige man strekte zich helemaal uit.

'Daar boven... en daar boven... en daar.'

Munch keek naar Mia.

'Bedoel je dat ze daar aan de uitstekende vissenstaarten hingen?'

'Eh... ja.'

Mia pakte haar telefoon uit haar broekzak en nam een paar foto's.

'Hebben veel mensen toegang tot de kerk?' vroeg Munch.

'O, de deur is altijd open,' zei Dorothea.

'Dus iedereen kan zomaar naar binnen?'

'Ja, iedereen is hier welkom.'

'Hangen er hier camera's? Binnen? Buiten?'

'Nee, helaas niet. Die hebben we nooit nodig gehad. We zijn een kleine, hechte gemeenschap. Niemand zou...'

Ze maakte haar zin niet af.

'Ik snap het,' zei Munch. 'We zijn ermee bezig. We lossen het op.'

'Die arme moeder,' zei de weduwe toen ze weer buiten op de trap stonden.

De dominee had zich verontschuldigd en was door een van de achterdeuren verdwenen.

'Kende je het meisje?' vroeg Munch.

'Jessica?'

Ze aarzelde even.

'Ze paste vroeger soms op Sofia. Ik kwam haar af en toe tegen. Maar ik kende haar niet persoonlijk.'

'Ben je de oma van Sofia?' vroeg Mia nieuwsgierig.

'Ja, ze is het kind van mijn dochter,' zei Dorothea. 'En Simon is mijn schoonzoon. Ze wonen in ons oude huis in Kvenvær. Oef, ik moet er niet aan denken dat het mijn kleintje had kunnen zijn.'

Munch legde zijn hand op haar arm.

'Er is geen reden om je zorgen te maken. Zoals gezegd: we zijn ermee bezig. Geen camera's dus?'

Hij keek even om zich heen.

'Helaas niet.'

'En ergens in de buurt? Wat zit daar?'

Hij wees naar een huis op de top van een heuvel aan de overkant van de weg.

'O, dat is de oude nertsfokkerij. Er was daar een paar jaar geleden veel ophef. Je weet wel, demonstrerende activisten. Nu zitten er geen dieren meer in kooien. Gelukkig schrijdt de beschaving voort.'

'Woont er nu niemand meer?'

'Dat weet ik eigenlijk niet. Ja, ik geloof van wel. Veel vrachtwagens komen en gaan. Ik weet niet van wie het nu is.'

'Dus jullie doen de kerk niet op slot? Jan en alleman kan naar binnen?'

'Als het nodig is, kan hij wel op slot,' zei de weduwe. 'Maar ik weet niet waar de sleutel is.'

'Was er een paar jaar geleden niet een gezin dat hier kerkasiel had gekregen?' vroeg Mia. 'Of was dat in een van de andere kerken?'

'Nee, dat was hier,' zei Dorothea trots. 'Mijn man en ik hebben ze opgevangen. Vier kinderen, arme stakkers. Er zijn grenzen aan grenzen. Landsgrenzen, bedoel ik. We zijn toch allemaal kinderen van onze Heer op deze aarde, nietwaar?'

De weduwe glimlachte.

'Willen jullie een rondleiding over de rest van het terrein, of...'

'Erg vriendelijk, maar we moeten verder,' zei Munch.

'Leuk kennisgemaakt te hebben,' zei Mia, en ze gaf haar een hand.

Terug in de schaduw bij de auto kon Munch eindelijk een sigaret uit het pakje halen.

'Wat denken we ervan?'

'Van de vissenstaarten?' vroeg Mia.

'Ja. Was dat met opzet?'

'Moeilijk te zeggen. Er zijn daar niet zoveel plekken om iets op te hangen, maar toch.'

'Een reactie op het altaarstuk? Een soort wraakactie tegen de familie Prytz?'

'Misschien. We hebben nog geen verband tussen hen gevonden, toch?'

'Tussen het meisje en de rijkaards?'

'Ja?'

Munch schudde zijn hoofd.

'Voorlopig nog niets. Maar we zijn hier pas een paar dagen. Laten we onze ogen goed de kost geven, kijken of we iets vinden.'

'En de dominee?'

'Rare snijboon,' vond Munch. 'Laten we hem op de lijst zetten. Stuur zijn naam naar Gabriel, dan kan hij kijken of hij iets vindt.'

'Goed,' zei Mia, en ze zette haar helm op. 'Ga je terug naar het bureau?'

Munch keek naar het gebouw aan de overkant van de weg.

'Nee, ik denk dat ik daar een kijkje ga nemen. Een nertsfokkerij? Zoals ze al zei: rond zulke plekken is altijd veel ophef. Misschien is er daar iets geïnstalleerd, ter bescherming tegen ongewenste bezoekers.'

'Oké, tot later.'

Munch zwaaide naar haar, stak de hoofdweg over en liep hijgend de helling op. De zon brandde aan de hemel en hij wou dat hij iets had om zijn hoofd mee te bedekken. Het huis op de heuvel was een beetje vervallen, wit zoals de meeste huizen hier, een traditioneel langgerekt huis, kenmerkend voor Trøndelag, met uitzicht over de zeestraat. Er leek een vrij nieuw hek omheen te staan. Hij zag nu meer gebouwen: een schuurtje, een rij met wat de kooien moesten zijn waar de dieren in hadden gezeten. Dierenbeschermers. Het beeld van Miriam dook op. Zijn dochter was een verwoed verdediger van dierenrechten, en hij had haar verschillende keren uit de arrestantencel moeten halen.

Munch opende het hek, liep verder over de stoffige weg en zag dat er iets achter de gordijnen van het huis bewoog. Hij bleef op het erf om zich heen staan kijken. Stil. Een bestelbusje met een logo, van NorLaks, stond bij de schuur. De deur van het huis ging open en er kwam een man op hem af. Hij was begin dertig. Gladgeschoren hoofd. Tatoeages op beide gespierde armen.

'Hallo. Dit is privéterrein. Kan ik je ergens mee helpen?'

'Holger Munch, afdeling Moordzaken, Oslo,' zei Munch, en hij liet zijn pasje zien.

De gedrongen man zweeg en wierp een snelle blik op het huis achter hem.

Meer mensen daarbinnen.

Weer een bewegend gordijn.

'Oké. Is het... Gaat het om dat meisje?'

De man haalde zijn hand over zijn kale hoofd.

'Jessica, toch? Ik zag haar weleens, maar ik kende haar niet persoonlijk. Vreselijk. Heel tragisch.'

'Dit was toch vroeger een nertsfokkerij?' vroeg Munch.

'Hè? Ja, ik geloof het wel. Hoezo?'

Weer een glimp van een ander gezicht binnen, op de bovenverdieping deze keer.

'En wie ben jij?' vroeg Munch.

'Ik ben Steve,' zei de man, en hij stak zijn hand naar hem uit. 'Ik heb het een beetje druk, dus...'

Hij gluurde weer over zijn schouder.

'Dit duurt niet lang. Ik wilde alleen iets vragen. Weet je misschien of er hier ergens camera's hangen? Ik zie dat jullie uitzicht op de kerk hebben?'

De man streek weer over zijn kale hoofd.

'Camera's, nee... niet dat ik gezien heb. Ik was er nog niet toen het werd overgenomen, maar ik heb er niets over gehoord.'

'Oké, dat was alles. Bedankt.'

'Mooi. Graag gedaan.'

Munch maakte aanstalten om te gaan, maar bleef staan.

'Wat doen jullie hier nu?'

Hij knikte naar de auto bij de schuur.

'Zalmtransport. Naar heel Europa. De chauffeurs slapen hier, als dat nodig is.'

'Ben jij de eigenaar van het bedrijf?'

'Eh... ja.'

Hij zwaaide met de telefoon die hij in zijn hand had.

'Ik heb het zoals gezegd nogal druk, dus...'

'Natuurlijk,' zei Munch. 'Nergens camera's dus?'

'Niet dat ik weet.'

De man bleef midden op het erf staan, totdat Munch het hek uit was.

Steve?

Oké.

Munch wierp een laatste blik op het huis en liep naar zijn auto.

28

Mia reed de bocht om naar de garage, en trof Roar gebogen onder de motorkap van een oude Ford aan. Zijn werkbroek hing tamelijk laag om zijn heupen en dat gaf Mia een rianter zicht op zijn achterste dan ze aangenaam vond. Ze zette haar motor tegen de muur en liep naar hem toe.

'Hoe gaat het ermee?'

De monteur keek op van onder de motorkap en veegde zijn handen af aan een lap.

'Niet goed. De carburateur is naar de filistijnen, ik krijg hem niet meer aan de praat als ik geen nieuwe vind.'

Hij haalde een doosje snus uit zijn zak en stak de tabak onder zijn bovenlip.

'Ik bedoelde met die Jaguar.'

Ze wees naar haar auto, die nog op precies dezelfde plek stond als waar ze hem had achtergelaten.

'O, die daar. Ik zal de onderdelen moeten bestellen. Maar dat is toch niet de enige reden waarom je hier bent?'

Hij spuugde in het grind en keek haar aan.

'Is hij soms hier?' vroeg Mia.

Roar veegde weer met zijn hand over zijn voorhoofd en knikte in de richting van het huis.

'Hij is achter.'

'Hij is vanmorgen niet komen opdagen. Was hij ziek?'

'Nou ja, ziek... Hij zal wel hebben gedacht dat jullie zelf wel zouden komen als het belangrijk genoeg was, denk ik. Het is niet de eerste keer dat de politie op de stoep staat, weet je.'

'Ik heb gehoord dat ze een relatie hadden,' zei Mia. 'Kende je dat meisje eigenlijk?'

'Jessica? Nee, niet echt. Een van de velen die hier rondhingen. Ze komen en gaan, die vriendinnetjes van hem. Populair type. Dat zal wel door zijn wagen komen.'

Zijn grijns liet zijn scheve tanden zien, en hij knikte richting de gevlamde Volvo die voor de ingang stond geparkeerd.

'Was jij die avond hier? Ik heb begrepen dat ze aan het indrinken waren.'

'Zaterdag?'

'Ja?'

'Nee, hoor. Leangen.'

'Leangen?'

'De renbaan. Gokken. Niets gewonnen helaas. Die klote-experts weten niet eens waar ze het over hebben. Ik had op mijn gevoel moeten afgaan. Volgende keer beter.'

'Je bent daarna niet naar huis gegaan?'

'Nee, nee, een paar biertjes op de renbaan. Dan kun je niet

meer rijden, we hebben hier genoeg ongelukken gehad. Ik ben naar een feest gegaan bij een vriend in Byåsen, in Trondheim. Net weer thuis. Jullie hebben wel wat overhoopgehaald. Godverdegodver, politie op het hele eiland. Je krijgt hier geen moment rust meer.'

'Is hij achter, zei je?'

Hij knikte en spuugde weer.

'In die keet. Je moet kloppen, dan wordt hij wel wakker.'

'Bel je me als mijn auto klaar is?'

'*Will do.*'

Hij salueerde met twee vingers en boog zich weer over de motor.

'Keet' was geen eufemisme. Die kleine bouwval achter de garage kon je nauwelijks anders noemen. Een klein schuurtje met een schuin dak en vuile ramen. Een deur zonder klink, alleen een touwtje om hem dicht te binden aan een spijker in het kozijn.

Mia klopte aan en deed een stap terug.

'Andres? Ben je daar?'

Een poosje stilte, waarna ze binnen iemand hoorde scharrelen.

'Ja?'

Er verscheen een vermoeid gezicht in de deuropening.

'Hoi. Ik heet Mia. Je begrijpt wel waarom ik hier ben.'

Hij gaapte en krabde aan zijn wang.

'Momentje, ik moet even wat aantrekken.'

Hij kwam weer naar buiten, blootsvoets, met een gescheurde spijkerbroek en een roze singlet met de tekst FBI – FEMALE BODY INSPECTOR, en ging op een plastic jerrycan zitten die tegen de wand stond.

'Ik zou je binnen moeten vragen, maar heb in geen tijden opgeruimd.'

'Geeft niets,' zei Mia.

De jongen veegde met zijn hand zijn neus af en leek haar niet recht in de ogen te willen kijken.

Rood.

Zijn wangen ook.

Die stoere jongen had gehuild.

'Gecondoleerd,' zei Mia, en ze ging op een olievat zitten.

'Dank je wel, ik weet het ook niet. Suffe woorden. Wat heb je daaraan?'

Terwijl hij zijn handen in zijn zakken stak, blies hij een lok van zijn voorhoofd.

'Ik weet het. Het spijt me. Ouderwets, denk ik. Net zoals "jezabel".'

'Als wat?'

'Nee, laat maar. Ik wilde het meteen maar gezegd hebben: ik geloof niet dat jij hier iets mee te maken hebt.'

Hij fronste zijn wenkbrauwen boven zijn vuile neusbrug.

'Hè? Zou ik daar iets mee te maken hebben? Jessica vermoorden, waarom zou ik dat verdomme...'

'Nee, dat zeg ik net,' zei Mia. 'Dat geloof ik niet.'

Hij keek haar wantrouwig aan.

'Maar de anderen wel? De politie? Zitten daar op het bureau en hebben voor zichzelf al een beslissing genomen. "Andres? Hebben we van gehoord." Prutsers!'

Hij pakte een steen van de grond en gooide die richting de garage; hij raakte de muur en vloog door het raam van een oude Opel die zonder banden op een stapel bakstenen stond.

'Ik zal het nog een keer zeggen: nee. Je werd natuurlijk genoemd, maar we denken niet dat je er iets mee te maken had.'

'Gelukkig maar,' zei de jongen nors. 'Dank je wel.'

'Maar jullie waren wel samen?'

'Zaterdag?'

'Ja?'

'Niet echt. We zijn hier een poosje geweest. Een beetje feesten, niets bijzonders. Toen flipte ze zoals gewoonlijk en vertrok. Met de anderen van de eerste boven.'

'Eerste boven?'

'De eerste klas van de bovenbouw. Ze zijn altijd met z'n drieën. Zij en de zus van de jongen die vermist is en nog iemand, van wie ik de naam nooit weet.'

'Sylvia?'

'Ja, zoiets.'

'Dus zij gingen met z'n drieën weg?'

'Ja, in de auto van Gekko, geloof ik.'

'Gekko?'

'Ben je soms een papegaai of zo, die alles herhaalt wat ik zeg?'

Voor het eerst een glimlach, terwijl hij zijn lok weer uit zijn gezicht blies en een nieuwe steen pakte.

'Sorry,' zei Mia. 'Gekko, is dat een vriend van je?'

'Nou ja, vriend... We sleutelen weleens samen aan auto's. Hij heeft een glanzend gepoetste MR-2. Prachtig.'

'Je zei dat ze flipte, wat bedoelde je daarmee?'

'Jessica?'

Hij liet de steen in zijn hand rollen en dacht even na.

'Ach, wat zal ik zeggen? Ze is gewoon zo geworden, na dat gedoe van vorig jaar. Ze was zichzelf niet meer, zou je kunnen zeggen. Schreeuwen en janken, weet ik verdomme veel. Meisjes, ik snap er niks van.'

'Vorig jaar – wat bedoel je?'

Hij keek haar van onder zijn haar aan.

'Jij bent toch zo slim?'

'Niet dat ik weet,' zei Mia.

'Jawel, dat zeggen ze. De superspeurder, die hier plotseling opduikt. We hebben je wel gegoogeld.'

Weer die scheve glimlach.

'Waarom zou dat zo belangrijk zijn?'

'Dat jij zo slim bent?'

'Ja?'

'Denk maar niet dat ik iemand ga verlinken.'

Hij spuugde weer op de grond en haalde zijn hand langs zijn keel.

'Snappie?'

'Ja, dat snap ik.'

Hij boog zich naar haar toe.

'Maar jij bent zo slim, je weet vast allang wat ze allemaal uitvoerde.'

'Misschien,' zei Mia knikkend.

'Als jullie niet helemaal blind zijn, hebben jullie misschien haar voorraadje gevonden? Heel goed verstopt onder een stapel zakken in het boothuis?'

'Misschien wel.'

'Dan weet je het meeste toch al?'

Hij gooide nog een steen, nu op het dak van de garage.

'Dus ze is er vorig jaar mee begonnen?'

'Met dat dealen?'

'Ja?'
Hij knikte.
'Helemaal veranderd. Uit de hoogte. Wat ik allemaal deed was niet goed genoeg.'
'Hoe kwam ze er eigenlijk aan?'
Hij kneep zijn ogen dicht.
'Ja, dág! Dat zul je van mij niet horen.'
'Maar je weet wel van wie?'
Een ogenblik stilte.
'Ik heb wel een vermoeden,' zei hij ten slotte.
'Komen ze van het eiland?'
'Zeg, agentje, even serieus: wil je me laten omleggen of zo?'
Hij zweeg ineens weer, alsof hij van zijn eigen woorden was geschrokken. Begon weer een steen tussen zijn handen te rollen.
'Denken jullie dat het er iets mee te maken heeft?' vroeg hij zachtjes.
'Wij weten het niet. Wat denk je zelf?'
Hij schudde even zijn hoofd en keek weg.
'Ik neem het terug,' zei hij kort.
'Wat?'
'Dat ik weet wie het is. Ik zei maar wat. Een vermoeden misschien, maar verder niet.'
'Hoe zit het? Weet je het of weet je het niet?'
Hij boog zich weer naar haar toe.
'Hoor eens, ik krijg mijn wiet van een vent in de stad, ja? Ik dacht dat hij het misschien was, maar bij nader inzien klopt dat niet. Wiet, hasj, misschien een beetje CBD, maar dat niet. Nee, ik neem het terug.'
'Oké,' zei Mia. 'Wat als er wordt gezegd dat het van jou komt?'
'Van mij?'
Hij moest even lachen.
'Zie ik eruit als een lokale drugsdealer?'
Hij bekeek zichzelf.
'Nou ja, misschien ook wel. Maar serieus: van mij niet. Echt niet. Ik raak dat spul niet aan. Synthetisch? Nee, bij mij is alles organisch. Ik stook mijn eigen drank en alles is van eigen bodem. *Don't step on the grass, smoke it*, als je begrijpt wat ik bedoel.'
'Als ik terugkom met een huiszoekingsbevel, wat dan?'

Hij knikte richting de bouwvallige keet.

'*Be my guest.* Zoals gezegd: het is een bende. Misschien kunnen jullie mijn iPad vinden; die ben ik al een tijdje kwijt.'

'Oké,' zei Mia, 'en waar kan ik Gekko vinden?'

'Geir-Ove Karlsen. Hij is kok bij Ansnes Brygger.'

'Laat het ons weten als je iets te binnen schiet waarvan je denkt dat het kan helpen, oké?'

'Oké.'

Hij knikte en stond op.

Voor de garage was nu niemand meer.

Mia streelde met haar hand de motorkap van de jadegroene Jaguar, voor ze naar haar motor liep en haar helm opzette.

29

Thuis in de gang kreeg Luca Eriksen nauwelijks zijn schoenen uit, zo moe was hij. Zijn leven stond helemaal op zijn kop. Geen twee duffe dagen in de week meer. Hij had het gevoel dat hij vandaag meer had gewerkt dan de afgelopen twee jaar bij elkaar. Hij knoopte zijn uniform los en ging naar boven om te douchen. Hij bleef er lang onder staan. Wat een tempo hadden die gasten uit Oslo. De hele dag door. Gezamenlijke briefing in de ochtend, waarin de taken werden verdeeld en iedereen aan het werk werd gezet. Dan later op de dag nog een bijeenkomst voor de updates. Hij had de taak gekregen om de communicatiecentrale te bemannen. *Als je tijdens het onderzoek iets ontdekt, ook al is het een klein detail, dan bel je Luca. Niet naar Mia of mij, we kunnen niet steeds worden gestoord. Naar Luca, oké? Dan belt Luca mij weer. En nee, ik hoef niet te weten wat jullie voor lunch hebben gegeten, alleen de essentiële dingen, oké?* Hij had alles zo nauwkeurig mogelijk opgeschreven. Het voelde alsof hij in een tornado zat, maar hij vond het fijn. Aan één stuk door telefoontjes. Het voelde goed om belangrijk te zijn, als een spin in het web. 's Avonds was er nog een briefing, en het was laat geworden. De klok in de keuken wees al elf uur aan toen hij eindelijk zijn pyjamabroek aanhad en zich met een broodje voor de tv installeerde. Hij strekte zich uit naar de afstandsbediening, maar voelde dat hij geen zin had om hem aan te zetten. Vanavond niet. Te veel aan zijn hoofd, geen seconde rust gehad vandaag.

Ze had hem geprezen.

Mia Krüger.

Dat was fijn.

Goed werk, Luca. Wat zouden we zonder jou moeten beginnen?

In het begin was hij eerlijk gezegd een beetje door haar geïntimideerd. Die doordringende ogen die zich in hem boorden, bijna alsof ze zijn gedachten kon lezen. Ze zei niet veel en sprak zachtjes bij alle briefings, maar áls ze haar mond opendeed, kwam er altijd iets uit waardoor iedereen, of in elk geval hijzelf, beter begreep wat belangrijk was en wat niet. Zoals dat met die theekop. *Jezabel.* Dat ze daarom Andres Wold al had afgeschreven. Hij vond zichzelf redelijk slim, maar daar zou hij nooit op zijn gekomen.

Fascinerend.

En nu werkten ze samen.

Luca bracht zijn bord naar de keuken en had net de kruimels eraf gespoeld en het in de vaatwasser gezet, toen er opeens een auto voor de deur stopte.

O, nee.

Luca haastte zich naar de lichtschakelaar bij het raam, maar het was te laat. Fabian was al uit zijn Lexus gestapt en zwaaide naar hem.

'Luca?'

Hij zuchtte, liep naar de gang en opende de deur op een kier.

'Hoi, Luca,' zei Fabian, die al op het stoepje stond.

'Hoi. Hé, ik heb de hele dag gewerkt, en ik wil nu echt naar bed.'

'Ik wilde alleen kijken of het goed met je ging,' zei Fabian. 'Je neemt nooit op als we bellen. Mag ik heel even binnenkomen?'

Fabian duwde zijn bril hoger op zijn neus en keek langs hem heen de gang in.

'Je hebt toch gedaan wat ik zei? Een paar foto's weggehaald? En al die filmpjes op je computer? Dat is niet gezond, hoor. Je zou eigenlijk...'

'Dat heb ik gedaan,' zei Luca met een geeuw. 'Fijn dat je met me meeleeft, maar ik moet nu echt naar bed. Ik ben bekaf.'

Fabian knikte, maar wilde het nog niet opgeven en bleef op de trap staan.

'Hoe gaat het met jullie?'
'Met de zaak?'
'Ja. Komen jullie ergens? Hebben jullie een verdachte?'
'Nee, daar mag ik niets over zeggen.'
Fabian glimlachte.
'Dat snap ik. Maar hállo, ik ben het. Ik heb zwijgplicht, hoor. Ik zeg echt niets. Ze is in de boot gevonden, toch? Is er daar iets gezien? Iemand die gezien heeft wie er langskwam of zo? Karin is helemaal overstuur. Je weet hoe ze is. Ze durft bijna de deur niet meer uit. Het zou ons allemaal geruststellen als we... nou ja, een beetje informatie hadden. Dan zouden we ons veiliger voelen.'
Hij keek hem over de rand van zijn bril aan.
'Ik kan er helaas niets over zeggen, Fabian. Maar bedankt voor het langskomen.'
Fabian knikte glimlachend.
'Zorg goed voor jezelf. Ik kom een andere keer nog eens langs, afgesproken?'
'Oké, groeten thuis.'
'Doe ik. Tot later.'

30

Mia nam haar koffie mee naar de rotsen, waar een mild, warm zeebriesje stond. De radio had van warmterecords gesproken, en de roze gloed aan de horizon, waar de zon juist was ondergegaan, voorspelde nog zo'n mooie dag voor morgen. Eigenlijk jammer dat ze geen vrij had. Haar verband was eraf. Ze had in geen tijden gedoken. Ze miste de donkere stilte onder water. Ze had alles wat ze van Kripos had gekregen nog een keer doorgenomen, maar had niet veel kunnen vinden over die Lucien Frank. Niet meer dan een kleine notitie: *Moeder meent hem die avond voor het huis te hebben geobserveerd. Weerlegd. Heeft alibi. Niet op het eiland. In Trondheim met zus Emily Frank.*
Een adres eronder: Knarrlagsundet.
Mia wist precies waar dat was.
Een paar dagen voor de Jaguar het had begeven was ze ernaartoe gereden om van het uitzicht te genieten.

Oké, morgen even heen.
Dit alibi dubbelchecken.
Ze zette de koffiekop aan haar lippen, had eigenlijk geen tweede kopje moeten nemen, maar ze had toch geen plannen om te gaan slapen, dus wat maakte het uit?
Overal nacht.
Hier hield ze van.
Je kon zoveel makkelijker nadenken.
Alleen met je eigen gedachten.
Plotseling herinneringen uit haar jeugd, aan het zolderkamertje thuis in Åsgårdstrand. Mama uit bed om te plassen, en ze had haar wakker voor het raam aangetroffen.
Maar, Mia, slaap je niet?
Nee, ik denk na.
Ze strekte haar benen voor zich uit op de rotsen, terwijl in de verte een van de nachtvissers voorbij tufte.
Oké.
De tijdlijn.
Nogmaals:
20.31 – Moeder belt de familie By.
20.40 – Jonathan verlaat het huis.
20.50 – Er wordt een auto waargenomen in de Bocht.
21.42 – Moeder belt de familie By opnieuw.
21.47 – Moeder belt de politie.
22.05 – De politieboot komt aan bij de Bocht.
Ze stond op en liep snel terug naar het huis. Bleef voor de grote kaart staan die ze aan de ene muur had opgehangen.
Het huis van de familie By.
Daar.
Het Berkenbosje.
Daar.
De Bocht.
Daar.
De pier waar ze de fiets hadden gevonden.
Daar.
Nee, verdomme, hier klopte toch iets niet?
Wat was er nu…?
Haar gedachtestroom werd onderbroken door haar telefoon.

Ze had hem natuurlijk uit willen zetten, maar Munch had het haar verboden.

Ik moet je kunnen bereiken.

Altijd.

Ze glimlachte toen ze de naam op het scherm zag, en nam de telefoon mee naar buiten voor ze hem beantwoordde.

'Hoi, Gabriel.'

'Hoi, Mia. Ik weet dat het laat is. Stoor ik?'

'Jij stoort nooit, Gabriel.'

'Oké, dank je. Ik wilde alleen iets checken wat ik heb gevonden.'

Hij viel even weg – ruis op de lijn. Mia liep verder richting de steiger, tot hij er weer was.

'Hoor je mij?'

'Ja, nu hoor ik je, Gabriel. Sorry, slecht bereik hier.'

'Die man die je me vroeg na te trekken, die Jacob Wallstedt?'

'Ja? Heb je iets gevonden?'

'Wat zal ik zeggen? Ja en nee.'

'Wat bedoel je?'

Hij aarzelde even.

'Hij staat niet in het bevolkingsregister.'

'Wat bedoel je?'

'Ik heb maar twee Jacob Wallstedts gevonden, en ze zijn allebei dood.'

Ze hoorde hem bladeren.

'Een in Bergen in 1997, en een in Tromsø in 2008.'

'Echt waar?'

'Ja, maar moet je luisteren, het is wel gek. Hij staat wel in ónze registers. Als levend.'

Mia schudde haar hoofd.

'Nu snap ik er niets meer van. Is hij nu wel of niet dood?'

'Ja, dat snap ik ook niet. Ik heb hem twee keer gevonden. Eén keer in het register zware criminaliteit, waar hij staat vermeld met adres Forsnesveien 112, 7246 Sandstad. Is dat bij jou, Sandstad?'

'Ja, dat is hier. Vreemd...'

'Het wordt nog vreemder. Je kent het internationale register Palantir? Daarin heb ik hem ook gevonden.'

'Waar dan wel?'

'In Nederland. Niet veel, alleen naam en adres. Maar ik geloof dat iemand mij heeft ontdekt.'

'Wat bedoel je?'

'Hoe zal ik het uitleggen? Ik kreeg het gevoel dat daar een soort echo was.'

'Een wat?'

'Sorry, het heeft vast ook een technische naam, maar wij noemen het gewoon een echo. Die wordt gebruikt om bezoek te registreren. Als ik daar rondkijk, wordt er ergens een bericht naartoe gestuurd dat ik er ben geweest, snap je?'

'Naar wie?'

'Geen idee. Ik kan er vast wel achter komen, maar dan moet ik dieper de software in duiken, en dat mag strikt genomen niet.'

'Maar kun je het wel?'

'Als iemand me dwingt...' zei Gabriel lachend.

'Maar dus niets in het bevolkingsregister?' vroeg Mia.

'Nee, hij is dood.'

'Vreemd.'

'Ja, heel vreemd.'

'Oké, ik neem het op met Munch. Je hoort morgen van me, oké?'

Er kwam nu een bootje richting het eiland.

Mia kon aan boord een zaklamp zien schijnen.

Wat krijgen we nou?

Is dat niet...?

'Gabriel, ik moet ervandoor, maar ik heb een lijst met meer namen, waarvan ik graag wil dat je ze voor me checkt. En ook een paar andere dingen. Ik stuur je een mail als ik op kantoor ben, oké?'

'Oké, ik hoor van je.'

Mia stopte de telefoon in de zak van haar korte broek en liep snel de rotsen af, terwijl de boot naar de steiger gleed.

'Sofia? Wat is er aan de hand? Wat doe jij zo laat helemaal hier?'

Het meisje klom trillend de ladder op en klampte zich met haar dunne armen aan Mia vast.

'Papa is weg. Ik kan hem nergens vinden. Kun je me helpen? Alsjeblieft?'

31

De drieënveertigjarige Pelle Lundgren wist heel goed dat iedereen op Hitra over hem roddelde, hem achter zijn rug 'Ufo-Pelle', 'de halve zool' of nog erger noemde, maar waarom zou hij zich daar iets van aantrekken? Nee, hij had het hun al lang geleden vergeven. Want ze wisten toch niet wat hij wist? Hoe alles verband met elkaar hield? Met het leven, de dood en het universum en al die dingen meer?

Pelle Lundgren glimlachte, stak met zijn fiets aan de hand de greppel over en zette hem netjes tegen een boom aan de bosrand.

Niet veel.

Hij had alleen het hoogstnodige ingepakt.

Extra ondergoed.

Hij wilde er aan boord van misschien wel het beste ruimteschip ter wereld niet achter komen dat ze geen kleren in zijn maat hadden.

Knäckebröd en leverpastei.

Wie weet wat ze daar boven aten?

Misschien wel robotlarven, of alleen astropoeder, en hij wist niet of zijn maag daartegen kon.

Het zou wel even duren, had hij bedacht, voordat hij werd zoals zij, of misschien werd hij wel nooit zoals zij. Misschien zou hij gewoon een mens blijven? Dat was allemaal nog een beetje onduidelijk; de berichten die hij had gekregen zeiden daar niets over.

Alleen dat ze hem nu zouden komen halen.

Vannacht!

Hij glimlachte weer en liep met zijn rugzak het bos in. Hij had natuurlijk laarzen aan, want het was altijd vochtig in het Havmyran-moeras, op sommige plekken tenminste, en hij wilde niet met natte voeten zijn toekomst tegemoet, dat zou niet prettig zijn.

Hij voelde zijn wangen gloeien toen hij bukte om onder een grote spar door te lopen en koers zette naar de vogeluitkijktoren.

Een beetje jammer was het wel.

Dat hij iedereen moest achterlaten.

Want sommigen vond hij aardig.

Een paar fijne mensen die dit ook echt zouden verdienen, en zich nu door dit trieste leven op aarde heen moesten worstelen, zonder dat ze wisten wat er met hen zou gebeuren.

Hij had natuurlijk de blikken gezien.

Als hij zich bij de gemeente moest melden.

Jupiter?

Ja, inderdaad, Jupiter.

Bij de psycholoog die hem altijd behandelde als een klein kind.

Komen ze je halen in een ruimteschip?

Ja, verdorie. Hoe vaak moet ik dat nu nog uitleggen?

Ik ben uitverkoren.

Pelle zette zijn rugzak bij de voet van de toren neer en speurde de lucht af. Hij haalde zijn telefoon uit zijn zak en keek hoe laat het was.

02.47 uur.

Oei.

Veel te vroeg, maar hij kon niet wachten. Hij had thuis in de gang staan trappelen.

Wat was dat?

Hij zag iets in het moeras.

Een lichtje?

Waren ze er al?

Hij wreef in zijn ogen, kon bijna niet geloven dat het waar was.

Hé, daar was het weer!

Het zwaaide nu heen en weer, alsof iemand naar hem seinde.

Daar waren ze!

Pelle Lundgren kreeg bijna geen adem, zo spannend vond hij het nu, en met trillende handen hees hij zijn rugzak op zijn rug.

Langzaam liep hij naar het flikkerende licht.

4

32

Een streepje zonlicht door de dunne gordijnen, op de grond, waar ze onder een plaid was gaan liggen. Mia had niet zoveel geslapen. Ze had haar bed aan Sofia gegeven en haar met klem een paar keer beloofd dat ze de kamer niet uit zou gaan. Bang, niet gewend om ergens anders te slapen. Mia had hem ten slotte telefonisch te pakken gekregen. Simon. Hij was afstandelijk geweest, en het was laat. Toen had ze gewoon besloten; *Sofia blijft vannacht hier. We spreken elkaar morgenochtend, oké?*

Mia stond op en bleef een poosje naar het meisje staan kijken. Ze sliep rustig. Haar lange blonde haar uitwaaierend over het kussen, een vredige uitdrukking op het mooie gezichtje. Arm kind. Ze wierp een blik op haar telefoon. *Halfzes.* Mia strekte haar armen uit naar het plafond – ze had spierpijn van het liggen op de harde vloer – en sloop naar het raam. Ze maakte het zachtjes open en voelde de koele lucht de kamer vullen. Keek voorzichtig van achter het gordijn naar buiten: weer een mooie dag, maar gelukkig nog niet te warm. Mia gaf het meisje een aai over haar hoofd en liep de trap af. Het meisje had haar ogen uitgekeken toen ze het huis in was gekomen. *Wat is dit allemaal?* Niet zo vreemd natuurlijk. De muren hingen van boven tot onder vol met briefjes en foto's. Het zou beter geweest zijn als ze dat niet allemaal had gezien.

Hé, dit is Jonathan. Is het echt zo? Ben je hem aan het zoeken? Wat ben je toch lief!

Een beetje te veel van het goede.

Heel nabij.

Elkaars hand vasthouden.

Knuffelen.

Alsof het meisje werkelijk behoefte aan veiligheid had.

Onwennig.

Mia had groot respect voor alle moeders, maar aan haar was het niet zo besteed. Kinderen? Dat ging niet gebeuren. Haar leven stond dat niet toe.

Ze nam de koffiekop mee de keuken uit, vond zijn nummer. Ze

had een vermoeide stem aan de andere kant verwacht, maar Simon klonk monter en uitgeslapen.

'Hoe gaat het?'

'Goed, hoor. Ze slaapt nog.'

'O, wat fijn. Ik kom eraan, als het schikt. Ik heb geen oog dicht gedaan vannacht.'

'Ja, kom maar,' zei Mia. Ze legde de telefoon op tafel en ging weer naar de foto's staan kijken.

Ze checkte de kaart opnieuw.

Er was toch iets wat niet klopte.

'Mia?'

Sofia stond plotseling slaperig in de deuropening.

'Ha, lieverd.'

'Ik werd een beetje bang, omdat ik je niet kon vinden.'

'Sorry, ik moest even koffie hebben.'

Het meisje schuifelde blootsvoets naar de bank en ging er gapend op zitten.

'Wat ben je aan het doen?'

'Niets, ik ben aan het werk. Heb je honger, wil je iets eten?'

'Nee, dank je.'

'Papa komt eraan,' zei Mia. 'Hij kan elk moment hier zijn. Heb je al je spulletjes?'

'Hè?'

Ze keek slaperig om zich heen.

'Ik krijg graag bezoek,' zei Mia, en ze streek even over haar hoofd. 'Maar ik moet aan het werk, dus je moet met hem mee naar huis gaan als hij er is, oké?'

Sofia trok haar benen onder haar jurk.

'Kan ik niet hier blijven, nog even, als ik beloof dat ik je niet zal storen?'

'Nee, dat gaat jammer genoeg niet,' zei Mia.

'Maar ik ben bang,' zei het meisje. 'Papa doet zo raar. Vannacht was hij weg, maar dat is niet alles. Hij praat stiekem aan de telefoon en eergisteravond zag ik hem met de man in die gele boot.'

'Die gele boot?' vroeg Mia.

'Ja, die boot die Erik heeft gezien, bij de supermarkt?'

'Erik? Bedoel je de Erik bij wie je die avond was toen Jonathan verdween?'

Sofia knikte.

'We spelen af en toe detectiveje. Hij schrijft alles op wat hij ziet. Hij heeft hem best vaak gezien. Een gele boot. Eerst dacht ik dat hij het had verzonnen, want dat doet hij wel vaker, maar toen zag ik papa op de steiger staan en toen, ja...'

Mia ging naast haar op de bank zitten, en streelde haar over haar schouder.

'Even voor alle duidelijkheid: de Uitkijk, is dat die plek in het bosje waarvandaan je over zee uit kunt kijken? Waar Jonathan langs liep op weg naar huis?'

'Ja.'

'En die gele boot? Had Erik hem van daaruit gezien?'

Sofia knikte weer.

'Ik weet dat het erg lang geleden is, maar weet je nog of je hem hebt gezien op de avond waarop Jonathan verdween? Een gele boot?'

Ze schudde haar hoofd.

'Ik heb hem nooit gezien. Vóór eergisteren dan.'

'Waar zei je dat je hem gezien had?'

'Aan de steiger bij ons huis. Papa kreeg heel laat nog een telefoontje. Toen ging hij naar beneden, en ik liep achter hem aan. Toen kwam die gele boot, en toen kwam die man, en moesten ze iets doen.'

'Wat moesten ze doen, heb je dat gehoord?'

'Nee. Ik dacht dat ze me zouden zien, maar dat was niet zo. Ik kon net op de rotsen springen en achter de aalbessenstruiken weer terug naar huis rennen. Dat was best eng.'

'Goed gedaan, hoor, wat ben je dapper, Sofia. Papa houdt erg veel van je, maar hij heeft ook zijn eigen leven. Dat mag best, vind je niet?'

Ze reageerde even.

'Ja, natuurlijk, maar hij was vannacht niet eens thuis.'

Mia streelde haar weer over haar bol.

'Het was gewoon een misverstand. Dat weten we inmiddels toch? Hij kon gewoon niet slapen. Hij ging een stukje wandelen, niet eens ver, alleen even een rondje om het huis. Hij is meteen naar huis gekomen en schrok zich een ongeluk toen jij er niet was. Wel fijn dat hij besefte dat je waarschijnlijk naar mij toe was gegaan, net als vorige keer. Zo is het toch allemaal weer goed gekomen?'

'Ja, hoor,' mompelde Sofia.

'Mooi. Zoek je spulletjes bij elkaar, dan gaan we naar de steiger. Ik denk dat hij er al is.'

'Oké,' zei Sofia knikkend, en ze sjokte met tegenzin terug naar de slaapkamer.

Ze kwamen bij de steiger toen Simon met zijn RIB de baai in draaide. Hij zette de motor af en klom hoofdschuddend de ladder op.

'Sofia.'

Hij omhelsde haar en boog zich naar haar toe.

'Dat moet je écht niet meer doen, hoor je dat? We hebben het er toch al vaker over gehad? Papa is doodsbang als je er niet bent. Wat moet ik zonder jou?'

'Het is gelukkig goed gegaan,' zei Mia. 'Ik was er toch? Maar volgende keer kun je beter overdag komen, oké? Als het van papa mag.'

Mia woelde door haar haar.

'Oké dan,' mompelde Sofia.

Simon stond vermoeid op en schudde zijn hoofd.

'Jeetje, dank je wel. Ik weet niet wat ik moet zeggen. Ik moest bijna overgeven toen ik haar niet aantrof. Het is niet de eerste keer dat ze ervandoor gaat zonder iets te zeggen, maar nooit zo laat. God, wat ben ik bang geweest.'

Hij zag er anders uit dan de vorige keer. Ongeschoren. Een flikkering in de ogen. Nerveus met zijn vingers door zijn blonde haar.

'Het is gelukkig goed gegaan,' zei Mia.

'Goddank.'

Een zucht van verlichting.

'Kom, dan gaan we samen. Je kunt je bootje achteraan vastmaken. Moet je Mia niet bedanken, Sofia?'

'Dank je wel, Mia.'

'Graag gedaan.'

Mia zwaaide vanaf haar steiger, totdat de grijze boot achter de landtong was verdwenen.

Vervolgens liep ze snel over de rotsen.

Waar was het, waar was het...?

Ze moest door vier stapels heen voor ze vond wat ze zocht.

Verhoor van Peder Eftedal, visser uit de buurt, 26 juli: noemt een boot die hij op het bewuste moment meent te hebben gezien in het gebied rond Skorvøya. Lichtgele romp, type Nordkapp of iets dergelijks. Wordt nog onderzocht.

Ze pakte een pen van tafel en liep weer naar de kaart. Schreef de naam op die Sofia had genoemd.

De Uitkijk.

Liet haar vinger verder over de kaart zakken, tot ze het vond.

Skorvøya.

Niet ver weg.

Ze nam de telefoon met zich mee de rotsen op.

'Met Munch.'

'Ben je wakker?'

'Ja, wat is er?'

'Ik wilde alleen even zeggen dat ik vandaag later kom.'

'Oké.' Munch gaapte aan de andere kant. 'Is er iets bijzonders?'

'Ik moet hier even wat checken. Ben er rond lunchtijd, oké?'

33

De vijfentwintigjarige Lissie Norheim stond op het keurig gemaaide gazon en merkte dat ze er een beetje tegen opzag toen ze in de verte het geluid van de helikopter hoorde. Twee jaar geleden zou ze hebben gelachen als iemand haar had verteld dat dit haar zou overkomen, maar het was bijna vreemd hoe snel ze aan alles gewend was geraakt. Elisabeth 'Lissie' Norheim. Een eenvoudig meisje uit Stavanger. Dochter van Henrik en Eva. Vader magazijnmedewerker. Moeder werkzaam bij een goudsmid. Opgegroeid in een rijtjeshuis niet ver van het strandje van Vaulen. Ze hield van haar leven. Na de middelbare school wist ze niet goed wat ze wilde doen, maar uiteindelijk koos ze ervoor om architectuur te gaan studeren aan de universiteit van Trondheim. De toelatingseisen waren streng, maar dat was voor haar geen probleem. Goede cijfers – zo goed dat ze thuis een beetje om haar hadden gelachen. Waar kwam ze eigenlijk vandaan? Niemand in de familie had een hogere opleiding. Ze kwamen uit de arbeidersklasse en waren daar trots op. En mede daarom zag ze er nu tegen op, nu ze die dure jurk droeg, en een paar schoenen dat meer kostte dan een half jaarsalaris.

Lissie schermde met haar hand haar ogen af. Het geluid kwam dichterbij; dat was de helikopter die haar ouders van het vliegveld had gehaald. De vier ouders hadden elkaar één keer eerder ontmoet, en het was niet zo'n succes geweest. In een duur restaurant in Oslo. Ze herinnerde zich maar al te goed hoe haar vader naar de prijzen op het chique menu had gekeken. Het verbeten gezicht toen de rekening kwam, de trotse man die erop stond om zijn deel te betalen, hoewel ze wist dat het evenveel was als wat ze normaal in een paar weken aan eten uitgaven.

Haar moeder was heel anders geweest. Haar ogen glansden, bijna als die van een klein meisje dat op avontuur is. Giechelend en met open mond luisterde ze naar de mondaine Cynthia en Henry toen die over hun laatste reizen vertelden. Parelduiken in Fiji. Ze hadden geholpen met de bouw van een kindertehuis in Nepal. Haar vader was steeds somberder gaan kijken, hij leek steeds kleiner te worden op zijn stoel, en toen de avond om was, zei hij geen woord; hij had bij het weggaan alleen vriendelijk geknikt.

Miljardairszoon?

Hoe kon zij dat nou weten?

Zowel haar oude als haar nieuwe vriendinnen geloofden haar niet toen ze thuiskwam na haar vakantie op Naxos en vertelde dat ze verloofd was.

'Met Alexander Prytz?'

'O mijn god.'

'Assepoester heeft haar prins gevonden.'

De explosie op sociale media. Ze had eerst zesentwintig volgers op Instagram en van de ene op de andere dag waren het er meer dan vijfduizend.

Niet altijd even leuk online, natuurlijk niet.

Golddigger.

De knapste vrijgezel van Noorwegen met die grijze muis?

Ze heeft hem er slim ingeluisd!

Lissie was radeloos geweest, had zich zo goed mogelijk verdedigd, maar had het uiteindelijk opgegeven, want niemand leek haar te geloven.

Maar het was echt waar!

Ze wist niet wie hij was.
Alexander Prytz?
De zoon van een van de rijkste mannen van Noorwegen?
Ten eerste had ze nooit van hem gehoord. En ten tweede was dat niet de naam die hij had gebruikt.
Svein Hansen.
Zo had hij zich voorgesteld.
Ze had wat geld van haar oma geërfd. Had zichzelf een vakantie gegund. De studie was zwaar, veel zwaarder dan ze had gedacht, ellebogenwerk en lange dagen. Twee weken op Naxos, helemaal alleen, dat had ze verdiend. En daar had ze hem ontmoet, op een warme avond bij een witgeverfd cafeetje met uitzicht over de Egeïsche Zee. Nog een Noor die alleen reisde. Heel aardig. En knap.
Svein Hansen.
Hij was ook student, vertelde hij.
Studeerde techniek.
En ze was als een blok voor hem gevallen.
Incognito.
Ze wist niet eens wat dat inhield.
Wel wat het woord betekende natuurlijk, maar niet dat iemand zo'n leven leidde, de behoefde om zich te verstoppen, om even met rust te worden gelaten.
Pas toen ze hem thuis in Trondheim had opgezocht, snapte ze het. Dat het misschien iets anders zat dan hij had gezegd.
Het enorme appartement.
Een eigen lift naar de bovenste verdieping.
Verbaasd had ze opeens op een enorm terras met uitzicht over de hele stad gestaan.
Je houdt toch van me, Lissie?
De bijna droevige ogen, en zijn hand die in de hare kneep.
Natuurlijk, maar...
We houden van elkaar om de mensen die we vanbinnen zijn, toch?
Ja, natuurlijk, maar wat...
Geschokt.
Over die grote leugen.
Maar hij had wel gelijk.
En naderhand was ze blij dat het op die manier was gegaan.

Ze was verliefd geworden op een eenvoudige jongen die Svein heette.

Niet op het geld.

Alleen op hem.

Alexander.

Ze werd blij toen hij op haar af kwam lopen.

Kneep in haar hand.

Boog zich naar haar toe toen de helikopter in de verte dichterbij kwam.

'Heb je Benjamin vandaag gezien?'

'Nee, hoezo?'

'De politie heeft een gebied bij het moeras afgezet. Waar het feest was. Er moet daar iets gebeurd zijn.'

'O? Nee, ik heb hem niet gezien.'

Hij haalde zijn telefoon uit zijn zak en keek er snel op.

'Ik hoop niet dat hij...'

'Wat?'

'Niks, laat maar.'

Hij stopte zijn telefoon terug en zette weer een glimlach op. De helikopter was nu duidelijk te zien. Op weg naar het eiland.

Alexander sloeg zijn arm om haar heen.

'Gaat het?'

Ze knikte.

'Je helpt me wel, hè? Om het een beetje rustig te houden?'

Ze keek hem smekend aan.

Hij zuchtte even.

'Je weet toch hoe mijn moeder is?'

'Ja, maar een oefendiner? Is de bruiloft zelf niet meer dan genoeg? Kunnen we niet iets gewoners doen en vanavond naar Kvenvær gaan? Misschien een biertje aan de kade daar?'

Hij zuchtte weer en zei iets, maar ze verstond het niet, want de helikopter was te dichtbij.

De wind sloeg nu in haar gezicht.

'Ik zal het proberen,' riep hij ten slotte, en hij kneep hard in haar hand en liep met haar naar de landingsplaats.

34

Munch stak een nieuwe sigaret op en keek uit over het plein, waar hij de anderen zag aankomen, klaar voor de eerste ochtendbriefing. Hij was slechtgehumeurd. Hij had weer waardeloos geslapen en kende zichzelf goed genoeg om te weten dat als hij de vergadering in ging zonder een beetje te kalmeren, hij meteen de sfeer zou verzieken. De code die de medewerkers in de Mariboes gate dan gebruikten was: 'cyanide'. Dat betekende zoveel als: *Giftige Munch vandaag, je kunt maar beter uit zijn buurt blijven.* Geïrriteerd. Dat was hij. Door zichzelf. Oververmoeid. Na de hele nacht op de veel te dunne matras te hebben liggen woelen, kon hij zich niet langer inhouden. Hij raapte de telefoon op van de vloer, en was lekker losgegaan. Appjes. *Hoi, Lillian. Ben nu in Trøndelag. Weet niet hoelang het gaat duren. Gaat het goed met je kat? Hoi, Lillian, krijg je deze appjes?* Ook een paar belletjes, een paar midden in de nacht, maar ze had natuurlijk niet opgenomen. Hij had zich ten slotte maar aangekleed. In zijn eentje onder de donkere hemel voor het hotel gestaan. Hij en zijn sigaretten, overal om hem heen doodstil.

Oké. Tijd om aan de slag te gaan.

Hij gooide de sigaret weg en stak schuin het plein over. Het was nog vroeg, maar hij kon al merken dat het ook vandaag warm zou worden. Hij was even het winkelcentrum in gelopen om een zonnehoed te kopen. Er was niet veel keus, hij zag er vast idioot uit, maar dat moest dan maar.

'Hallo.'

Hij liep groetend de gang door en nam plaats bij het scherm. Wachtte voor hij begon tot iedereen was gaan zitten.

'Goedemorgen, allemaal. Dank voor jullie inzet van gisteren. We gaan vandaag weer door.'

'We weten toch inmiddels van wie het haar is?'

Ralph Nygaard – geen Springsteen op zijn T-shirt vandaag, maar Bob Dylan.

'Dat klopt. Heeft Luca het niet naar iedereen gestuurd?'

Hij keek naar de lokale politieman, die er duidelijk nog steeds op stond in uniform te lopen, ook al was het buiten snikheet.

‘Ik dacht dat ik het had gestuurd,’ zei Luca, die aarzelend op zijn telefoon keek.

‘Hoe dan ook,’ zei Munch, ‘voor iedereen die het nog niet weet: FO van Kripos heeft goed werk verricht. We hebben gisteren een volledig DNA-profiel uit die haar gekregen. Die haar die in de kop lag dus.’

‘Zal ik dan maar...’ onderbrak Luca voorzichtig, terwijl hij naar de beamer keek.

‘Ja, graag,’ zei Munch, en hij wachtte tot zijn iPad was aangesloten.

‘Hier,’ zei Munch. Hij toverde een foto op het scherm. ‘Een voorlopig profiel, natuurlijk.’

‘Iemand die bij ons bekend is?’ vroeg Riccardo, vandaag in een zomerse outfit: een geel T-shirt, een gebloemde rok en sandalen.

Munch merkte dat zijn humeur aanzienlijk verbeterde toen hij zag dat zij er was. Interessant. Bekwaam. Precies het soort rechercheur dat hij wilde hebben als hij mensen zocht voor zijn team in Oslo. Alert. Slim. Het hart op de tong, ze was wie ze graag wilde zijn. Niet altijd even makkelijk voor een vrouw in deze mannenwereld.

Hij had Anette Goli vannacht ook een appje gestuurd.

Nog nieuws? Over de afdeling?

Het antwoord was vroeg in de ochtend gekomen.

Niets, helaas.

‘Wel,’ vervolgde Munch. ‘We hebben een profiel, maar dat matcht niet met iemand uit onze database.’

‘We hebben het hier toch níét over de dader?’

Kevin Borg keek even om zich heen.

‘Correct,’ zei Munch. ‘Als de dader tenminste zijn eigen haar niet heeft afgeknipt en verbrand. Dat kan natuurlijk ook. We weten nog steeds niet wat het doel van die kleine seance was, om haar in een kop te verbranden. Als geen van jullie vannacht een ingeving heeft gehad?’

Iedereen deed er het zwijgen toe.

‘Het profiel van het haar,’ vervolgde Munch, ‘maakt het natuurlijk hoogst interessant voor ons om zo veel mogelijk mensen hier getest te krijgen. Het Forensisch Instituut heeft extra setjes gestuurd. Laat het weten als iemand hier hulp bij nodig heeft.’

‘En de juridische kant van de zaak?’ vroeg Claus Nielsen, de officier van justitie, die vandaag ook wat meer casual gekleed was in een kaki broek en een wit overhemd met korte mouwen.

‘Wel,’ zei Munch, ‘de procedure is als volgt: we kunnen het vragen. Dus de betrokkene om toestemming vragen, en als we een ja krijgen, mag het natuurlijk. Maar...’

Hij gebaarde naar de officier.

‘Als we bij iemand een DNA-test willen afnemen,’ zei Nielsen, ‘maar de betrokkene weigert, moeten we een keuze maken. Of zijn status veranderen in “verdachte”, wat ons procedureel in het kader van het onderzoek het recht geeft om te testen, maar wat natuurlijk andere consequenties heeft.’

‘Zoals?’ vroeg Luca Eriksen.

‘Het recht op een advocaat, bijvoorbeeld.’

‘Wat Claus hier zegt,’ vervolgde Munch, ‘is dat we zorgvuldig en behoedzaam te werk moeten gaan. Zo veel mogelijk DNA-testen, oké?’

Instemmend geknik.

‘Oké,’ vervolgde Munch. ‘Iemand nog iets?’

‘Ik was even in de kapsalon,’ zei Borg kuchend, en hij keek naar zijn notitieboekje. ‘Aardige eigenaresse. Ze heeft me de zaak laten zien. Ze bewaart overigens het afgeknipte haar achter, in een zak, voor een of andere kunstenaar, die het voor weefsels of zoiets zou gebruiken.’

Hij wendde zich tot Luca Eriksen, die alleen zijn schouders ophaalde.

‘Een klantenbestand was er niet. Toen ik vroeg wie ze als klant had, antwoordde ze: *Iedereen op het eiland die goed gekapt is.*’

Gegniffel in de ruimte.

‘Oké, dank je wel, fijn,’ zei Munch, en hij vervolgde met geheven hand: ‘We weten niet of er een verband is, dus we besteden er maar niet te veel tijd aan. Films, foto’s van het feest – hoe staat het daarmee?’

Hij keek naar Nina Riccardo, die even zuchtte terwijl ze een lok haar achter haar oor streek.

‘Wat meer, maar niet zo heel veel, helaas. We zijn ermee bezig.’

‘Dus niets van Jessica?’

‘Nog niet. Behalve wat ik je heb laten zien.’

'Oké,' zei Munch. 'Pak jij het op? Proberen een beetje vaart te maken? Meer mensen die daar zijn geweest? Telefoons checken?'

Riccardo knikte.

'Goed. Oké. Heeft er iemand iets over die drie namen uit het boekje? Mr. LOL? Big-B? Vic?'

'Zoals gezegd heb ik met Victor Palatin gesproken,' zei Luca. 'Die man van de visverwerking. Hij was er niet, hij was naar het klooster op Tautra.'

'Is hij non of zo?' grapte Borg, die om zich heen keek.

'Het is toch een toeristenattractie, Luca?' vroeg Munch.

Eriksen knikte en vervolgde: 'Hij zou morgen terug zijn. Hij woont ergens bij Akset. Ik kan jullie wel met de boot daarheen brengen, dat gaat het snelst.'

'Mooi. Laat het weten wanneer hij thuis is, dan gaan Mia en ik mee.'

'Ik heb nog iets,' zei Ralph Nygaard. 'Nille, mijn zus dus, had gehoord dat ze een van de mannen op Ulvøya Big noemen. Een bodybuilder, schijnbaar. En hij heet Birger. Big-B? Werkt ergens in een kroeg. Moet ik hem natrekken, vind je?'

'Absoluut, Ralph, prima, doe dat maar,' zei Munch. 'Iemand iets over Mr. LOL?'

Niemand zei iets.

'Zoals we zien,' zei Munch, door de foto's bladerend tot hij de foto uit het boekje vond, 'komt de naam van Mr. LOL het vaakst voor. Meer dan vier keer zo vaak als de volgende op de lijst, Big-B. Vic wordt maar drie keer genoemd. Dus zonder conclusies te trekken moet ik zeggen dat ik wel het meest nieuwsgierig ben naar Mr. LOL.'

'Heeft iemand al bedacht waar die letters voor kunnen staan?' vroeg Nina Riccardo, om zich heen kijkend.

'Ik bedoel natuurlijk *Laughing Out Loud*, maar zo eenvoudig kan het toch niet zijn – dat we alleen maar zoeken naar iemand die grappig is?'

'Denk je aan een komiek?' vroeg Nielsen, en hij veegde met de rug van zijn hand over zijn voorhoofd.

De ventilatoren waren aan en de gordijnen dicht, maar toch begon iedereen al iets van de warmte in de ruimte te merken.

'Ach, wat zal ik zeggen?' zei Riccardo. 'Het klinkt misschien een beetje gek, maar zo simpel kan het zijn. Ik bedoel, hij hoeft niet meteen een stand-upcomedian of zo te zijn, maar misschien is het wel iemand op het eiland die er bekend om staat dat hij op een grappige manier de aandacht trekt?'

Ze keek naar Luca.

'Ik kom niet meteen op een naam, maar ik kan even rondvragen.'

'Oké,' vervolgde Munch. 'Verder is het verhoren, verhoren en nog eens verhoren. De hele dag, morgen de hele dag, de hele week, zolang het nodig is, totdat we met Jan en alleman op dit eiland hebben gesproken. Kevin?'

'Ik heb twaalf namen in mijn boekje. De eerste komt er zo aan.'

'Mooi. Ralph?'

'Ik heb ook zoiets. De eerste zit al te wachten,' zei Nygaard.

'Goed zo. Andere vragen?'

Iedereen schudde zijn hoofd.

'Mooi, aan de slag. Denk eraan...'

Hij werd onderbroken door een politieagent in uniform, die aanklopte en zijn hoofd om de deur stak zonder op antwoord te wachten.

'Ik hoop dat dit belangrijk is,' zei Munch.

'Eh... ja, sorry, dat dacht ik wel. Er staat hier een man die met iemand wil praten.'

'Waarover?'

'Hij zegt dat die boot van hem is. Die oude boot, waar we haar in gevonden hebben. Hij zegt dat hij er die bewuste avond is geweest.'

'Zet hem maar in het kleine kamertje,' zei Munch, terwijl hij een sigaret uit het pakje haalde.

35

Lissie Norheim hield haar handen tegen haar oren toen de helikopter weer opsteeg, en voelde dat de knoop in haar maag loskwam toen er twee lachende gezichten op haar af kwamen. Mama had zich netjes aangekleed. Haar mooie bloemetjesjurk aangetrokken, en ze had de parelketting om die ze op een markt op de Canarische Eilanden had gekocht. Papa zag er ook goed uit, niet op z'n zondags, maar je kon wel zien dat hij zijn best had gedaan. Een keurige korte cargobroek en een wit overhemd met korte mouwen. Ook geen Crocs, maar gewone schoenen, met veters die niet gerafeld waren.

'O, schat,' zei mama. Ze zette haar tas neer en gaf haar een dikke knuffel.

Papa met beide koffers. Ze waren duidelijk te zwaar voor hem. Hij was eindelijk eens een keer niet koppig en liet toe dat Alexander hem hielp met dragen.

'Poeh, wat een weer hebben jullie hier,' zei hij, en hij haalde een zakdoek uit zijn zak.

Hij veegde zijn voorhoofd af en kwam toen glimlachend naar haar toe en streek over haar haar.

O, gelukkig.

Ze zag het in zijn ogen.

Alles was in orde.

'Thuis waren ze zó jaloers,' zei mama. Ze sloeg haar handen ineen. 'Daar regent het al dagen.'

Ze stootte haar gniffelend met haar elleboog aan.

'Je krijgt de groeten van iedereen van je oude werk... en eh... van oma natuurlijk.'

'Hoe gaat het met haar?'

Mama hield haar hoofd schuin en keek naar papa.

'Goed wel. Dat kun je wel zeggen.'

'Heel jammer dat ze niet kon komen,' zei Lissie.

'Ja, zeker. Ze is oud geworden. Ze zag de reis niet zitten. Maar ik moest je van haar omhelzen.'

Ze omhelsde Lissie nog een keer.

'Hebben jullie iets nodig?' vroeg Alexander beleefd. 'Er is straks een lunch, maar voor die tijd nog iets? Iets te drinken? Een drankje? Of is het nog te vroeg?'

'O...' zei mama, en ze keek weer naar papa. 'Iets met bubbels misschien? Dat zou toch wel lekker zijn?'

Papa knikte.

'Niet voor mij.'

Hij keek om zich heen.

'Waar moeten we...'

'Jullie slapen in het grote gastenverblijf,' zei Lissie, wijzend.

'Ik kom met de drankjes,' zei Alexander glimlachend. 'Laat de koffers maar hier staan. Ik laat iemand ze daar wel even heen brengen.'

Ze zag papa zijn wenkbrauwen even fronsen, maar daar bleef het gelukkig bij. Hij had zich duidelijk voorgenomen om positief te blijven. De politiek een paar dagen opzij te schuiven.

Dank je.

Mama was een beetje bijgekomen, en zag nu waar ze eigenlijk was. Ze keek om zich heen en sloeg een hand voor haar mond.

'Jeetjemina. Is het echt waar?'

'Nou, nou,' zei papa.

'Nee, ik moet gewoon... Moet je hier zien, Henrik.'

Ze liet haar hand over de rij rozenstruiken gaan die strak langs het keurige gazon stonden.

'Is dit... marmer?'

'Eva...' verzuchtte papa.

'Nou, ik mag toch wel... Hemeltje, ook nog fonteinen? Je zou bijna denken dat ze een eigen tuinman hadden.'

'Die hebben ze ook,' zei Lissie met een knikje. 'Maar...'

'O, wauw,' onderbrak mama haar. 'Dit moet de grootste tuinvijver zijn die ik ooit heb gezien. En er zitten ook nog vissen in! Kijk dan, Henrik, die oranje. Zijn dat nou karpers?'

'Mama,' zei Lissie voorzichtig, en ze hield haar een beetje tegen.

'Ja, schat?'

'Misschien hoeven we niet te praten over wat ze allemaal hebben. Over alle dingen. Ik wil niet dat we...'

Mama keek even bedremmeld, maar ze knikte.

'Tuurlijk, schat. Ik raak alleen zo gauw onder de indruk. Sorry, ik zal erop letten.'

'Je went er snel aan,' zei Lissie. Ze gaf haar een arm. 'Is de reis goed verlopen?'

'Eh... wat? Ja, hoor. Je vader wilde natuurlijk per se tien kilometer van het vliegveld parkeren. We moesten zelfs een bus nemen.'

'Nee, een taxibusje,' verzuchtte papa.

'We hadden net zo goed de bus van huis kunnen nemen, zo ver was het.'

'Je gaat toch niet in de parkeergarage op vliegveld Gardermoen staan? Dat kost duizend kronen per dag!'

'Maar ging het goed met de helikopter?' vroeg Lissie. 'Konden jullie het vinden?'

'Een heel knappe man,' zei mama. 'Hij had een bordje met onze namen erop. Heel chic, ik voelde me net een lid van het Koninklijk Huis. O mijn god, is er hier nóg meer...?'

Ze bleef staan kijken.

'Wat is dát?'

'Dat is de paardenstal.'

'Hebben ze paarden?'

Ze fluisterde het laatste bijna.

'Eva...' verzuchtte papa weer.

'Nou, ik mag er toch wel van genieten?' zei mama met een glimlach. 'Oei, dat zijn nog eens auto's.'

Het werd tijd om naar het gastenhuis te komen, voordat papa zich niet meer kon inhouden, maar wat de auto's betrof, was Lissie het eigenlijk met hem eens.

Dat grote huis, de stal, de twee garages, de vier gastenverblijven en het zwembad dat tot aan de zee liep waren tot daaraan toe, maar die auto's – nee, die vond ze niks.

Opschepperij.

Verder hadden ze geen heel opzichtige stijl. Je kon zien dat ze rijk waren, maar alles was redelijk stijlvol en rustig. Zelfs de standbeelden in het park achter het huis waren op hun manier bescheiden.

Maar die auto's?

Nee, die hoefden van haar niet.

'Hier logeren jullie,' zei Lissie met een glimlach, terwijl ze de deur van het gastenverblijf openzwaaide.

'Grote genade,' zei mama, die met haar hand voor haar mond in de deuropening bleef staan. 'Wat schitterend. Hoeveel kamers zijn er wel niet?'

Ze zette haar tas op de grond en verdween naar binnen.

'Ja, ja,' zei papa, en hij veegde zijn voorhoofd af. 'En hoe gaat het met jou? Is alles gereed?'

'Alles is onder controle,' zei Lissie. Ze legde haar arm om zijn middel en drukte hem tegen zich aan.

'Zijn we niet een beetje te vroeg gekomen? Zes dagen van tevoren? We willen ook niet in de weg lopen.'

'Jullie lopen niet in de weg, papa. Ik ben blij dat jullie er zijn. En we hebben heel veel te doen. Vanavond het oefendiner, morgen komen ze de laatste aanpassingen aan mijn jurk doen...'

'Daar kan mama dan wel bij zijn.'

Hij klopte op zijn zakken en haalde een brochure uit zijn broekzak.

'Ik heb deze van het vliegveld meegenomen.'

Op de voorkant stond: WALVISSENSAFARI GEORGANISEERD DOOR ØYRIB NAAR HITRA EN FRØYA.

'Kunnen we zoiets doen, denk je?'

'Wil je walvissen zien?'

'Heel graag, als je daar tijd voor hebt?'

'Natuurlijk.'

'Leuk,' zei papa met een glimlach, en hij begon in de brochure te bladeren. 'Ze gaan op maandag en dinsdag. Er zijn twee tijden, om elf uur en om drie uur, en ze vertrekken van...'

'Papa,' onderbrak Lissie hem. 'Ze hebben hier boten genoeg. Alexander neemt ons wel mee. Wanneer je maar wilt.'

'Jeetje, we hebben een hemelbed, Henrik. En een sauna. En ieder onze eigen badkamer. En...'

Mama werd onderbroken door Alexander, die binnenkwam met een fles in een emmer met ijs.

'Gaat alles naar wens? Ik dacht dat een glaasje champagne wel op zijn plaats was. We moeten toch vieren dat jullie eindelijk hier zijn?'

'Graag.' Mama glimlachte.

'Proost dan, welkom op Hitra,' zei Alexander.

'Op het bruidspaar,' zei mama, en ze hief haar glas.

Plotseling klonk er gedreun buiten.

Een nieuw gekleurd monster kwam de laan op gereden en de auto stopte voor het hoofdhuis.

De portieren gleden open en er stapte een meisje in een strakke witte jurk uit. Ze lichtte haar zonnebril op en zette een fles aan haar lippen. Ze leek niet helemaal stabiel te kunnen staan op haar hoge hakken.

'Is dat...' zei Lissie knikkend.

'Benjamin,' zei Alexander kortaf. 'Eén momentje, ik ben zo terug.'

Hij zette hoofdschuddend zijn glas weg en liep met kordate stappen naar de parkeerplaats.

36

Munch kwam na een korte rookpauze weer naar binnen en hoorde geblaf in de gang. In het kleine kamertje zat een man van zijn eigen leeftijd, met naast zich een herdershond aan de riem. De herdershond liet grommend zijn tanden zien toen hij binnenkwam.

'Koest, King,' zei de man. Hij legde zijn hand op de kop van de hond, die er niet echt rustiger van werd.

'Welkom, ik ben Munch, en hij moet naar buiten,' zei Munch, wijzend.

'Nee hoor, hij is heel lief. Ja toch, King? Brave hond. Je moet die meneer met rust laten.'

De hond blafte weer.

Munch zuchtte en riep door de gang: 'Luca?'

'Ja?'

'Kun je even komen?'

'Nee, echt niet. King is echt niet vals. Hij kan best hier blijven. Ja toch, King? Ja, braaf, jochie.'

De hond liet grommend zijn tanden zien.

'Ben je blind?' vroeg Munch.

'Eh... nee,' zei de man.

'Heb je een andere ziekte, een slecht gehoor of een fysieke beperking waarvoor je een hulphond nodig hebt?'

'Nee, King is geen...'

'Goed,' zei Munch.

'Ja?' zei Luca, die zijn hoofd naar binnen stak.

'Ga even met die hond een ommetje maken,' zei Munch.

Hij deed de deur achter zich dicht en ging zitten.

'Zo. Hallo. Ik ben Holger Munch, en jij bent?'

'Roger,' zei de man, een beetje gepikeerd, en hij gaf hem een hand.

'Zo, Roger, waar kan ik je vandaag mee helpen?'

De man was rond de vijftig, met een kale schedel en een grijzende baard. Hij zag eruit als de vader van Pippi Langkous die thuis was gekomen na een van zijn reizen. Een gouden ring in zijn oor. T-shirt. Leren vestje. Een afgeknipte spijkerbroek, met hier en daar wat verfvlekken.

‘Het is mijn boot,’ vertelde hij. ‘En ik weet naar wie jullie op zoek zijn.’

‘Vertel.’

Munch reikte naar zijn notitieboekje en een pen.

‘Sorry dat ik niet eerder ben gekomen, maar ik was in de stad. Gisteren een tentoonstelling geopend. Galleri SG in de Kjøpmannsgata. Goed bezocht. Zelfs een paar schilderijen verkocht.’

‘Maar zaterdag ben je hier geweest?’

Hij knikte.

‘Ik had haar natuurlijk nooit die boot moeten laten gebruiken. Dom, hè? Typisch iets voor mij. Veel te aardig. Maar zo ben ik nu eenmaal. Als iemand iets nodig heeft, ja...’

De grote man sloeg hoofdschuddend zijn handen ineen.

‘Dus je wist dat ze er woonde?’

‘Ja, ja. Niet officieel natuurlijk. Sst. Anders komt er een of andere instantie langs om eisen aan de brandveiligheid te stellen en god weet wat, want dat is de verantwoordelijkheid van de eigenaar, al is het maar een oude boot, maar zo gaat dat tegenwoordig. De staat bepaalt voor het individu. Maar hoe zit het met de vrijheid? Iemands recht op zijn eigen spullen en zo?’

‘Oké,’ verzuchtte Munch. ‘Dus Jessica woonde in de boot. Hoelang ongeveer?’

‘O, niet lang.’

De kunstenaar krabde in zijn baard.

‘Een paar maanden? Vanaf maart? Zoiets?’

Hij boog zich over de tafel.

‘Ik voelde me schuldig, weet je.’

‘Want?’

Hij zette een denkbeeldige fles aan zijn mond.

‘Drank. Nu is het beter. Alleen een pilsje als ik aan het schilderen ben, maar vroeger... nee.’

Hij haalde hoofdschuddend een hand over zijn hoofd.

‘Schuldig omdat?’

‘Nou, ik hing daar maar een beetje rond. Als de inspiratie niet wilde komen.’

‘Waar?’

‘Bij Laura,’ antwoordde hij aarzelend, alsof Munch al wist over wie hij het had.

‘Bedoel je Laura, de moeder van Jessica?’

Dat moest hij niet vergeten.

Moeder. Het ziekenhuis. Wanneer hier?

‘Ja, helaas,’ zei de kleerkast, zijn handen vouwend. ‘Ik heb met eigen ogen kunnen constateren dat het niet goed ging met dat kind. Godverdomme, ze liep daar rond in haar nachtpon, terwijl wij daar aan het zuipen waren. Nee, niets gedaan. Nu is ze groter, en toen ik haar op een dag bij de bioscoop zag, dacht ik gewoon...’

‘Dus je bood haar de boot aan?’

Hij knikte.

‘Ik had haar misschien een plek bij mij thuis moeten aanbieden, maar ja, je snapt: te vol, overal spullen.’

‘Oké,’ zei Munch. ‘Je vertelde net dat je weet naar wie we op zoek zijn.’

Zelfverzekerd leunde Roger langzaam knikkend achterover in zijn stoel.

‘Ja, ik wist het eigenlijk wel.’

‘Wist wat?’

‘Dat er iets niet helemaal jofel was met die rijkelui. Zo gaat het toch altijd? Bam. Plotselinge rijkdom. Dat is nooit zuivere koffie.’

‘Denk je aan de familie Prytz?’

‘Precies. Ik ging een palet uit de boot halen, en daar was hij, hoor. Hij had zijn gele slee een beetje verderop geparkeerd, alsof dat iets uitmaakte.’

Roger moest even lachen.

‘Hebben we het hier over Henry Prytz?’ vroeg Munch.

‘Wat? Nee, die halvegare? Is hij geen koalaberen in Australië aan het redden? Nee, nee. Benjamin Prytz.’

‘Benjamin, is dat degene die gaat trouwen?’

‘Nee, dat is Alexander. Het goudhaantje. Hij heeft nog nooit in zijn leven een scheve schaats gereden. Nee, Benjamin natuurlijk. De jongste. Heel ander type. Ik ging ervan uit dat jullie zijn naam al hadden? Strafblad? Of misschien ook niet, die rijkelui kopen die ellende toch af?’

‘We staan nog aan het begin van het onderzoek,’ zei Munch. ‘Maar we kijken natuurlijk naar iedereen die relevant kan zijn. Wanneer was dit, zei je?’

‘Zaterdag.’

'Ja, maar hoe laat?'
'Wat zal het zijn geweest? Elf, twaalf uur?'
'Hebben we het hier over de ochtend?'
'Wat? Ja, ja. Daarna ging ik naar de stad. Moest de schilderijen ophangen. De tentoonstelling klaarmaken.'
'Oké,' zei Munch. 'Had je hem daar eerder gezien?'
'Nee. Of wacht eens even – één keer. Ik weet niet of hij in de boot was geweest, maar hij kwam bij de baai vandaan. Op weg terug naar zijn auto. Kun je niet missen, toch?'
Munch noteerde in zijn boekje: *Benjamin Prytz.*
Big-B?
'Is er verder nog iets waarvan je vindt dat we het moeten weten?'
'Wat bedoel je? Ik heb toch gezegd wie het was?'
'Dank je wel. Maar ik probeer het hele plaatje te krijgen. Weet je nog wie er verder nog bij haar kwam?'
Roger krabde weer even in zijn baard.
'Nee, zo vaak was ik er nu ook weer niet. We hebben Pelle natuurlijk nog, maar hij doet geen vlieg kwaad.'
'Pelle?'
'Pelle Lundgren?' vroeg de zeerover. 'Ufo-Pelle? Ik zag ze vaak samen. Het uitschot zoekt elkaar op, zo gaat het toch altijd?'
'Dus hij was daar zaterdag? Die Pelle?'
'Nee, alleen die rijke stinkerd.'
'Oké, dank je wel,' zei Munch terwijl hij opstond.
Hij klopte op het raam en gebaarde naar Luca, die achter een trekkende herdershond aan over het plein liep.
'Was dat alles?'
'Ja, dank je wel. We nemen contact met je op als er nog iets is.'
De zeerover stond op en verdween door de gang.
Munch wilde net achter hem aan lopen, toen zijn telefoon trilde. Hij pakte hem uit zijn zak en zag de naam op het display.
Lillian.
'Hoi, Lillian.'
'Hoi, Holger. Had je gebeld?'
Munch haalde een sigaret uit zijn zak en zette het raam open.
'Ja. Sorry. Ik kon niet slapen.'
'Ben je aan het werk?'
'Ja, helemaal in Trøndelag. En jij? Alles goed?'

37

Mia reed over de smalle brug met uitzicht over de Knarrlagsundet en volgde de weg verder naar de Ulvøystien. Ze vond het bord met PRESTVIKVEIEN en reed tot ze niet meer verder kon. Toen ze het vervallen boerderijtje aan het eind zag, ging ze ervan uit dat ze goed zat. Ze parkeerde haar motor naast de weg. Iets helderder nu. De vakantie was echt voorbij. Ze had haar politieblik terug. Ze liet haar ogen over het terrein gaan, terwijl ze rustig naar het oude huis liep. Lucien Frank. De man die Anita Holmen in haar tuin zou hebben gezien. Ze had hem een klootzak genoemd. Mia wilde niet bevooroordeeld zijn, maar tot nu toe zag ze niets wat op het tegendeel wees. Roars werkplaats was hierbij vergeleken bijna netjes. Drie gebouwen, allemaal even vervallen. Een woonhuis, dat er bewoond uitzag, maar ook een beetje verlaten. De deur hing in de sponningen. De verf bladderde af. Een oud gordijn wapperde in de wind door een gebroken raam. Er lag overal vuilnis. Plastic tasjes, verroest metaal. Een brommer zonder wielen lag midden op het erf, naast een vergane matras. Toen ze dichter bij het huis kwam, sloeg de stank haar tegemoet. Ze stapte over een stapel kartonnen dozen en opeens snapte ze wat het was. Een groot varken lag op zijn zij in een hok dat al heel lang niet was schoongemaakt. Uit het huis kwamen geluiden. Ze liep naar een van de smerige ramen en keek er voorzichtig doorheen. Er zat een man in een leunstoel met zijn benen op tafel en een blikje bier in zijn hand. De tv stond aan.

Ze liep naar de deur en klopte op het kozijn.

'Hallo?'

'Wat is er?'

Binnen klonk een grom.

'Mia Krüger, politie. Lucien Frank?'

Ze hoorde iets op de vloer kapotvallen. Hij vloekte zachtjes en kwam naar de deur gesloft.

'Ja?'

Hij was misschien begin vijftig. Een beetje gezet. Hij had een joggingbroek, sokken en een vies hemd aan en had een pet op. Wallen onder de rode ogen, tabak onder zijn bovenlip en een rij gelige tanden.

'Wat zei je?'

Hij kneep zijn ogen samen en krabde aan zijn buik, nog steeds met het blikje bier in zijn hand.

'Mia Krüger, politie. Ben jij Lucien Frank?'

Hij schoof zijn pet achter op zijn hoofd.

'Wat heb jij daarmee te maken?'

'Ik onderzoek de moord op Jessica Bakken. Mag ik binnenkomen?'

Hij kneep zijn ogen verder samen en wierp snel een blik achter zich.

'Eh... hè? Hoezo?'

'We kunnen ook buiten praten,' zei Mia. 'Kende je haar?'

'Kende ik wie? Bedoel je dat meisje dat vermoord is bij de baai?'

'Ja? Jessica?'

'Geen idee. Wat kom je hier doen? Heeft iemand me weer gezien?'

Frank schudde zijn hoofd en lachte honend.

'Ik weet waar jullie mee bezig zijn. Het is dat wijf met dat kind, toch? Dat van huis wegliep, omdat ze zo'n bitch is? Heeft ze me weer gezien of zo? Hing ik misschien rond bij de boot? Want ik was ook in haar tuin, toch? Óf die vrouw is blind, óf ze heeft iets tegen me, Joost mag het weten. Hoe dan ook, ik weet niks over een dode tiener, en ik weet ook niet waar dat kind is. Of zijn het de buren weer?'

Hij spuugde over het hek en knikte naar een tuin aan de andere kant van het veld.

'Mijn bomen.'

Hij wees.

'De grens loopt daar, en ik maak zelf wel uit welke boom ik omzaag. Zolang ze op mijn terrein staan.'

'Dus je was daar niet?' vroeg Mia.

'Waar?' vroeg Frank. 'In de tuin van dat wijf, of bij de baai? Jullie weten toch dat ik een alibi heb voor die avond? Zijn jullie dom of zo? Is het omdat het van mijn zus kwam? Dat ze me helpt of zo? Ik dacht het niet.'

Hij lachte zijn gelige tanden weer bloot.

'Ze zou geen vinger naar me uitsteken als ik met een mes tussen mijn ribben in een greppel lag. We waren bij mijn advocaat in Trondheim, daar had ik geluk mee. Ik heb het document zelfs hier, wil je het zien?'

'Oké,' zei Mia.

Frank keek verbaasd, alsof hij niet had verwacht dat ze antwoord zou geven, maar verdween uiteindelijk hoofdschuddend naar binnen.

Hij kwam terug met een envelop.

'Hier, kijk zelf maar.'

Hij maakte hem open en gaf haar een verfrommeld vel papier.

'Een zitting. Zie je wel? Familiezaken.'

Mia las het snel door.

'Heb je 's avonds een advocaat gesproken?'

'Ja, nou en?'

Ze hield het papier voor hem op.

'En je vindt dat deze oproep het bewijs is dat je daar was?'

Frank zuchtte en spuugde.

'Nee, slimpie. Maar mijn zus kreeg dezelfde, en hoewel ze een bloedhekel aan me heeft, kon ze moeilijk ontkennen dat we daar samen waren. Vooral omdat die stomme advocaat er ook bij was. Is dat alibi goed genoeg voor je?'

Mia knikte en gaf hem het papier terug.

'En waar ging die zitting over?'

'Daar heb je niets mee te maken.'

Frank nam een slok bier en keek om zich heen.

'Nou, was dat alles? Ben je hier alleen? Heb je niet zo'n papier bij je...?'

'Bedoel je een huiszoekingsbevel?'

'Ja. Heb je dat?'

'Nee, ik kwam alleen...'

Frank grijnsde weer.

'Dan zijn we nu klaar.'

Hij krabde aan zijn buik en wuifde haar weg. Bleef op de buitentrap staan totdat ze het terrein had verlaten.

Mia haalde haar telefoon uit haar zak en belde Munch.

'Waar ben je?'

'Op kantoor. Heb je iets uit die Frank gekregen?'

Mia wierp een blik achterom op het vervallen huis.

'Zijn alibi lijkt te kloppen. Maar ik weet het niet. Ik zou graag even binnen kijken, maar dat is misschien lastig.'

'Niet als je hem met Jessica in verband kunt brengen.'

'Oké. En jij?'

'Ik denk dat we onze Big-B hebben gevonden.'

'O ja?'

'Een potentiële kandidaat in elk geval. De eigenaar van de boot zag Benjamin Prytz daar zaterdag.'

'Die rijke stinkerd?'

'Ja. Niet 's avonds, maar overdag. Zullen we bij hem langsgaan? Horen wat hij te zeggen heeft?'

'Is goed,' zei Mia. 'Rijden we er samen heen?'

'Ik wacht hier op je.'

'Ben onderweg,' zei Mia, en ze zette haar helm op.

38

Hannah Holmen zat op bed met haar koptelefoon op en de laptop op haar schoot. Sylvia had haar een heleboel appjes gestuurd, maar ze had ze niet beantwoord. Ze had ze bekeken, maar er was niets nieuws. Alleen vragen of ze mee wilde. *Kom je ook? We gaan met z'n allen bloemen leggen bij de weg. Jij bent er toch ook bij?* Ze kreeg zo langzamerhand een slecht geweten en pakte haar telefoon. Sylvia kon er ook niets aan doen. Het was haar schuld niet. Zij en Sylvia hadden hetzelfde gevoel. Helemaal kapot na alles wat er was gebeurd. Dat was het nu net. De hele dag bij elkaar, en ze deden niet anders dan huilen en naar foto's van Jessica kijken. Praten over wat er zou kunnen zijn gebeurd. Weer naar foto's kijken, weer een beetje huilen. Hannah kreeg op het laatst bijna het gevoel alsof ze verdronk. Had zich verontschuldigd en was naar huis gefietst. Haar kamer was stil en leeg geweest, bijna alsof er een stukje van haarzelf weg was.

Ze typte snel een appje.

Voel me niet zo lekker. Wil je wat grasklokjes van mij neerleggen?

Hannah zette het geluid uit en legde de telefoon in een la. Klom terug in haar bed en dook weer achter het scherm. Vroeger was mama daar streng in geweest – dat ze niet te lang achter de computer mocht zitten. Niet uit de werkelijkheid mocht ontsnappen. Maar nu niet meer natuurlijk. En nu had ze daar juist behoefte aan.

Een beetje verdwijnen.

Ze klikte op de bladwijzer en logde in op Friendz. Hield zich verre van Facebook; daar kon je met geen mogelijkheid verdwijnen. De pagina van Jessica stond vol commentaren, het ene nog verdrietiger dan het andere. *Vaarwel, vriendin. Mis je. Je was fantastisch, Jessica!* Friendz was anders. Daar zaten niet zoveel mensen uit de buurt op. Een ontmoetingsplek voor leeftijdgenoten. Eigenlijk uit de hele wereld, maar zij koos over het algemeen Noorwegen. Haar Engels was goed, maar Noors was toch makkelijker. Ze begon hier al vrienden te krijgen. Vooral meisjes van haar eigen leeftijd. Ook een paar jongens. Ze kreeg verzoeken genoeg, maar ze vroegen eigenlijk altijd of ze een vriendje had en zo, maar daarvoor zat ze niet op Friendz. Gewone dingen. Ze zat in twee groepen: *Wij houden van boeken* en *Wij houden van wiskunde.* Die laatste had niet zoveel volgers – begrijpelijk natuurlijk –, maar die mensen daar leken op haar. Goed om je af en toe te verstoppen, alleen degene te zijn die ze was. Niet de hele tijd te moeten doen alsof. Fabian, haar psycholoog, had weleens gezegd hoe belangrijk het was om jezelf te zijn. Ze was van plan daar de volgende keer meer over te praten. Dat in elk geval te proberen. Niet alleen meningen ventileren waar anderen het mee eens waren. Misschien was ze wel geadopteerd? Zou ze ergens anders vandaan komen? Uit een grote Europese stad ergens met een andere cultuur? Dat dacht ze soms, vooral als ze met Andres en de anderen was. De jongens, en trouwens ook de meisjes, hadden heel andere interesses dan zij. En ze had toch ook geen vader? Misschien was hij wel ergens? In Amsterdam? Of in Rome? Misschien had ze het wel van hem? Zijn genen? Misschien was hij wel professor aan een universiteit? Of schrijver? Misschien zat hij wel voor een wit huis onder een sinaasappelboom met uitzicht over de Middellandse Zee aan een groot werk te schrijven, waar mensen over de hele wereld met smart op zaten te wachten?

Ze had mama er vaak naar gevraagd – nee, niet gezeurd, gewoon een beetje voorzichtig. Maar mama wilde er niet over praten. Ze had een keer een mail gestuurd, naar de overheid, om te vragen of ze mocht weten wie hij was, en had antwoord teruggekregen dat ze daar absoluut recht op had, maar pas na haar achttiende, en dan alleen maar als moeder de naam officieel had geregistreerd.

Daarna had ze de moed een beetje verloren.

Als mama er niet over wilde praten, zou het vaderschap wel niet geregistreerd zijn. Maar hopen kon je altijd.

Hannah keek in *Wij houden van wiskunde*, maar er was vandaag niemand ingelogd. Niet zo vreemd. Zoveel waren het er nu ook weer niet. Net zoals op school. Van jongs af aan was ze eigenlijk alleen geweest. Ze hadden haar boeken gegeven die voor een hogere klas bedoeld waren, omdat ze die van haar eigen jaar al uit had. Maar haar klasgenoten zaten moeilijk te kijken.

Ze logde uit en ging in plaats daarvan naar *Wij houden van boeken*. Twee hier ingelogd vandaag. Eentje die ze niet kende, maar een van haar vriendinnen was er wel. Nina, uit Kristiansand. Hannah stuurde haar glimlachend een ping.

Ze kreeg snel een antwoord terug.

Hoi, Hannah!

Ze liet haar vingers over het toetsenbord dansen en voelde zich al rustiger.

Hoi, Nina! Hoe gaat het met je? Wat heb je sinds de vorige keer gelezen?

Ze zag aan de puntjes op het scherm dat haar vriendin een antwoord typte.

Ben het vierde boek van Harry Potter aan het lezen, heb jij het gelezen?

Hannah had het eerste deel gelezen, maar ze vond het niet zo leuk. Er was iets wat niet helemaal klopte. Als die jongen over magie beschikte, waarom dan niet even toveren, zodat alles goed kwam? Verder was het boek prima. Ze vond Hermelien leuk. Stoer. Maar ze was niet zo van de elixers en magie, ze vond realistische verhalen leuker.

Ze schreef terug.

Nee, niet gelezen. Is het goed?

Nieuwe puntjes van haar vriendin op het scherm.

O, ja, hartstikke goed… wil niet dat het uit is.

Toen ze niet meteen antwoordde kwam er een vervolg.

Ik weet dat het kinderachtig is, maar ik ben gewoon een beetje kinderachtig!

Een smiley met een traan erachter.

Jij dan? Wat lees jij?

Hannah wierp een blik op de stapel boeken op de grond bij haar bed.

John Green. Een weeffout in onze sterren. Bijna uit.

Haar vriendin schreef snel terug.

Spannende titel! Waar gaat het over?

Ze typte een antwoord.

Over een doodziek meisje met kanker. Ze ontmoet een jongen die ook ziek is. Wil verder niets verklappen...

Het begon nu warm te worden in haar kamer. Echt zomer buiten, maar ze kon het niet opbrengen om naar de rotsen te gaan om af te koelen. Ze boog zich naar het raam en zette het op een kier.

Oei, verdrietig. Triest. Dat moet ik lezen!

Ja, aanrader! Erg goed!

Weer puntjes op het scherm, zonder dat ze had geantwoord.

Ik moet er nu vandoor. Tot later!

Nu was er bijna niemand meer. Er was maar één jongen ingelogd, die ze daar niet eerder had gezien.

Ze klikte zijn profiel aan.

Ludvig, 16 jaar. Trondheim.

Hé? Trondheim? Dat was hier niet zo ver vandaan.

Ze las verder.

Hoi, ik heet Ludvig. Af en toe voel ik me weleens eenzaam, maar dan lees ik boeken en vergeet de werkelijkheid even :)

Hannah moest glimlachen.

Helemaal mee eens.

Ze klikte op zijn profielfoto. Hij had een heel gewone gekozen, daar hield ze van. Niet eentje waarop hij zijn spieren liet zien of een vis vasthield of zo. Gewoon rechttoe rechtaan: een verlegen blik, onder een borstelige pony.

Oké?

Ze klikte op de link aan de rechterkant.

Mijn lievelingsboeken.

Scrolde omlaag en fronste haar wenkbrauwen.

Murakami, Norwegian Wood.

Hm...
Gewoonlijk klikte ze niet op jongens.
Maar hij leek toch...
Ze klikte en wachtte even.
De puntjes op het scherm begonnen langzaam te bewegen.
Hoi...
Ze typte terug.
Hoi, hoi. Zag dat je uit Trondheim kwam. Zit zelf op Hitra. Warm vandaag.
Het duurde even voor er antwoord kwam.
Ja, hier ook. Erg warm. Maar ben binnen. Boek bijna uit, ik kan gewoon niet stoppen...
Gevolgd door een smiley met een uitgestoken tong.
Hannah typte glimlachend.
Ik ook. Binnen, bedoel ik. Wat lees je?
Deze keer kwam het antwoord sneller.
Jeff Noon. Vurt.
Nooit van gehoord, wie is dat?
Hannah strekte zich uit en schoof het raam verder open.
Sciencefiction. Maar ook weer niet helemaal. Cyberpunk heet het geloof ik.
Nieuwe puntjes, dus wachtte ze even met antwoorden.
... het genre dus, sorry.
Hm...
Spannend. Niet meegekregen. Waar gaat het over?
Deze keer duurde het even; hij schreef duidelijk een vrij lang verhaal.
Ze zijn op jacht naar veren. Die je op je tong kunt leggen. De veren bevatten dromen en je kunt erin reizen. Ongelooflijk cool. Wil niet dat het uit is.
Ze glimlachte en schreef terug.
Oei, klinkt cool. Dat moet ik lezen. Heeft hij veel geschreven?
Het antwoord kwam vrij snel.
Ik geloof dat het een serie van vier is. Kan je de titels sturen. Moeten we hier dan vrienden zijn, of kan ik je ook zomaar een privébericht sturen?
Ze drukte op de knop 'vriendschapsverzoek'.
Je moet vrienden zijn. Heb je toegevoegd.

Ze wachtte op antwoord. Het duurde een poosje. Alsof hij nadacht.

Eindelijk kwamen de puntjes.

Oké. Heb je geaccepteerd. Moet even op de boekenplank kijken.

Hannah gluurde van achter het gordijn.

Er gebeurde iets buiten bij de weg.

Een auto.

Sylvia stapte uit en zei iets door het portier.

Haar moeder had haar gebracht.

Sylvia knikte en liep snel de weg af naar het huis.

Hannah zuchtte.

Uit met de rust nu.

Ze liet haar vingers snel over de toetsen gaan.

Sorry, moet ervandoor. Je stuurt het lijstje, hè?

Ze logde uit, sloot het scherm en liep glimlachend de trap af.

39

Munch zat al in de auto toen ze aankwam en leek in een ander humeur te zijn dan tijdens de ochtendbriefing. Een ernstigere blik, een zwaardere trek op zijn gezicht, en hij zei pas iets toen ze op de hoofdweg kwamen.

'Ja, ja,' mompelde hij, en hij pakte en sigaret uit het pakje op het dashboard.

'Is er iets mis?' vroeg Mia. Ze drukte op het knopje om het raam open te doen.

'Hè?' vroeg Munch, terwijl hij zijn sigaret opstak. 'Nee, hoor. Je zou denken dat je na dertig jaar gewend was aan dit werk, maar het grijpt me nog steeds aan.'

'Dat is zo,' zei Mia. 'Ik kon vannacht niet slapen. Bleef daar maar zitten.'

'Een tiener, verdomme,' zei hij hoofdschuddend. 'Oudere mensen, oké. Dat is erg genoeg, daar kan ik nog mee leven, maar een tiener? Met nog een heel leven voor zich? Nee, daar word ik misselijk van.'

'Hoe was de eigenaar van de boot?'

Hij draaide zich naar haar toe.

'Wat? Een beetje een rare snijboon, maar hij leek me eerlijk. Hij was weleens bij haar moeder, voelde zich daar schuldig over, had Jessica gezien toen ze klein was, en liet haar de boot gebruiken om zijn schuldgevoel af te kopen, denk ik.'

'Moeten we op en neer naar de stad?'

'Naar Laura Bakken?'

'Ja?'

'Ik heb net het ziekenhuis gebeld. Ze zeiden dat ze nog niet kon worden ontslagen. Ze kan niet voor zichzelf zorgen, zeiden ze. Ik heb geprobeerd haar aan de lijn te krijgen, maar dat had volgens hen geen zin.'

'Is ze een junkie?'

Hij haalde zijn schouders op.

'Moeilijk te zeggen. Tweeënhalf uur rijden. Vijf, zes uur onderweg. Kunnen we daar wel prioriteit aan geven? Ik heb het gevoel dat de dag nu al te weinig uren heeft.'

'Gestrest?'

Hij gaf geen antwoord, knikte alleen even, bijna onmerkbaar, en nam een nieuwe trek van zijn sigaret.

'Ik probeer vanavond weer om haar aan de telefoon te krijgen, en anders kunnen we het in overweging nemen.'

'Iemand van het bureau in Trondheim langs sturen?'

'Ze waren er gisteren,' zei Munch. 'Ze zeiden hetzelfde. Er kwam niet veel uit, dus moesten ze onverrichter zake terug.'

'Ze is in elk geval op de hoogte gesteld,' zei Mia toen ze langs Kvenvær reden.

'Inderdaad,' bevestigde Munch. 'Ik zou haar graag willen spreken, maar het is niet zeker of ze vandaag met nuttige informatie kan komen. Volgens de meisjes was Jessica al een tijdje niet meer thuis geweest en was ze voornamelijk op de boot.'

'Wat zei hij over Prytz, zei je?'

'Benjamin Prytz, ja,' zei Munch, terwijl hij het raampje aan zijn kant eindelijk opendeed. 'Ligt het aan mij, of heeft iedereen op het eiland een hekel aan die familie?'

Hij keerde zich naar haar toe.

'Het heeft twee kanten, denk ik,' zei Mia. 'Officieel zijn ze populair. Ze zorgen voor werkgelegenheid, betalen belasting en zo. Maar op persoonlijk vlak? Het is niet zo leuk om je drie slagen in de rondte te werken bij de visverwerking, net genoeg om van te kunnen leven, en dan te zien dat zij in dikke auto's rondrijden. Gewoon jaloezie, waarschijnlijk.'

'Ik zou wel wat van hun geld willen hebben,' zei Munch, en hij boog zich naar de voorruit toen ze van de weg af waren gedraaid. Hij ving een glimp op van het enorme landgoed aan het eind van de lindelaan voor hen.

Er klonk gedreun en er kwam een knalgele lage sportauto in zicht, die over de laan scheurde. Toen de auto vlak voor hen stopte en met draaiende motor bleef staan, zag Mia de onmiskenbare Lamborgini-stier op de motorkap.

'Daar hebben we de prins in eigen persoon.'

Munch drukte zijn sigaret uit in de asbak en deed zijn portier open.

'Volgens mij is die andere de prins,' zei Mia. 'Dit is het zwarte schaap, voor zover ik heb begrepen.'

Ze stapte uit de auto en liep achter Munch aan naar de gele slee.

'Zo,' zei een lachend gezicht achter het stuur. 'Staan jullie hier de weg te blokkeren? Komen jullie de champagne brengen of zo? De dienstingang is aan de achterkant. Niet aan de voorkant parkeren, dat vindt Cynthia irritant.'

'Cynthia – is dat je moeder?' vroeg Munch, terwijl hij zijn politiepasje liet zien.

Benjamin Prytz bekeek het met licht gefronste wenkbrauwen. Verder leek hij zich niet druk te maken.

'De politie, oké. Zijn jullie hier om de bruid mee te nemen? Dan denk ik dat zij verkeerd zit.'

Hij lachte even en drukte op een knop waardoor het raampje helemaal omlaaggleed.

Benjamin Prytz deed zijn reputatie als gladde miljardairserfgenaam eer aan, te oordelen naar zijn kleding en uiterlijk. Een bruinverbrand gezicht met hagelwitte tanden, die hij waarschijnlijk had laten bleken. Een wit overhemd met korte mouwen, een geruit sjaaltje om zijn nek, een glimmende ring aan elke hand. Mia zag nog net een kaki korte broek, waaronder hij vast en zeker een paar bootschoenen droeg. Prytz streek over zijn gladde haar en boog zich voorover naar zijn telefoon, die in een houder op het dashboard stond.

Ze zag dat Munch schrok toen er opeens muziek uit de auto

denderde. De jongeman moest een installatie hebben laten monteren die evenveel kostte als zijn auto.

'Even de nieuwe subwoofer testen,' riep Benjamin, die zijn hoofd liet meedeinen op het ritme van de doffe dreunen. 'Wat denken jullie ervan?'

Hij knikte nu naar Mia, en ze herkende de blik die ze vaak bij mannen zag, ongeacht hun leeftijd of inkomen. Ogen die niet naar haar keken, maar haar van top tot teen opnamen.

'Kun je hem iets zachter zetten?' vroeg Munch.

'Wat?' vroeg Prytz plagend, en hij legde zijn hand achter zijn oor. 'Ik versta je niet.'

Munch maakte een draaiende beweging met zijn hand. Prytz lachte weer en zette de muziek uit.

'Lekker toch, of niet dan?'

Hij keek weer alleen naar haar.

'Kun je de motor ook afzetten?' vroeg Munch.

Mia zag dat hij zich met moeite inhield.

'Oké, boss,' zei Prytz, en hij tikte met zijn hand tegen zijn voorhoofd.

Hij drukte op een knop op het stuur en het werd eindelijk stil.

'Dank je,' zei Munch met de glimlach die hij opzette als hij eigenlijk zin had om iemand bij zijn nekvel te grijpen en hem een klap te verkopen.

'Zo, waar kan ik jullie mee helpen?' Prytz grijnsde. 'Ik neem aan dat jullie naar mij op zoek waren? Gaat het om die griet in die boot? Laat me raden: iemand heeft mijn auto daar gezien.'

Weer een blik op Mia, en ze zag nu in zijn ogen dat hij niet zo dom was als hij eruitzag.

'Dat klopt,' zei Munch knikkend. 'Was je daar inderdaad?'

'In de baai? Was het op zaterdag?'

Hij deed alsof hij nadacht, maar ze zag duidelijk dat hij zijn antwoord al klaar had.

'Ja, het moet zaterdag zijn geweest dat ik daar was. Er lag daar een jacht waarnaar ik wilde kijken. Je kunt nooit genoeg boten hebben, vind je ook niet?'

Hij richtte zich weer alleen tot haar.

'Een jacht?' vroeg ze rustig. 'Het water is daar toch niet diep genoeg?'

'Eh... nee, misschien niet, maar hij lag niet aan de kade. Ik kijk ook niet naar minibootjes. Hij lag voor anker in de baai.'

'Kun je hem laten zien?' ging Mia verder.

'Het jacht?' vroeg Prytz. 'Nee, dat ligt er niet meer. Het was ook niets voor mij. Goed, was dat alles? Ik zweet als een otter, het lijkt wel Zuid-Europa hier. Ik moet verder om die speakers te testen. Rogue Acoustics. Branden zo je oren eraf. Jullie mogen meerijden als jullie willen. Maar ik heb maar één plek.'

Hij glimlachte en keek weer naar Mia.

'Kende je haar?' vroeg Munch.

'Wie? Jessica?'

'Ja.'

Hij aarzelde, en deze keer speelde hij het niet.

'Nou ja, kennen... Ik wist wie ze was, had haar weleens gezien, maar ik kende haar niet persoonlijk, als je dat bedoelt. Ik ben niet zo vaak meer op het eiland. Ik ben er nu alleen voor "de grote bruiloft".'

Hij trok zijn wenkbrauwen op en zei het laatste op sarcastische toon.

Er kwam een andere auto aanrijden op de laan. Een bestelbusje, dat vaart minderde en een paar meter verderop bleef staan.

'O jee,' zei Prytz, in zijn achteruitkijkspiegel kijkend. 'Laat ik maar uit de weg gaan. Nou, het was gezellig. Tot ziens.'

Hij grijnsde, drukte op een knop op zijn stuur, startte de motor en reed weg.

Munch gebaarde dat het bestelbusje verder kon rijden en pakte een nieuwe sigaret uit het pakje.

Hij keek Mia hoofdschuddend aan.

'Wat denken we ervan? Oproepen voor een echt verhoor?'

'Hij is bij de plaats delict geweest. Dat is toch reden genoeg?' vroeg Mia.

'Eigenlijk wel,' vond Munch. 'Acht uur ervoor, maar toch.'

Hij stond naar het grote landhuis te kijken toen Mia's telefoon ging.

Toen ze zag wie het was, nam ze op en liep een paar stappen bij hem vandaan.

'Met Mia.'

'Hoi, Mia, met Simon.'

'Hoi, Simon.'

Het werd even stil aan de andere kant van de lijn.

'Ik...' begon hij.

'Ja?' zei Mia. 'Ik ben aan het werk, dus ik moet eigenlijk...'

'Sorry,' zei hij snel. 'Maar ik moet iets met je bespreken.'

'Aha.'

'Ik ben niet helemaal eerlijk tegen je geweest.'

'Oké.'

'Kun je... Kun je even bij me langskomen? Vanavond misschien?'

'Kun je geen hint geven?'

'Liever niet door de telefoon. Lukt het vanavond?'

Munch wenkte haar.

'Oké, ik kom na mijn werk.'

'Dank je wel.'

'Tot dan,' zei Mia, en ze stopte haar telefoon terug in haar zak.

'Ik dacht ergens aan,' zei Munch, terwijl hij de portiergreep vastpakte.

'Dat met Jonathans vader?'

'Ja.'

'Het is een kleine gemeenschap hier. Iemand moet toch iets weten? Of een idee hebben?'

'Bedoel je roddels?'

'Ja.'

'Geen slecht idee,' vond Mia, en ze stapte in. 'Laten we het aan Luca vragen.'

'Heb je gegeten?' vroeg Munch.

'Nee.'

'Zullen we iets bij Hjorten eten voor de middagbriefing? Heb je daar tijd voor?'

'Oké, maar wel snel. Ik moet weer naar de Bocht. Ik snap nog steeds de tijden in het politierapport niet helemaal.'

40

In de deuropening vlak bij de grote rij spiegels in de slaapkamer van haar ouders steunde Lissie Norheim nu eens op haar ene en dan weer op haar andere been, en wachtte tot mama had besloten wat ze zou aantrekken. Het was al acht uur, en ze wist hoe Cynthia aan punctualiteit hechtte. De uitnodiging lag op het nachtkastje aan mama's kant van het grote hemelbed: 'Welkom in de Grote Salon om 20.00 uur'.

Wie stuurt er nu een gedrukte uitnodiging naar mensen die in hetzelfde huis logeren?

Papa had zich daar het hoofd over gebroken.

Nu was hij de rust zelve. Hij zat in een van de leunstoelen onder het raam, met zijn voeten op een krukje. Daar zat hij al sinds hij aangekomen was, met zijn neus in een boek dat hij op de luchthaven had gekocht.

Wat een goede stoel is dit. Eva, misschien moeten wij er ook zo een kopen?

Lissie had erom moeten glimlachen dat hij eindelijk tot rust leek te komen.

'Zie ik er netjes genoeg uit?' vroeg mama, en ze draaide nog een keer in het rond. 'Zit mijn jurk van achteren wel goed? Henrik?'

'Helemaal goed,' zei papa, zonder van zijn boek op te kijken.

'Wat vind jij, Lissie?'

'Ik ben het met papa eens.'

'Oké,' zei mama, en ze streek met haar handen over haar jurk. 'Dan moet deze het maar worden. Nu nog...'

'Schoenen,' zei Lissie, wijzend.

'O, daar ja,' zei mama glimlachend. 'Welke vind jij?'

'Deze staan het mooist bij de jurk.'

'Zeker weten?' vroeg mama. Ze stak haar voet uit naar de spiegel.

'Heel zeker, mama. Maar nu moeten we gaan, ze wachten op ons. Papa, ben je klaar?'

'Zo klaar als een klontje.'

Papa geeuwde en legde zijn boek weg.

'Wacht,' zei mama toen ze haar eindelijk uit de slaapkamer hadden gekregen. 'Mijn tasje.'

Ze bleef bijna weer voor de spiegel staan, maar kwam gelukkig mee.

'De uitnodiging, moeten we die meenemen?'

'Nee, hoor,' zei Lissie met een glimlach. 'Kom nu maar.'

Cynthia stond met haar gezicht in de plooi bij de deur om de gasten te verwelkomen.

Ze was onberispelijk gekleed in een beige Chanel-jurk, droeg schoenen van haar ontwerper uit Verona, en parels om haar hals en haar ene pols. Haar haar was opgestoken; ze had zeker hulp gehad van de kapper, die een paar dagen eerder was gekomen en ook Lissies haar voor de bruiloft zou doen.

'Welkom, welkom,' zei Cynthia met een glimlach. Ze boog zich naar mama en gaf haar een kus op beide wangen.

'Ja, hallo,' zei mama, een beetje verdwaasd.

'Het was gezellig de vorige keer,' zei papa, en hij maakte een kleine buiging.

'Kom binnen, kom binnen, en pak onderweg een drankje mee.'

Gelukkig waren er deze keer geen obers. Lissie had Alexander met klem gevraagd die achterwege te laten, of er in elk geval mee te wachten tot het echte diner, en tot haar vreugde zag ze dat de welkomstdrankjes op een zilveren dienblad in de gang stonden.

De grote eetkamer, die Cynthia de 'salon' noemde, bevond zich helemaal achter in het huis. Het was een smaakvol ingerichte kamer, zoals alle andere, met een kroonluchter aan het plafond en zware schilderijen aan de muren. Hier hingen vooral Noorse negentiende-eeuwse schilders. Henry Prytz had een vrij grote collectie, ook van moderne kunst, maar daarvan hingen de meeste gelukkig in het huis in Marbella, dus hoefde ze papa's commentaar niet aan te horen.

Moet je dat eens zien. Dat had ik zelf ook wel gekund, denk je niet, Eva?

Een damasten tafellaken bedekte de grote tafel volledig, al zouden ze waarschijnlijk maar met z'n zessen zijn.

Komt je vader nog?

Ik denk van niet. Hij zit ergens in Azië.

Komt hij wel op tijd voor de bruiloft?

Laten we het hopen.

Alexander had de laatste opmerking als een grapje gebracht, maar ze kon zien dat hij er meer mee bedoelde.

Zo ging het hier nu eenmaal.

Cynthia had ze vaak gezien, de vrouw des huizes, die met natuurlijke autoriteit alles tot in de details aanstuurde. De keren dat ze Henry had gesproken waren op de vingers van één hand te tellen.

Beslist aardig.

Hij was erg attent en voorkomend.

Maar druk.

Altijd onderweg, meestal met een telefoon aan zijn oor.

Alexander kwam de kamer binnen, en onder haar jurk voelde ze haar hart kloppen. Wat was hij knap. In zijn nieuwe pak, met de stropdas die zij had voorgesteld.

Hij knipoogde naar haar en kuste Cynthia op beide wangen.

Aan al dat kussen was ze ook nog niet helemaal gewend.

'Benjamin komt niet,' zei Alexander. 'Zij... Natalie, voelde zich niet zo lekker, dus blijven ze in de Rotonde.'

'Zijn er hier zelfs verkeerspleinen?' merkte mama glimlachend op. 'Mijn zus heeft jarenlang in Zweden gewoond, en ik heb "rotonde", met die rollende r, altijd zo'n leuk woord gevonden.'

Cynthia glimlachte en gaf haar voorzichtig een klopje op haar schouder.

'Nee, het is dat ronde gastenhuis helemaal bij de haven. Benjamin slaapt daar weleens als hij hier is.'

Ze klapte in haar handen en wees iedereen zijn plaats aan.

'Dan zijn we nu compleet. Gezellig! Ik doe nog even een laatste controle in de keuken, en dan kunnen we beginnen.'

'Wat moeten we eigenlijk doen?' fluisterde mama, nadat ze waren gaan zitten.

'We gaan het menu voorproeven. Voor de bruiloft,' zei Lissie zachtjes.

'Krijgen we dan twee keer hetzelfde?'

'Nee, we gaan kiezen wat er geserveerd gaat worden. We proeven alles nu en dan kiezen we later.'

'O ja, oké,' zei ze, en ze keek in de richting van papa, die meer geïnteresseerd was in de kunst aan de muren.

'Is dat een kopie van een Werenskiold? Wat ongelooflijk mooi.'

'Nee, het is het origineel,' zei Alexander beleefd, en hij legde zijn servet op zijn schoot.

Mama keek naar hem en deed hetzelfde.

'Nou, nou,' zei papa. Hij streek over zijn kin. 'Dat is niet niks. Het lijkt hier het Nationale Museum wel.'

Ze verwachtte een of andere zure opmerking, maar die kwam niet.

Hij leek haast een beetje trots.

'Hier zijn we dan,' zei Cynthia sprankelend, met de obers in haar kielzog.

Ze ging aan het hoofd van de tafel staan, terwijl de verschillende voorgerechten werden neergezet.

'Hebben we de menu's niet gekregen?'

Ze wenkte een van de meisjes, die haastig naar de keuken liep en er voor iedereen een meebracht.

'Zo, nu is alles er.'

Ze gebaarde naar de schalen die op tafel stonden.

'Zoals jullie zien hebben we gekozen voor een traditionele keuken. We zijn hier op het schitterende Hitra, en dat willen we graag tot uitdrukking brengen in wat we op tafel zetten. Al het eten komt uit de buurt, is hier klaargemaakt, door onze kok en haar team, met wie jullie natuurlijk kennis mogen maken wanneer we klaar zijn met eten.'

Glimlachend begon ze de gerechten op te sommen.

'Eerst hebben we blini's met gedroogd lamsvlees, kaviaar en garnalen. Hier is een ceviche van in appel, komkommer en citrus gemarineerde rauwe heilbot. En ten slotte hebben we hertentartaar op een bedje van koolraappuree. Eet smakelijk!'

Cynthia ging zitten en wachtte tot de gasten hadden opgeschept.

'Ik denk dat ik er zo een neem,' zei mama voorzichtig, en ze schoof een blini over op haar bord.

'Zet de schaal maar dichterbij, hoor,' zei Cynthia glimlachend. 'Dit is voor iedereen handiger, want het tafellaken wordt toch wel weer gewassen.'

'Sorry,' zei mama. Ze plukte wat van de oranje kaviaar op die op het tafelkleed terecht was gekomen.

'Geen punt, hoor. Zoals gezegd: gewoon handiger. Vooral het hert, die puree wordt snel plakkerig.'

Ze keek naar Lissie.

'Zullen we het meteen maar schrappen? Is het niet een beetje te zwaar?'

Lissie sneed een stukje af en proefde.

'Nee, hoezo? Ik vind het heerlijk.'

Cynthia sloeg zich op haar voorhoofd.

'Waar ben ik mee bezig? Het is maar goed dat er niet elke dag een bruiloft is. Er is zoveel om aan te denken. Sorry. De wijn natuurlijk.'

De obers kwamen achter elkaar de keuken uit, allemaal met een fles wijn, twee witte en een rode.

'We hoeven toch niet alles op te drinken?' Mama giechelde. 'Ik geloof niet dat ik daartegen kan.'

'De wijnen zijn van tevoren uitgezocht,' zei Lissie, en ze legde haar hand op de hare. 'De kok heeft er bij elk van de gerechten een gekozen, om ons te laten proeven hoe alles bij elkaar past.'

'O, ik snap het,' zei mama, terwijl er verschillende glazen bij haar bord werden gezet.

Ze pakte er eentje op.

'Deze is voor...?'

'Bij de blini's,' zei Cynthia glimlachend.

Papa had het glas rode wijn al half leeg. Hij had alles geproefd en wreef over zijn buik.

'Ik weet niet welk gerecht het gaat worden, maar mijn keus valt op wat er bij deze wijn past,' zei hij glimlachend.

'O ja?' vroeg Cynthia verbaasd. 'Vond je niet...?'

Ze knikte naar de gerechten.

'Wat? Ja, beslist. Ik vind alles lekker. Vul maar bij.'

Hij wenkte een van de obers, die meer wijn schonk.

'Wat vinden we?' vroeg Cynthia. 'Zullen we wachten tot we alle gerechten hebben geproefd, of zullen we nu vast zeggen wat we ervan vinden? Het is niet zo makkelijk. Ze hebben allemaal wel iets, maar het totaal moet wel bij elkaar passen. Wat vinden we?'

'Sorry, deze moet ik even opnemen.'

Alexander pakte zijn telefoon van de tafel en liep naar de deur.

'Kom je wel zo terug?' vroeg Lissie, en ze kuste hem.

'Natuurlijk,' zei Cynthia met een glimlach. 'We moeten nog een paar minuten op het volgende gerecht wachten, dus als iemand de benen wil strekken...'

Papa en mama bleven zitten, ieder met een glas in de hand.

'Ik geloof dat ik van de gelegenheid gebruikmaak.'

Lissie liep glimlachend naar het toilet in de gang.

Ze deed het deksel naar beneden, ging zitten en haalde diep adem.

Het loopt toch goed?

Veel beter dan ze had verwacht.

Papa leek zich wel te amuseren.

Ongelooflijk.

Het had niet beter kunnen gaan.

Ze stond op om haar handen te wassen.

Plotseling klonken er stemmen buiten; het raam stond op een kier.

Alexander?

Was hij niet aan het bellen?

Ze draaide de kraan dicht en sloop naar het raam, waar ze met haar oor tegen het gordijn bleef staan.

'Verdomme, Benjamin, zo kun je niet verder.'

Benjamin.

'Wat is er nu weer aan de hand?'

Ze spraken allebei zacht, maar ze kon ze toch goed horen.

'Moest je haar zo nodig meebrengen? Je weet toch dat ik bezoek heb?'

'Natalie? Ze is wel mijn vriendin!'

'Deze week, ja. Verdomme, probeer haar in elk geval nuchter te houden. Je maakt je bij de hele buurt te schande.'

'Welke buurt?'

'Je snapt wel wat ik bedoel. Waarom zou ik anders naar buiten komen? Je weet toch dat we aan het eten zijn?'

Het werd nu stil.

Waren ze verder weg gaan staan?

Nee, daar was Benjamin weer.

'Ik geloof dat ik in de problemen zit.'

'Wat is er nu weer aan de hand?'

'De politie is hier vandaag geweest.'

'De politie? Verdomme, Benjamin. Ik hoop niet dat mama ze heeft gezien.'

'Nee, gelukkig niet. Ik kwam ze toevallig tegen toen ik hier wegreed. Ik heb alleen met hen gesproken door het autoraampje.'

'Wat wilden ze?'

Weer stilte.

Tamelijk lang.
Lissie trok het gordijn een beetje opzij en zag hen staan. Ze stonden nu iets verderop.
Alexander gebaarde met zijn armen.
Benjamin knikte en keek naar de grond.
Alexander prikte met een wijsvinger op de borst van zijn broer, waarna hij zich omdraaide en geïrriteerd terugliep naar het huis.
Ze was snel.
Was in de gang voor hij bij de deur was.
'O, jij daar?'
'Ik moest even naar de wc.' Lissie glimlachte. 'Ging het goed?'
'Ging wat goed?'
'Het telefoontje? Wie was het?'
'O, het was Kyrre maar. Hij wist niet of hij zaterdag wel kon komen, maar het ging toch wel lukken.'
'Dus hij komt?'
'Eh... ja, zeker.'
Cynthia dook plotseling op aan het eind van de gang.
'We zijn zover. Komen jullie?'
'We komen eraan,' zei Alexander glimlachend.
Hij liep voor haar uit naar de salon.

41

De zon liet weten dat het avond begon te worden toen Mia haar motor het grindpaadje op stuurde, geïrriteerd dat ze de vinger er maar niet achter kreeg wat haar precies dwarszat. Het schema thuis op de muur. De tijdstippen. Ze was teruggegaan naar het Berkenbosje. Op en neer in de Bocht. Was bij de pier geweest waar de fiets was gevonden. Het was of het antwoord voor haar ogen zweefde, maar ze kreeg er geen vat op.
Verdomme.
Oké.
Ze moest zo weer naar huis.
Een nieuwe ronde voor alle foto's aan de muur.
Simons huis had zo op een ansichtkaart kunnen staan. Het lag aan het water aan de westkant van het eiland. Ze waren bijna

buren, er zat maar een kilometer tussen de afrit en haar steiger. Appelbomen en kersenbomen, aalbessen- en kruisbessenstruiken. Aan het eind een aardbeienveldje, waar iemand een vogelverschrikker had neergezet, die de wind had uitgekleed. Een grote rododendron op de hoek deed haar aan haar eigen moeder denken: met een brede glimlach op haar knieën in het gras van de tuin in Åsgårdstrand, gekleed in haar lievelingskleding: een werkbroek, een anorak en tuinhandschoenen.

Wil je niet helpen planten, Mia?

Nee. Ze had geen groene vingers, maar ze keek wel graag toe.

Maar in de garage met haar vader, dat was andere koek. De radio op de achtergrond, gebogen over de motor van de jadegroene Jaguar.

Kun je me de bougiesleutel geven, Mia?

Ik wil het doen, mag dat?

Ze kon nog steeds zijn lach horen.

Natuurlijk, kom, dan laat ik het je zien.

Wildebras.

Zo noemden ze haar op school. Ze pestten haar in de pauze, maar ze hadden het snel opgegeven toen ze erachter kwamen dat het haar geen bal kon schelen wat anderen van haar vonden.

Op haar zestiende verjaardag had ze haar eerste motor gekocht. Een tweedehands Honda CB-100, glimmend rood, met de karakteristieke witte vleugel op de benzinetank. En terwijl de andere meisjes lief met hun ogen knipperden en hun kauwgom uit hun mond trokken bij het benzinestation in de hoop een lift te krijgen in de omgebouwde auto's met dobbelstenen aan de spiegel, was zij naar Horten gesjeesd, of naar het Borrevannet om te zwemmen.

Mia volgde het tuinpad langs een bloembed met kamperfoelie en linnaeusklokjes naar het huis, waar hij op de veranda zat.

Zijn ogen lichtten op en hij stond op zodra hij haar zag.

'Hallo, Mia, fijn dat je kon komen.'

'Hoi, Simon.'

Ze bleef op het trapje staan.

'Waar is Sofia?'

'Ze logeert bij haar oma. Wil je niet zitten?'

Hij legde een kussen op een van de tuinstoelen recht.

'Ik heb het een beetje druk. Wilde je ergens met me over praten?'

Niet dat ze hem nu zo goed kende, maar hij was duidelijk zichzelf niet. Hij leek moe en onrustig. Bezorgde rode ogen die heen en weer schoten in zijn ongeschoren gezicht.

Mia kreeg medelijden met hem.

'Weet je het zeker?'

Hij strekte voorzichtig zijn arm uit, met een bijna smekende blik.

'Nou, goed dan,' verzuchtte ze, en ze gaf toe.

Ze schoof de stoel een stukje bij hem vandaan en ging zitten.

'Wijn?'

Zijn handen trilden toen hij de fles voor haar ophield.

'Nee, dank je.'

Hij liet zijn blik even over de zee glijden, alsof hij zocht naar een beginnetje.

'Ben ik hier als rechercheur of als vriendin?' vroeg Mia.

'Allebei misschien. Kun je als je elkaar twee keer hebt gezien al vrienden zijn?'

Mia glimlachte.

'Ik meestal niet.'

Hij haalde hoofdschuddend een hand door zijn blonde haar.

'Nee, nee, nee.'

'Is het zo erg?'

'Erger.'

'Hebben we het over een strafbaar feit? Moet ik je zo meteen arresteren?'

Nu glimlachte hij gelukkig.

'Het is veel ernstiger.'

'Echt waar?'

'Helaas wel,' zei hij, en hij verborg zijn gezicht in zijn handen. 'Kan ik bij het begin beginnen? Heb je daar tijd voor?'

'Oké, goed dan,' verzuchtte ze met tegenzin, en ze legde de sleutels van haar motor op tafel.

'Dank je. Kan ik... Een momentje, oké?'

Simon sprong op van zijn stoel, haastte zich naar binnen en kwam met een grote rol papier weer naar buiten. Hij ging naast haar staan en rolde hem uit, zodat ze het kon zien.

‘Wat is dit?’ vroeg Mia, terwijl ze de tekening bestudeerde.

Een gebouw met zijn logo op de voorkant.

‘Een nieuw duikcentrum,’ zei hij, wijzend. ‘Een grotere steiger hier, een gevel van glas, zie je wel, een winkel hier, en boven een logeerkamer, voor gasten.’

‘Mooi,’ zei Mia knikkend. ‘Waarom laat je dit zien?’

‘Je bent niet in mijn centrum geweest, toch?’

‘Nee.’

Hij liet de tekeningen tussen hen in liggen en ging weer zitten.

‘Het dreigt in verval te raken. Ik moet de tent sluiten als ik nu niets onderneem. En begrijp me goed: ik heb er niets op tegen om iets anders te doen, ik wil best de hele dag zalm fileren, want Sofia is natuurlijk alles voor me, maar ik dacht: waarom zou ik het niet proberen? Het nog één kans geven?’

‘En?’

‘Nou, zo kreeg ik dat idee. Uitbreiden. Ervoor gaan. Groter en beter worden dan de anderen. Ik ging naar een architect, gebruikte mijn laatste spaargeld en liet dit tekenen.’

‘Mooi,’ zei Mia weer. ‘Maar ik snap nog steeds het probleem niet.’

‘De bank wees een lening af.’

‘Oké.’

Hij wreef in zijn ogen.

‘Nou ja, ze wezen de lening niet helemaal af, maar ze zeiden dat ik te weinig middelen had en eigen kapitaal moest inleggen.’

‘En dat had je niet?’

‘Helaas niet.’

‘Wanneer komen we ter zake?’

‘Sorry, ik zal het sneller vertellen. Op een dag was er iemand in de winkel, een man die graag wilde duiken. Ik had hem weleens in het centrum gezien, maar ik kende hem verder niet. Hij wilde een paar lessen, legde cash op de toonbank. Ik zei natuurlijk ja en nam hem een paar keer mee. We keken naar de zuurstoftanks, je weet wel, maar het was vreemd, want hij leek niet geïnteresseerd. In plaats daarvan begon hij over geld te praten. Vroeg of ík goed kon duiken. Diepzeeduiken. Of ik dat eerder had gedaan.’

‘Oké.’

‘De derde keer dat we gingen, kwam hij ermee op de proppen.

Hij had de eerste twee keer zeker gekeken wat voor vlees hij in de kuip had. Hij zei dat hij voor iemand werkte die hulp nodig had.'

'Wilde hij dat je ergens naar zou duiken?'

'Ja. Ze waren iets kwijt, zei hij. In de buurt van Mausundvær. Dat het diep lag. Dat degene die hij eigenlijk had ingehuurd het niet meer kon doen.'

'Hoeveel bood hij je aan?'

'Honderdduizend.'

'Zo, hé. Voor één keer duiken?'

'Ja.'

'Dan moeten ze iets waardevols kwijt zijn geweest.'

'Ja, dat dacht ik ook.'

Hij haalde zijn schouders op.

'Nee, dat dacht ik eigenlijk niet. Toen nog niet. Ik dacht alleen maar aan het geld, en aan het nieuwe gebouw. Honderd? Dat was niet genoeg, maar het was een begin. Dus ik zei ja.'

'Dus nu heb je honderdduizend gekregen? Gefeliciteerd.'

'Nee, helaas, het liep anders. Toen ik thuiskwam, dacht ik nog eens na. Iets kwijt? Wat kon dat nou zijn? Drugs? Zoiets moest het wel zijn. Dan moet er hier een smokkelroute lopen.'

Hij knikte naar de zee.

'Daarom belde ik om te zeggen dat ik me had bedacht.'

'Einde verhaal?'

Hij schudde van nee en keek weer uit over de tuin.

'O, nee. Toen begon het pas.'

'Laat me raden: nu was hij niet zo beleefd meer?'

'Inderdaad. Hij zei dat het móést gebeuren. En snel ook.'

'En anders?'

Simon haalde een vinger langs zijn hals.

'Echt waar? Bedreigde hij je met de dood?'

'Niet met zoveel woorden, maar hij liet er geen misverstand over bestaan. Hij zei dat ik zeker niet had begrepen waar het over ging. Dat hij me nog één kans wilde geven. Ik moet hem binnen een paar dagen antwoord geven.'

'Heb je die vent vannacht gesproken? Toen Sofia je niet kon vinden?'

Hij knikte beschaamd en keek naar de grond.

'Sorry, het was niet de bedoeling om te liegen, of dat ze wakker zou worden en me zou gaan zoeken, maar… ik wist gewoon niet wat ik moest doen.'

'Weet je hoe hij heet?'

Hij knikte.

'Steve. Tatoeages, gespierd, je kent dat wel. Sorry dat ik je hiermee lastigval, maar ik weet echt niet wat ik moet doen.'

Hij schudde zachtjes zijn hoofd en verborg zijn gezicht in zijn handen.

'Verdomme, verdomme, verdomme. Wat een stomkop ben ik.'

Mia stond op en legde haar hand op zijn arm.

'Ik zal kijken wat ik kan doen, goed? Het is nu een beetje laat, maar ik doe het morgen.'

'Wil je dat echt doen?'

Zijn ogen lachten haar toe.

'Dank je wel, Mia. Heel erg bedankt.'

Ze zag zijn blik weer, en ze had het eerder gevoeld, al toen ze elkaar voor het eerst zagen.

Een alleenstaande vader met zijn dochter.

Op deze idyllische plek.

Een ander leven?

Was dat mogelijk?

Voor haar?

Er stak een warme bries op boven de veranda. De zon wierp zachte schaduwen over het bezorgde gezicht.

'Weet je zeker dat je geen glaasje wijn wilt?'

Ze bleef een ogenblik staan, maar nam een besluit en liep de veranda af.

'Een andere keer misschien. Ik moet aan het werk. Trouwens, nog één ding.'

'Ja?'

'Ken je Anita Holmen goed?'

Hij keek een beetje teleurgesteld, alsof hij dacht dat ze van gedachten was veranderd en wilde blijven.

'Nee, niet heel goed, hoezo?'

'De vader van de jongen? Van Jonathan? Gaan er geruchten over wie dat kan zijn?'

Hij dacht even na, maar schudde zijn hoofd.

'Nee, niet dat ik heb gehoord. Is het…?'

'Dank je. Ik moest het vragen.'
'Bel me dan,' zei Simon.
'Oké,' zei Mia, en over het pad rond het huis ging ze terug naar haar motor.

42

Het was bijna middernacht, en Munch verdronk zijn verdriet in de bar van Hotel Hjorten met een glas mineraalwater met ijsblokjes en een schijfje limoen. Het was er stil – alleen hij en een jonge vrouw die af en aan liep. Op haar naambordje stond RUTH en het was duidelijk dat zij meer taken had dan die van bartender. Ze deed hem denken aan zijn dochter, Miriam, die aan het begin van de zomer met veel pracht en praal was getrouwd. Munch had haar trots aan zijn arm door de versierde tuin geleid.
'Kan ik je nog iets inschenken?' vroeg Ruth vriendelijk.
'Nee, hoor,' zei Munch, en hij legde een sigaret op het pakje.
Proberen het een beetje te beperken.
Een beetje in conditie blijven.
Vier weken intensief.
Het ergste wat hij ooit in zijn leven had gedaan.
Ongetwijfeld.
Lillian was een sportfanaat, en ze had zo vaak plagend gezegd dat alles aan hem lubberde en dat hij zijn schoenen alleen zittend kon aantrekken dat hij het haar wel even zou laten zien.
Oké.
Zo dus.
Bring it on.
Hij had na twee seconden al spijt gehad.
Sit-ups, squats, kniebuigingen, burpees, dips, planken, push-downs en hoe het verdomme allemaal mocht heten, in een zaal waar vreselijke muziek uit de luidsprekers tetterde. Hij had daarna in de kleedkamer overgegeven, voorovergebogen over de wc, zo duizelig dat hij bijna geen adem kreeg.
Lillian achter het stuur, op weg naar huis.
Je ziet er uitgeteld uit. Ga je het nu al opgeven?
Nee, dus.

Dat kon hij niet.
Maar wel resultaat.
Thuis de trap naar de flat nemen?
Nee, dat had hij nooit voor mogelijk gehouden.
'Ben je soms journalist?' vroeg Ruth.
Lang donkerblond haar, blauwe ogen, met dezelfde frisse uitstraling die iedereen op het eiland scheen te hebben. Er moest iets in de lucht zitten, de permanente nabijheid van de zee.
'Hè? Nee, hoor.'
'Ben je hier dan niet voor de bruiloft?'
'Nee, ook niet.'
'Mij interesseert het eerlijk gezegd ook niet zo.'
Munch praatte niet graag over koetjes en kalfjes, maar vanavond kwam het hem eigenlijk wel goed uit.
Wil je me niet meer bellen?
Ja, maar Lillian...
Nee, het is nu wel genoeg. Ik ben er klaar mee.
Munch rolde de sigaret op het pakje tussen zijn vingers en keek naar de buitendeur, maar legde hem weer neer.
'Het zal tegen het weekend wel vollopen, denk ik, we zijn vanaf donderdag volgeboekt.'
'Oké. Is het dan, de bruiloft?'
'Zaterdag in de kerk van Sandstad.'
'Woon je hier?'
'Op Frøya,' zei Ruth.
'En dat is?'
'Het volgende eiland,' zei ze glimlachend.
Ze boog zich naar hem toe en fluisterde:
'Nog mooier dan dit.'
'Meen je dat? Hoe is het mogelijk?'
'Ben je daar niet geweest, op Frøya?'
'Nee.'
'Zou je toch eens moeten doen.'
'Ik zal zien of ik tijd heb,' antwoordde Munch.
Ruth, die hem met gefronste wenkbrauwen bestudeerde, wierp een blik op de witte zonnehoed op de bar.
'Wacht even, nu weet ik wie je bent. Je bent die rechercheur, toch?'

'Dat klopt,' bevestigde Munch.
Ze moest even lachen.
'Martha van de kledingwinkel heeft het me verteld, snap je, dat iemand van de politie uit Oslo bij haar een hoed had gekocht. Ze had er hard om moeten lachen.'
'O ja?'
Klein eiland.
'Weet je wel dat het eigenlijk een dameshoed is?'
'Eh... nee, dat wist ik niet.'
'Ze verkoopt alleen maar dameskleding.'
'Dus je vindt niet dat hij me staat?'
Munch zette de hoed op.
Ruth moest weer lachen.
Ze boog zich over de bar en zette hem een beetje recht.
'Probeer hem in elk geval goed op te zetten.'
Terwijl hij opstond stak Munch de sigaret in zijn mondhoek.
'Pas jij op mijn drankje?'
Ze glimlachte.
'Weet je zeker dat je niets sterkers wilt hebben?'
Munch keek naar de drankvoorraad op de plank achter haar.
Voor de eerste keer in dertig jaar?
Vanavond zou er wel de avond voor zijn geweest.
'Nee, dank je, het is goed zo.'
Het was buiten inmiddels koeler, maar nog steeds aangenaam. Een zacht zeebriesje ruiste door de bladeren van de berkenbomen.
Verder stil.
Munch stak zijn sigaret op en bleef naar de hemel staan kijken.
Verdomme.
Hij wreef over zijn vinger, waar zijn trouwring nog niet zo lang geleden om had gezeten.
Tien jaar geleden uit elkaar gegaan, maar hij was hem blijven dragen.
Ten slotte afgedaan.
Zich naakt gevoeld.
'Munch!'
Hij draaide zich om en zag Nina Riccardo haastig komen aanlopen. Ze leek zo uit haar bed te komen, haar kleurige blouse hing over haar broek.

'Heb je je telefoon niet bij je?'
'Die ligt aan de oplader. Wat is er aan de hand?'
'Ze hebben nog iemand gevonden.'
'Wat?'
Ze knikte, terwijl ze zich bukte om de veters van haar sportschoenen vast te maken.
'Een man. In het Havmyran-moeras, het natuurreservaat.'
'Ik rijd wel, als je hier even wacht.'
'Nygaard is onderweg, Mia ook. Borg nam zijn telefoon niet op,' zei Riccardo toen hij weer naar buiten was gekomen.
'Het medisch team?'
'Zij komen met de helikopter van het St. Olav-ziekenhuis in Trondheim. Auto's uit Orkanger. Vanuit de auto heb ik de centrale al gebeld. FO is onderweg.'
'Mooi. Wijs jij de weg?'
Riccardo knikte terwijl ze op haar telefoon de routebeschrijving bekeek.
'Ver?'
'Nee, twintig minuten.'
Stilte om hen heen. Er was verder niemand op de weg. Een hert op een veld. Wat boerderijen. Een groepje huizen, dan weer de rijksweg, met landinwaarts bos, aan de andere kant zee.
Eriksen stond bij zijn auto, zijn privéauto. Het portier aan de passagierskant stond open. Er zat een oudere man dwars op de stoel, met een plaid om zich heen geslagen.
Munch parkeerde een stukje verder en stapte uit.
Luca liep naar hem toe, voor één keer eens niet in uniform.
'Heeft hij je thuis gebeld?' vroeg Munch, naar de auto knikkend.
'Ja.'
'Wie is hij?' vroeg Munch.
'Hij heet Hans Oliver. Voorzitter van de plaatselijke ornithologische vereniging – van de vogelaars.'
'Wat moest hij hier zo laat?'
'Hij zei dat hij dacht dat hij een paar dagen geleden zijn verrekijker was vergeten in de vogeluitkijktoren. Je weet wel, waarmee ze naar vogels en zo kijken.'
'Heeft hij hem gevonden?'
'Hm?'

'De verrekijker?'
'Eh... nee, niet gevraagd. Had genoeg aan...'
Luca wierp een bezorgde blik op de man.
'Ja, hij stond hier midden op de weg. In shock.'
'Oké,' zei Munch, die zijn hand op zijn schouder legde. 'Luister goed: het medisch team komt eraan met de helikopter, oké?'
'Oké.' Luca knikte nerveus.
'Achter in mijn auto ligt een volledige kit, onder andere vier rode lampen. Ik wil dat je die haalt en ze ergens neerzet waar hij kan landen, oké?'
'Eh... ja, begrepen.'
'Er ligt ook afzetlint. Zie je die plek daar?'
'Ja?'
'Afzetten. Niet de hele weg, onze auto's moeten er ook langs kunnen. Let erop dat hij zijn handen niet wast. FO komt uit Trondheim, dat duurt even, maar hij mag niet weg voor we vingerafdrukken hebben afgenomen en monsters van zijn kleren hebben.'
Luca knikte.
'Heb je een zaklantaarn?'
'Ja, ik geloof van wel.'
'Haal hem.'
Eriksen liep naar zijn auto en kwam terug met een grote Mag-Lite.
'Hier.'
'Dank je wel. Welke maat schoenen heb je?'
'Eh... 44.'
'Geef me je laarzen.'
'Wat?'
'Ik moet je laarzen hebben. Het is daar toch drassig?'
Munch knikte naar het bos.
'Eh... ja?'
'Ja, dat bedoel ik.'
Luca trok zijn laarzen uit, terwijl Munch zich bukte om de veters van zijn schoenen los te maken.
'Neem jij deze,' zei Munch.
Nina Riccardo liep achter hen aan.
'Zullen we gaan?'
'Ja. Waar is die toren?' vroeg Munch.

‘Ongeveer driehonderd meter die kant op,’ zei Luca wijzend.
Munch knipte de zaklantaarn aan. Het was ’s nachts niet helemaal donker, maar dit maakte toch wel een groot verschil. Tussen grote sparren liep een paadje het bos in.
Hij knikte naar Nina Riccardo.
‘Kom op, we gaan.’

5

43

Munch wachtte tot iedereen was gaan zitten en was vandaag iets geduldiger dan anders; het werk van die nacht was onberispelijk geweest. Hij was onder de indruk van Riccardo, zeer professioneel. Zelfs Ralph Nygaard, die eerder onervaren overkwam, had het protocol stipt gevolgd en hem geholpen om de agenten in uniform op de juiste manier aan het werk te zetten, zodat de plaats delict en het gebied eromheen niet besmet raakten.

Een onnodige bespreking misschien. Iedereen was erbij geweest, behalve Claus Nielsen, de officier van justitie, en Kevin Borg, die pas in de ochtend antwoord had gegeven. Munch zag Mia met haar kop koffie achter in het vertrek. Ze had de plaats delict pas een paar uur geleden verlaten, maar hij had erop gestaan dat ze erbij was.

Nee, iedereen.

We moeten hier samen naar kijken.

Nu.

Opnieuw.

Luca Eriksen onderdrukte een geeuw en sloot zijn iPad aan op de beamer, terwijl Munch naar iedereen keek en een paar keer in zijn handen klapte.

'Oké, mensen. Welkom terug. Ik snap dat jullie moe zijn, maar ik wil alles opnieuw doorlopen, nu alles nog vers is.'

'Prima,' zei Kevin Borg, die voor de verandering eens geïnteresseerd was.

Hij trok aan de boord van zijn overhemd en keek een beetje beschaamd om zich heen, omdat hij als enige van de recherche er niet bij was geweest.

'Dus, vanaf het begin,' zei Munch, terwijl hij zich naar het scherm draaide.

'Rond 00.05 uur vannacht werd Luca gebeld door ene Hans Oliver. Hij is de voorzichter van de lokale afdeling van de Noorse Ornithologische Vereniging – een vogelaar dus. Hij had een gewond persoon aangetroffen in het Havmyran-moeras. Rond

00.40 uur kwamen we bij de uitkijktoren aan waar Oliver de waarneming had gedaan. En toen zagen we dit.'

Hij klikte de eerste foto tevoorschijn.

'Een man die volledig aangekleed op zijn rug in het moeras ligt. FO kon later bevestigen dat de man dood was, al zagen we dat natuurlijk meteen bij aankomst. Afgaande op onze eerste waarneming leek hij er al een poosje te liggen. Niet heel lang. Ik denk dat we nu moeten zoeken naar een dader die zich in de vierentwintig uur voordat we hem vonden in het gebied heeft opgehouden.'

'Mes?' vroeg de officier van justitie.

Munch knikte en liet de volgende foto zien.

Die was van dichterbij genomen en daarop waren de messteek in de nek en de enorme hoeveelheid bloed rond het hoofd te zien.

'Het lichaam is ter obductie aangeboden,' ging Munch verder. 'En we houden constant contact met de patholoog-anatoom.'

Hij knikte naar Eriksen, die terugknikte en een geeuw onderdrukte.

'Ze belt me straks.'

'Mooi. Zoals we zien, en zoals we op de plaats delict ook zagen, was hier duidelijk sprake van een brute moord.'

Hij toonde een nieuwe foto.

'Een diepe snee in de halsslagader. Hij baadde in het bloed. Na het geweld is hij waarschijnlijk doodgebloed, misschien al na tien tot vijftien minuten.'

Nielsen, de officier van justitie, trok wit weg. Hij maakte de bovenste knoop van zijn overhemd los en keek weg van het scherm.

'Misschien kunnen we een raam openzetten?'

Munch knikte naar Luca, die het raam opendeed.

'Hans Oliver beweerde,' ging Munch verder, 'dat hij zo laat nog op pad was, omdat hij dacht dat hij zijn verrekijker een paar dagen geleden in de uitkijktoren was vergeten toen hij daar was.'

'Die hebben we gevonden,' bevestigde Riccardo.

'Dat bleek inderdaad te kloppen. We hebben alle verplichte monsters bij hem afgenomen, en daar krijgen we later de uitslagen van, maar hij vertoonde geen zichtbare tekenen dat hij in de buurt van het misdrijf was geweest. Voordat hij het lichaam vond, bedoel ik. Geen wonden of bloed op zijn handen of kleding.'

'Hij kan het toch als smoes hebben gebruikt?' zei Borg, die

popelde om iets in te brengen. 'Zijn verrekijker laten liggen? Met het slachtoffer afgesproken? Hem vermoord en toen gisteravond het circus in gang gezet?'

'Dat is mogelijk,' zei Munch. 'Zou kunnen, maar voor mij voelt dit op dit moment niet voor de hand liggend. We gaan nu natuurlijk nog nergens van uit, dus hij kan niet helemaal worden uitgesloten.'

Borg keek tevreden knikkend om zich heen.

Munch liet weer een nieuwe foto zien.

'Vanwege de vertrouwdheid met de plaatselijke gemeenschap, van Luca dus, is de man al geïdentificeerd. Hij heet Pelle Lundgren. Hij is drieënveertig jaar en is een bekende figuur hier op het eiland. En als ik "bekende" zeg, is dat op een positieve manier, voor zover ik heb begrepen. Pelle Lundgren heeft een paar jaar geleden een ongeluk gekregen, hersenletsel, waardoor hij... Hoe zullen we het zeggen, Luca?'

Hij keerde zich weer naar Eriksen.

'Hij was zichzelf niet meer,' zei Luca. 'Hij kreeg een andere persoonlijkheid. Werd... Tja, ik wil niet zeggen dat hij een verstandelijke beperking ontwikkelde, maar daar zit het wel dicht tegenaan.'

'Kende je hem goed?' vroeg Nielsen, die voorzichtig weer naar het scherm keek.

'Ja. Of nou ja... zo goed als je hem na zijn ongeluk kon kennen, denk ik. Ik sprak hem laatst nog in het centrum. Was het gisteren of eergisteren? Hij had een tijd gekregen, vertelde hij me.'

'Tijd?' vroeg de officier nieuwsgierig.

'Ja, voor het vertrek.'

'Vertrek?' vroeg Borg, die eens een keer geen sarcastische toon aansloeg.

'Als het ruimteschip van Jupiter zou komen.'

'Werd hij gehaald... in een ruimteschip?' vroeg Borg.

Mia schudde geïrriteerd haar hoofd.

'Dit hebben we vannacht verschillende keren besproken. Kunnen we niet gewoon...?'

'Ja, dat klopt,' onderbrak Munch haar. 'Maar we kunnen het best nog een keer herhalen. Luca?'

Hij knikte naar Eriksen.

'Ja, zoals gezegd heeft Pelle een paar jaar geleden hersenletsel opgelopen. Daarna werd hij een ander mens. Was ervan overtuigd dat hij eigenlijk uitverkoren was. Dat hij de aarde zou verlaten. Toen ik hem een paar dagen geleden sprak vertelde hij me wanneer en waar.'

'In... een ruimteschip?' vroeg Borg, die weer om zich heen keek.

Mia wilde iets zeggen, maar Munch hield haar tegen.

'In zijn voorstelling wel,' zei Munch. 'Hij had een plaats en tijd gekregen waarop het zou gebeuren, toch?'

'Vannacht om drie uur,' bevestigde Luca. 'Bij de vogeluitkijktoren.'

'Waar we hem dus dood vonden,' merkte Munch op.

'Kunnen we niet gewoon...' mompelde Mia, terwijl ze haar armen uitsloeg.

'Ik begrijp het niet helemaal,' zei Borg, naar Munch kijkend.

'Als Luca precies wist waar en wanneer het zou gebeuren,' zei Mia ongeduldig, 'dan is de kans groot dat iemand anders het ook wist.'

'Inderdaad,' ging Munch verder. 'Als Luca precies wist waar Pelle Lundgren vannacht zou zijn, kunnen we aannemen dat de dader zich daarom ook precies op dat tijdstip daar bevond.'

'Dus we denken niet dat hij er samen met iemand naartoe is gegaan?' vroeg Nygaard, die moeite had om zijn ogen open te houden en tot nu toe geen woord had gezegd. 'Met een vriend of een kennis? Misschien hadden ze ruzie gekregen?'

'Pelle had nooit ruzie met iemand...' begon Luca, maar Munch onderbrak hem.

'Dat is natuurlijk mogelijk, Ralph, maar uit Luca's beschrijvingen weten we dat Pelle Lundgren heel open was en graag vertelde waar hij mee bezig was. Hij heeft hoogstwaarschijnlijk meer mensen verteld waar hij zou zijn, en hoe laat.'

'Drie uur,' zei Luca. 'Drie uur 's nachts dus.'

'Hoe kreeg hij die berichten trouwens? Dat vergat ik te vragen,' zei Mia, iets rustiger nu. 'Wat als de dader hem een plaats en tijd gáf? Ik bedoel, als iemand hem wilde vermoorden, waarom dan wachten? Als ik de dader was, zou ik hem een hint geven en ervoor zorgen dat hij er was. *Hoi, Pelle, ik weet wanneer je ruimteschip komt.*'

Ze keek naar Luca.

'Weet jij het, hoe hij die berichten kreeg?'
'Nee, ik heb er nooit aan gedacht om hem ernaar te vragen.'
Mia fronste haar wenkbrauwen en keek Munch even aan.
'Dit heeft nu uiteraard prioriteit,' zei Munch. 'Kunnen we over die twee dingen uitsluitsel krijgen? Wie wist dat Pelle Lundgren in de nacht van zaterdag op zondag bij de uitkijktoren zou zijn? En weet iemand hoe hij die zogenaamde berichten ontving?'
'Stuur je me zijn adres?' vroeg Mia.
Luca knikte weer en haalde zijn telefoon uit zijn zak.
'Zal ik gaan?' vroeg ze ongeduldig aan Munch.
'Dat is goed, maar wacht even,' zei Munch, en hij klikte op een foto van Jessica Bakken op zijn iPad. 'We moeten niet vergeten waarvoor we hier zijn. Jessica, nietwaar? Twee moorden hier in heel korte tijd. Statistisch gezien is het zeer waarschijnlijk dat...'
'Denken we dat er een verband is?' vroeg Borg.
'Zeker weten,' antwoordde Mia, die al op weg was naar buiten.
'Nee, nee,' onderbrak Munch haar. 'In dit stadium gelóven we niets, maar het is zeker dat...'
Hij werd weer onderbroken, door een agent in uniform bij de deur.
'Ja? Wat is er?'
De man stak voorzichtig zijn hoofd naar binnen.
'Eh... sorry, maar de moeder is hier.'
'Wie?'
'Laura Bakken. De moeder van Jessica.'
'Oké,' zei Munch. 'Zet haar in het kleine kamertje, we gaan alleen...'
'Ze wil niet naar binnen. Zei iets over de "smeris". Ik wilde niet storen, maar ze zegt dat ze weer weggaat als er niemand komt.'
Munch liep naar het raam en trok het gordijn opzij.
Er stond een vrouw in een joggingbroek voor de deur. Een jongen had zijn arm om haar heen geslagen en streek over haar hoofd.
'Goed,' zei Munch. 'Over vijf minuten?'
De agent knikte en deed de deur weer dicht.
Munch keek naar de aanwezigen.
'Oké, mensen. Het was een lange nacht, maar we moeten op deze belangrijke dag ons hoofd erbij houden. Nina, verdeel jij de taken zoals we hebben besproken?'

Riccardo knikte.

'Mooi. We komen hier gauw weer bij elkaar. Laten we om drie uur afspreken, oké? Jullie horen het wel als het anders wordt.'

Munch pakte een sigaret uit het pakje en keek naar Mia.

'Lundgrens woning?'

'Ben onderweg.'

'Neem je iemand mee?' vroeg Munch, maar Mia was al naar de gang gelopen.

44

Victor Palatin draaide zijn auto het erf op, parkeerde voor de kleine garage en pakte zijn weekendtas van de achterbank. Zijn rood gestreepte pluizige boskat, die op een dag zomaar was komen aanlopen en niet meer was weggegaan, kwam naar hem toe.

'Hé, Kleintje, heb je me zo gemist?'

De kat miauwde en streek langs zijn broekspijpen. Hij boog zich glimlachend naar hem toe en krauwde hem achter zijn oren.

'Sst, we moeten de heks niet wakker maken. Anders gooit ze ons in de ketel en eet ons allebei op.'

Hij knipoogde naar de kat en wierp een blik op het huisje achter in de tuin. Daar was het gelukkig stil. Hij keek snel op zijn telefoon. 11.47 uur. Juist. Perfect getimed. Zijn moeder had vaste routines. Elke dag. Het hele jaar door. Telkens maar weer. Steeds hetzelfde.

11.00 tot 12.30 uur – ochtendslaapje.

'Sst,' zei hij opnieuw, en hij liep naar zijn eigen huis aan de andere kant van het erf.

Er lag een boeket op de trap. Rozen. Een kaartje ernaast.

Voor altijd de jouwe.

Victor Palatin schudde vermoeid zijn hoofd, nam het boeket en het kaartje mee naar de vuilnisbak bij de werkplaats en gooide ze er allebei in.

'Zo,' zei hij, terwijl hij de kat over zijn kop aaide. 'Zullen we eens kijken of er nog iets lekkers is?'

De kat miauwde weer en schoot toen hij de deur opendeed langs hem heen. Hij maakte de veters van zijn sportschoenen los, liep de keuken in en koos een vrij duur blikje kattenvoer voor hem uit.

'Kijk eens hier, wat extra's in je bakje, omdat je het hele weekend alleen bent geweest.'

Tevreden spinnend begon de kat te eten.

Hij deed zijn weekendtas open en hoorde iets klapperen toen hij de spullen op de keukentafel uitstalde. Hij ging de kamer in om te kijken wat er aan de hand was. De verandadeur stond open en rammelde zachtjes tegen het kozijn. Hij had de deur toch dichtgedaan voor hij wegging? Vreemd. Hij moest binnenkort worden vervangen, in elk geval voor de winter. Het was in het donkere jaargetijde al koud genoeg in het huisje. Als het hard waaide moest hij op zolder twee plaids over zijn dekbed leggen, maar beter isoleren was zo duur. Misschien volgend jaar.

Toen de kat zijn bakje leeg had, liep hij tevreden de kamer in. Likte zijn bekje af, strekte zijn pootjes uit en sprong op zijn plaats op de lichtblauwe deken op de oude bank.

'Ben je al klaar, Kleintje?'

Victor ging naast hem zitten en aaide hem over zijn vacht.

'We moesten maar eens een nieuwe naam voor je bedenken. Zo klein ben je onderhand niet meer.'

Hij was nog maar een kitten toen hij buiten voor de deur had gestaan, nat en verfomfaaid. Een cadeautje uit de hemel.

Hij liep de keuken weer in, zette de potten die hij had gekocht in een doos en keek door de keukengordijnen naar buiten.

Nog steeds geen geluid daar.

Hij wierp een blik op de afbeelding van Jezus boven de keukentafel, en schuldgevoel golfde door hem heen.

'Ja, Vader.' Hij knikte nederig naar de afbeelding. 'Het spijt me. Ik heb slecht over haar gedacht, over mijn eigen moeder. Ik vraag om vergiffenis. Dank, Vader, dat U genadig op mij neerziet.'

Hij sloeg een kruis, kuste zijn vingertoppen en streek even over de afbeelding.

Bloemen op de trap?

Voor altijd de jouwe.

Hij hoefde ze helemaal niet.

Dat had hij niet verdiend.

Victor droeg de tas naar de bijkeuken en ruimde zijn kleren op.

Hij had niet alles gedragen, maar schone kleren bij je hebben kon geen kwaad. Schoon voor Onze-Lieve-Heer.

Zijn moeder zei dat altijd als hij klaagde dat haar geschrob zo'n pijn deed aan zijn vel wanneer hij bibberend in het altijd iets te koude water in de badkuip zat.

Wil je dan niet schoon zijn voor Onze-Lieve-Heer?

Natuurlijk wilde hij dat wel.

Hij legde sokken apart – vuile onderbroeken moffelde hij een beetje weg voor ze de wasmachine in gingen – met zijn trui en broek ernaast.

Schoon voor Onze-Lieve-Heer.

Hij droeg de lege tas de trap op en legde hem op zijn plaats boven in de kast in de gang.

Hij ging weer naar beneden naar de keuken en controleerde de potten in de doos.

De apostel Paulus zegt dat wij christenen moeten zijn als een zoete geur voor de Heer. We moeten welriekend zijn, en zo Gods overdadige goedheid weerspiegelen.

Handcrème, voetcrème, drie verschillende kruidenzeepjes, huidbalsem en lippenbalsem.

Hij knikte. Hij was niets vergeten.

Vier keer per jaar, het ritje naar de stad, en verder naar het eiland Tautra.

Dan kreeg moeder haar crèmes en zeepjes.

Hij genoot er wel van. Hij verliet het eiland niet zo vaak, en het huis eigenlijk ook niet. Hij reed graag naar de nonnen en genoot van elke seconde. Hij had tijd voor zichzelf en kon op de autoradio luisteren naar wat hij wilde.

Hij voelde zich weer een beetje schuldig en wierp opnieuw een blik op de afbeelding aan de muur.

'Ja, Vader.'

Hij boog zijn hoofd en bleef een ogenblik staan, voor hij opnieuw een kruis sloeg, de gang in stapte, de veters van zijn werkschoenen vastknoopte en de achtertuin in ging.

Victor vond de groene gieter op zijn vaste plaats en liep naar de buitenkraan. Vulde hem bijna helemaal en ging naar de verst gelegen bloembedden. Hij knielde naast een ervan en stak zijn vingers in de aarde. Oei. Erg droog. De zon brandde al dagenlang aan de hemel, en niemand had voor de planten gezorgd. Moeder kon het natuurlijk niet, in haar rolstoel; ze kon hier helemaal niet komen. Hij had het weerbericht gezien en had overwogen om de sproeier aan te zetten, maar die kon hier niet de hele dag staan sproeien – zonde van het water, dat was verspilling.

'Het spijt me,' zei Victor, en hij tilde de gieter van de grond. 'Kijk hier, zo, nu gaat het beter.'

Hij hoorde de telefoon in huis overgaan.

Dat moest maar wachten tot hij klaar was.

Of...?

Moeder moest deze week nog voor controle naar de dokter. Misschien hadden ze haar afspraak verzet?

Victor zette de gieter neer, rende terug naar het huis, deed zijn schoenen weer uit en kwam de keuken in toen de telefoon opnieuw ging.

'Met Victor?'

'Hoi, Victor, met Luca Eriksen.'

De moed zonk hem in de schoenen.

Hij had sinds het eerste telefoontje een knoop in zijn maag.

'Hallo, Luca. Waar kan ik je mee helpen?'

'Ik vroeg me af of je al thuis was,' zei de agent. 'De rechercheurs uit Oslo willen graag even met je praten.'

Zijn handen trilden.

Hij boog zijn hoofd schaamtevol voor de foto.

'Ik ben nu thuis.'

'Schikt het als we even langskomen?'

'Ja, hoor. Kom maar.'

'Mooi, dan zien we elkaar zo.'

Hij legde de telefoon voorzichtig op tafel en keek smekend naar de foto aan de muur.

'U moet me helpen, Vader. Kunt U dat?'

Victor Palatin sloot zijn ogen, vouwde zijn handen en bleef deze keer lang met gebogen hoofd staan.

'Ik heb gezondigd.'

45

Hannah Holmen zat op een helling tegenover Setervågen en keek naar wat mensen beneden langs de kant van de weg hadden gelegd. Het waren bloemen, heel veel, in allerlei kleuren. Sommigen hadden kaartjes gemaakt met een foto van Jessica en hadden daar iets op geschreven; er lagen teddyberen en ook andere knuffels. Hannah had er spijt van dat ze was gegaan, maar Sylvia had aangedrongen. Daarom had ze haar opgehaald. *Ik wilde niet zonder jou. Ga je alsjeblieft met me mee?* Dus had ze de dufheid van zich af geschud, was uit de bubbel gebroken die ze in haar kamer had geschapen, had een T-shirt en een korte broek aangetrokken en was meegegaan. Sylvia's moeder met een bezorgd gezicht achter het stuur. *Ik wil niet dat jullie alleen op stap gaan, meisjes. Met alles wat er nu gebeurt. Wees voorzichtig met wie je praat, oké?* Ze had hen het bijna niet alleen willen laten doen – pas toen Sylvia had beloofd om haar te bellen zodra ze klaar waren. Sylvia was chagrijnig, maar Hannah vond dat het eigenlijk best fijn was.

Dat iemand om hen gaf.

Die op hen paste.

Sylvia zat naast haar, met blosjes op haar wangen. Ze had aan één stuk door gepraat sinds ze hier zaten. Over wie wat waar had gelegd, en dat sommigen er niets te zoeken hadden. Waarom had Malin bijvoorbeeld iets neergelegd? Ze mocht Jessica niet eens! Het hele gebied bij het haventje was nog steeds met geel-wit band afgezet. Er stopten in korte tijd een paar auto's, mensen aan de kant van de weg die omlaagkeken en wezen. *Daar was het. Ze woonde in die boot.* Ze hoorde hen niet, alleen in haar hoofd, maar ze kon zich voorstellen wat ze zeiden. Caroline van de kapsalon stond er, samen met Fredrik van de sportwinkel; die schenen nu iets met elkaar te hebben. Verderop zag ze Malcolm van de supermarkt en zijn vriend, die met die krullen; ze wist niet meer hoe hij heette. Hoofden die schudden. Handen die wezen. Een camper was langzaam voorbijgereden, nieuwsgierig naar wat daar allemaal lag. De moeder, die aan de passagierskant zat, had haar telefoon tevoorschijn gehaald. Stak hem door het raam. De zon stond hoog aan de hemel, maar dat hielp niets, want Hannah was ijskoud vanbinnen. Ze wilde weer naar huis. Het licht uitdoen, de gordijnen dichttrekken en zich in zichzelf opsluiten. Verdwijnen, in het scherm, weg van alles.

'Kijk.'

Sylvia stootte haar aan.

De blauwe gevlamde Volvo van Andres Wold parkeerde langs de weg. Het portier aan de bestuurderskant ging open, en Andres stapte uit.

'Hè?' fluisterde Sylvia, aan haar arm trekkend. 'Kijk dan.'

Aan de passagierskant stapte Veronica Engen uit en trok haar strakke jurk recht. Ze liep naar Andres toe en ging dicht tegen hem aan staan. Zo bleven ze net als de anderen naar de baai staan wijzen.

'Shit, ze heeft er geen gras over laten groeien. Wat een bitch.'

Sylvia stak haar tong naar hen uit.

'Rustig nou,' zei Hannah. 'Het is niet zeker dat het iets betekent. Misschien troosten ze elkaar alleen. Net als wij.'

Ze sloeg haar arm om haar vriendin heen en trok haar dichter naar zich toe.

'Echt niet,' mompelde Sylvia. 'Ik weet hoe zij mensen troost. Kuthoer!'

'Nou, Sylvia.'

'Ik haat haar.'

Ze stak haar tong naar hen uit en trapte met haar hielen in het gras.

Jessica en Veronica Engen waren elkaar een paar weken geleden in de haren gevlogen. Het was bijna een vechtpartij geworden. Om Andres natuurlijk, want Veronica was zijn ex. Hannah moest zelf tussenbeide komen.

Dat zal ik je betaald zetten!

Veronica schuimbekte, straalbezopen natuurlijk.

'Ik wil wedden dat zij het heeft gedaan,' zei Sylvia zachtjes.

'Nee, Sylvia...'

'Ik meen het. Heb je niet gehoord dat ze vorig jaar iemand met een fles op zijn hoofd heeft geslagen op de SommerFillan-kermis?'

'Dat waren alleen geruchten.'

'Echt niet. Kyrre zei dat hij het had gezien.'

'Kyrre zegt zulke dingen alleen om aandacht te trekken.'

'Nietes. Het was echt waar, er vloeide bloed en zo. De politie kwam en alles.'

Hannah zuchtte en trok haar vriendin nog dichter naar zich toe.

'Ze zou toch niet hierheen komen als zij het had gedaan?' zei Hannah.

'Waarom niet? Die trut is overal toe in staat.'

Sylvia klemde haar kaken op elkaar en staarde kwaad naar het paar, toen Andres hen in de gaten kreeg en naar boven wees.

'Shit, ze komen hierheen,' zei Sylvia. 'Zullen we haar daarmee de hersens inslaan?'

Ze knikte naar een steen die voor hen lag.

'Hou op, Sylvia.'

Veronica Engen schudde haar hoofd en probeerde hem tegen te houden, maar Andres trok zich los en kwam toch naar hen toe.

'Hoi.'

'Hoi, Andres.'

'Zitten jullie hier al lang?' vroeg hij, en hij ging naast hen zitten.

'Nee, nog niet zo lang,' zei Hannah.

'Dus je hebt nu iets met Veronica Engen?' zei Sylvia scherp.

'Hè?' zei Andres. 'Nee, nee. Ze wilde alleen... een lift. Wilde iets langs de kant van de weg leggen. Je weet wel, voor Jessica.'

'Dat zal wel,' mompelde Sylvia.

Hannah porde haar in haar zij.

'Hebben jullie het al gehoord?' vroeg Andres, terwijl hij zijn pet omhoogschoof.

'Wat dan?'

'Ze zeggen dat Pelle Lundgren vannacht in het moeras is gevonden.'

'Wat?' zei Sylvia verschrikt.

Hij knikte.

'Gekko reed er vanmorgen langs en alles was afgezet. Er schijnt ook een helikopter te zijn geweest. Ik heb het zelf niet gehoord, maar iemand zei het. Ambulances met zwaailichten en een heleboel auto's.'

'Maar dat hoeft toch niet te betekenen dat...?' zei Hannah.

'Dat zeggen ze wel,' zei Andres. 'Ik heb William net nog gesproken, en hij zei hetzelfde. Pelle Lundgren. Gevonden, in het moeras. Dus jullie weten er verder niets van?'

'Nee,' zei Hannah.
'Oké,' zei Andres. 'Ik wilde het alleen even vragen. Omdat...'
'Omdat wat?' vroeg Sylvia.
Hij aarzelde.
'Omdat jullie Jessica zo goed kenden, namelijk.'
Andres keek weer in de richting van de boot.
'Want hij kwam ook bij haar.'
Sylvia en Hannah keken elkaar aan.
'Ufo-Pelle? En Jessica?' vroeg Sylvia.
'Yep. Ik heb ze een paar keer samen gezien,' zei Andres.
'Kom je nog?' riep Veronica Engen van beneden bij de weg.
'Oké, ik wilde het alleen vragen.'
Andres stond op en liep weer naar beneden.
'Wat bedoelde hij?' vroeg Sylvia. 'Daar gevonden? Bedoelde hij nou dat hij dood is?'
'Geen idee,' zei Hannah, en ze merkte dat ze er niet meer tegen kon.
Ze veegde haar broek af en liep naar de weg.
'Ufo-Pelle?' vroeg Sylvia nerveus. 'Wat als er hier een gestoorde moordenaar rondloopt?'
'We weten toch niet of het waar is?' zei Hannah.
'Ja, maar zelfs een helikopter? Ik ben bang,' zei Sylvia, en ze greep Hannahs arm. 'Kunnen we samen naar mij gaan? Please? Ik wil niet alleen zijn. Alsjeblieft?'
'Oké dan.'
'O, dank je,' zei Sylvia opgelucht, en ze zocht haar telefoon. 'Misschien hebben papa en mama iets gehoord.'
Niet zo ver bij hen vandaan stopte een politieauto. Er stapten twee mensen uit, die in de richting van de boot liepen.
'Wat doen zij hier nou?' vroeg Sylvia.
'Geen idee,' zei Hannah. 'Misschien zijn ze nog niet helemaal klaar.'
'Blijf je slapen?'
Sylvia keek haar smekend aan.
'We zullen zien,' zei Hannah. 'Oké?'

46

Mia deed de deur achter zich dicht en liep naar het fietsenschuurtje bij de weg, toen Munch aan kwam rijden en uitstapte.

'Woonde hij hier?'

Mia knikte en ging dichter bij hem staan.

'Dit zijn toch gemeentekrotten?'

Munch bette het zweet onder de witte zonnehoed en keek op naar het bruine rijtjeshuis.

'Dat heten nu sociale woningen.'

'Whatever,' zei Munch, en hij ging in de schaduw van een boom bij de ingang naar de speelplaats staan. 'Woonde hij echt hier? In een van die huizen waarvan de huurders gemeentesubsidie kunnen krijgen voor de aanschaf van een eigen woning?'

'Wat is er met jou aan de hand?' vroeg Mia.

'Sorry. Alleen een beetje moe. Ik voel me alsof ik het afgelopen uur heb gezwommen in een bad van menselijke ellende en verdriet. De moeder van Jessica? Sommige mensen zouden eigenlijk geen kinderen moeten krijgen.'

Munch zuchtte en nam hoofdschuddend een sigaret uit het pakje.

'Dus je bent binnen geweest?'

Hij keek op naar de rij huizen. Zes identieke woningen, dicht tegen elkaar aan gebouwd. Elk huis een tuintje en verder een grote gemeenschappelijke speelplaats. Niet ver van het centrum. Naar het noorden uitzicht over de zeestraat.

'Ja, ik kom er net vandaan.'

'Heb je iets gevonden?'

'Misschien. Ik wilde je net bellen. Ga je mee?'

'Ja, is goed, ik moet even...'

Munch stak opnieuw hoofdschuddend zijn sigaret aan.

'Nee, arme vrouw. Ik had met haar te doen.'

'Met Laura Bakken?'

Hij knikte.

'Verdomme.'

'Zo erg?' vroeg Mia.

'Ze wist zich geen houding te geven. Wat ze allemaal had genomen, geen idee, maar ze kon bijna niet op haar benen staan en kon nauwelijks praten. Laten we hopen dat het haar verdriet verdooft, wat het ook was.'

'Heb je iets uit haar gekregen waar we wat aan hebben?'

Hij haalde zijn schouders op.

'Misschien. Geen idee. Ze was het hele weekend in de stad geweest. Gefeest. Nieuw vriendje, heel jong, nauwelijks ouder dan Jessica.'

'Dus niets nuttigs?'

'Tja, misschien. Ze zei iets over een dagboek. *Al haar geheimen bewaart ze daar* – zoiets. Ik heb mensen naar de boot gestuurd om nog een keer te controleren. Kijken of we nog meer vinden.'

'En haar kamer thuis? Gaan we daar nog een keer naartoe?' vroeg Mia.

'Heeft dat zin? Een matras in een hoek en twee lege chipszakken op de grond?'

Mia knikte. Het huis was bijna onbewoonbaar. Ze had meteen begrepen waarom het meisje haar toevlucht tot de boot had gezocht.

'We moeten zien of er nog iets nieuws opduikt in...'

'Setervågen,' zei Mia, en ze liep voor hem uit naar het huis op de hoek.

Ze trok handschoenen aan en ging hem voor de woning in.

'Ik denk eigenlijk dat we een team hier moeten hebben. Ik twijfel. Zeg jij het maar.'

'Jeetje, ik? Mag ik het zeggen? Dat is nog eens aardig. Is er verder nog iets wat mevrouw me toestaat?'

'Verdomme, je hebt echt een pesthumeur. Is het soms weer een van die dagen?' vroeg Mia. 'Je weet dat we er een woord voor hadden in de Mariboes gate?'

'Ja, hoor. Cyanide. Ik zal me een beetje inhouden, sorry.'

Munch stapte als eerste de bescheiden kamer binnen en keek om zich heen.

Sober ingericht, net zoals de rest van het huis. Een IKEA-bank in de ene hoek. Een kleine tv. Een salontafel met een half gelegde puzzel, van de Moemins. Een paar posters aan de muur. Een kaart van Hitra en de omliggende eilanden.

'Heb jij er ook een gekregen?' vroeg Mia.

'Een kaart? Ja, een die erop lijkt,' zei Munch knikkend. 'Op mijn kamer. Ik begin er eindelijk wijs uit te worden.'

Hij liep erheen en wees.

'Fjellværsøya?'

Ze knikte.

'Knarrlagsundet?'

'Ja.'

'Hier is Fillan, en... daar ligt het politiebureau?'

'Goed.'

'Hier hebben we Jessica toch gevonden? Setervågen, zei je?'

Mia knikte.

'Vind je het ook niet een beetje vreemd?' vroeg hij, terwijl hij bleef staan om de kaart te bekijken.

'Wat?'

'Er gaat maar één weg rond het hele eiland, zie je wel? Je komt hier de tunnel uit? Dan maar één weg, de 713? Die loopt hiervandaan het hele eiland rond. Je kunt nergens anders rijden?'

'Waar denk je aan?'

'Nou, Jonathan is toch hier ergens verdwenen?'

'Bij de Bocht.'

'En Setervågen ligt... hier. Beide plekken aan of vlak bij deze ene weg, en niemand heeft iets gezien?'

'We zijn hier niet in de stad,' zei Mia. 'Ben je 's avonds weleens buiten geweest? Heb je gezien hoe weinig mensen er zijn? Hoe weinig auto's?'

'Ja, maar toch.'

Munch bleef hoofdschuddend staan om het zweet onder zijn hoed weer weg te vegen.

Ze liep achter hem aan door het huis, lette erop dat ze niet vooropliep, zodat hij zelf de ronde kon doen zoals zij ook zojuist had gedaan.

Toen ze bij de slaapkamer boven waren, bleven ze in de deuropening staan.

'Oké,' zei Munch. 'Dus hier was zijn "controlekamer", of hoe we het ook noemen?'

Mia knikte.

In tegenstelling tot de kamers beneden stond het hier stampvol. Een bureau onder het raam, met een amateurradio waaraan koptelefoons waren gekoppeld. Een microfoon op een statief ervoor. De muren waren bedekt met posters, allemaal van Jupiter, vanuit verschillende hoeken. Overal tussendoor hingen uitdraaien van internet, de meeste in het Engels.

Ufo-sighting in Bose, Idaho.

It's real! Man tells story about visit to Area 51.

Een enkele Noorse.

Lichtfenomeen verbluft wetenschap.

Ufo-mysterie in Hessdalen.

'Dus denk je dat het hier was?' vroeg Munch, terwijl hij naar de koptelefoons op tafel knikte. 'Kreeg hij berichten via de amateurradio?'

'Hij dacht het misschien,' voegde Mia toe.

'Is hij aangesloten?'

'Ik denk van wel, er is in elk geval stroom.'

Munch drukte op de kleine schakelaar.

Er ging een groen lampje aan en er klonk gekraak uit de luidspreker.

Munch boog zich voorover terwijl hij de knop naast de microfoon ingedrukt hield.

'Hier LA3ZI. Is daar iemand?'

Er kwam geen antwoord, alleen gekraak.

Munch ging zitten, draaide aan twee schakelaars en drukte weer.

'Hier LA3ZI. Contact?'

Hij wachtte, waarna hij hetzelfde herhaalde.

'Hier LA3ZI. Contact?'

Mia schrok even toen er plotseling een mannenstem uit de luidspreker klonk.

'LA3ZI, hier JW5E in Longyearbyen. Goedemiddag, wat is je locatie?'

Munch draaide zich glimlachend naar haar toe.

Hij drukte weer.

'JW5E, hier LA3ZI, mijn locatie is Hitra in Trøndelag. Graag een apparatuurtest, hoe ontvang je mij?'

'Begrepen, LA3ZI,' zei de stem. 'Ontvang je luid en duidelijk.'

'Dank je wel, JW5E. Fijne dag verder. Over en uit.'

Munch liet de knop los en ging weer staan.

'Nou, nou,' zei Mia glimlachend. 'Je blijft me verrassen.'

Munch voelde zich een beetje opgelaten.

'Nou ja, een jongeman moet een hobby hebben, als hij niet voetbalt.'

'Dus hij heeft echt contact gehad met mensen, hiervandaan?' vroeg Mia nieuwsgierig.

'Nee,' zei Munch.

'Niet? Maar je...'

'Hij had hem niet goed ingesteld.'

'Dus hij... zat hier gewoon en deed alsof hij met mensen praatte?'

'Nou, mensen... Waren het geen buitenaardse wezens?'

'Jawel, maar toch.'

'Zo te zien kreeg hij in elk geval geen contact met iets anders dan zijn eigen hoofd.'

Hij keek om zich heen.

'Heb je alles hier doorzocht?'

'Ja.'

'Ook de vuilnis?'

Ze knikte.

'Hier en beneden.'

'Oké. Ik vind dat we hier wel middelen voor moeten inzetten. We moeten hier een team hebben. Als mevrouw dat tenminste een goed idee vindt.'

Hij knipoogde terwijl hij langs haar de trap af liep. Ze waren nog niet beneden of zijn telefoon ging weer.

Hij knikte en stopte hem na een kort antwoord weer in zijn zak.

'Eriksen.'

'Wat is er aan de hand?'

'Hij heeft contact met Victor Palatin. Vic. Denkt dat de boot het snelst is.'

'Jij houdt toch niet zo van boten?' vroeg Mia, terwijl ze naar haar motor liep.

Munch keek uit over de zeestraat.

'Het moet wel lukken met dit weer.'

'Waar ligt hij?' vroeg Mia.

'In Vikan. Dat is toch hier vlakbij?'

'Ja.'

'Zie je wel, je weet het best.'

Terwijl hij naar zijn auto liep, stak Munch een nieuwe sigaret tussen zijn lippen.

'Zie je zo.'

47

Munch zag dat Mia om hem lachte toen hij zich vastgreep aan een handvat in de kajuit van de witte politieboot, een beetje misselijk en zeer geïrriteerd dat ze niet met de auto waren gegaan. De snelboot uit Trondheim was wel meegevallen – die was zo groot dat hij bijna niet merkte dat hij op zee was –, maar dit ding? Nee, dank je feestelijk. Maar nu was het natuurlijk te laat.

Die twee achter het stuur zagen eruit alsof ze ervan genoten. Brandende zon, en de zee om hen heen. Luca Eriksen leek goede zeebenen te hebben, en Mia kende geen grenzen, vond alles wat snel ging leuk. Ze grijnsde breed en haar lange zwarte haar wapperde in de wind. Ze knikte naar Luca, en hij voerde de snelheid nog meer op. Het water spatte op rond de boeg van het witte monster. Gelukkig had Luca gezegd dat het niet ver was: maar tien à vijftien minuten. Dan kon hij eindelijk weer voet aan wal zetten.

'Hij is oud,' hoorde hij Luca boven de wind uit roepen, 'maar hij gaat nog best hard. Heeft een paar jaar geleden nieuwe dieselmotoren gekregen. Twee Volvo Penta D6 zescilinder 5,5-liter dieselmotoren. Vierhonderdvijfendertig pk per stuk.'

'Dat kun je voelen,' zei Mia grijnzend. 'Hoe hard kan hij?'

Luca riep glimlachend een antwoord terug, dat Munch niet verstond.

'Trap hem op zijn staart,' riep ze.

'Dat gaat niet met al die rotsen,' riep Luca terug.

Gelukkig.

'Ga een keer mee op open zee!'

'Graag,' zei Mia stralend, en haar haar waaide alle kanten op. 'Heb je een vaste aanlegplaats in Viken?'

'Ja, maar ik kan je ophalen,' riep Luca. 'Is het water diep bij je steiger?'

'Die is een beetje klein. Hoe lang is de boot?'

'Dertig,' antwoordde Eriksen met een knikje.

'Ik kan naar je toe zwemmen,' riep Mia, en het leek er even op dat ze was vergeten waarom ze hier waren.

De boot minderde vaart en dreef nu rustig op het water. Luca legde aan bij de kade, en Mia sprong aan land, maakte de trossen vast en bleef met haar handen in haar zij staan.

'Wauw. Vet.'

Ze glimlachte breed, stak een hand uit en hielp Munch de kade op.

'Het is niet ver,' zei Luca. Hij klauterde naar hen toe. 'Een paar honderd meter maar.'

Munch overwoog om een sigaret te nemen, maar hij had er even geen trek in. Ze lieten de reddingsvesten op de boot liggen en liepen naar de weg.

Het huis van Victor Palatin stond pal aan het water. Dat had Munch hier nog niet vaak gezien. Een oud boerderijtje, midden in een verlaging in het terrein aan de westkant van de weg. Er stonden twee gebouwtjes aan weerskanten van het erf, een stal en een schuurtje. Voor de deur van de stal was een oude Toyota te zien.

Mia was er met haar hoofd weer helemaal bij en keek hem ernstig aan toen ze het weggetje af liepen.

'Wat is er?' vroeg Munch.

'O, niets,' zei Mia, terwijl ze een blik op het huis wierp. De deur zwaaide open en er stapte een man naar buiten.

'Victor Palatin.'

Hij boog voorzichtig en schudde hun de hand.

'Holger Munch,' zei Munch. Hij liet zijn pasje zien. 'Dit is Mia Krüger, en Luca Eriksen ken je waarschijnlijk al.'

'Nee,' zei Palatin, en hij keek nerveus uit over het erf, 'maar we hebben elkaar aan de telefoon gehad.'

Er ging een deur open en er kwam een oudere vrouw in een rolstoel naar buiten.

'Victor, wie zijn dat? Hebben we bezoek?'

De hoge stem was vreemd krachtig en schalde over het erf.

'Het is niets, moeder. Blijf maar daar.'

Palatin hield de deur voor hen open.

'We kunnen beter naar binnen gaan. Ze heeft vandaag haar dag niet.'

'Dus je woont hier alleen?' vroeg Munch toen ze in de woonkamer waren gaan zitten.

'Met mijn moeder. Maar verder alleen Kleintje en ik.'

Hij knikte naar een kat die in een leunstoel lag te slapen.

Een godsvruchtig huis, dat was wel duidelijk.

Kruizen aan de muur.

Schilderijen van Jezus.

Mozes met de stenen tafelen.

Gods woord is mijn verlichte pad.

'Kan ik jullie iets aanbieden?' vroeg Palatin, terwijl hij zijn hand door zijn donkere haar haalde.

Hij leek tegen de veertig te zijn. Slank. Ietwat afhangende schouders. Een dichtgeknoopt overhemd met korte mouwen, dat in een lichte broek was gestopt met misschien iets te korte pijpen.

'Mij niet,' zei Munch.

'Nee, dank je,' zei Mia.

'Ik ga ervan uit dat jullie komen praten over dat meisje, Jessica,' zei Palatin, die zijn keel schraapte en op een spijlenstoel ging zitten. 'Ik heb met de Heer gesproken en we zijn het erover eens dat het beter is om jullie alles te vertellen. Want Jezus zei: *Ik ben de Weg, de Waarheid en het Leven. Niemand komt tot de Vader dan door Mij.*'

Munch trok zijn wenkbrauwen op.

'Hoe beschamend het ook is,' ging Palatin verder.

'Dus je kende haar?' vroeg Mia.

'Jessica Bakken? Ja.'

'Hoe goed kende je haar?' vroeg Munch.

'Niet heel goed,' zei Palatin, en hij vouwde zijn handen in zijn schoot. 'We hebben elkaar een paar keer gezien. Bij haar.'

Munch keek even naar Mia.

'In de boot?' vroeg hij.

'Ja.'

'En wat deden jullie daar?'

Palatin schraapte zijn keel en sloeg zijn hand voor zijn mond.

'Ik vertel liever niet alle details, maar...'

'Dus je bent met haar naar bed geweest?' vroeg Mia.

'Geen... penetratie, maar wel andere dingen.'

Hij keek even naar de grond en toen weer naar de vrome prent achter hen.

'En ik weet dat het niet juist was,' zei Palatin, 'maar ik heb nu een betere weg gevonden. Ik leef alleen. Geen vrouwenhand zal mijn lichaam nog aanraken.'

Mia rolde met haar ogen en wilde iets zeggen, maar Munch weerhield haar daarvan.

'Dus, Victor,' zei hij, en hij schoof naar voren op de bank, 'even voor de duidelijkheid: hadden Jessica en jij een relatie?'

'Ja.'

'En die relatie hield in dat je naar haar boot kwam, dat jullie deden wat er was afgesproken en dat je haar daarvoor betaalde?'

'Ja.'

'Hoeveel?'

'Vijfhonderd kronen.'

'En hoe vaak ben je er geweest?'

'Drie keer.'

Munch keek naar Mia, die naar hem knikte.

Het bedrag en het aantal keren klopte met de aantekeningen in het zwarte boekje.

'Maar zaterdag was je er niet?' vroeg Mia.

'Nee,' zei Victor. 'Ik was op het eiland Tautra. Moeder houdt van de zeep en crèmes van de nonnen daar, dus ga ik er af en toe heen om die voor haar te kopen.'

'En dat kunnen die nonnen bevestigen?' vroeg Munch.

Palatin keek hen nu voor het eerst sinds hij was begonnen te praten recht aan.

'Ja, natuurlijk. Jullie denken toch niet...?'

Het werd even stil, terwijl zijn ogen van de een naar de ander schoten.

'Dat ik haar heb vermoord? O, nee, nee, nee...'

Hij stak zijn handen voor zich uit.

'Vraag het de Heer, Hij kent de waarheid.'

'Ik weet niet zeker of we dan antwoord krijgen,' zei Munch, 'maar kennelijk heb je besloten om eerlijk te zijn, Victor, dus kan ik het je direct vragen: was je betrokken bij, of weet je iets over de moord op Jessica Bakken?'

'Nee.'

'Oké, dank je wel. Dan denk ik dat we maar...'

Munch keek naar Mia, die knikte en al opstond van de bank.

'Nog één ding,' zei Munch toen ze weer buiten stonden. 'Zou je een DNA-monster willen afstaan? We vragen dat aan iedereen die op de boot is geweest. Is dat goed?'

'Natuurlijk,' antwoordde Palatin.

'Mooi,' zei Munch, die naar Luca knikte.

Luca trok handschoenen aan en nam wat wangslijm af van Victor Palatin, die nu slecht op zijn gemak leek te zijn.

'Nogmaals bedankt,' zei Munch. 'Succes verder.'

Mia zei pas iets toen ze een stukje op weg waren.

'Succes verder?'

'Wat moest ik dan zeggen?' mompelde Munch. 'Heb je zoiets ooit gezien?'

'Helaas wel,' zei Mia. 'Gods wegen zijn ondoorgrondelijk, zeggen ze toch?'

'Dat moet je niet aan mij vragen,' zei Munch, terwijl hij een sigaret tussen zijn lippen stak.

De terugweg verliep gelukkig rustiger. Mia stond niet meer uitgelaten aan het stuur, maar zat in zichzelf gekeerd naast hem. Munch had haar vaak zo gezien, en hij wist dat ze niet gestoord wilde worden als ze zo keek. Ze had waarschijnlijk hetzelfde gedacht als hij toen ze Palatins huis verlieten.

Te makkelijk?

Al dat gepraat over Jezus en de Heer?

Als ik het ene toegeef, kom ik met dat andere weg?

Munch hield zijn mond en liet haar nadenken. Hij zei geen woord voordat ze weer aan land waren.

'Wat denk je? Hebben we hem te vroeg laten gaan?'

Ze kreeg geen tijd om antwoord te geven.

Er kwam een man op hen af.

'Munch?' vroeg hij, terwijl hij zijn zonnebril afzette.

'Ja, dat ben ik.'

'Klaus Halvorsen, van Kripos.'

Hij gaf Munch een hand.

'Dit zijn Theo de Boer van de Nederlandse politie en John MacLaren van Interpol.'

Hij knikte naar twee andere mannen verderop op de kade.

'Kunnen we ergens praten?'

48

Dorothea Krogh had buiten op de veranda een lange tafel gedekt voor de vergadering van de kerkenraad. Een wit tafellaken en het servies dat ze anders alleen bij feestelijke gelegenheden tevoorschijn haalde. Ze had het gevoel dat ze vandaag iets extra's nodig hadden, er waren de laatste tijd zulke vreselijke dingen gebeurd. Even had ze overwogen om alles maar af te bellen. Het was er de dag misschien niet voor. De nacht na de afschuwelijke gebeurtenis in de boot was er een schaduw over het hele eiland gevallen. En dan dat andere nog, wat er vannacht was gebeurd. Er gingen geruchten dat ze Pelle Lundgren bij de vogeluitkijktoren hadden gevonden. Die lieve man, die altijd zo opgewekt over het eiland rondfietste. Dorothea schudde verdrietig haar hoofd terwijl ze de laatste kopjes neerzette. Je merkte het overal. In de winkel, bij het gebedshuis. De idylle was verbroken. Mensen waren echt bang. Maar Beth Corneliussen, de voorzitter van de kerkenraad, had haar overtuigd. *Juist nu hebben we behoefte om bij elkaar te komen, vind je niet?* En daar had ze gelijk in; ze moesten elkaar natuurlijk steunen, proberen licht te vinden in deze donkere tijden.

Ze zaten met z'n achten in de kerkenraad. Drie uit de kerk: Thomas Ofelius, de nieuwe dominee; Nora, die vroeg was gekomen, en zijzelf. Drie uit de gemeente van Sandstad, en één die eigenlijk in Fillan kerkte.

'Heb je de convocatie gekregen?'

'Ja hoor, Nora. Iedereen heeft hem beslist gekregen.'

'Vond je dat hij er goed uitzag? Had het nieuwe dak ook niet op de agenda moeten staan?'

'Nee, hoor. Dat punt hebben we de vorige keer uitvoerig besproken,' zei Dorothea, terwijl ze naar binnen ging om de koffie te halen.

De nieuwe dominee, Thomas, stond plotseling in de kamer. Hij zag er net zo verdwaasd en snotterig uit als anders.

'Zitten we buiten?'

'Ja, Nora is er ook. Ga maar naar buiten.'

Ze hadden de notulen besproken en goedgekeurd en de agenda hardop voorgelezen toen Beth Corneliussen opmerkte dat ze strikt genomen pas mochten beginnen als iedereen er was. Waar was Lars Lolander?

Ze was best aardig, Beth, maar bleef altijd een beetje een snob. Ze hoorde bij de mensen die zich het sterkst hadden gemaakt voor het nieuwe altaarstuk, en daar werd natuurlijk in de wandelgangen over gesmoesd. Ze was toch bevriend met de familie Prytz? En had ze zelf niet net een nieuwe auto gekocht? Een heel mooie? Hoe kon ze die betalen? Onzin natuurlijk, maar zo ging het hier nu eenmaal. De mensen hadden maar weinig om over te praten. Ze had zelf geknokt voor het nieuwe altaarstuk, omdat ze het geld nodig hadden, en daarmee basta.

Daar was Lolander gelukkig, dus konden ze beginnen. Hij excuseerde zich terwijl hij naast de dominee ging zitten. Hij had een verband om zijn ene hand, en de nieuwsgierige Beth Corneliussen moest natuurlijk vragen wat er was gebeurd, dus ging daar wat tijd mee heen. Hij had een houtsplinter dwars door zijn hand gekregen, vertelde hij, en iedereen griezelde uiteraard. Lars Lolander was een relatief nieuw gemeentelid. Hij was hier opgegroeid en was pas een paar jaar geleden naar het eiland terugverhuisd. Hij had in de financiën gezeten, maar was nu gepensioneerd en verkocht daarnaast haardhout, en zo was het gebeurd: een ongeluk met de zaagmachine.

Zo, iedereen op de hoogte.

Nú konden ze beginnen.

Toen ze eindelijk klaar waren en Dorothea de meesten had uitgelaten, ging ze naar de veranda in de hoop de laatste twee ook te zien vertrekken, maar die bleven gewoon zitten.

Nora en Beth Corneliussen.

Hadden ze geen eigen leven?

Ze zag hen met elkaar fluisteren.

'Zo, waar hebben we het over?' vroeg Dorothea, terwijl ze de bordjes begon op te ruimen.

Een beetje besmuikt keken ze elkaar aan, alsof ze op heterdaad waren betrapt bij een gesprek dat misschien ongepast was.

'Het is waarschijnlijk niets,' zei de voorzitter kuchend.

'Des te beter.'

Dorothea rekte zich uit en wilde net iets zeggen over de zon die zo mooi scheen bij de kruisbessenstruiken, maar zover kwam ze niet.

'Heb je gehoord wat ze in het centrum zeggen?' vroeg Corneliussen zacht, terwijl ze zich over de tafel heen boog.

'Nee, wat zeggen ze dan?' vroeg Dorothea, die op een stoel ging zitten.

'Je weet toch,' vervolgde Beth, 'dat de politie iedereen over van alles en nog wat ondervraagt?'

'Ja,' zei Dorothea met een knikje. 'Ze zijn hier pas nog geweest, met z'n tweeën. Ene Munch, dezelfde achternaam als de schilder, en iemand die in Kvenvær woont, die in de krant heeft gestaan...'

'Krüger,' zei Nora knikkend.

'Precies,' ging Dorothea verder. 'Heel aardig en keurig vond ik hen. Zeer bekwaam. Ik weet zeker dat ze het wel oplossen.'

'Ja, maar er zijn er meer,' vulde Corneliussen aan. 'Rechercheurs, bedoel ik. Kari-Anne vertelde dat er een bij haar in de winkel vragen had gesteld.'

'Er gaan geruchten dat ze naar bepaalde personen op zoek zijn,' zei Nora snel. 'Naar mannen.'

'O ja?' verzuchtte Dorothea.

'Ze vragen naar namen,' zei Beth Corneliussen zachtjes.

'Afkortingen.'

'Ja,' beaamde Beth. 'Kari-Anne zei dat haar werd gevraagd of ze misschien wist wie Big-B en Vic zouden kunnen zijn.'

'Jeetje,' zei Dorothea, terwijl ze de theelepeltjes op het stapeltje bordjes legde. 'Ze komen er vast wel achter.'

'Er was er nog een,' zei Beth bijna fluisterend. 'Ene Mr. LOL.'

Ze keken elkaar aan.

'En toen ik dat verband zag, drong het ineens tot me door,' zei Nora gedreven. 'Vonden jullie dat ik te veel vragen stelde, was het verdacht?'

'Het verband?' vroeg Dorothea.

'Van Lars Lolander,' fluisterde Beth.

'Hè?'

'Maar stel je eens voor: Lolander – LOL? We kennen hem eigenlijk nauwelijks. Werkte hij niet ergens bij een bank? Is hij niet hierheen verhuisd om "tot rust te komen"?'

Ze maakte aanhalingstekens in de lucht.

'Nee, nu is het mooi geweest,' brieste Dorothea. 'We moeten hier maar afronden. Ik moet de bloemen achter in de tuin nog water geven, voor ze helemaal verwelken. Lieve hemel, wat is het vandaag warm.'

Ze gingen eindelijk weg gelukkig. Dorothea kon zien dat ze bij de kerktrappen nog bleven staan napraten.

Ze ging de keuken in om alles in de vaatwasser te zetten.

Bleef bij het aanrecht uit het raam staan kijken.

Lolander?

Ze kreeg een akelig gevoel vanbinnen.

Nee, dat kon niet waar zijn.

Zou ze Luca Eriksen bellen?

Nee.

Dat kon niet kloppen.

Dorothea Krogh haalde de fles port uit de kast, pakte een glas, nam op weg naar buiten haar kruiswoordpuzzel en potlood mee en plofte met een nogal bezwaard gemoed in een stoel in de schaduw onder de parasol.

49

Terug in Hotel Hjorten liep Munch voor Mia uit naar de vergaderruimte op de vierde verdieping. Halvorsen van Kripos had zich cryptisch uitgedrukt en leek graag te willen dat anderen zijn orders opvolgden. Daar had Munch natuurlijk geen boodschap aan. *Luister, het kan me niet schelen waar jullie mee bezig zijn. We zitten midden in een moordonderzoek. We kunnen niet meer dan een halfuur voor jullie uittrekken, oké?* Halvorsen had daarna een beetje ingebonden. Mompelde iets over gezamenlijke doelen en dat dit voor alle partijen goed kon uitpakken. Of ze ergens anders konden afspreken dan op het bureau? *Het ligt heel gevoelig. Er mag geen informatie worden gelekt.*

Munch vond het lichtknopje en liet de drie mannen binnen. Ze gingen aan de witte ronde tafel zitten.

'Goed,' zei Halvorsen, en hij stak van wal. 'Ik snap dat jullie hierdoor worden overrompeld, dat jullie midden in een ernstige situatie zitten, maar dat geldt voor ons ook, dus zagen we geen andere uitweg dan om jullie ermee te overvallen, jullie te laten weten wat er staat te gebeuren.'

Hij knikte naar de Nederlander en naar MacLaren van Interpol. De rest van het gesprek ging in het Engels. Halvorsen kwam misschien nors over, maar je kon merken dat hij goed was in zijn werk. Hij was direct en duidelijk, draaide nergens omheen.

'Vijf jaar lang hebben we met Kripos de Nederlandse politie en Interpol bijgestaan in een onderzoek dat de naam "North" heeft gekregen.'

De Nederlander haalde een map uit zijn koffertje en schoof die naar Halvorsen, die een reeks foto's voor hem op tafel uitspreidde. Mia stond bij de muur en kwam dichterbij. Ze trok een stoel naar achteren en bekeek nieuwsgierig de foto's.

'De zaak heeft vele vertakkingen, we hebben het over een wereldwijd kartel. Plantages in Bolivia, fabrieken in Vietnam. Er werken mensen in transport, productie, en het is een grote, tot nu toe goed verborgen organisatie met een hoofdkantoor in Rotterdam. Maar wij hebben ons natuurlijk vooral beziggehouden met de lijn naar het noorden, naar Noorwegen dus, vooral met deze man.'

Halvorsen schoof een nieuwe foto over tafel.

'Jacob Wallstedt?' vroeg Mia.

Halvorsen knikte en vertelde verder.

'Dat is niet zijn echte naam. Hij heet John Gran, en hij bleef lang onder de radar. We vonden hem een paar jaar geleden in Zweden en hebben hem hierheen gevolgd. Hij woont nu in een huis aan de zuidkant van het eiland, waarvandaan het Noorse deel van de operatie wordt geleid.'

'De getuige in de Bocht?' vroeg Munch in het Noors.

Mia knikte.

'We hebben natuurlijk overzicht over alle bewegingen, en onze eerste vondst was de registratie van een partij producten afkomstig van deze bende,' ging Halvorsen verder.

'Ecstasy, amfetamine, ketamine,' verduidelijkte MacLaren. 'Met chique namen als Skywalker en Infinity.'

Munch keek naar Mia, die weer knikte.

'Hij krijgt hulp van deze man,' zei Halvorsen, en hij wees naar een nieuwe foto. 'Steve Moore, van oorsprong een Engelsman, maar hij woont al een hele tijd in Noorwegen. Moore is verantwoordelijk voor de invoer en de distributie. We denken ook dat hij meewerkt aan... ja, hoe zullen we het zeggen... aan de marketing van de producten. We merkten al snel dat sommige namen die ze aan hun waren geven een Noorse oorsprong hebben.'

Munch herkende hem direct: Steve, de man die hij had ontmoet bij de voormalige nertsfokkerij aan de overkant van de weg bij de kerk.

'Ze beschouwden dit waarschijnlijk als de beste plek om zich te verstoppen,' ging Halvorsen verder. 'Verlaten, stil, direct aan zee. Veel bootverkeer. Eenvoudig om de producten aan te voeren. Ze vervoeren die als vis. Zowel over land als over zee. Het is hier ideaal, want het barst hier van zulke bedrijven. Ze hebben grote schepen, waar op open zee speedboten naartoe varen om de producten aan land te brengen.'

'En waarom is dit voor ons belangrijk?' vroeg Munch.

'We merkten jullie op omdat er in de databases naar Jacob Wallstedt was gezocht. Een schuilnaam, maar we hadden die ingevoerd om te zien of iemand met toegang tot onze systemen erin geïnteresseerd zou zijn.'

'Of ze hulp van binnenuit krijgen?' vroeg Mia.

'Juist,' zei Halvorsen. 'Zonder te veel in detail te treden: we hebben een groot corruptieschandaal ontdekt, met contacten binnen de politie, zowel in Nederland...'

Hij knikte naar De Boer.

'Als in Duitsland. De kans is natuurlijk groot dat dat hier ook het geval is. We volgden het spoor in de database naar ene...'

Hij keek naar MacLaren.

'Gabriel Mørk,' zei de man van Interpol.

'En via hem kwamen we bij jullie uit,' ging Halvorsen verder. 'Ik heb begrepen dat hij tot voor kort bij jou werkte?'

Hij knikte naar Munch, die terugknikte.

'We zijn de naam Wallstedt eerder tegengekomen in een vermissingszaak. Hij staat in het systeem van Kripos. Niet heel belangrijk, alleen als getuige?'

'Ja,' zei Munch.

'En dan dat beslag. Dat was niet groot, maar is absoluut met onze zaak verbonden, en dat is ook de reden waarom jullie hier zijn, toch? Dat meisje dat jullie zaterdag vonden, en nu een nieuw slachtoffer?'

'Klopt,' zei Munch.

'Juist,' ging Halvorsen verder. 'We zijn nog lang niet klaar met deze zaak. Er moet nog heel wat worden uitgezocht, maar gezien deze nieuwe omstandigheden leek het ons het best om direct toe te slaan. We gaan de inval om 05.00 uur doen, op donderdag aanstaande.'

'Overmorgen?' vroeg Munch.

'Ja,' zei Halvorsen. 'Ik zou ze het liefst vandaag oppakken, maar we hebben iets meer tijd nodig voor de laatste voorbereidingen. We houden hen natuurlijk constant in de gaten, en we hebben nog geen veranderingen in de routines gezien, dus ik hoop dat het lukt.'

Halvorsen keek van de een naar de ander.

'Vragen?'

'Wat doen we als wij een van hen moeten hebben?' vroeg Munch.

'Wallstedt of Moore?'

'Ja?'

'We zullen natuurlijk ons uiterste best doen om jullie te helpen, maar ik ga ervan uit dat ze snel dicht zullen klappen. Hun advocaten zullen na hun arrestatie meteen komen aanzetten, denk ik. Hebben jullie iets specifieks van ze nodig? Nogmaals: ik heb begrepen dat jullie niet denken dat de moord op het meisje iets met de distributie van de producten te maken heeft. Dat er andere factoren zijn?'

Hij legde zijn gevouwen handen op tafel en keek weer van de een naar de ander.

Munch schudde geïrriteerd zijn hoofd. De rapporten die elke avond werden geschreven en werden ingevoerd in het systeem... Hij liet zich liever niet in de kaart kijken, en dat was precies hierom: mensen hogerop met toegang tot het systeem konden naar hartenlust in zijn zaken rondsnuffelen.

Het hoofdkantoor in Grønland had hem daarvoor altijd op zijn vingers getikt.

We moeten de rapporten kunnen inzien, Munch.

Maar hij had daarover binnen zijn afdeling een absoluut veto uitgesproken.

Niets delen voordat alles is opgelost.

'Of hoe zit het?' vroeg Halvorsen toen hij niet meteen antwoord gaf.

'We onderzoeken van alles,' zei Munch, 'maar we kunnen het als motief niet helemaal uitsluiten, vooral niet nu we een inkijkje in de totale omvang hebben gekregen.'

'We zoeken ook nog naar de jongen,' zei Mia. 'Naar Jonathan. Het kan zijn dat zijn vermissing hiermee verband houdt.'

'Met de drugssmokkel?' vroeg Halvorsen.

'Het is maar een theorie,' zei Mia, 'maar wel een die we graag willen uitzoeken.'

'Oké,' zei Halvorsen. 'We zullen jullie zo goed mogelijk helpen, maar we geven uiteraard voorrang aan ons deel van het onderzoek. Zoals gezegd staat de inval gepland voor 05.00 uur op donderdag, en tot die tijd is het heel belangrijk – ik herhaal: cruciaal – dat hiervan niets naar buiten komt, oké?'

Hij keek hen weer aan, alsof ze nu een deel van zijn team waren.

'We zijn hier onder elkaar,' zei Munch. 'Dat komt wel goed.'

'Mooi,' zei Halvorsen, en hij stond op. 'Dan zijn we volgens mij klaar hier. Bedankt voor jullie tijd. Succes verder.'

Halvorsen knikte en liep voor de anderen uit naar de lift.

Munch pakte een sigaret uit het pakje en liep naar het balkon.

'Zo, hé,' zei Mia zachtjes.

'Hebben we ons in een wespennest gestoken?' vroeg Munch, terwijl hij zijn sigaret opstak.

'Daar lijkt het wel op.'

'Neig je in die richting? Heeft de jongen iets gezien?'

'Ik weet het niet,' zei Mia zachtjes, en ze leek even afwezig.

'Oké,' zei Munch. 'Laten we hun wat ruimte geven, dan zien we wel of we bij een verhoor kunnen zijn.'

Mia knikte.

'Wat is er?' vroeg Munch, en hij nam een nieuwe trek van zijn sigaret.

Ze schudde haar hoofd.

'Nee, ik...'

'Palatin?'

Ze knikte.

'Er klopt daar iets niet, vind je ook niet?'

'Wil je er nog een keer langs?'

Ze schudde langzaam haar hoofd.

'Niet per se. Ik bedoel het geloof. Al die symbolen aan de muren zetten me aan het denken. Ik vraag me af of we er niet heel erg naast zitten.'

'Oké? Waarmee?'

'Baby jezabel.'

Ze keek hem aan.

'Ja?'

'Rita van FO zei iets waar ik toen geen aandacht aan besteedde, maar ik denk toch dat het belangrijk zou kunnen zijn.'

'En dat was...'

'Ze zei iets over een punt,' zei Mia, en ze staarde weer in de ruimte.

'Een punt?' vroeg Munch.

'Op de kop. Ze zei iets over een vlekje achter het woord "baby". Dat het ook een punt zou kunnen zijn.'

'Kun je iets minder cryptisch zijn?' verzuchtte Munch, terwijl hij weer een trek van zijn sigaret nam.

'Sorry, ik wilde alleen...'

'Wat heeft dat met Victor Palatin te maken?'

'Nou ja, alleen al dat religieuze. "Jezabel" is een vrij weinig gebruikt woord, toch?'

'Jawel, maar...'

Ze keek hem nu ernstig aan.

'In welk verband heb je dat woord eerder gehoord? Alleen in Bijbels verband, toch? Jezabel. Hoer. De hoer van Babylon?'

'Shit,' zei Munch.

'Inderdaad. Ik denk niet dat er "baby" moest staan. Ik denk dat het een verkorting van "Babylon" is. De dader stuurde ons een boodschap.'

'Verdomme, Mia. Weet je het zeker?' vroeg Munch.

'Dat moet haast wel. Ze was toch niet zwanger? Dus waarom dan "baby"? Nee, het moet naar Babylon verwijzen.'

'Verdomd goed, Mia,' zei Munch glimlachend. 'Die houden we erin. Hoe nu verder?'

Ze schudde haar hoofd.

'Ik weet het niet. Misschien moeten we toch weer bij Palatin langs. Navraag doen bij de nonnen. Of hij daar echt in het weekend was.'

'Ik zal het meteen aan Luca vragen,' opperde Munch. Hij drukte zijn sigaret uit in een asbak en ging naar binnen om zijn telefoon te pakken.

Een bericht op het display.

Van Lillian.

Kun je me bellen?

50

Hannah Holmen was niet van plan geweest om lang te blijven, maar de moeder van Sylvia had erop gestaan. *Natuurlijk blijf je hier eten, Hannah. Ik heb lasagne in de oven staan, die vind je toch zo lekker?*

Ze werd in haar overpeinzingen gestoord door Sylvia's moeder, die iets tegen haar had gezegd.

'Hè? Sorry, ik...'

'Schep jij maar als eerste op, want jij bent de gast.'

Sylvia's moeder glimlachte naar haar en knikte naar de lasagne die op tafel stond.

'O ja, dank je wel.'

Hannah schepte een beetje op haar bord en gaf de schaal door aan Sylvia.

'Wil je niet meer?'

Sylvia's moeder keek haar bezorgd aan.

'Het is hetzelfde recept als de lasagne die je laatst zo lekker vond.'

'Ik neem straks meer,' zei Hannah met een glimlach, maar dat ging ze waarschijnlijk niet doen.

Ze had geen honger. Had al dagenlang geen eetlust.

Sylvia's moeder zocht bezorgd de blik van Sylvia's vader, maar ze zei niets.

'Waar is Jonas eigenlijk?' vroeg Sylvia's vader, terwijl hij met zijn vork in het eten prikte. 'Hij weet toch dat we om deze tijd eten?'

Vijf uur precies.

Dat was hier altijd zo: vaste tijden voor alles. Verder geen gezeur, gewoon gezellig. Het gezin moest iets samen doen. Dat was vroeger bij haar thuis ook altijd zo. Hannah merkte dat ze het miste.

Ze prikte een beetje in haar eten, stak voorzichtig een hapje in haar mond en voelde dat Sylvia's moeder naar haar keek, haar in de gaten hield. Ze maakte zich zeker zorgen of het wel goed met haar ging, wat natuurlijk niet zo was, maar Hannah wilde er liever niet over praten.

Gewoon verdwijnen.

Gelukkig ging de verandadeur open, en dat leidde de aandacht van haar af. Sylvia's broertje kwam naar binnen gebanjerd, met modder aan zijn schoenen en iets groots in zijn handen.

'Kijk eens wat ik heb gevonden!'

'Jonas, toch! Wat hebben we nou gezegd over schoenen binnen? Moet je zien hoe smerig het wordt.'

De achtjarige keek naar de vloer.

'O, sorry. Maar kijk eens.'

Hij hield trots iets omhoog.

'Een poppenhuis. Iemand heeft het in brand gestoken.'

'Jakkes,' zei Sylvia's moeder terwijl ze opstond. 'Waar heb je dat nou weer gevonden? Kijk, de stukken vallen ervanaf.'

'In het bos,' zei de jongen. 'Mag ik het houden? Alsjeblieft?'

'Ik wil het in elk geval niet binnen hebben,' zei Sylvia's moeder, en ze duwde hem door de verandadeur weer naar buiten.

'Zo,' zei Sylvia's vader. 'Ik hoorde van Sylvia dat je overweegt om naar Trondheim te gaan. Om de bovenbouw daar af te maken?'

Niet over Jessica praten.

Het was duidelijk dat ze dat hadden besloten.

Alleen over koetjes en kalfjes.

Het leven gaat verder.

Zoiets.

Prima.

'Ze dacht aan Trondheim Katedralskole,' zei Sylvia. 'Het profielonderwijs is daar erg goed. Hannah is vet goed in wiskunde.'

Sylvia glimlachte naar haar.

'O ja?' vroeg Sylvia's vader. 'Dat heb ik niet eerder gehoord. Ik was er zelf ook niet slecht in, kan ik jullie vertellen. Wat vind je het leukst: algebra of...'

'Nou, alles eigenlijk wel,' zei Hannah, terwijl Sylvia's moeder weer binnenkwam.

'Zo, nu ga je je even wassen in de badkamer.'

Hoofdschuddend ging ze zitten.

'Wat moeten we met die jongen? Zombie-apocalyps spelen? Wanneer is hij daarmee begonnen? We moeten zijn schermtijd nog meer beperken, vind je niet?'

Ze keek naar Sylvia's vader, die instemmend knikte.

'Ik zal met hem praten.'

'Doe dat maar.'

Ze schoof een nieuw hapje lasagne op haar vork, terwijl ze zich tot Hannah en Sylvia wendde.

'Zombie-apocalyps? Ik kan me niet herinneren dat wij dat speelden toen ik acht was. Jullie?'

Ze moest even lachen.

Hannah kon de klok op de muur achter haar bijna horen tikken.

Een gevoel van bevrijding toen ze eindelijk weer buiten stond.

'Weet je zeker dat je niet wilt blijven slapen?' vroeg Sylvia bijna smekend.

'Nee, sorry. Ik moet nu echt naar huis.'

'Bel je me vanavond, of anders morgenvroeg?'

'Oké,' zei Hannah terwijl ze in de auto stapte.

Ze deed haar veiligheidsriem om en keek naar Sylvia's moeder.

'Je hoeft me echt niet naar huis te brengen, hoor!'

Sylvia's moeder keek haar bezorgd aan.

'Wat? Nee, natuurlijk breng ik je naar huis. Ik wil niet dat je hier alleen rondloopt. Niet na wat er allemaal is gebeurd.'

Thuis was het stil.

Zoals altijd.

Hannah deed haar schoenen uit in de gang en ging naar de woonkamer.

'Hallo? Mama?'

Geen antwoord.

Hannah liep de keuken in, pakte een flesje citroenlimonade uit de koelkast en ging naar boven naar haar kamer.

Ze kleedde zich snel uit en kroop in bed.

Haar laptop.

Eindelijk.

Ze nam een slokje, zette het flesje in de vensterbank en logde in.

Wij houden van boeken.

Ze was vandaag niet de enige.
Ze keek de lijst door en glimlachte toen ze zijn naam zag.
Haar vingers gleden over het toetsenbord.
Hoi, Ludvig. Hoe gaat het?

6

51

Donderdagochtend, en Mia had haar wekker op halfvier gezet. Een kwartier later zat ze al op haar motor op weg naar het centrum en vandaar verder naar Sandstad. Ze lachte even in haar helm toen ze door Fillan reed. De eerste keer dat iemand het tegen haar over het 'centrum' had, had ze om een of andere reden het centrum van Oslo in gedachten gehad. Ze had een voorbijganger gevraagd of er hier een slijterij was. *Jazeker, in het centrum.* De associaties die dat woord opriep. Hoge gebouwen, trams, verkeerslichten, straatkunstenaars, knipperende reclames, uitlaatgassen, bedelende junks. Hier kwam je dat allemaal niet tegen. Het centrum was misschien wel de gezelligste plek waar ze ooit een doos wijn had gekocht. En het ergste was dat het eigenlijk helemaal niet zo klein was. Er zaten aardig wat winkels, misschien wel twaalf. Het was alleen overal rustig en knus. Een bioscoop, een bibliotheek, zelfs een klein zwembad. Op het ogenblik waren er vooral campers; de hele zomer was het eiland ervan vergeven. Ze begreep die mensen natuurlijk wel. Ze had gelezen over mensen die de zomer in de IKEA doorbrachten. Gratis parkeren en goedkoop eten in het restaurant. Dan was het toch beter om hier wakker te worden in zeelucht, met grazende reeën en reigers die opvlogen aan de waterkant.

Zes dagen.

Sinds de moord op Jessica.

Munch had gisteravond de predikant uitgehangen, had een preek gehouden dat ze zich niet moesten laten opjagen, dat dit geen sprint was, maar een marathon.

Dat was natuurlijk niet waar.

Ze had het in zijn ogen gezien. Ze kende hem door en door.

De eerste achtenveertig uur.

De belangrijkste in elk moordonderzoek.

De muren thuis hingen nu vol met foto's.

Een lachende Jessica in een Disneyland-T-shirt met een blikje cola in haar hand.

Ze had geprobeerd een hiërarchie aan te brengen in de namen om haar heen.

Victor Palatin.

Thomas Ofelius.

Benjamin Prytz.

Had Pelle Lundgren niet ver daarvandaan gehangen.

Jupiter?

Hoe kenden ze elkaar?

Vrienden?

Ze verplaatste de foto weer verder weg.

Onbelangrijk eigenlijk.

Verschillende mensen hadden hen daar samen gezien.

Zo eenvoudig was het toch?

Hij had die avond iets gezien.

En daarom was hij in het moeras vermoord.

Maar de anderen?

Benjamin Prytz?

Een ongevaarlijke idioot, of was er meer?

En dan die dominee.

Thomas Ofelius.

Ze moest Gabriel vandaag bellen, vragen of hij iets had gevonden.

Mia parkeerde haar motor bij de containers voor gescheiden afval en liep langs de rand van de velden en verder langs het bosje in de richting van Sandstad. Ze dook in elkaar toen ze op een verhoging in het terrein kwam op ongeveer honderd meter van de nertsfokkerij. Ze kroop de laatste meters naar een plek waar ze goed uitzicht had. Ging voorzichtig in de hei liggen en pakte haar verrekijker uit haar rugzak.

Doodstil daar in de diepte.

Toen ze aan de Politieacademie begon, had ze een doel voor ogen: de Dienst Speciale Interventie.

Delta.

Geen enkele vrouw had ooit aan de toelatingseisen voldaan, maar ze was vastbesloten om de eerste te worden.

De hele zomer keihard getraind.

Maar toen had ze die test gedaan.

Foto's van een lijk langs de kant van de weg.

Wat zie je?

Ze had extreem hoog gescoord.

Was geheadhunt door Munch.

Van school gehaald voordat ze klaar was.

Ze keek door de verrekijker, eerst naar het westen, toen naar het oosten.

En daar waren ze.

Bijna onzichtbaar, heel vaag: gedaantes die ineenhurkten, zich langzaam over de akker bewogen. Ze telde er vier. Helmen, machinegeweren, handschoenen en kogelvrije vesten. Voorzichtige signalen en handgebaren. *Kom. Stop. Omlaag.*

Ze haalde haar telefoon uit haar zak en keek snel op het scherm.

04.57 uur.

Een nieuw groepje aan de kant van de weg.

Sluipend over het veld.

04.59 uur.

Toen barstte het los.

Auto's die uit het niets opdoken, in razende vaart over het grind.

'Politie!'

Deuren werden ingetrapt.

In een paar minuten was het voorbij.

Slaapdronken halfnaakte mannen op hun knieën op het erf, met hun handen in hun nek.

Mia glimlachte en stopte de verrekijker terug in haar rugzak.

Ze kroop langzaam terug over de hei, volgde de rand van de velden en het bosje zoals ze gekomen was.

Terug bij haar motor haalde ze haar telefoon uit haar zak en stuurde een appje naar Simon.

Alles in orde.

De 'duikgeïnteresseerde' is weg.

M.

Oké.

Een beetje slaap pakken.

Mia zette haar helm op, startte de motor en draaide het ochtendlauwe asfalt op.

52

Munch legde zijn zonnehoed neer, gaf zijn iPad aan Luca Eriksen en ging aan het hoofd van de tafel zitten.

'Goedemorgen, allemaal. Voor ik het woord neem: is er nog iemand die iets dringends heeft waar we naar moeten kijken? Iets nieuws?'

Hij keek naar zijn publiek.

'Nee? Oké. Ten eerste: we hebben een tip gekregen, waarvan ik vind dat we er iets mee moeten. Een aardige mevrouw, Beth Corneliussen, kwam gisteren bij me in het hotel. Ze is voorzitter van een of andere plaatselijke kerkenraad. Een verkorte – mondelinge – versie van Jessica's zwarte boekje lijkt al te circuleren. Goed gedaan, mensen! Nogmaals: we moeten het kaf beter van het koren kunnen scheiden, en dan doel ik vooral op het geroddel op het eiland. Maar dit leek serieus genoeg, dus vind ik het zoals gezegd de moeite waard om ernaar te kijken. Ze heeft me een naam gegeven, Lars Lolander. Gaat er bij iemand een belletje rinkelen?'

Een paar mensen schudden hun hoofd.

'Ook niet bij jou, Luca?'

'Nee... ik geloof het niet. Lolander?' zei Luca.

'Ja, Lars Lolander,' vervolgde Munch. 'Dat moet een oudere man zijn die hier onlangs is komen wonen. Hij is ook lid van de kerkenraad. Onze tipgever, Beth Corneliussen dus, maakte op mij een heel serieuze indruk. Ze benadrukte dat ze er beslist niet op uit was om roddels te verspreiden, maar ze vond toch dat we eens goed naar die man moesten kijken. De aanleiding is natuurlijk duidelijk: zijn naam, Lolander, maar er was ook een andere reden. Gisteren kwam hij naar een vergadering met zijn rechterhand in het verband.'

Er ging gemompel door het vertrek.

'Dus,' zei Munch, terwijl hij een viltstift pakte.

Hij schreef de naam op het whiteboard.

'Lars Lolander, waarschijnlijk woonachtig in Hestvika, naar ik heb begrepen niet zo ver van Sandstad. Helemaal in het puntje, op de weg ten noordoosten van de kerk, nietwaar?'

Luca knikte.

'Dat pakken Mia en ik op.'

Hij legde zijn viltstift neer en keek weer naar de aanwezigen.

'Nog iets. We hebben het alibi van Victor Palatin nagetrokken, oftewel het ritje naar Tautra. Luca?'

'Ja,' nam Eriksen het over. 'De non met wie ik heb gesproken, kon bevestigen dat hij er zaterdag was geweest. Ze kent hem wel, hij komt regelmatig. Ze hadden zelfs samen koffiegedronken. Op het tijdstip van de moord was hij dus niet hier.'

'Dus,' vervolgde Munch. 'Victor Palatin is onze man niet, maar zoals we gisteren hebben besproken, gaf hij toe drie keer met Jessica op de boot contact te hebben gehad, dus hij is wel onze "Vic". Dan hebben we in elk geval een van de mannen uit het boekje geïdentificeerd.'

Kevin Borg wilde iets zeggen, maar Munch onderbrak hem.

'Sorry, maar ik wil ook nog zeggen dat ik vanmorgen een bijzonder interessant telefoontje kreeg, van een advocaat. Ik ben zijn naam even kwijt, maar hij wist te vertellen dat hij Benjamin Prytz vertegenwoordigt, en dat hij ons vandaag wil spreken. Zodat ze kunnen uitleggen, zoals hij het zei, "wat de rol van mijn cliënt is in deze ongelukkige zaak".'

Ralph Nygaard, vandaag weer in zijn Springsteen-T-shirt, floot zachtjes.

'Rol?' zei hij, om zich heen kijkend. 'Dat is toch een bekentenis?'

'Dat hoeft niet,' zei Munch. 'Mia en ik hebben die jongen bij zijn huis kort gesproken, en toen vertelde hij al dat hij Jessica kende. Niet goed, zoals hij zei, niet meer dan dat.'

'Maar zijn auto is daar toch geobserveerd?' vroeg Nina Riccardo. 'Die zaterdag?'

'Klopt,' zei Munch. 'De eigenaar van de boot had zijn auto daar gezien, een knalgele Lamborghini...'

'Ik denk niet dat het zijn enige auto is,' mompelde Kevin Borg.

'Misschien niet,' zei Munch, 'maar deze is daar in elk geval wel gezien, door onze man, zeeroverhoofdman Roger.'

Zacht gelach in het vertrek.

'Maar,' vervolgde Munch, terwijl hij zijn vinger opstak. 'Níét op dat bewuste moment. Het was eerder die dag.'

'Maar denken we nog steeds dat hij Big-B is?' vroeg Riccardo.

'Hij komt er het meest voor in aanmerking,' zei Munch knikkend, terwijl hij Ralph Nygaard aankeek.

'Hoe staat het met die B van jou, die bodybuilder? Daar iets gevonden?'

'Ja,' zei Nygaard. 'Nou, ik heb hem ten slotte gevonden, maar een vondst was het niet echt. Hij is gisteren thuisgekomen van een reisje naar Zuid-Noorwegen; hij had deelgenomen aan de Sandefjord Open, een bodybuilderstoernooi. Wilde alleen het alibi checken voor ik het verder met jullie opnam – en ja, het klopt. Hij heeft brons gewonnen in de klasse "Men's physique". Ik heb hier een foto, van internet, als jullie willen...'

Hij hield zijn telefoon op, terwijl hij om zich heen keek.

'Hij was dus niet thuis,' zei Riccardo, 'maar kende hij haar? Hij kan best onze Big-B zijn, al was hij niet in de gelegenheid om de moord te plegen?'

Ze wendde zich tot Munch, die instemmend knikte.

'Ja, sorry, natuurlijk,' zei Nygaard. 'Hij beweerde dat hij Jessica niet kende, dat hij voor het eerst over haar hoorde toen de moord bekend werd.'

'Oké,' vervolgde Munch. 'We kunnen hem dus nog niet uitsluiten, maar ik heb een donkerbruin vermoeden dat het antwoord sowieso gaat komen uit het gesprek met de advocaat en Benjamin Prytz later vandaag. Dus Big-B.'

'Wanneer spreken we hem?' vroeg Mia.

'We hebben om tien uur een afspraak,' zei Munch, en hij vervolgde: 'Het obductierapport van Lundgren is gereed en de conclusie is dezelfde als we met eigen ogen hebben kunnen zien. Pelle Lundgren is overleden aan een steekwond in zijn hals.'

'Denken we nog steeds dat er een verband is?' vroeg Nielsen.

'Ja,' zei Mia kortaf.

Munch nam het woord weer.

'Zoals jullie weten, hebben we gisteren in de loop van de dag verscheidene meldingen binnengekregen over eerdere observaties van Pelle Lundgren in de buurt van Setervågen. Ook in gezelschap van Jessica.'

'En denken we dat hij er die avond is geweest – bedoel je dat?' vroeg Riccardo.

'Dat kan haast niet anders,' zei Mia.

'Het hóéft niet...' begon Munch, maar Mia onderbrak hem.

'Jawel, ik denk van wel. Ik denk dat hij er die avond is geweest en de dader heeft gezien. Zoals we allemaal weten loopt er maar één weg heen. Ik denk dat Pelle hem heeft gezien, misschien zelfs wel met hem heeft gepraat. Zonder te vermoeden dat Jessica in de boot lag. Hij begreep natuurlijk het verband toen het nieuws naar buiten kwam. Dus het moest gebeuren, en snel ook.'

'Oké,' zei Munch. 'Zoals gezegd: we wéten het niet, maar laten we voorlopig in die richting denken. Het nieuws over de moord op Jessica werd pas op het eiland bekend...'

Hij keek naar Eriksen.

'Ergens zondagochtend,' vulde Luca aan.

'Dus zoeken we naar iemand die hem zondag heeft gezien?' vroeg Nygaard.

'Ja,' zei Munch. 'Als onze aannames kloppen dat Lundgren werd vermoord omdat hij ergens getuige van was, betekent dat dat hij de dader in de loop van de zondag heeft gezien.'

'Als het tenminste die avond niet werd verteld,' zei Riccardo.

'Goed zo, Nina,' zei Munch, die deze bekwame rechercheur steeds meer mocht. 'Of er werd daar informatie uitgewisseld, of het is in de loop van de volgende dag gebeurd. Wat denk jij, Mia?'

Mia was in gedachten verzonken, maar schrok weer op.

'Ja, wat zullen we ervan zeggen? Als het zaterdagavond is gebeurd, is het uitgesloten dat we iets vinden, dus laten we voor ons eigen gemak hopen dat het zondag is gebeurd.'

'Voor mijn eigen begrip,' zei Nygaard voorzichtig, terwijl hij zijn hand door zijn haar haalde. 'Waar we het hier over hebben, is wanneer onze dader er lucht van kreeg dat Lundgren op reis zou gaan, toch?'

'Klopt,' zei Munch. 'Als dat zaterdag niet is gecommuniceerd, en hij zou de nacht van zondag op maandag vertrekken, moet het zondag zijn gebeurd. Wie? Dat heeft vandaag onze absolute prioriteit. Met wie heeft Pelle Lundgren in de loop van zondagochtend gesproken? Hoeveel tijd hadden wij nodig om er te komen?'

'Twintig minuten. Voor hem duurde het op de fiets langer,' merkte Riccardo op.

'Juist. Als we aannemen dat hij een uur eerder van huis is gegaan,' zei Munch, 'dan hebben we het over de hele zondag, tot twee uur 's nachts de volgende ochtend. In wiens gezelschap is hij gezien? Ik wil dat we dit onderwerp helemaal uitzoeken. Alle zeilen bijzetten, oké?'

Munch vond zijn sigaretten in zijn zak.

'Het klopt toch dat hij geen telefoon had?' vroeg Nielsen.

'Inderdaad,' zei Munch. 'Pelle Lundgren had om een of andere reden geen telefoon, dus hij móét de dader toevallig tegen het lijf gelopen zijn. Hier gaan we voor honderd procent voor. Allemaal.'

'Ik ook?' vroeg Luca.

'Ja, vooral jij. Jij kent de mensen het best. Er is misschien nog wel iemand die liever niet heeft dat we hier rondsnuffelen.'

Hij stak een sigaret tussen zijn lippen.

'Voor iedereen duidelijk?'

Geknik vanuit de kamer.

'Goed. Dan zien we elkaar hier vanavond.'

53

Munch kreeg bij de receptie de sleutel van Ruth en liep voor Mia uit naar de lift. Ze drukte op het knopje van de vijfde etage en leunde hoofdschuddend tegen de spiegelwand terwijl ze naar zijn hoed wees.

'Wat is er met dat ding?'

'Mijn hoed?'

Hij keek langs haar heen en zag zichzelf in de spiegel.

'Ja,' zei Mia. 'Zo hard brandt de zon vandaag toch niet? Waarom draag je hem dan?'

'Vind je hem niet mooi?'

'Ik weet het niet. Wordt dit nu jouw handelsmerk of zo? Sherlock Holmes heeft zijn pijp, Poirot zijn snor, en jij hebt... tja, dat ding?'

Mia kon haar lachen niet inhouden. Ze stapten uit de lift en maakten de grote vergaderruimte weer open. Ze kreeg een appje en bleef op haar telefoon staan kijken, terwijl Munch zijn hoed aan de kapstok hing en het balkon op liep. Hij liet zijn blik over het landschap gaan en haalde een sigaret uit het pakje. Waarom ging hij hier niet wonen? Dit als kantoor vorderen? Wel een verleidelijke gedachte. Hij had Lillian teruggebeld, maar ze had niet opgenomen. In plaats daarvan had ze een berichtje gestuurd.

Het gaat over je spullen. Ik heb ze ingepakt.

Kom ze maar halen als het je uitkomt.

Op de weg beneden kwam een konvooi van vrachtwagens naar het centrum gekropen.

'Wat is dat?'

Munch riep naar binnen en wees.

Mia kwam naar buiten en keek over de rand.

'Een kermis, geloof ik. SommerFillan.'

'SommerFillan?'

Ze nam een hap van een appel die ze binnen op tafel had gevonden.

'Dé gebeurtenis op Hitra. Een soort zomerfeest. Kraampjes en lootjes en suikerspinnen, een kermis dus.'

Ze knikte naar de vrachtwagens, die rechts afsloegen op de rotonde en langzaam richting het centrum reden.

'En wanneer beginnen die festiviteiten?'

'Zaterdag,' zei Mia kauwend.

'Dus dan lopen er duizenden mensen rond?' verzuchtte Munch. 'Een bruiloft, journalisten en dronken mensen met feesthoedjes en toeters, en dat allemaal tegelijk?'

Binnen ging de deur open.

De advocaat zag er precies zo uit zoals hij zich hem had voorgesteld: een pak, stropdas, een muizig voorkomen, met een scherpe neus die uitstak onder een bril met een metalen montuur. Benjamin Prytz zag er ongeveer hetzelfde uit als de vorige keer. Grijnzend met zijn parelwitte tanden, zijn haar strak achterovergekamd. Een wit overhemd, dat een beetje openstond, en een sjaaltje om zijn nek, roze deze keer. Hij deed Munch denken aan die vaderskindjes uit het chique Bærum, die op hun twintigste zoveel geld hadden dat ze dachten dat de hele wereld van hen was.

Hij vroeg hun plaats te nemen, en ging zelf aan de andere kant van de tafel zitten.

'Ja,' begon de advocaat. 'Zoals iedereen weet, is er zaterdag iets gebeurd.'

'Dat kunnen we allemaal wel overslaan. Laten we direct ter zake komen,' zei Munch. 'Heb je Jessica zaterdag gezien?'

Prytz keek naar zijn advocaat, die knikte.
'Ik heb haar inderdaad gezien.'
Hij knikte.
'En hoe laat was dat?' vroeg Munch.
'Tja, wanneer was dat? Rond twaalf uur? Zoiets?'
'Wat wilde je van haar?'
De advocaat onderbrak hem.
'Ik wil graag opmerken dat mijn cliënt op dit moment geen enkele overtreding bekent. Verwijzingen naar eventuele overtredingen zijn puur theoretisch en moeten gezien worden als teken dat mijn cliënt bereid is om mee te werken en er alles aan wil doen om zijn naam te zuiveren en de politie te helpen bij haar taak.'
'Daar snap ik niet eens de helft van, maar een overtreding is het sowieso niet,' zei Munch. 'Moraal wel verwerpelijk misschien, om met een zestienjarige naar bed te gaan.'
'Wat?' barstte Benjamin Prytz uit. 'Met haar naar bed?'
Hij lachte even.
'Zie ik eruit alsof ik *lowlifes* moet versieren voor een nummertje? Ben je niet goed bij je hoofd of zo?'
'Benjamin,' zei de advocaat.
'Nee, ik meen het. Dat denken jullie toch niet echt?'
'We denken niets,' zei Munch. 'Jullie wilden met ons afspreken. We zijn hier alleen om te horen wat jullie te zeggen hebben.'
'Jezus,' zei Prytz hoofdschuddend. 'Is dat wat mensen hier nu zeggen: dat ik met Jessica Bakken naar bed ging in die gore boot van haar? Kloteboeren! Ik zal blij zijn als die rotbruiloft voorbij is. Zondag is het byebye.'
Hij liet zijn ene hand als een vliegtuig door de lucht gaan.
'Maar wat deed je daar dan?'
'Een paar pillen scoren,' zei Benjamin. 'Wat anders?'
De advocaat weer.
'We moeten hier wel duidelijk stellen, zoals ik al zei, dat mijn cliënt op dit moment niet bekent dat...'
'Ja, ja,' zei Munch, en hij wuifde hem weg. 'Voor jezelf?'
'Niet per se voor mezelf, nee,' zei Benjamin. 'Maar ik heb er wel eens eentje genomen.'
'Waarom ging je speciaal naar haar?' vroeg Mia.
'Waarom ik van haar drugs kocht, en niet van iemand anders?'

'Ja?'

'Goed spul.'

Hij trok zijn wenkbrauwen op.

'Ze was *trash*, maar ze had echt wel goeie pillen.'

Hij knipoogde grijnzend.

'Benjamin,' zei zijn advocaat weer.

'Sorry,' zei Prytz, en hij haalde zijn hand over zijn haar. 'Ik weet dat ze dood is, en daar wil ik echt wel respect voor tonen, maar goed, ik zal me inhouden. Jessica Bakken had goede pillen. Dat wist iedereen. Dus daarom was ik daar zaterdag, oké?'

'Was je er vaak?' vroeg Munch.

Hij aarzelde even.

'Nou ja, vaak... Dat zou ik niet zeggen. Ik ben er misschien een keer of tien, twaalf geweest.'

'Maar je woont hier niet?' vroeg Mia.

'Nee, ik woon in Londen.'

'En hoe vaak ben je dit jaar thuis geweest?'

Hij zette een glimlach op.

'Oké, ik snap waar je heen wilt. Goed. Ik ging vaak bij haar langs als ik op het eiland was, oké? Wat moet je hier anders doen? En ze had echt goeie shit. Prima spul. Dat is toch niet echt verboden?'

Zijn advocaat zuchtte.

'Dat is het eigenlijk wel,' zei Munch, 'maar we hebben nu andere dingen aan ons hoofd. Weet je nog op welke dagen je dit jaar thuis was?'

Hij streek weer met zijn hand door zijn haar.

'Wanneer precies? Nee, dat zou ik moeten opzoeken.'

'Kunnen het deze dagen zijn geweest?'

Munch haalde een papier uit zijn zak, een kopie van een van de bladzijden uit Jessica's zwarte boekje.

Prytz bestudeerde de data.

'Ja, dat kan wel kloppen.'

Hij grijnsde even.

'Big-B. Moet ik dat voorstellen?'

'We denken van wel.

'*Nice*. Een bijnaam en zo. En wie zijn die andere jokers? Vic? Mr. LOL?'

'We dachten dat jij ons dat misschien kon vertellen?'

'Wie er nog meer bij haar kocht? Nee, geen idee. Ik dacht het hele eiland zo'n beetje.'

Hij schoof het papier terug over tafel.

'Probeer het nog eens,' zei Munch, terwijl hij het terugschoof. 'Mr. LOL?'

Hij keek er weer naar en schudde zijn hoofd.

'Ben je op het feest geweest?' vroeg Mia.

Benjamin keek haar met een schuin hoofd aan.

'Bedoel je die party in de bunker in het moeras?'

'Ja, dat verkleedfeest. Was je daarbij?'

Hij keek naar zijn advocaat.

'Wat denken jullie nou eigenlijk van me? Dat ik me met dorpsidioten inlaat?'

'Dus je was er niet?' vroeg Munch.

'Hm, even denken...'

Hij legde zijn vinger tegen zijn kin en lachte even.

'Nee,' zei hij uiteindelijk. 'Ik ben niet op dat feest geweest.'

Hij keek hen hoofdschuddend aan.

'Zijn we hier klaar? Ik moet naar huis om te doen alsof ik iets om die stomme walvissen geef.'

'Walvissen?'

'Laat maar. Zijn we klaar?'

Hij keek weer naar zijn advocaat, die op zijn beurt naar Munch keek.

Munch knikte.

'Ik denk dat we zo alles hebben,' zei Munch. 'Tenzij jij nog iets wilt vragen, Mia?'

'Nee,' zei Mia.

'Goed, bedankt voor een constructief gesprek,' zei de advocaat terwijl hij opstond. 'Ik ga ervan uit dat alle partijen begrijpen dat, gezien de positie van mijn cliënt op het eiland, discretie voor hem en zijn familie belangrijk is, dat we...'

'Ja, ja,' zei Munch.

'Mooi,' zei de advocaat met een knik. 'Hier is mijn kaartje, voor als jullie nog iets van ons nodig hebben.'

Hij volgde Benjamin Prytz naar de lift.

'Hij is met haar naar bed geweest,' zei Mia toen de deur dicht was.

'Denk je?'

'Ja.'

Ze nam een nieuwe hap van haar appel.

'Hoe weet je dat zo zeker?'

'Het boekje,' zei Mia, en ze knikte naar de kopie. 'Hij zei het toch zelf? Ze verkocht aan veel mensen. Maar er staan er maar drie in haar aantekeningen. Vic heeft al toegegeven waarvoor hij daar kwam. Drie klanten: Benjamin, Palatin en Mr. LOL.'

'Rotjong,' mompelde Munch.

'Te veel geld,' zei Mia. 'Hij heeft waarschijnlijk geen dag in zijn leven gewerkt.'

'Naar Lolander?' vroeg Munch, terwijl hij zijn hoed van de kapstok pakte.

Mia knikte en liep achter hem aan de deur door.

54

'Oei,' zei mama, en onder de rand van haar rode hoed schermde ze met haar hand haar ogen af. 'Gaan we met dat daar?'

Ze wees naar het enorme witte jacht dat in de baai lag.

'Ja,' antwoordde Lissie Norheim, terwijl ze haar arm om haar heen sloeg. 'Lijkt dat je niet leuk?'

'Tjsongejonge, ik kan het bijna niet geloven.' Mama giechelde met haar hand voor haar mond. 'Ik krijg haast het gevoel dat ik in een film speel. Jij ook?'

Lissie knikte glimlachend.

Al was het natuurlijk niet helemaal waar. Dat gevoel had zij wel in het begin gehad. Ze kon bijna niet bevatten wat ze meemaakte. Ze had met Alexander van alles beleefd waar ze nooit van had durven dromen.

Maar nu?

Het was bijna gek om te merken.

Hoe snel ze eraan gewend was geraakt. Hoewel een deel van haar nog steeds een beetje tegenstribbelde, niet helemaal haar houvast wilde loslaten, was ze toch een ander aan het worden.

'Kom eens hier, Eva,' riep papa, die een eindje verder op de kade stond. 'Het water is kristalhelder. Moet je kijken hoeveel krabben.'

'Hij is net een kleine jongen,' zei mama glimlachend, en ze dribbelde over het beton.

Alexander liep Lissie tegemoet. Hoofdschuddend liet hij zijn telefoon in zijn zak glijden.

'Ze komen toch niet.'

'O?'

Hij zuchtte.

'Ik begin het eerlijk gezegd zat te worden.'

'Ja, erg jammer,' zei Lissie, maar diep vanbinnen meende ze het niet.

Benjamin zou nu familie worden, maar iets aan hem stond haar tegen.

Het was tot daaraan toe dat hij een opschepper was en te veel dronk, maar er was ook iets met zijn blik. Iets akeligs. Een keer tijdens een tuinfeest, toen ze een ogenblik met z'n tweeën waren, had hij zich met wazige blik naar haar toe gebogen.

Jij bent dus degene die met ons gaat trouwen? Je weet niet waar je aan begint. Deze familie? Veel succes!

Alexander was gelukkig vlak daarna gekomen. Hij had zijn broer apart genomen en hem naar bed gestuurd.

Hij zwaaide nu naar de kapitein in de baai, die een klein bootje het water in liet zakken, de ladder af klom en naar hen toe kwam tuffen om hen op te pikken.

Hij wierp een snelle blik op papa en mama, die nog stonden te kijken en te wijzen naar wat onder de oppervlakte zwom.

'Lissie,' zei hij, en hij trok haar weg. 'Ik moet je iets vertellen.'

'O?'

'Weet je nog die avond toen ik zei dat ik buiten stond te bellen?'

'Ja?'

Nu kwam het.

Ze had bijna de hele nacht wakker gelegen, alleen maar liggen tobben.

'Het spijt me, maar dat was niet helemaal waar,' zei Alexander schuldbewust.

'Was je niet aan het bellen?'

'Nee. Benjamin stuurde me een appje. Dat ik naar buiten moest komen. Dat er iets was gebeurd.'

'Jeetje,' zei Lissie. 'Is het iets ergs?'

'Ik weet het niet,' zei Alexander, en hij keek weer naar papa en mama. 'Maar hij had zich in de nesten gewerkt. Het had met Jessica Bakken te maken.'

'Dat vermoorde meisje?'

'Ja. Het spijt me dat ik heb gelogen, maar hij vroeg me... ja... het binnen de familie te houden, als je begrijpt wat ik bedoel.'

Ze sloeg haar armen om hem heen.

'Dank je wel.'

'Waarvoor?'

'Dat je het mij vertelt.'

'Dat ontbrak er nog maar aan. Ik wil niet dat we tegen elkaar liegen, oké?'

Hij streelde over haar wang en keek haar diep in de ogen.

'Natuurlijk niet.'

'Nog maar twee dagen,' zei hij met een glimlach. 'Dan ben jij ook familie. Dan geldt dat excuus niet meer.'

'En... hoe is het afgelopen?'

Lissie pakte zijn hand en liep naar de houten steiger.

'Met wat?'

'Je zei dat hij zich in de nesten had gewerkt, met dat meisje. Hij was toch niet betrokken bij...?'

Alexander bleef staan en schudde zijn hoofd.

'Wat? Nee, nee. Natuurlijk niet. Je kunt veel van Benjamin zeggen, maar niet dat hij gewelddadig is. Drugs, dat is een ander verhaal. Hij gebruikt vaak verdovende middelen. Hij en... sorry hoor, dat mokkel met wie hij omgaat. Jessica Bakken dealde blijkbaar. Wat weet ik niet, maar hij ging in elk geval steeds bij haar langs als hij thuis was. Iemand had hem zaterdag gezien. Op de dag dat ze werd vermoord.'

'Shit,' zei Lissie. 'En wat nu?'

Alexander haalde zijn schouders op.

'Niets, denk ik. Ze moesten vandaag naar de politie, hij en onze advocaat. Hij appte alleen "oké", dus denk ik dat alles in orde is.'

'Laten we het hopen,' zei Lissie, en ze kneep even in zijn hand.

Papa en mama kwamen vrolijk de steiger op, terwijl de kapitein het bootje aan de kade legde en eruit klom.

'Waar willen jullie heen?' vroeg de in hagelwit gestoken man. 'Naar IJsland?'

'IJsland,' zei mama giechelend. 'Hoorde je dat, Henrik?'

Papa grinnikte en tilde zijn camera op, die om zijn nek hing. Hij nam eerst een foto van het jacht in de verte, toen van de kapitein.

'Geintje, natuurlijk,' zei de kapitein. 'Jullie wilden toch walvissen zien?'

'Zijn er blauwe vinvissen?' vroeg papa.

'Waarschijnlijk niet,' zei de kapitein. 'Maar orka's en witflankdolfijnen zullen we wel te zien krijgen.'

'Gaan we richting Smøla?' vroeg Alexander.

'We kunnen daar beginnen,' zei de kapitein, en hij bood mama zijn arm. 'Zullen we?'

55

Hannah Holmen scande bij de machine bij de ingang van de bibliotheek de twee boeken die ze had gevonden. Ze keek op het overzicht en knikte tevreden toen ze zag dat geen van de boeken die ze thuis had liggen te laat was. Ze stopte de boeken in haar rugzak en liep naar de balie.

'Hoi, Hannah,' zei Liv, de bibliothecaresse.

'Hoi, Liv,' zei Hannah.

'Heb je iets kunnen vinden?'

Hannah mocht Liv graag. Ze deed haar aan haar moeder denken, zoals ze vroeger was. Grappig, met een warme blik.

Kijk, Hannah, er zitten eieren in de vogelkast.

Wauw.

Voorzichtig, we moeten ze niet aanraken. Zullen we vandaag opruimen, of lekker niks doen?

Niks doen!

'Ja, twee. Maar deze heb ik niet gevonden,' zei Hannah, en ze pakte haar telefoon.

'Welke boeken?' vroeg de bibliothecaresse. Ze liep naar het scherm.

Heel fijn dat er op Hitra een bibliotheek was, maar hij was vrij klein en ze hadden niet heel veel titels. Hannah kwam er vaak;

het was een toevluchtsoord als alles haar te veel werd. Er was een hoekje waar ze altijd zat, achter de kast met poëzie; daar kwam toch nooit iemand. Ze hadden voor tien kronen warme chocolademelk in de machine. Maar soms, als Hannah geen geld had, kwam Liv haar toch een beker brengen; dan gaf ze haar een knipoog en legde haar vinger tegen haar lippen.

'Even kijken,' zei Hannah, op haar telefoon scrollend. 'Heb je *De magiër* van John Fowles?'

'Zo, hé,' zei Liv. 'Wil je die lenen? Die is heel goed.'

'Ik kreeg een tip,' zei Hannah met een glimlach.

Urenlang.

De hele avond bijna.

Ze had de chat open laten staan, hoewel ze op het laatst niet zoveel meer tegen elkaar zeiden.

Ieder met een boek.

Ieder in zijn eigen bed.

Alleen af en toe een berichtje.

Hoe ver ben je nu?

Op pagina 67.

Is het nog steeds goed?

Ja, heel erg. Bij jou ook?

'Was het alleen die, of heb je er nog meer?'

'Ik heb er vrij veel. Heb je *De vogels* van Tarjei Vesaas?'

'Jeetje,' zei Liv. 'Wat leen je volwassen boeken! Spannend, hoor.'

Hij had haar heel veel titels gestuurd.

Vreemd eigenlijk.

Hoe je iemand in zo korte tijd kon leren kennen.

'Zo,' zei Liv toen ze klaar was met reserveren. 'Zal ik je bellen als ze binnen zijn?'

'Graag,' antwoordde Hannah met een glimlach, en ze liep naar buiten naar haar fiets.

De vrachtwagens stonden achter het hotel geparkeerd en ze waren al bezig om alles op te bouwen. De kermis was er elk jaar, altijd dezelfde.

Hannah liep met haar fiets aan de hand naar het plein en ging op een bankje zitten.

Nu werd ze weer verdrietig.

SommerFillan.

Overdag feest voor families, 's avonds een concert voor jongeren.

Ze was er een tijd niet meer geweest.

Niet sinds Jonathan was verdwenen.

Ze had overwogen om dit jaar te gaan, maar nee.

Jessica.

Ze kon het niet opbrengen.

Gewoon thuisblijven.

In bed met haar laptop.

Hannah wilde net opstaan, toen er verderop een deur opengíng en Cynthia Prytz tevoorschijn kwam. Ze liep snel de deur uit en keek om zich heen. Liep naar haar auto, die geparkeerd stond op de plek waar Hannah zat, en haalde haar telefoon uit haar tasje.

Hannah zag waar ze vandaan was gekomen.

Het kantoor van Fabian.

De psycholoog.

Het schoot haar opeens te binnen wat Jessica die keer had gezegd.

Bijna gefluisterd.

Ik weet dingen over hen. Geheimen.

Hannah had er toen geen aandacht aan besteed. Jessica zei altijd zoveel.

Maar nu?

Na wat er was gebeurd?

Hannah stond resoluut op en nam haar fiets mee.

Ze zette hem tegen een boom bij de parkeerplaats en deed alsof ze zich bukte om haar veter vast te maken.

Cynthia Prytz leek van slag te zijn.

Ze liep voor haar auto heen en weer, gebaarde met haar armen en praatte geïrriteerd in haar telefoon.

'Nee, daar komt niets van in. Ik zei witte bloemen, en dan bedoel ik ook wit. Nee. Geen sprake van, alles in de kerk moet wit zijn. Waar betaal ik je nou eigenlijk voor?'

De bruiloft.

Ze had het over de versieringen.

Hannah kwam hoofdschuddend weer overeind.

Pff.

Niets bijzonders.

Wat was er met haar aan de hand?
Zag ze overal beren op de weg?
Hannah stapte op haar fiets en zette haar helm op.
Tijd om naar huis te gaan.

56

Hestvika was een iets andere kennismaking met het eiland, en voor het eerst kreeg Munch een inkijkje in de plaatselijke bedrijvigheid. Lange, vierkante, saaie gebouwen. Een klein industriegebied met iets wat op loodsen leek. Een groot verroest vrachtschip aan de kade was aan het lossen. Geen vis waarschijnlijk. Munch zag hier tenminste geen koelhuizen, op het eiland werd vast geen vis gelóst. Grote kans dat die werd geláden, verstuurd naar exporthavens in Nederland en Duitsland, en vandaar verder de wereld in. Munch had ergens gelezen dat Noorwegen meer dan drie miljoen ton vis per jaar exporteerde, voor het duizelingwekkende bedrag van honderdtwintig miljard kronen. En hoeveel verdiende de staat daar in totaal aan? Rond de twaalfhonderd miljard? Als de olie buiten beschouwing werd gelaten, natuurlijk; dat was een heel andere rekensom. Hij had nog niet zo lang geleden op de site van het oliefonds gekeken, waarbij de totale waarde voortdurend boven door het scherm liep. Een onbevattelijk groot getal, dat alsmaar groter werd. Langs de kustweg hierheen lagen de vele kwekerijen waar de laatste tijd zoveel discussie over was geweest. Was dat eigenlijk wel goed? Demonstraties hier en daar. Vertegenwoordigers van milieuorganisaties in verhitte discussies op de televisie. Maar honderdtwintig miljard? Tien procent van de begroting? Niet vreemd dat de lobbyisten vrij toegang kregen tot het parlement. Niet alles ging naar de staat natuurlijk, daar hadden ze net het bewijs van gezien. Zoals de familie Prytz. Enorme vermogens in particuliere handen. Vier grote grijsblauwe ronde metalen tanks torenden hoog boven het achterliggende bos uit. De ingreep van de industrie in de verder zo prachtige natuur, gelukkig maar een klein stukje. Toen ze de bocht om waren, was de idylle weer terug: boerderijtjes en huizen, groene velden en wuivende bomen tot aan de open, rimpelloze zee.

Het huis van Lolander was een van de grotere op het eiland. Wit, zoals de meeste, met een grote tuin die helemaal tot aan het water reikte. Ze parkeerden voor het huis en konden het daar al horen. Ergens klonk het geluid van een zaag. Ook tekenen op het erf: gekapt hout, een tractor met een grote stronk aan een ketting erachter.

'Hij werkte toch bij een bank?' vroeg Mia, terwijl ze om zich heen keek.

Het geluid van de zaag echode door het dal.

'Hij schijnt met pensioen te zijn,' zei Munch, terwijl hij voor haar uit om het grote huis heen liep.

Ze zagen hem een eind verderop staan, met een oranje helm met vizier en in kleurige werkkleding.

Munch zwaaide naar hem; de man zwaaide terug.

Hij zette zijn helm af, stopte een handschoen in zijn achterzak en liep naar hen toe.

'Hadden jullie gebeld?' vroeg de man, terwijl hij het zweet van zijn voorhoofd wiste.

Het was een beetje bewolkt vandaag, maar het was nog steeds warm.

'Holger Munch,' zei Munch. 'En dit is Mia Krüger.'

'Aangenaam,' zei de man, en hij stak zijn linkerhand uit.

'Ben jij Lars Lolander?'

'Inderdaad,' zei de man, terwijl hij met zijn hand over zijn voorhoofd veegde. 'Poeh, poeh, ik zou het bij dit weer misschien een beetje kalmer aan moeten doen, maar ik kan niet stilzitten. Zelfs na een jaar ben ik er nog niet helemaal aan gewend.'

'Ben je met pensioen?' vroeg Munch toen Lolander hen had uitgenodigd op een bank op de veranda plaats te nemen.

Een karaf limonade en een schaal koekjes op tafel.

'Ja. De financiële sector. Nu zit ik een beetje in het haardhout, zoals jullie zeker hebben gezien. Ik moet iets omhanden hebben. Willen jullie misschien liever koffie?'

Munch schudde zijn hoofd, Mia ook.

'Ik moest ermee stoppen,' zei Lolander glimlachend. 'Kon niet tegen al die cafeïne. Je lijf is niet meer hetzelfde als je richting de zeventig gaat.'

'We zullen je niet lang ophouden,' zei Munch.

'Gaat het over het meisje?' vroeg Lolander nieuwsgierig.
'Ja, je hebt misschien gehoord dat we naar iemand op zoek zijn?'
'Nee,' zei Lolander. 'Maar ik hoop natuurlijk dat jullie naar iemand op zoek zijn, dat jullie hier niet met vakantie zijn.'
Weer een glimlach over het bruinverbrande gezicht.
Munch probeerde sarcasme in zijn stem te bespeuren, maar dit moest oprecht zijn bedoeld.
'Kende je haar?' vroeg Mia.
'Het meisje? Nee,' zei Lolander, en hij pakte een koekje. 'Ik ben daar niet zo vaak.'
Hij gebaarde naar de andere kant van het bos.
'In het centrum dus. Ik ben betrokken bij de kerkenraad, maar meer ook niet. Ik heb genoeg mensen om me heen gehad in mijn leven. Dag in dag uit eeuwig en altijd vergaderingen, daar krijg je op den duur zo tabak van dat een vredig, rustig leven wel prettig is.'
'Dus je bent gelovig?' vroeg Mia.
'Ja, zo kun je dat wel zeggen,' antwoordde Lolander. 'Je kunt toch moeilijk aannemen dat al deze schoonheid hier toevallig is?'
Hij knikte naar het water. Het vrachtschip dat aan de kade had gelegen was gereed en gleed zachtjes naar de open zee.
'Ik zie dat je een verband om je hand hebt,' zei Munch. 'Een ongeluk?'
'Jeetje ja, dat scheelde niet veel.' Lolander stak hoofdschuddend zijn hand in de lucht.
'Mijn vrouw loopt altijd op me te mopperen. Ze vindt dat ik voorzichtiger moet zijn. En nu heb ik mijn lesje gelukkig wel geleerd; het had me zo één of twee vingers kunnen kosten.'
Hij wees naar de cirkelzaag.
'Gelukkig maar een splinter.'
'Mogen we hem even zien?' vroeg Munch.
'Zien?' vroeg Lolander.
Munch knikte naar het verband.
'Ja? Wat heb je eronder?'
'Willen jullie dat ik het verband afdoe? Waarom?'
Iets in zijn ogen wat Munch niet helemaal kon duiden.
'Gewoon ons werk,' zei Munch. 'We willen mensen graag zo snel mogelijk uitsluiten.'

‘Uitsluiten?’ herhaalde Lolander met gefronste wenkbrauwen. ‘Betekent dit dat jullie denken dat ik…?’

‘Nee, nee,’ zei Munch.

‘Wie heeft gezegd dat ik er iets mee te maken heb?’ vroeg Lolander een beetje nors, terwijl hij de verbonden hand weer in zijn schoot legde.

‘We volgen gewoon de procedures,’ zei Munch, ‘Mogen we?’

Lolander zuchtte terwijl hij zijn hand weer op tafel legde.

‘Is het echt nodig? Ik heb hem net opnieuw verbonden.’

‘Alleen even kijken,’ zei Munch.

‘Goed dan,’ mompelde Lolander. Hij maakte het krammetje los dat het verband bij elkaar hield.

Hij rolde het af en liet hun de palm van zijn hand zien.

Een ronde wond in het midden.

‘Hij is er hier in gegaan,’ zei Lolander, wijzend. ‘Zo diep in mijn hand. Een stukje van de stam. Tevreden?’

Hoofdschuddend wikkelde hij zijn hand weer in het verband.

‘Waar was je zaterdag?’ vroeg Mia.

‘Zaterdag? Hier thuis. Hoezo?’

‘Zoals gezegd: we ondervragen iedereen…’ begon Munch, maar Lolander onderbrak hem.

‘Dan denk ik dat we het hier maar bij moeten laten,’ zei hij terwijl hij opstond. ‘Ik moet mijn werk zien af te maken. Of was er verder nog iets?’

‘Nee, dat was het. Dank voor je begrip.’

Toen ze weer bij de auto waren pakte Munch een sigaret uit het pakje.

‘Dat was verspilde moeite.’

‘Yep,’ zei Mia, en ze liet haar blik over de velden gaan. ‘Wie heeft je ook alweer de tip gegeven, zei je?’

‘Corneliussen. Beth. Voorzitter van de kerkenraad.’

‘Misschien moeten we haar eens onder de loep nemen?’

‘Haar?’

Munch moest even lachen.

‘Ja.’

‘Zij heeft denk ik nog nooit een vlieg kwaad gedaan.’

Mia wilde iets zeggen, maar ze werden onderbroken door zijn telefoon.

'Ja, met Munch?'

'Met Borg,' zei Kevin Borg energiek aan de andere kant. 'Ik geloof dat ik iets heb.'

'Oké.'

'Ik heb net met een van de buren van Pelle Lundgren gesproken,' vervolgde Borg buiten adem. Het klonk alsof hij rende.

'Ze had Lundgren met iemand zien praten. Zondagochtend, toen ze haar huis verliet.'

'Wie?'

'Ze heet Xandra,' zei Borg, die inmiddels blijkbaar bij zijn auto was, want Munch kon een portier horen.

'Kassandra?'

'Nee, met een X. Xandra. Ze woont ergens in Fjellvær, ik ben op weg naar haar toe.'

'Ik ga mee,' zei Munch, terwijl hij het portier opendeed. 'We zien elkaar bij het hotel, oké?'

57

Borg stond met draaiende motor voor de ingang van het hotel en kon bijna niet wachten. Munch parkeerde zijn auto en stapte uit.

'Ga je mee?'

Hij keek naar Mia, die nee schudde.

'Ik moet een paar dingen checken.'

'Oké, bel me dan straks.'

Ze knikte en liep naar haar motor.

'Ik rijd,' zei Borg, wijzend naar de passagiersstoel.

'Dus je bent hier bekend?' vroeg Munch toen hij zijn gordel had omgedaan en Borg de weg op was gedraaid.

De 714.

Munch kende die inmiddels.

De 714 splitste zich, naar Frøya en naar Fjellværsøya.

De 713 liep alleen over Hitra.

Hij had daar vaak over zitten tobben. Hij begreep nog steeds niet hoe het mogelijk was dat niemand iets had gezien. Niet die keer drie jaar geleden, en afgelopen zaterdag ook niet. Of nou ja, er waren zaterdag waarnemingen geweest, maar tot nu toe waren die niet bruikbaar. Een blauwe Ford, met luid joelende passagiers. Een fietser, die er heel verdacht uitzag, die zich niet precies op die plek bevond, maar iets verderop. Dag zes – hij voelde de klok doortikken. Wist dat de herinneringen van mensen een eigen leven gingen leiden, zelfs al na korte tijd. Hij had eens een interessant congres over waarnemingen en herinneringen bezocht.

Hoe meer tijd er verstreek, hoe vager herinneringen werden. Ze raakten vervormd.

Ik dacht dat ik Olav daar had gezien.

Dat kon heel goed een echte waarneming zijn, maar helaas op het verkeerde tijdstip.

Stond de auto van Harald daar niet?

Dat kon een fictieve herinnering zijn, de wens als vader van de gedachte om behulpzaam te zijn, degene te zijn die met nuttige informatie kwam.

'Vrienden van me hebben daar een huisje,' vertelde Borg, terwijl hij afsloeg naar Fjellværsøya. 'Ik ben er een paar keer geweest. Ik denk zelfs dat ik haar daar heb gezien. Nu ik erover nadenk: misschien woont zij wel in het Trollennest.'

'Het Trollennest?'

'Ja, sorry, dat is een plek daar, met veel...'

Hij wuifde met zijn hand.

'Ja, wat zal ik zeggen? Overal kleuren en hippiegedoe.'

'Was dat Xandra?'

'Ja. O, verdomme, dat vergat ik bijna. Weet je nog dat ik in de kapsalon was, na die inbraak?'

'Ja.'

'Zij was het,' zei Borg, met zijn vingers naar hem knippend.

'De kapster?'

'Nee, nee, degene die haar verzamelt. Weet je nog dat ik dat zei? Dat het haar werd verzameld voor een kunstenaar of zo, die het gebruikt voor... Ik weet niet meer goed wat het was. Dat was zij. Zij krijgt dat haar. Snap je?'

Hij glimlachte naar Munch, die het raampje omlaagdeed. De zon stond weer aan de hemel te branden. Warm boven het landschap, dat hier bijna nog magischer was. De kale rotsen die overgingen in groene velden, met de glinsterende zee ervoor. Twee reeën sprongen over een akker en verdwenen in het bos.

'Ik denk dat we iets op het spoor zijn.'

Borg knikte tevreden en zette de radio aan.

'Wat denk jij?'

'Kan die misschien...?' vroeg Munch met een blik op de geluidsinstallatie.

'Uit?'

'Dank je,' zei Munch.

'Verdomd goed eten hier,' zei Borg, naar een bord wijzend. 'Garnalen en kreeft en zo. Ze hebben zelfs eigen maaltijdboxen die je bij je huisje kunt laten bezorgen.'

'Dus je bent hier vaak geweest?'

'Nou, een paar keer maar. Het zijn vrienden van mijn ex-vrouw, dus het is onderhand wel een paar jaar geleden. Maar toen Eriksen "Heggvika" zei, wist ik precies waar het was.'

Hij schakelde en haalde een camper in.

Ze reden over twee bruggen, en het landschap om hen heen werd nog opener.

'Hier is het mooi, zeg,' zei Borg. 'Als Hitra de schelp is, is dit de parel.'

Hij sloeg af op een onverharde weg en was gelukkig een paar minuten stil, totdat ze weer bij het water kwamen, bij een prachtig wit zandstrand dat zich langs de baai uitstrekte.

'Heggvika,' zei Borg terwijl hij uitstapte.

Hij rekte zich uit en knikte.

'Dat hippiehuis ligt daar in het bos.'

'Maar je parkeert hier?' vroeg Munch.

'Beter om iemand op heterdaad te betrappen, vind je niet?'

Borg knipoogde en liep voor hem uit de weg over.

58

Mia zette haar motor in de schaduw onder de boom en bleef op het plein voor de kerk staan. Een raam bovenin stond op een kier, ze kon het kinderkoor horen. Mooie, heldere, kwetsbare stemmen begeleid door een piano, waar wel een betere musicus achter plaats had mogen nemen. Er stond een grote witte vrachtwagen aan de andere kant van de kerk geparkeerd. GOLD-STAR EVENT. De bruiloft, hoe kon het ook anders? Het ging vast om de laatste details. Een vrouw commandeerde twee meisjes, die spullen uit de auto haalden.

Mia stak het plein over en belde aan.

Ze wachtte, maar niemand deed open.

Niet raar natuurlijk. De zon spiegelde zich in het heldere water achter het huis.

De weduwe zou wel in de tuin zijn, of op de veranda, als ze al thuis was.

Mia liep om het huis heen, en ja hoor: Dorothea Krogh zat te doezelen in een stoel onder een parasol. Haar bril was van haar neus gegleden en er lag een kruiswoordpuzzel op de verandavloer bij haar voeten.

Oké, niet storen.

Ze kon het later doen.

'Hallo?'

Ze was net de hoek om toen ze de stem hoorde.

'Hallo daar?'

Mia liep terug en zag dat Dorothea een beetje versuft haar bril terug op haar neus zette.

'Met wie heb ik de eer?'

'Excuses, ik ben het maar, Mia Krüger, van de politie. Ik wilde je niet storen, ik kom later wel terug.'

'Nee, nee,' zei de weduwe terwijl ze haar wenkte. 'Het is goed, kom maar.'

Dorothea keek even confuus om zich heen voor ze merkte dat ze haar leesbril op had. Ze zette hem af en vond een andere in een koker op tafel.

'Zo ja, nu gaat het beter,' zei ze glimlachend. 'Ik was even weggedommeld. Kom, ga zitten.'

Dorothea glimlachte en schudde met de thermosfles die op de grond stond.

'Hier zit niets meer in. Zal ik nieuwe zetten?'

'Nee, dat hoeft niet, hoor,' zei Mia, terwijl ze op de rand van een bankje ging zitten.

'Er is toch niet nog iets verschrikkelijks gebeurd? Ik vind dat we onze portie wel hebben gehad.'

Ze schudde haar hoofd.

'Nee, daar kom ik niet voor,' zei Mia. 'Ik kom zomaar langs. Jij kent toch alles en iedereen hier?'

'Tja, vroeger wel. Nu niet meer. Als je tachtig jaar op dezelfde plek woont, hoor je weleens wat. Waar kan ik je mee van dienst zijn?'

'Anita Holmen? Ken je haar?'

'Niet goed, maar ik weet natuurlijk wie het is.'

De weduwe knikte in de richting van het kerkhof.

'Ze komt hier vaak. Bezoekt het lege graf. Ik heb haar niet willen storen, maar laatst kon ik het niet laten. Ik ging naar haar toe om te kijken of ik haar ergens mee kon helpen, maar ze had er geen boodschap aan. Die arme vrouw.'

'Weet je wie de vader van de jongen is?'

'Van Jonathan?'

'Ja.'

Ze aarzelde even.

'Tja...'

Ze keek over haar bril naar Mia.

'Weet je het?'

'Nou, nee,' zei de weduwe. 'Ik wéét het niet, maar er wordt gekletst.'

'Oké?'

Dorothea boog zich fluisterend naar voren.

'Je hebt het dus niet van mij gehoord, maar er gaan geruchten dat het... Roar is.'

'Wat?' zei Mia verrast. 'Bedoel je Roar Wold, van de garage?'

'Ik wéét het niet, maar dat wordt gezegd.'

Dorothea knipoogde terwijl ze naar een donkere fles aan het eind van de tafel wees.

'Een glaasje port, heb je daar zin in?'

'Ik moet nog rijden,' zei Mia. 'En ik wil je niet langer ophouden. Nog een paar vragen, kan dat nog?'

'Natuurlijk. Over wie gaat het?'

'Beth Corneliussen? Wat kun je me over haar vertellen?'

Dorothea lachte.

'Beth? Nee, nu ben je zelf de weg een beetje kwijt, geloof ik. Ze is zo vroom dat ik denk dat Onze-Lieve-Heer een aparte zetel voor haar in de hemel heeft. Als Hij het niet te veel van het goede vindt. Vergeleken bij haar lijken wij echte zondaars.'

'Oké,' zei Mia. 'Dan heb ik nog een naam, en ik hoop niet dat dit je in een lastige positie brengt.'

'O, geeft niet, hoor. Ik heb aardig wat in mijn leven meegemaakt, lieverd. Kom er maar mee voor de dag.'

'Thomas Ofelius?' zei Mia. 'De nieuwe dominee?'

Dorothea viel even stil.

'Ja,' zei de weduwe ten slotte. 'Wat zal ik zeggen?'

Terwijl ze uitkeek over de tuin vouwde ze haar handen.

'Ik weet niet wat jij ervan denkt,' zei Mia, 'maar ik heb het gevoel dat er iets niet helemaal in de haak is.'

'Ja, dat kun je wel zeggen,' zei Dorothea kuchend.

'Ken je hem goed?'

'Nou, een beetje. Hij is hier nog maar nauwelijks een jaar.'

'Heeft hij jouw man opgevolgd?'

'Wat? Nee, nee. We hebben tussendoor nog een vrouw gehad. Leuk mens. Ze had het niet zo makkelijk in de kerkenraad, maar ik heb ten slotte toch mijn zin gekregen. Dat lukt me altijd wel.'

Ze glimlachte naar Mia.

'Maar ze kon hier niet zo aarden, geloof ik. De gemeente is erg klein. En veel... tja... vooroordelen, weet je. Dan was er nog iets met een zieke moeder in het zuiden van het land, dus het kwam allemaal niet zo goed uit.'

'En hoe is Ofelius in beeld gekomen?'

'Nou, we hebben een advertentie geplaatst. Een vacature. En hij was de enige die solliciteerde.'

'Was jij bij de aanstelling betrokken?'

'Ja.'

'En wat dacht je toen?'

'Ja, wat moet ik zeggen? Hij was erg voorzichtig, een beetje nerveus. Hij kwam net van de theologische faculteit, had nog geen praktijkervaring. Maar je moet iemand een kans geven, vind je ook niet? Ik dacht: het zal wel goed komen.'

'En hoe is het gegaan?'

'Het gaat eigenlijk wel goed.'

'Heeft hij veel hulp nodig?'

'Wat denk je? Nou, ik moet hier niet beter dan de anderen zitten zijn. Hij heeft wel wat hulp nodig, maar ik vind zijn diensten mooi. Geef hem meer tijd, dan komt alles goed.'

'Voor zulke benoemingen moet je toch ook een verklaring hebben?'

'Bedoel je zo'n verklaring omtrent gedrag?'

'Ja. Heb je die gezien?'

'O, jazeker. Er was niets. Natuurlijk niet, die gedachte is nooit bij me opgekomen. Hij was alleen een beetje geremd, als je dat mag zeggen.'

'Oké. Dat waren mijn vragen,' zei Mia terwijl ze opstond. 'Bedankt voor je hulp.'

'Verder niets?' vroeg Dorothea bijna teleurgesteld.

'Nee, dat was alles.'

'Hè, wat jammer nou. Ik waande me al bijna in een boek van Agatha Christie.'

Dorothea glimlachte en liep met Mia mee naar de voorkant van het huis. Ze riep nog even naar Mia toen die al op het plein was.

'Je moet me laten weten als er verder nog iets is.'

Ze glimlachte met haar vinger tegen haar neus.

'Miss Marple, weet je.'

'Zal ik doen,' zei Mia zwaaiend.

En ze liep terug naar haar motor.

59

Borg zat er niet helemaal naast toen hij het huis beschreef. Hij was wat neerbuigend geweest, maar het klopte aardig. Trollen zag Munch niet, maar een nest was het wel. Er stonden verschillende bouwsels, de meeste schots en scheef, en heel kleurig. Alles lag ietwat verscholen, maar het was niet moeilijk te vinden. De hele weg ernaartoe hadden ze aanwijzingen gekregen dat er iets aan zat te komen. Een tuinkabouter. Een roze elandje. Een zelfgemaakt bord met de tekst NIRWANA 200 M. Munch zag geen auto, maar wel een elektrische fiets met aanhanger voor een gebouw dat inderdaad wel op een nest leek. Gevlochten dunne takken vormden de wanden. Het dak was bedekt met mos, en om een of andere reden lag er een skischoen op.

'O, shit, ze heeft geen kleren aan,' barstte Borg uit toen hij haar in een moestuin bij het huis zag staan.

'Hallo!' Een vrouw zwaaide naar hen. 'Heb ik bezoek?'

'We zijn van de politie!' zei Munch en hij stak zijn pasje op.

'Ik kom eraan,' riep ze terug. Ze kwam aandraven.

'Kun je misschien iets aantrekken?' vroeg Munch.

'Wat?' zei ze, en ze bleef staan.

'Kleren!' riep hij. 'Kun je misschien iets aantrekken?'

De vrouw lachte en nam een weg door de tuin naar het huis waar ze haar niet konden zien.

Ze kwam weer naar buiten in een jurk, die er Indiaas uitzag, met mooie patronen en hier een daar wat franjes.

'Aha, dus jullie zijn preuts.' De vrouw lachte. 'Ik dacht dat mannen van tegenwoordig moderner waren. En wie hebben we hier?'

Met haar handen in haar zij ging ze wijdbeens voor hen staan. Ze had blond en warrig haar: lange, dikke dreadlocks met versierselen erin. Kleurige veren, een kurk en een belletje, er zat een heel assortiment in haar fascinerende manen.

Borg gaf haar een hand.

'Kevin Borg, rechercheur uit Trondheim, en dit is Holger Munch, hoofdrechercheur uit Oslo.'

'Eh... oké?' zei Munch ongemakkelijk.

Ze legde haar handen tegen elkaar en boog langzaam.

'Namaste, jongens. Wat doen twee van die knappe agenten helemaal hier? Zijn jullie verdwaald in de jacht op Sasquatch?'

Ze had doordringende blauwe ogen en lachte hen met hagelwitte tanden toe. Een aantrekkelijk gezicht, dat na het werk in de tuin wel aan een wasbeurt toe was.

'Sas... watte?' zei Borg.

'Volgens mij bedoelt ze Bigfoot,' zei Munch.

'Juist,' zei de vrouw met een knipoog.

Ze wees naar Munch.

'Jou vind ik leuk. Maar jou snap ik niet helemaal. Een stropdas, op een dag als vandaag? Zit dat niet heel ongemakkelijk?'

Borg schraapte zijn keel en knikte naar het huis.

'Woon je hier?'

'Ja,' zei de vrouw grijnzend, terwijl ze haar armen spreidde. 'Welkom in Nirwana. Mijn eigen paradijsje.'

'En hoe heet je?' vroeg Borg, terwijl hij een pen en een notitieboekje tevoorschijn haalde.
'Ik ben Xandra.'
Ze boog weer, diep deze keer.
'En je achternaam?' vroeg Borg, en hij zette zijn pen op het papier.
'Alleen Xandra.'
Ze lachte haar witte tanden weer bloot.
'Je moet toch een achternaam hebben?' zei Borg. 'Hoe je in het bevolkingsregister staat, bedoel ik. Heb je een paspoort of een geboorteakte voor ons?'
Hij keek haar streng aan.
'Geboorteakte?' zei Xandra glimlachend. 'Ik ben bijna veertig, dus ik weet niet waar ik die heb gelaten.'
'Je paspoort dan,' bromde Borg ongeduldig. 'Dat heb je toch wel?'
Munch had er onderhand genoeg van. Hij trok Borg opzij en verwees hem naar de weg.
'Wacht in de auto.'
'Hè?' zei Borg.
'Je hebt me wel gehoord. Ik kom er zo aan.'
Hij wees nog een keer.
Borg keek hem chagrijnig aan, maar deed wat hem werd gezegd. Hij stak het notitieboekje terug in zijn zak en maakte zich mopperend uit de voeten.
'Oei, wat streng,' merkte Xandra met een knipoog op, terwijl ze haar arm door de zijne stak.
'Daar houden we van.'
Ze nam hem mee naar een kleurrijke veranda. Er bungelde een grote dromenvanger aan het plafond, en ook een paar uit hout gesneden vogels.
'Wil je iets drinken? Lijsterbeswijn? Ik weet niet of ik nog schone glazen heb, maar we kunnen toch ook wel uit de fles drinken?'
Ze glimlachte en liep blootvoets naar de deuropening.
'Nee, dank je.'
'Weet je het zeker? Water? Iets anders?'
'Ik weet het zeker,' zei Munch met een knikje.

Xandra plofte in een gele schommelstoel en trok haar benen onder zich.

'Nou, meneer de agent, waar kan ik je vandaag mee helpen?'

'Ik heb alleen een paar korte vragen.'

'Oké.'

'Pelle Lundgren – kende je hem?'

'Wat bedoel je met "kennen"?' vroeg Xandra. 'Is het echt waar? Hebben ze hem al opgehaald?'

'Wie?' zei Munch.

'Marsbewoners? Nee, het was Jupiter.'

Ze lachte even.

'Ik was een tijdje geleden bij hem, en toen vertelde hij dat hij een tijd en een plaats had doorgekregen. Dus nu is het gebeurd? Ongelooflijk.'

'Nee,' zei Munch voorzichtig. 'Pelle Lundgren is helaas overleden. We hebben hem in het Havmyran-moeras gevonden. In de nacht van zondag op maandag.'

Ze keek hem onderzoekend aan.

'Hebben ze zijn lichaam achtergelaten? Hebben ze alleen zijn ziel meegenomen?'

Munch schraapte zijn keel.

'Hij is in elk geval niet langer onder ons.'

'Des te beter voor hem,' zei Xandra glimlachend. 'Hij had het in het ondermaanse niet erg naar zijn zin.'

Ze boog zich naar hem toe en fluisterde: 'Ik geloofde er eerlijk gezegd niet helemaal in. Zo zie je maar weer. Je kunt er totaal naast zitten.'

'Eh... ja,' zei Munch, terwijl hij over zijn baard streek. 'Je was dus bij hem thuis. Wanneer was dat?'

'Op... zondag, geloof ik.'

'Mag ik vragen wat je daar deed?'

'Vraag maar raak,' antwoordde ze. 'Nou, hij had beloofd dat ik wat van zijn haar mocht hebben.'

'Ja, dat heb ik gehoord,' zei Munch. 'Dat je haar verzamelt. Mag ik vragen waar je het voor gebruikt?'

'Voor van alles. Ik brei en ik weef. Ik had hem een trui beloofd. Niet voor deze winter natuurlijk. Zo snel ben ik nu ook weer niet, weet je.'

'Dus je breit? Doe je dat alleen met haar?'

Ze lachte even.

'Nee, ik combineer het met wol. Als bescherming, snap je?'

'Oké, ik... snap het. We hebben Caroline van de kapsalon gesproken, en ze zei dat je een heleboel haar van haar zou krijgen, van al haar klanten.'

'Ja, dat is voor mijn weefsel. Een heel spannend project. Dat heb ik in de schuur, wil je het zien?'

'Een andere keer misschien,' zei Munch kuchend. 'Kun je het kort beschrijven?'

'Ik weef een gemeenschapstapijt. Ik probeer iedereen die hier woont in één werk te verzamelen. In deze tijden. Want iedereen is alleen en dat is niet goed. We moeten elkaar steunen.'

'Voor een... tentoonstelling of zo?'

'Nee, dat weet ik nog niet. Ik hoop dat ze het in het gemeentehuis willen ophangen. Of misschien in de kerk. Dat zou mooi zijn. Ik hoor dat er nu vooral vissen hangen.'

'Het nieuwe altaarstuk?'

'Ja, heb je het gezien?'

'Jazeker.'

'Is het net zo verschrikkelijk als iedereen zegt? De familie Prytz en God hand in hand?'

'Er staan zalmen op, maar zo erg was het niet,' zei Munch.

'Fijn om te horen,' zei ze met een glimlach. 'We moeten niet vergeten dat zij ook mensen zijn.'

Haar gezicht kreeg opeens een heel andere uitdrukking, en ze staarde hem aan.

'Nee, maar...'

Met schuin gehouden hoofd stond ze op van haar stoel.

'Verdriet?'

Ze liep naar hem toe en legde haar hand op zijn borst.

'Ach jee, ben je zo verdrietig?'

Munch schraapte zijn keel en haalde voorzichtig haar hand weg.

'Het gaat wel. Zullen we...'

Hij wees naar de schommelstoel.

'Wacht even, ik heb iets wat helpt.'

Ze liep blootvoets naar binnen en kwam terug met een glanzend zwart steentje.

'Apachetraan,' zei ze, terwijl ze de steen voorzichtig in zijn borstzak liet glijden. 'Draag deze dicht bij je hart. Dat helpt. Ik gebruik ze zelf altijd als ik verdrietig ben.'

Ze glimlachte droefgeestig en ging weer in haar stoel zitten.

'Waar waren we?'

'Ja,' zei Munch. 'Ik denk dat dit het was. Of wacht even... Kende je dat meisje, Jessica?'

'Dat arme schaap dat werd vermoord?'

'Ja.'

Ze schudde van nee.

'Nee, maar ik ken haar moeder. Ze is hier een paar keer geweest, omdat ze iets te roken wilde hebben. Wiet dus.'

'Maar dat had je niet?'

'O, jawel, ik heb heel veel. Ik verbouw het zelf, in de kas, maar ik mocht haar niet zo. Onhebbelijk. En ja... ik weet het niet. Onbeschoft. Kan ik dat zeggen?'

Munch knikte.

'Maar Jessica niet?'

'Nee.'

'Oké,' zei Munch, terwijl hij moeizaam opstond uit de lage stoel.

'Dat was het. Dank je wel. Prettig met je kennis te maken.'

'Met jou ook,' zei Xandra glimlachend, en ze liep met hem mee naar het erf.

Munch bleef staan en draaide zich om.

'Zeg, Xandra, mag ik je nog één ding vragen?'

'Ja?'

Hij zette een paar stappen naar haar toe en wees.

'Waarom heb je een belletje in je haar? Is dat niet vreselijk irritant?'

'Wat?' vroeg Xandra. 'Heb ik een belletje in mijn haar? Waar dan?'

'Daar.' Munch wees.

'Dus dát was het.'

Ze lachte even.

'Ik dacht dat het geluid in mijn hoofd zat. Kun je het eruit halen?'

Munch zette nog een stap dichterbij en maakte voorzichtig het belletje los.

'Hier,' zei hij.
'Hou het maar. Als aandenken aan mij. Kom je nog eens terug? Dan kunnen we die lijsterbeswijn delen.'
'Doe ik,' zei Munch, en hij liep de weg af.
Boven aan het heuveltje bleef ze naar hem staan zwaaien.
'Denk aan de steen. Dicht bij je hart, hè?'

60

Hannah schopte in de gang haar schoenen uit en holde de trap op. Kreeg spijt, liep weer naar beneden, zette haar schoenen op hun plaats en rende snel weer naar boven. Ze haalde haar boeken uit haar rugzak, legde ze op haar bureau, hing de rugzak aan het haakje bij de deur en kroop in bed.
Ze zette haar computer aan en wachtte.
Wat deed dat ding er vandaag lang over. Het duurde een eeuwigheid voor het scherm eindelijk oplichtte. Ze voelde haar hart onder haar T-shirt bonzen terwijl ze de browser aanklikte en wachtte tot die open zou gaan.
Friendz.
Ze ging meteen naar *Wij houden van boeken.*
Vol verwachting keek ze wie er online was, maar ze raakte een beetje teleurgesteld.
Hannah klikte op zijn profiel.
Ludvig.
De cirkel met zijn naam was rood.
Niet ingelogd.
Hè, verdorie.
Jammer dan.
Dan ging ze maar iets anders doen. Ze stond op en liep naar de boeken die ze op haar bureau had gelegd, koos er een uit en kroop terug in bed.
Hannah begon op de eerste bladzijde, probeerde op te gaan in het verhaal, maar kon zich niet goed concentreren.
Ze wierp weer een blik op het scherm.
Niets.
Oké.

Ze vermande zich. Het was wel mooi geweest. Ze was helemaal naar Fillan gefietst en had twee mooie boeken geleend, dus nu ging ze ervan genieten.

Ze was halverwege het eerste hoofdstuk, toen ze geluid van haar laptop hoorde.

Ludvig.

Hannah typte glimlachend snel iets in.

Hoi, dacht dat je er vandaag niet was?

Het antwoord kwam vrij snel.

Mijn batterij was leeg. Moest de lader zoeken. Een gigantische troep in mijn kamer...

Hij had er een emoji met een uitgestoken tong achter gezet.

Hannah typte terug.

Snap ik! Hier ook!

Ze koos hetzelfde symbool en drukte op 'verzenden'.

Dat was niet helemaal waar, maar vooruit.

Haar kamer was net zo opgeruimd als altijd. Mama was weer bezig geweest. Alles stond netjes zoals het hoorde, het rook er naar groene zeep.

Puntjes op het scherm.

En, wat heb je vandaag gedaan?

Naar de bieb geweest.

Ik ook! Heb je iets goeds geleend?

Een paar, maar ze hebben hier niet zoveel. Heb wat aangevraagd. Van jouw lijst.

Ze zette er een grote smiley achter.

Het duurde deze keer wat langer voordat hij antwoordde.

Hannah kroop naar het raam en zette het op een kier.

Er kwam gelukkig een bericht.

Zei je nou Hitra? Ik bedoel, woon je daar?

Ze schreef snel terug.

Ja? Hoezo?

Het duurde een hele tijd voor er een antwoord kwam. De puntjes dansten een eeuwigheid.

Grappig. Mijn ouders gaan daarheen. Ze hebben er vrienden met een huisje. In Knarrlagsundet. Dat is daar toch?

Hannah typte glimlachend.

Jazeker. Hier vlakbij. Wanneer komen ze?

Nieuwe puntjes, sneller deze keer.

Zaterdag.

Oei.

Kwamen zijn ouders al over twee dagen deze kant op?

Ze dacht na, wist niet goed of ze het doen moest, maar schreef het toch.

En jij? Ga jij niet mee?

Deze keer koos ze de emoji met de engel.

Ze kreeg spijt, maar nu was het te laat.

Het duurde wel erg lang deze keer.

Er kwam maar geen eind aan de puntjes.

Ja, nu hield het op.

Maar toen begonnen ze opnieuw.

Hannah voelde haar hart nog harder bonken en bleef op haar nagel zitten bijten.

Daar kwam hij.

Tja. Ik was dat niet van plan, maar... wat ga jij zaterdag dan doen?

Haar vingers vlogen nu over het toetsenbord.

Niets bijzonders. Komen ze met de auto?

Nieuwe puntjes, nu sneller.

Nee, met de snelboot. Ze worden op de kade opgehaald.

Hannah dacht na voor ze antwoord gaf.

De snelboot?

Dat zou wel wat vreemd zijn. Ze zouden opgehaald worden, en dan zou zij daar staan, een beetje ongemakkelijk – twee seconden, hé hallo –, voor ze in de auto stapten en verder reden.

Nee, dat ging 'm niet worden.

Ze zuchtte en antwoordde maar even niet.

Er kwam weer een nieuw bericht.

Ben je er nog?

Ja, ik ben hier.

Je werd zo stil.

Ze beet op haar lip en besloot om eerlijk te zijn.

Ja. Was aan het nadenken. Het zou leuk zijn geweest om elkaar te zien, maar het geeft alleen maar gedoe. Met de boot en de auto en zo.

Het duurde een tijdje voor hij reageerde.

Kan het als eis stellen, haha.

Wat?

Nou, ik zeg dat ik meega als ik een beetje rond mag hangen. Als ze me komen halen als ik bel. Mama gaat vast uit haar dak.

Hannah glimlachte.

Hoezo dat?

Ze zeurt altijd over frisse lucht, vindt dat ik te veel binnen zit...

Hannah lachte.

Dat komt me bekend voor. Nou, wat doen we? Daar afspreken?

Een eeuwigheid voor hij eindelijk antwoordde.

Oké. Ik zal kijken wanneer de boot vertrekt.

Er kwam een nieuw bericht.

Moet uitloggen, maar stuur je een tijd, oké?

Oké!

Ze had spijt van het uitroepteken, maar dat was dan maar zo.

Snelle puntjes.

Tot zaterdag dan.

Hannah typte glimlachend terug.

Tot dan.

Ze zette er een grote smiley achter en sloot haar computer af terwijl zijn naam weer rood werd.

Wauw.

Elkaar zien?

Nu al?

Nee, dat was...

Ze ging achterover op bed liggen en probeerde weer in haar boek te duiken, maar dat ging niet.

Ze had te veel vlinders in haar buik.

Hannah rekte zich uit en liep glimlachend naar de woonkamer.

'Mama? Ben je thuis?'

61

Het was bijna elf uur. De zacht gloeiende oranje zon was langzaam op weg naar de horizon. Mia was na een nieuwe briefing terug op haar eigen eiland. Munch had zoals gewoonlijk geprobeerd de stemming erin te houden bij het team, maar ze had het in zijn ogen gezien. De tijd tikte weg. Zes dagen. Ze liep al lang mee, wist goed hoe dit werkte. Zolang alles nog vers was, was er geen probleem. Maar zes dagen? Zes dagen werden snel een week. Een week werd snel twee weken. Dan een maand. En dan zaten ze daar. De rechercheurs werden teruggeroepen, naar andere zaken die dringender waren. En Munch kon hier ook niet eeuwig blijven. Ze hadden hem hierheen gehaald omdat hij de beste zou zijn, het snel zou oplossen. Wie weet hoeveel tijd ze hem zouden geven als resultaten uitbleven?

Ze keek op haar telefoon en zag twee onbeantwoorde oproepen.

Mia liep over de rotsen naar de steiger en drukte op de eerste.

'Met Roar.'

De monteur van de werkplaats praatte met volle mond.

'Je had gebeld?'

'O ja, jij bent het. Nou, ik heb de onderdelen voor je Jaguar te pakken gekregen.'

'Je hebt ze besteld, bedoel je? In Engeland?'

'Nee, dat bleek niet nodig te zijn. Ik heb een vent in Oslo gevonden die alles had. Een Rolls-Royce- en Jaguar-specialist. Toe maar.'

'En wanneer heb je ze binnen?'

'Ze zijn vandaag geleverd,' zei Roar, en het klonk alsof hij iets tussen zijn tanden vandaan peuterde.

'O, wauw,' zei Mia.

'Ja, we leveren full service hier.'

'Wanneer is hij klaar, denk je?'

'Daar heb ik niet lang voor nodig. Ik denk dat hij zaterdag klaar is. Of zondag. Even kijken hoeveel zin ik heb om in het weekend te werken. Ik bel als hij klaar is, oké?'

'Fijn, dank je,' zei Mia, en ze sloot het gesprek af.

Ze zocht het andere nummer op.

Gabriel Mørk.

'Hoi, Gabriel, hoe is het?'

Een geeuw aan de andere kant van de lijn.

'Goed, hoor. Heb je mijn mail gekregen? Over die auto?'

'Ik heb nog niet gekeken, maar dat zal ik doen. Dank je wel.'

'Ik snap dat je het druk hebt,' zei Gabriel. 'Je hebt me een lange lijst gestuurd. Hoeveel verdachten hebben jullie eigenlijk?'

'Misschien was het wat overdreven,' zei Mia. 'We hebben helaas nog geen concrete verdachten. Heb je de dominee nagetrokken?'

'De dominee, de dominee...' zei Gabriel, en het klonk alsof hij ergens heen liep. 'Ik heb de lijst nu voor me. Staat daar een dominee op?'

'Ofelius,' zei Mia. 'Thomas.'

'Hier is-ie,' zei Gabriel. 'Nee, daar ben ik helaas nog niet aan toegekomen. Maar ik ben goed bezig. Ik heb je alles gestuurd wat ik tot nu toe heb, en ook de informatie over de auto waar je naar vroeg.'

'Niets?'

'Ik heb niets kunnen vinden.'

'Kun je eerst naar hem kijken, als je tijd hebt?'

'Naar Ofelius?'

'Ja?'

'Doe ik.'

'Fijn, Gabriel. Nogmaals bedankt.'

Mia stopte haar telefoon in de zak van haar spijkerbroek en liep terug naar het huis.

Ze ging voor de overvolle muur op de vloer zitten en probeerde haar hoofd leeg te maken, alles met nieuwe ogen te bekijken.

Jessica.

Ze stond weer op en herschikte de foto's.

Benjamin Prytz.

Thomas Ofelius.

Ze bleef met de laatste foto in haar handen staan, die ze uit het archief had gehaald.

Lucien Frank.

Hun ontmoeting zat nog in haar lijf. Het leek wel een plaats delict, die hele boerderij in die smerige omgeving. Al het vuilnis, het varken dat bijna in zijn eigen drek begraven lag.

Ze pakte haar laptop van de bank en liep naar buiten. Daar was het bereik het best. Ze maakte verbinding via haar telefoon en ging naar Facebook.

Ja, hoor.

Daar was hij.

Hij zag er op deze foto beter uit, zijn mond glimlachend gesloten, een hengel in de ene hand en een baars in de andere.

Lucien Frank.

76 vrienden.

Kraanmachinist, Hitra, haven- en vriesterminal.

Mia scrolde door de foto's.

Twee mannen bij Ansnes Brygger, met bier en garnalen op tafel.

Een selfie, grijnzend in een onoverdekt stadion, crossmotoren vol modder op de achtergrond.

In de haven, met werkkleding en een witte helm, verschillende foto's.

Mia stopte opeens toen ze een schip op de achtergrond zag. Ze sleepte een van de foto's naar het bureaublad en zoomde in.

Een oud schip, een beetje verroest, de naam nog net leesbaar op de boeg.

MS SALAZAR.

Shit.

Ze schoot overeind, griste haar telefoon mee en zocht in de lijst met oproepen.

Een paar seconden, toen een vermoeide stem.

'Met Lie.'

'Hoi, Daniel, met Mia Krüger.'

'O, hoi, Mia. Hoe gaat het daar?'

Ongeduldig liep ze over de rotsen heen en weer.

'Goed, maar ik kwam iets tegen wat misschien interessant voor je is.'

'Oké,' zei de aardige Kripos-rechercheur, die direct zijn oren spitste.

'Die trafficking waar je aan werkt... Ik wilde nog een keer de namen van de schepen checken. Het was toch *MS Salazar*?'

'Ja, hoezo?'

'Misschien is het wel niets, maar er dook een naam op die je zou moeten natrekken.'

'O, geweldig, wacht.'

Hij was even weg om iets te zoeken om op te schrijven.

'Om wie gaat het?'

'Hij heet Lucien Frank. Werkt als kraanmachinist in de haven. Ik weet niet goed wat hij precies doet, maar ik heb een foto van hem met het schip op de achtergrond.'

'Wat goed, zeg. Heb je meer? Waarom is hij interessant?'

'Zoals ik al zei, is het niet zeker dat het iets oplevert, maar ik kreeg een raar gevoel toen ik bij hem was. Hij heeft een strafblad, maar alleen voor kleine vergrijpen. Hij staat in onze databases, oké?'

'Oké,' zei Lie. 'Ik zal ernaar kijken. Dank je wel. Ik hou je op de hoogte, goed?'

'Doe dat,' zei Mia, en ze stopte haar telefoon terug in haar zak.

Rusteloos ging ze weer voor de foto's in de woonkamer staan.

Jessica.

Er was geen verband, toch?

Geen relatie?

Hannah?

Vormde zij de schakel?

Ze reikte naar de thermoskan, schonk een kop koffie voor zichzelf in, nam hem mee naar de muur en verplaatste weer een paar foto's, nu het meisje in het midden.

Hannah?

Nee.

Of toch?

Zij bevond zich toch in het centrum van alles?

Jonathan – haar broer.

Jessica – haar vriendin.

De naam in het bloed.

Haar broertje getuige van iets die avond.

Een drugsdeal.

Had zíj iets opgevangen?

Hetzelfde motief als haar moeder?

Dichter bij Jessica, natuurlijk.

Een dronken gesprek.

Een bekentenis.

Weet je, Hannah, ik moet je iets vertellen...

Sterf, jezabel.

Mia zette een paar stappen achteruit en schudde haar hoofd.

Nee.

Verdomme.

Ze kon er geen logisch verhaal van maken.

Mia dronk haar koffie op en herschikte de foto's weer.

Prytz in het midden deze keer.

Benjamin.

Had toegegeven dat hij daar zaterdag was.

Had toegegeven dat hij haar kende en regelmatig drugs van haar kocht.

Hij loog.

Verschillende keren al.

De blik die hij op haar had geworpen.

De manier waarop hij haar lichaam had bestudeerd.

Maar...

Nee, verdomme.

Waarom JONATHAN in het bloed?

Waar was hij die avond drie jaar geleden?

Mia draafde naar een van de dozen, bladerde weer door de uitdraaien, maar vond nog steeds nergens zijn naam.

Die keer was hij geen verdachte.

Hij was niet eens verhoord.

Was hij toen op het eiland?

Oké, morgen nakijken.

Ze schudde met de thermoskan, maar hij was leeg. Ze liep snel de keuken in om nieuwe koffie te zetten.

Weer terug in de woonkamer bleef ze gefrustreerd staan.

Verdomme, Mia.

Hou je kop erbij.

Het moet hier ergens zijn.

Waarom zie je het niet?

De zon was op weg naar de horizon. Het was nu koeler in het kamertje.

Ze schudde haar hoofd en nam een besluit.

Oké.

Nog één keer.

Alles.

Helemaal vanaf het begin.

Mia trok een trui aan, liep haastig naar de muur en begon alle foto's eraf te halen.

7

62

Holger Munch zat voor het eerst sinds hij zijn intrek in Hotel Hjorten had genomen in de ontbijtzaal. Niet omdat hij zoveel honger had, maar omdat die kermisgasten hem hadden gewekt. Ze hadden tot diep in de nacht gewerkt. Het was alsof zijn kamer in een van de draaimolens lag die ze in elkaar aan het zetten waren. En ze waren al vroeg begonnen. Timmeren en hameren. Metaal op metaal. Geschreeuw en geroep. Geen enkele reden om nog langer te blijven liggen. Hij had moeizaam wat fruit naar binnen gewerkt en hij zat nu aan zijn derde kop koffie. Zijn notitieboekje lag voor hem op het tafelkleed. Hij moest een betere strategie bedenken. Alles was nu te toevallig. Kregen ze *toevallig* een tip waar ze iets mee konden? Was er iemand die *toevallig* iets had gezien of gehoord en wat ze hadden gemist? Zouden de vele vingerafdrukken die ze in de boot hadden gevonden iets opleveren? Hadden de zes DNA-tests die ze hadden afgenomen *toevallig* een match? Hij had geen rekening gehouden met het verschil tussen een grote stad als Oslo en een kleine hechte samenleving als deze. Ook nog eens een eiland. Het gevoel. Het tempo. De manier waarop informatie zich verspreidde. Heel anders dan hij gewend was.

Een nieuw plan.

Hij stond op om een nieuwe kop koffie te halen.

'De vierde kop al?'

Ruth stond hoofdschuddend achter hem met een blad schone glazen.

'Je handen trillen helemaal, zie je dat?'

'Dank je, Ruth.'

'Iemand moet toch voor je zorgen? Neem maar een kop thee. Dat is beter voor je.'

Munch deed glimlachend wat ze zei. Droeg de kop thee terug naar zijn tafel en boog zich weer over zijn notitieboekje.

Ludvigsen had hem gisteren gebeld. Zijn stem had vriendelijk, maar gedecideerd geklonken.

Hoe gaat het daar, Munch? Zien we op korte termijn al een oplossing? Hebben jullie er al aan gedacht dat het ook een ander kan zijn dan een van de plaatselijke bewoners? De doorloop is daar snel, weet je, vooral in het toeristenseizoen.

Ja hoor, dank je wel.

Natuurlijk had hij daaraan gedacht.

Die gedachte was een heuse nachtmerrie.

Iedere willekeurige passant.

Geen relatie met het slachtoffer.

Toevallig aanwezig.

Allang niet meer op het eiland.

Munch legde zuchtend zijn pen neer.

Hij was duidelijk niet in zijn element, maar ze hadden tot nu toe toch geen fouten gemaakt?

Voor zover hij kon zien niet.

Gewoon maar wachten?

Nee.

Hij moest met iets komen.

Munch dook weer in zijn notitieboekje, maar toen hij vanuit zijn ooghoek een gedaante zag, keek hij op.

Er stond een vrouw buiten.

Keek naar hem door het raam.

Zwaaide voorzichtig.

Hij kende haar ergens van, maar wist niet meer waarvan. Toen stapte ze naar binnen en kwam naar hem toe.

'Hallo, jij bent toch Holger Munch?'

Blond halflang haar. Veel oogschaduw. Rode lippenstift. Flinterdunne blouse met een kanten kraagje. Een beige rok tot op de knie.

'Ester Hundstad, freelancejournalist.'

Boven de fruitresten op tafel stak ze hem een slanke hand toe.

'Mag ik...'

Ze knikte naar de stoel, maar wachtte het antwoord niet af, ging zitten en legde haar fototoestel op tafel.

'Ik ben hier voor de bruiloft. Je weet wel, de prins en het burgermeisje? Wat leuk om je te zien. Waarom ben je zo ver bij je gebruikelijke arena vandaan? Gaat het om het meisje? Dat ze in een boot hebben gevonden? En nog iemand? Ik heb er iets over gehoord. Proberen jullie soms onder de radar te blijven?'

Ze boog zich over de tafel en fluisterde: 'Het heeft toch niets met de familie Prytz te maken? Ik heb geruchten gehoord dat junior nogal een ongeleid projectiel is.'

Munch bette zijn baard met zijn servet.

'Geen commentaar.'

'Kom op, Munch.'

Ze leunde glimlachend achterover.

'We kennen elkaar al zo lang. Je kunt toch wel iets aan me kwijt?'

Hij had haar niet opgemerkt voor ze plotseling bij de tafel stond. Ruth sloeg de theedoek over haar schouder, terwijl ze naar de journaliste keek.

'Neem me niet kwalijk, maar logeer je hier?'

Hundstad keek op.

'Eh... nee, ik...'

'Het ontbijt is alleen voor hotelgasten. We kunnen binnen geen mensen gebruiken die onze gasten lastigvallen.'

Het meisje knikte naar de deur.

'Oké,' verzuchtte Hundstad. Ze pakte haar camera weer van tafel. Ze nam de pen over van Munch en schreef haar nummer in zijn notitieboekje.

'Bel me, oké? Als er iets sappigs opduikt?'

Ruth liep achter haar aan naar de uitgang en kwam weer terug.

'Dank je wel,' mompelde Munch.

'Zoals gezegd: iemand moet voor je zorgen.'

Ze knipoogde en verdween weer de keuken in.

Munch wachtte tot hij zeker wist dat de journaliste weg was en liep naar buiten.

Haalde een sigaret uit het pakje en stak die op terwijl hij naar de kermis keek, die vorm begon te krijgen. Draaimolens en kramen. Een podium aan de andere kant van het plein. Bijna klaar, leek het wel, maar het zou misschien nog veel erger worden. SommerFillan. Binnenkort zou de wijde omtrek gevuld zijn met geschreeuw en geroep. Hij had misschien beter kunnen doen zoals de toeristen: ergens zijn intrek in een vissershuis nemen.

Hij viste zijn telefoon uit zijn zak en zocht het nummer van Mia.

De telefoon ging een paar keer over, voor ze opnam.

'Hoi, Holger. We hadden toch negen uur gezegd?'

'Is er nieuws?' vroeg Munch, terwijl hij met zijn handen over zijn gezicht wreef.

'Hier niet,' zei Mia, 'maar heb je de mail van Gabriel gekregen? Over Thomas Ofelius?'

'Nee,' zei Munch.

'Oké, hij heeft er mij vanmorgen een gestuurd.'

'En?'

'Niet veel. Het lijkt erop dat onze dominee misschien homo is. Ik weet niet of we daar achteraan moeten?'

'Het kan me geen donder schelen of die vent op mannen of op apen valt,' begon Munch, maar toen hoorde hij zichzelf. 'Sorry, Mia, lange nacht. Waar had hij het gevonden, zei je?'

'Een Instagram-account, geloof ik. Hij stond ergens op een foto van een feest. Een paar jaar terug. Zullen we ernaar kijken? Zullen we even naar hem toe gaan?'

'Is dat alles wat we hebben?'

'Alles wat ik heb, in elk geval. Heb jij soms meer?'

Munch wreef in zijn ogen.

Hij begon het goed te merken.

Hoe moe hij was.

'Nee, niets hier, helaas. Oké. We gaan er na de briefing even heen. Als iemand anders niet met iets komt.'

'Afgesproken. Tot straks.'

63

Munch parkeerde de auto op dezelfde plek als de vorige keer en haalde zijn sigaretten uit zijn jaszak. Mia zat vlak achter hem, nog steeds als een actiefiguur op de glimmende, chique motor. Het was vandaag druk bij de kerk, overal liepen mensen rond. Er stond een busje van een evenementenbureau. Een vrouw rende op een man in werkkleding af, die net uit zijn vrachtwagen was gestapt.

'Wat ga je doen met die ladder?'

'Het dak,' zei de man, wijzend. We gaan nieuwe dakpannen leggen.'

'Vandaag?' riep de vrouw wanhopig. 'Geen sprake van. Je weet dat hier morgen een bruiloft is?'

'Maar ik moet toch... Mag ik in elk geval de ladder neerzetten? Even snel een kijkje nemen?'

'Oké, maar dan wel aan de achterkant,' brieste de vrouw. 'Uit het zicht.'

Ze draaide zich om en riep iets tegen iemand anders.

'Nee, Monica, niet daar. Die moet daarheen! Verdorie, luistert er dan niemand?'

Mia hing haar helm aan het stuur en liep naar Munch toe.

'Is het feest al begonnen?'

'Daar lijkt het wel op,' zei hij, terwijl hij zijn sigaret aanstak.

De vrouw kwam met driftige passen op hen af.

'Zijn jullie van de catering? Hebben jullie geen busje?'

'Wij...' begon Munch, maar ze ratelde al verder.

'Oké, de ceremonie begint dus om twaalf uur precies. Voor die tijd moet daar een tafel komen te staan, niet bij de trap, dat is *cheesy*, maar een beetje aan de zijkant – nee, wacht, laten we die daar in de tuin zetten. Dat is een beter idee. Dan kan iedereen iets pakken als de plechtigheid is afgelopen. Hebben jullie het menu gekregen? Canapés? En eentje móét met zalm zijn, of zalmeitjes, of allebei, hebben jullie dat doorgekregen?'

'Politie,' zei Munch, en hij liet zijn pasje zien.

'Oei.'

De vrouw streek glimlachend over haar voorhoofd.

'Sorry. De bruiloft vindt hier morgen plaats, snappen jullie? De familie Prytz.'

'Ik heb erover gehoord,' zei Munch, terwijl hij zijn pasje weer in zijn zak stak.

'Het is een beetje druk, sorry.'

Ze draaide zich weer om.

'Nee, Monica, niet daar! Mijn god, moet ik echt alles zelf doen?'

Ze liep hoofdschuddend weg.

Munch volgde Mia over het plein en de kerk in. Ze liepen misschien te stressen, maar ze hadden wel hun best gedaan. De kerk was bijna onherkenbaar: slingers, overdadige witte boeketten – het leek wel een versierde balzaal.

'Doen ze het altijd zo?' vroeg Munch, om zich heen kijkend. 'En mag dat wel? Zijn er geen regels voor passend gebruik van de kerk? Heeft God die ergens opgeschreven? Op stenen tafelen misschien?'

'Weer met je verkeerde been uit bed gestapt?' vroeg Mia, terwijl ze voor hem uit door het middenpad liep.

De dominee stond bij het altaar met zijn rug naar hen toe te mompelen.

'Sorry, Thomas?' zei Munch.

De jongeman draaide zich om en schrok.

'O, hallo. Ik had je niet binnen horen komen. Ik...'

Hij liet hun een stapel papier zien die hij in zijn hand had.

'Repetitie voor de grote dag?' vroeg Mia.

Ofelius' ogen schoten heen en weer en hij hoestte even.

'Ja, ik hoop dat mijn stem het houdt.'

'Thee met honing,' zei Munch. 'Dat helpt altijd. Kunnen we even ergens praten?'

'Kan dat hier niet?' vroeg de dominee.

'Ergens met iets meer privacy misschien?' zei Mia.

'Oké? Eh... ja. Kan het buiten?'

Hij wees naar een deur aan het andere eind van de kerk.

'Dat is prima,' zei Munch en hij liep achter hem aan naar buiten.

De dominee bleef enigszins verward op de trap staan.

'Waar gaat het over?'

Mia mompelde zachtjes iets tegen Munch. Het duurde even voordat hij begreep wat ze bedoelde.

Cyanide.

Ja, ja.

Munch haalde diep adem voordat hij begon.

'Thomas,' zei hij met een geforceerd glimlachje. 'Ik wil eerst even zeggen dat je seksuele voorkeur ons niets kan schelen. Voor ons is dat totaal irrelevant.'

'Hè?' zei de dominee, terwijl hij om zich heen keek. 'Ik ben niet...'

'We hebben de foto's gezien,' zei Mia. 'Een regenboogvlag en een leren hoed?'

'Dat was alleen maar voor de grap,' merkte Ofelius op.

'Zoals gezegd, Thomas,' onderbrak Munch hem. 'Het is totaal irrelevant. Doe wat je wilt, wanneer je wilt. Mijn zegen heb je.'

De dominee keek weer zenuwachtig om zich heen, alsof hij bang was dat iemand hen kon horen.

'En nee, we zijn niet van plan om het tegen iemand te vertellen,' zei Mia. 'Als je daar soms bang voor was. We snappen dat het hier moeilijk kan liggen, in deze kringen. Maar voor ons...'

'Maakt het niets uit,' besloot Munch. 'Zo, dan is dat opgehelderd.'

Dat was een leugentje om bestwil. Hij had het uiteraard aan de rest van het team laten weten. Munch wilde alle ballen in de lucht houden, want dit kon misschien ergens heen leiden, en dat was ook het geval geweest.

'Ofelius... Ja, dat was ik vergeten. Sorry.'

Ralph Nygaard.

Hij had hem na het telefoongesprek een berisping gegeven.

'De dominee is leider van een jongerengroep, en iemand zei dat Jessica daar af en toe bij was.'

'Kende je Jessica?' vroeg Munch.

'Wat?' zei de dominee.

'Jessica Bakken, het meisje dat werd vermoord?'

'Nee, ik kan me niet herinneren...'

'Ze kwam naar je bijeenkomsten. Voor jongeren.'

Ofelius leek nog steeds wat van slag, maar herpakte zich.

'O ja, sorry. Natuurlijk. Dat was ik helemaal vergeten. Ze is een paar keer geweest. Niet om naar God te luisteren, geloof ik. We serveerden warm eten. Ze at veel. Maar ze kwam niet heel vaak. Een keer of drie, vier misschien.'

'Ben je ooit in haar boot geweest?' vroeg Mia.

'Nee, nooit.'

'Niet? In Setervågen. Ben je daar nooit geweest?'

'Setervågen?' vroeg Ofelius. 'Ik weet niet eens waar dat is.'

'Je woont hier al bijna een jaar, en je weet niet waar Setervågen is?'

'Ik ga niet zo vaak op pad. Ik ben vooral hier in de kerk, en in het gemeentehuis, waar we vergaderen. Jullie denken toch niet dat ik...'

Hij keek hen ongerust aan.

'Nee, dat menen jullie toch niet?'

'Je houdt geheim wie je eigenlijk bent. Waarom zouden we niet aannemen dat je ook iets anders verbergt?' begon Munch, maar Mia bewoog haar lippen weer, en hij kalmeerde.

'Sorry,' zei Munch, en hij streek met zijn hand onder zijn hoed.

'Ik snap natuurlijk dat het hier lastig kan zijn.'

'Dank je,' zei de dominee zachtjes, en hij knikte. 'In een stad is het misschien anders, daar is alles veel vrijer. Maar hier?'

Hij keek om zich heen.

'Het is een klein eiland. We snappen het.'

'Was dat alles?' vroeg de dominee trillend. Weer liet hij hun de stapel papier zien. 'Ik moet eigenlijk...'

Mia knikte naar de auto.

'Ja. Dan kun je nu gaan,' zei Munch.

'Dank je,' zei de jonge dominee opgelucht. Hij pakte de deurklink vast.

'Ik ga nog even repeteren.'

'Doe dat maar,' zei Munch en hij volgde Mia over het plein.

'Eerst herinnert hij zich haar niet en opeens weet hij nog dat ze veel at? Is dat niet vreemd?'

'Hij is het niet,' zei Mia.

'Weet je het zeker?'

Ze knikte en pakte haar helm van het stuur.

'Dag zeven?'

'Ja, verdomme,' zei Munch. Hij haalde zijn sigaretten weer uit zijn zak. 'Nu moet er snel schot in de zaak komen.'

'Dat komt wel,' zei Mia.

'Denk je?'

'Dat is altijd zo.'

'Is er ooit iets uit de lijst met bewoners met een strafblad gekomen?' vroeg Munch.

'Staan we hier nou de briefing van een paar dagen geleden te herhalen?' kaatste Mia terug.

'Nee, nee, ik probeer alleen...'

Munch tikte zachtjes tegen zijn slaap.

'We hebben iedereen gecheckt, toch? Ook de eigenaren van vakantiehuizen?'

'Driemaal rijden onder invloed,' verzuchtte Mia. 'Twee verduisteringen, één invoering van illegale dopingpreparaten... Moet ik verdergaan?'

'Nee, ik wilde alleen...'

'Bekijk het nog een keer als je het niet laten kunt,' zei Mia, terwijl ze de motor startte. 'Ik moet iets natrekken. Tot straks?'

'Wat ga je natrekken?' vroeg Munch, maar ze was de hoofdweg al op gedraaid.

Hij stak een sigaret tussen zijn lippen en pakte een aansteker uit zijn zak.

Weer warm vandaag.

De organisatoren van de bruiloft liepen te puffen.

Weer verspilde moeite?

Wat zag hij nou over het hoofd?

Denk na, Holger, denk na.

Munch leunde in de schaduw tegen zijn auto en stak zijn sigaret aan, toen zijn telefoon ging.

'Hoi, met Luca,' zei Eriksen gehaast.

'Wat is er aan de hand?'

'Er staat hier een jongeman. Hij heeft me net een video laten zien die hij op het feest maakte.'

'En?'

Kortademig nu. Hij zei iets tegen de jongen bij hem, waarna hij zich weer tot Munch wendde.

'Ik denk dat we iets hebben, Munch.'

64

Mia parkeerde haar motor en liep naar de pier. Wat was het hier nu stil. Een rimpelloze zee. De rotsen weerspiegelden in het wateroppervlak – een bijna schilderachtige echo van het mooie gebied eromheen. Mia keek achterom en liep helemaal naar het uiteinde van de pier.

De fiets van Jonathan.

Precies hier.

Ze hield haar hand boven haar ogen tegen de zon en keek uit over de rotsen. Naar de plek waar de weg weer een flauwe bocht maakte naar het binnenland, uit het zicht.

De Bocht.

De tijdlijn thuis op de muur.

Tweeënveertig minuten.

Tussen het tijdstip waarop Anita Holmen voor het eerst had gebeld en ze opnieuw belde.

Waarom zat er zoveel tijd tussen?
Of was het niet lang?
Ze had de afstand twee keer gereden.
Langzaam.
Stopwatch op haar mobiel.
Achttien minuten.
Tien erbij optellen, Jonathan door het bosje.
Nee, dat was het niet.
Tweeënveertig minuten – dat klopte.
Dat was zelfs aan de krappe kant.
Een teken van moederlijke bezorgdheid.
Komt hij nu nog niet?
Mia bleef aan de kant van de pier staan.
Oké, Mia, daar heb je al eerder naar gekeken.
Daar ligt het niet.
Ze liep rustig terug naar de weg, toen haar telefoon ging.
Het was Munch.
Nu niet.
Ze wees het gesprek af en stak de telefoon in haar zak.
Oké.
Wat doe ik?
Hij belde weer.
'Ik ben even bezig, Holger...'
Maar ze hoorde het aan zijn stem.
'Nee, je moet dit zien.'
'Wat?'
'We hebben een video waar Jessica op staat, in de bunker.'
'Herkenbaar?'
'Jazeker. Deze wil je beslist zien. Gegarandeerd.'
'Oké. Kom eraan.'
Hoofdschuddend zette ze haar helm op.
Keek weer om zich heen.
Nee, dit klopte niet.
Ze moest de afstanden nog een keer rijden.
Allemaal.

Mia parkeerde bij de trap voor het politiebureau, griste onderweg een flesje water mee, liep de gang af naar de briefingruimte en merkte het aan de stemming.

Dat ze iets hadden.

Munch zat op een van de tafels en keek glimlachend naar het scherm. Luca stond met zijn armen over elkaar tegen het raam geleund.

'Dus ze staat erop?'

'Ja,' zei Munch. 'Maar dat niet alleen.'

Hij knikte naar Eriksen.

'Speel hem nog eens af.'

Luca drukte op de aangesloten computer en bleef staan kijken.

Op het scherm werd een video afgespeeld.

Binnen opgenomen. In de bunker. Degene die de video had opgenomen, leek de telefoon boven zijn hoofd te hebben gehouden. Geschreeuw en lawaai. Harde muziek. Tien, vijftien personen op een dansvloer. Anderen rondom langs de muren. Donker, maar korte flarden van kostuums, onder zwaaiende lichten in allerlei kleuren. Een heks met een groene neus. Een Elvis in een witzijden pak met een gouden zonnebril. Een rode duivel. Een vampier met een wit gezicht en sluik haar. Goofy.

En daar was ze.

Mickey Mouse.

'Jessica,' zei Munch, maar hij liet de video verdergaan.

Met haar armen omhoog, heftige bewegingen bij de opzwepende muziek. Hannah Holmen kwam springend in beeld. Donald Duck. Botste tegen Jessica op, die bijna viel. Gejoel en gelach, waarna ze doorgingen met dat wilde dansen. Het beeld bewoog zich in een langzame cirkel langs de muren. Ongeveer dertig seconden, en toen was het voorbij.

'Heb je het gezien?' vroeg Munch.

'Wat?' vroeg Mia, terwijl ze de dop van het flesje draaide.

'Nog een keer,' zei Munch.

Luca klikte opnieuw.

Hetzelfde nogmaals.

Stampende bassen en wit stroboscopisch licht. Joelende jongeren, dicht op elkaar in de lage, vrij benauwde ruimte.

'Stop,' zei Munch.

Luca drukte snel.

'Hier,' zei Munch wijzend, en hij liep naar het scherm. 'Zie je wie dat is?'

Hij keerde zich naar haar toe.
Mia liep dichter naar het scherm toe.
Een clown, helemaal achter in de ruimte. Gestreepte broek. Geel piekhaar. Heel even deed hij zijn masker af en bracht zijn hand naar zijn verhitte gezicht, zeker om het af te vegen.
'Wauw,' zei Mia.
'Zie je nou?' Munch glimlachte.
'Benjamin Prytz,' zei Luca knikkend.
'Dat ís hem, toch?'
'Honderd procent,' zei Munch.
'Maar hij was er toch niet?' zei Mia.
'Nee, hoor, echt niet,' zei Munch grijnzend.
'Hij was er heel duidelijk in. Fijn dat de advocaat aanwezig was. Dat hij kan bevestigen dat de jongen recht in ons gezicht stond te liegen.'
'Stomme eikel,' zei Munch. 'Wat dacht hij? Dat we er niet achter zouden komen?'
'Wat doen we?'
'Wat we doen...' zei Munch. 'We pakken hem op natuurlijk.'
'Nu?'
'Mijn auto, oké?'
Mia knikte en liep achter hem aan de gang door.

65

Lissie Norheim stond voor de grote spiegel in de kleine zaal op de eerste verdieping en kon niet geloven dat ze naar zichzelf stond te kijken. De prachtige witte bruidsjurk, met diamanten in de kraag, en een vederlichte kanten sluier die bijna tot het einde van de ruimte reikte. Ze schudde haar hoofd en glimlachte voorzichtig naar het meisje dat daar stond, en dat gelukkig terug glimlachte.
'Eens even kijken,' zei de coupeuse, die terugkwam met spelden in haar mond. 'Ik zet alleen deze even vast. Blijf heel stil staan.'
Lissie had de jurk eerder gepast, maar dat was natuurlijk heel anders. In het atelier in Londen. Hij was toen nog niet helemaal af, je zag alleen de contouren. Ze waren hem met de helikopter komen brengen. Ze hadden de doos tussen zich in gedragen alsof

het een kunstwerk was dat onder geen voorwaarde mocht vallen.
Ze sloeg haar hand voor haar mond.
Was ze dit echt?
Er werd op de deur geklopt.
En toen was ze er eindelijk.
Julia.
'Hoi!' zei Lissie lachend, terwijl ze haar armen spreidde en vergat dat ze zich niet mocht bewegen.
'Stilstaan!' mompelde de coupeuse.
'Ta-da, hier is de getuige,' riep Julia, die naar binnen kwam.
Met grote ogen bleef ze stil bij de deur staan.
'Jeetje, Lissie. Die is gewoon...'
Julia kwam voorzichtig dichterbij en tilde de sluier op.
'Niet aankomen,' zei de coupeuse streng.
'Sorry, ik moest gewoon... Hoe is het mogelijk?'
Het leek of Julia haar wilde omhelzen, maar het niet durfde.
'Kun je... Ga een klein beetje...' zei de coupeuse, en ze wuifde haar weg.
'Sorry,' zei Julia.
Ze ging bij de deur staan.
'Jezusmina, Lissie, hij is echt...'
'Vind je hem mooi?'
Julia lachte.
'Hij lijkt wel niet van deze wereld. Je ziet er prachtig uit. Ik ben bijna in tranen.'
Julia veegde haar ogen af. De vrouw was eindelijk klaar, zodat Lissie naar haar toe kon.
'Hallo, schat.'
Ze omhelsde haar stevig.
'Sorry dat ik zo laat ben.'
'Dat geeft niets. Je bent er nu toch? Dat is het belangrijkste.'
Lissie glimlachte en gaf haar nog een knuffel.
Die goeie, trouwe Julia.
Een van de weinige vriendinnen die ze nog van de basisschool kende. Ze waren bij elkaar in de buurt opgegroeid. Lissie had bijna overwogen om niet in Trondheim te gaan studeren, toen Julia op de universiteit in Oslo begon.
Haar leven was het laatste jaar een wervelwind geweest. Overal

nieuwe mensen om haar heen, niet alleen op de universiteit, maar ook de vrienden en kennissen van Alexander. Het viel niet mee om te weten wie van hen oprecht waren, en wie alleen tijd met haar doorbrachten omdat ze met hem ging trouwen.

Maar Julia?

Hartsvriendinnen voor altijd.

Ze had geen seconde getwijfeld toen Alexander haar had gevraagd wie ze als getuige zou vragen.

'Poeh, wat is het buiten warm,' zei Julia, terwijl ze zich met haar handen koelte toe wapperde. 'Het is best ver hierheen. Tweeënhalf uur met de auto vanaf het vliegveld.'

'We hadden de helikopter kunnen sturen.'

Julia schoot in de lach.

'Moet je jezelf nou horen, Lissie. De helikopter kunnen sturen? Zie ik eruit als iemand die met een helikopter wordt opgehaald?'

Ze bekeek zichzelf.

Een korte spijkerbroek met gaten.

Een T-shirt van de Ramones.

Een ringetje in haar neus, en verschillende in haar oren.

Helemaal perfect.

'Ja, voor jou alles,' zei Lissie met een glimlach, en ze omhelsde haar nog een keer.

'Dat is niets voor mij,' zei Julia. 'En zo ver is het nou ook weer niet. Maar het is wel warm. Heb je iets te drinken?'

'Daar staat het,' zei Lissie, en ze knikte naar het koelkastje in de hoek.

'Een koelkast in de paskamer? Fancy,' zei Julia met een knipoog, terwijl ze vooroverboog om een flesje water te pakken.

Ze draaide de dop eraf en liep naar het raam.

'Wat een plek. Jeetje.'

'Vind je het mooi?'

'Mooi?' zei Julia. 'Wat wil je nog meer? Please, zeg dat dat mooie gebouw waar dat water langs de muur stroomt een spa is?'

'Dat klopt,' zei Lissie.

'Yes! Drie keer raden wie daar vanavond zit. Daar hebben we toch wel tijd voor?'

'Natuurlijk,' zei Lissie. 'Dat zei ik toch? Voor jou alles.'

'Dat zei je inderdaad,' zei Julia glimlachend.

Ze bleven naast elkaar voor de spiegel staan.

'Belle en het Beest?' vroeg Julia, en ze woelde door haar korte zwarte pony.

'Mijn god, zoiets moet je niet zeggen.'

'Grapje. Je ziet er prachtig uit. En ik zie er ook niet slecht uit, toch?'

'Perfect,' zei Lissie, en ze gaf haar een kus op haar wang.

'Zenuwachtig?' vroeg Julia, terwijl ze haar hand pakte.

'Best wel.'

'Het komt goed. Ik ben er nu.'

'Daar ben ik heel blij om,' zei Lissie, en opeens gebeurde er buiten iets.

Iemand begon te schreeuwen.

De coupeuse stond al bij het raam.

'Wat is daar aan de hand?' vroeg Julia, naar het ronde huis aan de andere kant van de tuin wijzend.

Twee mensen van de politie.

Met Benjamin voor zich.

Had hij... handboeien om?

'O, shit,' zei Lissie, en ze liep zo snel als haar jurk toeliet naar haar telefoon, die op de grond lag.

66

Kevin Borg kwam het plein op scheuren en stapte snel uit zijn auto.

'Is het waar? Hebben we hem?'

Munch knikte, terwijl hij een nieuwe trek van zijn sigaret nam.

'We wachten op de advocaat.'

Borg haalde breed lachend zijn hand door zijn haar.

'Ik wist het wel. Die verdomde rijke stinkerds, die denken dat ze zich alles maar kunnen permitteren.'

'We moeten één stap tegelijk zetten,' zei Munch rustig. 'We zijn er nog niet.'

'Nee, dat is zo,' antwoordde Borg, terwijl hij ook in de schaduw ging staan. 'Maar hij was wel op het feest? Weten we dat zeker?'

'We hebben hem op beeld,' zei Munch.

'Verkleed als clown, toch?'

Munch knikte weer.

'Stijlvol,' zei Borg lachend. 'Een clown van de duivel, dat is hij. Rondracen in die verdomde sleeën van hem, gekocht met de centjes van papa. Nee, dit is fantastisch, dat moet ik zeggen.'

Borg legde zijn hand op de knoop van zijn das terwijl hij Munch aankeek.

'Ik moet toegeven dat ik aanvankelijk sceptisch was. Toen Ludvigsen zei dat hij je had laten komen, alsof we het zelf niet zouden kunnen, maar het moet me van het hart, Munch: deze samenwerking pakte goed uit voor mij. En vorige keer, je weet wel, met Xandra? Ik moet er eigenlijk mijn excuses voor aanbieden. Oververhit. Ik ging er veel te veel in op. Zo ben ik nu eenmaal. Als het beest in mij eenmaal los is, dan...'

Hij gaf Munch een knipoog en een por met zijn elleboog.

'Snap ik.'

'Dus je afdeling in Oslo is opgeheven?'

'Ja, helaas wel,' zei Munch.

'Enig zicht op een doorstart?'

'We zullen zien. Achter de schermen wordt druk gewerkt.'

Borg gaf hem weer een zachte por.

'Laat het me weten als je nieuwe mensen zoekt. Ik kom graag naar de hoofdstad.'

'Jou vergeet ik niet snel,' zei Munch knikkend, en hij drukte zijn sigaret uit terwijl de auto van de advocaat naar het politiebureau gereden kwam.

'Is hij hier?' vroeg de muizige man terwijl hij de auto uit stapte.

Niet meer zo vriendelijk.

Nu een harde blik achter het metalen montuur.

'Binnen,' zei Munch, en hij knikte naar achteren. 'We staan op je te wachten.'

'En waar verdenken jullie hem van?'

'Nergens van. Tot nu toe.'

'Jullie weten...' begon de advocaat, maar Munch onderbrak hem.

'We kunnen hem achtenveertig uur vasthouden. Zonder iets uit te leggen. Daarna moeten we een onderzoek instellen omdat we hem verdenken van een strafbaar feit, maar daar hebben we...'

Hij keek op zijn telefoon.

'... nog wel zo'n zevenenveertig uur voor.'

Het gezicht van de advocaat verstrakte toen hij zijn koffertje oppakte.

'Waar is mijn cliënt?'

'Hij zit binnen. Loop maar mee.'

Munch liep voor hem uit de trap op en de gang door. Knikte naar Mia, die in de briefingruimte zat.

'We gaan beginnen.'

'Wacht even,' zei de advocaat. 'Ik wil graag eerst met mijn cliënt praten. Alléén, ja?'

'Natuurlijk,' zei Munch, beleefd buigend terwijl hij de deur naar het kamertje opende.

Hij ving een glimp op van de ogen van Benjamin Prytz terwijl die zich naar hen omdraaide.

Hij had niet zoveel praatjes meer.

Een ruitje naast de deur; ze konden hen net binnen zien.

Benjamin op een stoel, terwijl de advocaat door de kamer ijsbeerde en zo zachtjes praatte als hij kon, maar ze konden wel de toon van het gesprek opvangen.

'Daar wordt papa niet blij van,' zei Mia, terwijl ze een sinaasappelpartje nam van een bord dat voor haar stond.

'Dat weet ik zo net nog niet,' zei Munch. 'Ik ben benieuwd hoelang het duurt voor hij op de stoep staat.'

'Hij schijnt niet op het eiland te zijn,' zei Mia.

'Jammer,' zei Munch. 'Ik had graag zijn blik willen zien als hij te horen kreeg dat we een van zijn goudhaantjes hadden gepakt.'

De advocaat was nu gaan zitten; ze praatten zachter.

'Je weet dat we niets hebben?' vroeg Mia zachtjes. 'Hij was op het feest, en wat dan nog?'

'Hij loog,' zei Munch.

'Dus we kunnen hem pakken omdat hij heeft gelogen? Wat voor straf staat daarop? Twee klappen op zijn achterste en huisarrest? Nooit meer in die gele auto rijden, alleen in de groene?'

'Achtenveertig uur,' zei Munch obstinaat. 'Voor die tijd vinden we wel iets wat hij heeft gedaan. Tenzij hij besluit om alles hier en nu te bekennen.'

'We gaan het zien,' zei Mia. Terwijl de deur van het kamertje openging, veegde ze haar vingers af aan haar zwarte korte broek.

'Mijn cliënt is zover,' zei de muizige advocaat, en hij nodigde hen uit binnen te komen.

Ze namen plaats aan tafel.

De advocaat ging met gevouwen handen naast Benjamin zitten, die zijn hoofd had gebogen.

'Wij...' zei Munch.

'Nee,' zei de advocaat. 'Wij beginnen. Benjamin?'

Benjamin Prytz kuchte.

'Ik beken dat ik tegen de politie heb gelogen. Dat had ik niet moeten doen. Ik deed het om mijn eigen reputatie te beschermen. Ik wilde niet dat iemand zou denken dat ik met dat... dat klootjesvolk... Ik verkleedde me als clown. Dronk een paar biertjes. Was een paar uur in de bunker. Daarna ging ik naar huis.'

Benjamin keek hen nu aan.

De advocaat knikte tevreden.

'Was je dat al lang van plan?' vroeg Munch. 'Of had je gewoon toevallig nog een clownspak liggen?'

'Ik...' begon Benjamin, maar de advocaat onderbrak hem.

'Dit is alles wat mijn cliënt op dit moment te zeggen heeft. We begrijpen en accepteren het recht van de politie om hem twee etmalen vast te houden. Ik kom over...'

Hij keek op zijn gouden polshorloge.

'... zesenveertigenhalf uur terug om hem op te halen.'

De advocaat stond op en gebaarde naar Benjamin hetzelfde te doen.

'Nee, nee,' zei Munch. 'We zijn hier nog niet klaar.'

'Dat zijn we wel. Waar zijn jullie van plan hem vast te houden? Ik breng in herinnering dat hij rechten heeft. Eten, drinken, frisse lucht. Ik breng ook in herinnering dat de broer van mijn cliënt morgen gaat trouwen, en wil bij dezen zeggen dat we het hogerop zullen zoeken, zodat hij de mogelijkheid heeft erbij te zijn. In dat geval zullen we hem morgenochtend ophalen. Gegeven de positie van de vader van mijn cliënt beschouw ik dat laatste als zeer waarschijnlijk.'

'Oké,' verzuchtte Munch, en hij riep door de deur. 'Luca?'

Eriksen kwam aanrennen door de gang.

'Ja?'

'Neem Benjamin mee naar de kelder en zet hem in... de dronkenmanscel – zo noemde je het toch?'

'Oké.'

Eriksen keek zenuwachtig naar de advocaat.

'Handboeien, of...?'

'Nee, het is wel goed zo. Als hij zich deze keer gedraagt.'

Munch bleef hen staan nakijken, nadat de advocaat Benjamin een paar laatste woorden had ingefluisterd en door de deur was verdwenen.

'Verdomme,' zei Munch toen ze weer in de briefingruimte waren.

'Ik had al een vermoeden,' zei Mia. 'Wat is ons plan?'

Munch haalde zijn hand over zijn baard.

'Ik weet het niet zo goed. Maar ik wil graag de plaatsen delict opnieuw bezoeken en ook nog even naar de plek waar het feest was.'

'Verdelen?' vroeg Mia.

'Oké,' zei Munch. 'Ik neem het moeras, jij de boot? Dan zien we elkaar daarna bij de bunker.'

67

Munch had zelf een paar laarzen gekregen, trok ze aan en bleef naar het paadje staan kijken. Alles zag er in dit licht anders uit. Het was op de avond dat ze Pelle Lundgren hadden gevonden schemerig, vrij donker zelfs. Er gingen Munch snelle flitsen van de gebeurtenissen door het hoofd. De helikopter. De ambulances die snel ter plaatse waren. De brancard die in het bos lastig te dragen was geweest. Oneffen terrein, donker, nat; de dragers waren een paar keer gevallen. Het lijk van Pelle Lundgren, half op de grond, de zwarte lijkzak besmeurd met aarde en vuil. Toen het licht was, had hij er twee agenten heen gestuurd, maar hij vertrouwde hen niet helemaal. Een ingebouwd verdedigingsmechanisme na dertig jaar in het vak: niemand vertrouwen. In elk geval geen buitenstaanders. Mia natuurlijk wel, dat sprak voor zich. Maar die nieuwelingen hier? Nee.

Nina Riccardo had een scherpe blik. Zij vormde misschien een uitzondering.

Maar je kon het beter zelf doen.

Munch liep over het pad naar de grote kromme boom waar ze de laatste keer fout waren gelopen. Liep onder de zware takken door en betrad het moeras. Een grote vogel vloog op en verdween boven de boomtoppen. Hij had ergens gelezen dat het hele gebied beschermd werd door de Conventie van Ramsar, een internationaal verdrag over het behoud van watergebieden. Een broedplaats voor talloze vogelsoorten, vooral trekvogels, die hier veilig konden landen op weg naar het zuiden. Ongeveer twaalf vierkante kilometer in totaal, met verschillende vennetjes. Ze hadden natuurlijk niet alles kunnen doorzoeken, maar er was hier een paar dagen een team geweest. Ze hadden het niet slecht gedaan, dat wist hij bijna zeker. Maar het zelf doen was toch het beste.

Overdag.

Met eigen ogen.

Een blik die zij niet hadden.

Munch kwam bij het midden van het moeras en bleef over de plaats delict staan uitkijken.

De vogeluitkijktoren.

Het was hem opgevallen dat dat de beste plek was om te wachten.

Voor de dader.

Vertrek om 03.00 uur.

Maar hij kon niet zeker weten wanneer Pelle Lundgren zou komen.

Beter om er vroeg te zijn.

Op de plek met het beste uitzicht.

Munch was er in de loop van de nacht twee keer geweest, met een zaklamp, maar toch.

Het was iets anders in dit licht.

Hij liep nu in een grote halve cirkel. Voor hem lag nat, donker trilveen, en hij nam geen risico. Hij had weleens mensen vast zien zitten, hulpeloos in de zompige grond zien zinken. Beter het zekere voor het onzekere nemen.

Zijn bovenbenen deden zeer toen hij uiteindelijk onderaan de grijze wenteltrap stond.

Aan die vier weken training had hij niet veel gehad.
Langzaam keerde zijn oude lichaam terug.
Gewoon even een pauze.
Toen liep hij de trap op en bleef staan met zijn handen op de balustrade.
Niet zo heel hoog, maar hij kon het hele moeras zien.
Er kwam aan de bosrand een hert tevoorschijn en het verdween weer.
Munch bukte en begon de toren vanbinnen te bestuderen.
Daar was hij naar op zoek.
In deze toren kwamen duidelijk niet alleen vogelaars, het was ook een schuilplek voor anderen.
Er waren bierblikjes, peuken, stukjes aluminiumfolie en vloeitjes gevonden.
Jongeren zeker.
Met spannende geheimen.
Munch zocht nauwkeurig dicht bij de planken, probeerde datgene te vinden waar hij een glimp van dacht te hebben opgevangen.
Ver achter in zijn hoofd opgeslagen, maar hij had het al opgevist voordat Mia Babylon noemde.
De hoer van Babylon.
Religieus.
Mensen hadden dingen in het hout gekerfd.
ELLING WAS HIER.
P EN V, SEPTEMBER '12.
MONA, I LOVE YOU.
Inderdaad.
Daar was het.
JES 41:10.
Munch pakte zijn telefoon, maakte een foto, en stak hem terug in zijn zak.
Hij haalde zijn handschoenen tevoorschijn en liet zijn vingers voorzichtig over de tekst glijden.
Iemand had geprobeerd die te verbergen, die er ouder uit te laten zien, had er aarde en vuil van de vloer overheen gewreven.
Maar dat liet nu los.
Hij zag duidelijke sporen van vers hout.

Bingo.

Met stijve knieën stond Munch glimlachend op. Hield zich aan de leuning vast en pakte zijn telefoon weer.

Typte het in.

Jes 41:10.

Wachtte tot 4G langzaam de pagina liet zien.

Hij begreep goed dat het Mia hinderde.

Het bereik was hier heel slecht.

Maar daar kwam het.

Munch ging meer in de schaduw staan, zodat het scherm minder reflecteerde.

Jes 41:10.

Wees niet bevreesd, want Ik ben met u, wees niet verschrikt, want Ik ben uw God. Ik sterk u, ook help Ik u, ook ondersteun Ik u met Mijn rechterhand, die gerechtigheid werkt.

Shit, oké.

Dus hier had hij gestaan.

Verscholen in het donker.

Pelle Lundgren over het moeras zien aankomen.

Hij zocht het nummer.

'Kripos FO, met Rita.'

'Hoi Rita, met Munch. Ik heb mensen nodig.'

'Oké, waar?'

'In het Havmyran-moeras, waar we Lundgren hebben gevonden. Ik wil de vogeluitkijktoren opnieuw doorzoeken. Vingerafdrukken, huid, haar – alles.'

'Daar zijn we al geweest,' verzuchtte Rita. 'Besmet. Te veel mensen, te smerig.'

'Ik wil een speciaal stukje laten onderzoeken,' zei Munch, terwijl hij zich weer vooroverboog.

'Hoe groot?'

'Ongeveer twee bij zes centimeter.'

Rita zweeg even.

'Oké,' zei ze. 'Ik stuur direct iemand. Die is er over een paar uur.'

'Fijn, dank je.'

Munch stak zijn telefoon in zijn zak en haalde zijn sigaretten tevoorschijn.

Wees niet bevreesd, want Ik ben met u.

Een boodschap?
Voor zichzelf?
Kracht?
Voor wat er zou gebeuren?
Munch stak zijn sigaret op, en bleef met een lege blik staan uitkijken over het magische landschap.

68

Mia liep naar de boot, waar ze twee leden van FO aantrof die in de schaduw tegen de romp geleund stonden.
'Hoe gaat het?' vroeg Mia.
'Z'n gangetje,' antwoordde de man, aan zijn hals krabbend.
Geen witte overalls meer. Ze waren klaar met het klinische deel van het onderzoek, waarvan Mia wist dat het een hels karwei was geweest. Onder het dek, in een oude boot, hoeken en gaten, overal stof en vuil. Ze had naar beneden gekeken terwijl ze bezig waren. Mensen op hun rug liggend, krap en warm, hoofden en armen overal in, onder en achter. Er was niet genoeg waardering voor deze mensen. Veel zaken waar ze aan had gewerkt, waren eigenlijk door FO opgelost.
'We kunnen helaas niets vinden,' zei de vrouw.
'We zijn overal geweest, en opnieuw, wel tien keer,' zei de man.
Jessica's dagboek.
Als het al bestaat.
Mia had haar moeder niet gesproken, maar te oordelen naar Munchs beschrijving had het net zo goed een verzinsel kunnen zijn.
Ik ben niet zo'n slechte moeder.
Ik weet ook dingen.
Ze hadden de flat doorzocht en wat haar kamer moest zijn, en daarna nog een keer, zonder resultaat.
'Ik geloof dat we het hier maar bij moeten laten.'
'Ja?' zei de man opgelucht.
'Dank je wel,' zei de vrouw, terwijl ze haar spullen bij elkaar begon te pakken.
'Laten jullie het licht beneden aan? Kan de generator aan blijven?'

Mia wees naar het kleine dieselaggregaat dat stroom gaf aan de plaats delict.

'Natuurlijk. We kunnen het later ophalen. Gewoon uitschakelen als je klaar bent.'

'Dank je,' zei Mia, en haar blik volgde hen de boot uit naar de weg.

Ze liep buitenom naar de andere kant van de boot en klom onder het zeil naar boven.

Het was nu anders, maar de herinnering aan haar eerste bezoek kwam weer helemaal boven.

Die lucht.

Jessica's dode lichaam.

De naam in het bloed.

Ze klom voorzichtig verder omlaag en bleef gebogen onder het licht van de felle lampen staan.

Alles was verwijderd.

Alleen nog een lege huls.

Ze was een paar dagen geleden bij FO langsgegaan. Die had de gymzaal van de school geclaimd en een heleboel tafels onder het klimrek naast elkaar gezet.

Jessica's leven in de boot.

Beetje bij beetje.

Een sok. Een oud tijdschrift. Een onderbroek met hartjes erop.

Rijen met honderden objecten, losse eindjes van een bestaan, zorgvuldig gemerkt en verzegeld in doorzichtige zakjes.

Nee, respect.

Voor het werk dat ze deden.

Ze was met hernieuwde energie de gymzaal uit gekomen.

We zullen hem vinden.

Of haar.

Nina Riccardo, altijd met die focus.

Weten we zeker dat het een man is?

Natuurlijk niet, maar er was iets met de agressie.

Dat gewelddadige.

Mia keek om zich heen.

Wat deed ze hier eigenlijk?

Haar vinger ergens achter krijgen?

Proberen het voor ogen te krijgen?

FO had de hele ruimte schoon gezogen.
Nee.
Hier zou ze niets meer vinden.
Mia schudde haar hoofd en klom terug het dek op. Klom weer de ladder af en draaide de schakelaar om die het aggregaat uitschakelde.
De stilte was merkbaar.
Nergens een geluid, behalve van een camper die langzaam over de boven gelegen weg gleed.
De camper stopte en draaide de parkeerplaats op.
Er stapte een vrouw uit, die iets zei tegen de man achter het stuur.
Noren.
Twee kinderen staken hun hoofd naar buiten. Het ene kind deed de deur open.
Saai, zeker.
Zo lang achterin zitten.
Ze kreeg een flashback uit haar eigen jeugd.
Kamperen in natuurgebieden, vaak een aantal dagen, vader in opperbest humeur met zijn hengel bij het water, terwijl moeder, rondbanjerend door bos en velden, geen rust kon vinden. Sigrid ook niet. Die wilde alleen maar in de tent zitten, met haar neus in een boek, terwijl Mia het bos verkende; ze kon er geen genoeg van krijgen.
Ze liep naar de camper.
'Hallo. Sorry, jullie kunnen hier niet staan.'
Ze wees naar de afzetting.
'Er is hier iets gebeurd, dit is een plaats delict. Jullie kunnen beter ergens anders parkeren.'
Teleurstelling op de gezichten, in elk geval bij de kinderen, die zich zuchtend en mokkend terug de camper in hesen.
'Excuses,' zei de vrouw. 'Dat was ons niet duidelijk.'
'Een eindje verder zijn prachtige plekken genoeg,' zei Mia.
'Prima,' zei de vrouw, en ze ging weer op de passagiersplaats zitten. 'Fijne dag nog.'
'Jullie ook,' zei Mia.
De camper draaide langzaam om en het zwaargewicht reed terug de weg op.

Wat?

Ze rende snel achter hen aan en klopte op de zijkant.

De camper kwam schokkend tot stilstand.

'Sorry,' zei Mia, terwijl de vrouw het raampje liet zakken. 'Dat masker, hoe komen jullie daaraan?'

'Welk masker?' vroeg de vrouw.

'Dat daar achterin,' zei Mia hijgend.

'Ze bedoelt de duivel,' zei de man aan het stuur.

'O, dat,' zei de vrouw, en ze draaide zich om. 'Joakim, kun je mama dat masker geven dat je hebt gevonden?'

De jongen boog zich tussen de stoelen naar voren.

'Mag ik het even zien?' vroeg Mia.

Ze pakte het aan en voelde de opwinding.

'Waar hebben jullie het gevonden?'

'Waar heb je het masker gevonden, Joakim?' vroeg de vrouw.

'Waar we gisteren stonden,' zei de jongen.

'Aan de andere kant van het eiland. Hoe heet het daar?'

'Dat weet ik niet meer,' zei de man. 'Nog voor Kvenvær. Bij de ingang van het natuurreservaat daar.'

'Politie. Ik moet het innemen,' zei Mia, en ze liet haar pasje zien.

'Helemaal goed,' zei de vrouw. 'Griezelig. Goed dat we het kwijt zijn.'

'Hebben jullie een nummer waarop ik jullie kan bereiken?' vroeg Mia. 'Mogelijk moeten we precies weten waar het lag.'

'Natuurlijk,' zei de vrouw, een beetje ongerust.

Ze deed het dashboardkastje open en schreef haar nummer op een papiertje.

'Hij heeft toch niets verkeerds gedaan?'

'Nee, hoor, helemaal niet,' zei Mia.

Ze wachtte tot de camper een stuk verder was voor ze haar telefoon tevoorschijn haalde om Munch te bellen.

'Ja?'

'Waar ben je?'

'In het reservaat. FO is net gekomen.'

'Heb je iets gevonden?'

'Ja,' zei Munch. 'Jij?'

'Absoluut,' zei Mia. 'Kunnen we afspreken?'

'Alleen wij, of iedereen?'

'Het hele team,' zei Mia, en ze hield het masker op.
In het zonlicht grijnsde de rode duivel haar toe.
'Oké. Over een uur komen we bij elkaar.'

69

Toen de briefingruimte vol stroomde, sloot Munch zijn iPad op de beamer aan. Gezichten die zowel moe als nieuwsgierig waren, want het tijdstip van de bijeenkomst was vervroegd. Iedereen was er nu, behalve Nielsen, de officier van justitie, die nog steeds buiten op het plein liep te bellen.

Heeft Ludvigsen jou gebeld? Ze zetten ons onder druk, willen dat we de jongen vrijlaten...

Dat had hij al gedacht. Die advocaat hoefde Munch niet te vertellen hoe de wereld in elkaar zat. Geld, macht, status – natuurlijk kon je alles krijgen wat je wilde, als je de juiste contacten had onder de hoge dames en heren. Hij was bijna verbaasd dat het nog zo lang had geduurd, want hij had het eerste telefoontje al binnen een uur verwacht.

'Oké,' zei Munch, terwijl hij op de tafel ging zitten. 'Fijn dat jullie zo snel konden komen. Ik weet dat het druk is, maar zoals jullie vast al weten, is er een ontwikkeling. Daarom vond ik het beter om nu bij elkaar te komen.'

'Er gaan geruchten dat we hem moeten laten gaan. Klopt dat?'

Kevin Borg, met een geïrriteerde uitdrukking op zijn gezicht.

'Er bestaat inderdaad een kans dat we Benjamin Prytz moeten laten gaan,' bevestigde Munch. 'Als niemand in de afgelopen uren tenminste iets concreets heeft gevonden waardoor we hem langer kunnen vasthouden.'

Hij keek naar het team.

Iedereen schudde van nee.

'Goed,' zei Munch. 'Het is ook niet zeker dat het iets uitmaakt. Het is best mogelijk dat we ons al ergens anders op moeten concentreren.'

Hij pakte zijn iPad.

'Ik kom net bij het moeras vandaan en heb de vogeluitkijktoren nog eens onderzocht, en daar vond ik dit. Dit is recent gedaan

en er is geprobeerd het te verbergen.'
Hij liet een foto zien van wat er in de planken was gekerfd.
JES 41:10.
'Uit de Bijbel?' vroeg Borg.
'Ja,' zei Munch. 'Als we het opzoeken, vinden we dit citaat.'
Hij klikte weer.
'Zo, hé,' zei Nygaard. '*Wees niet bevreesd, want Ik ben met u?* Wat heeft dat te betekenen?'
'Ik denk,' ging Munch verder, 'dat de dader daar zat te wachten. Hij wist wanneer Pelle Lundgren van plan was te vertrekken, maar hij kon niet weten hoe vroeg Pelle zou komen. Overzicht. Controle. Hij kan daar een tijdje hebben gezeten. De wachttijd hebben gebruikt om zichzelf te motiveren.'
'Dus we zoeken iemand die diepgaande kennis heeft van de Bijbel?' vroeg Nina Riccardo.
'Nou ja, diepgaand...' zei Munch. 'We zaten al een beetje in die richting, met de religieuze aspecten.'
Hij knikte naar Mia.
'Want we hebben het vermoeden dat de afkorting op de kop voor "de hoer van Babylon" staat. Ik weet niet hoeveel diepgaande kennis je daarvoor nodig hebt. Laten we het even testen.'
Hij keek de ruimte rond.
'Hoeveel van jullie hebben die uitdrukking eerder gehoord – "de hoer van Babylon"?'
Alle handen gingen voorzichtig de lucht in.
'En hoeveel van jullie hebben van Jesaja 41:10 gehoord?'
Iedereen keek elkaar aan, maar niemand zei iets.
'Dat bedoel ik,' ging Munch verder. 'Van de hoer van Babylon heeft een vrij groot deel van de bevolking hier wel gehoord. Dat hoeven niet per se christenen te zijn. Maar dit?'
Hij knikte naar het scherm.
'Dat ligt anders, vind ik. We kunnen misschien allemaal wel aan het eerste refereren, maar een Bijbelcitaat? Ik weet vrij zeker dat we op zoek zijn naar iemand met een religieuze achtergrond, die in elk geval de Schrift goed kent, en zich daar graag toe verhoudt.'
'Dat klinkt niet als Prytz,' zei Riccardo.
'Dat vind ik ook niet,' merkte Munch op. 'En zoals we dadelijk

zullen zien, is het goed mogelijk dat we naar iemand anders op zoek zijn.'

Claus Nielsen stak vanaf de gang zijn hoofd om de deur.

'Sorry, maar we moeten hem wel vrijlaten. Als er tenminste niets...'

Hij keek naar Munch.

'Dat is goed,' zei Munch. 'Luca?'

Nielsen leek opgelucht toen Luca Eriksen opstond en de sleutels van de arrestantencel uit zijn zak haalde.

'Oké,' zei Munch toen ze de ruimte hadden verlaten. 'Mia?'

Mia stond op van haar stoel en liep naar voren.

'Ik ben er nog een keer heen geweest, naar de boot dus. Toevallig kwam ik daar een gezin in een camper tegen, dat de dag ervoor op een plek had gestaan die niet zo ver van de bunker was. In het bos vlakbij hadden ze dit gevonden.'

Munch drukte op de iPad.

Een foto van het rode duivelsmasker op het scherm.

'Het lijkt misschien niets, maar als je goed kijkt...'

Munch liet de video van de bunker zien.

Weer harde muziek. Blinkend licht op alle kostuums.

Een heks.

Elvis.

Goofy.

Donald Duck.

Een vampier.

En daar was het rode masker.

'Was de duivel op het feest?'

'Ja,' bevestigde Mia.

'En wat dan nog?' vroeg Kevin Borg. 'Iemand is onderweg zijn masker verloren.'

'Niet naar Jessica of Prytz kijken,' zei Mia. 'Let op de duivel.'

Ze knikte naar Munch, die de video opnieuw startte.

'Zoals we zien, danst deze persoon eerst niet,' zei Mia. 'Ze staat hier tegen de muur. Hier gaat ze opeens de menigte in, danst even, of doet alsof ze danst, en dan...'

Munch zette het beeld stil.

'Ze buigt zich naar Jessica toe. Het lijkt alsof ze iets in haar oor fluistert – roept waarschijnlijk, de muziek stond hard, maar toch. En dan verder. Jessica kijkt haar aan. Dat is een bevestiging, denken jullie niet? Een knikje. Daarna danst de duivel verder, naar de deur, en weg is ze.'

'Je zegt "zij"?' vroeg Riccardo.

'Ja,' zei Mia. 'We denken dat het een vrouw is. Zie je die armen, die bewegingen?'

'Dat zei ik toch? Het is niet zeker dat we op zoek zijn naar een man.'

'De video heeft een tijdsaanduiding,' ging Mia verder. 'Hij duurt vierendertig seconden en is op zaterdagavond om 20.56 uur genomen.'

'Zoals we weten, werd Jessica na een uur of negen niet meer op het feest gezien,' ging Munch verder. 'Niemand kon ons een exact tijdstip geven, vanwege de toestand waarin ze verkeerden, maar het was rond die tijd. Er zijn geen latere waarnemingen geweest.'

Licht gemompel in de ruimte.

'Dus we zoeken een duivel?' vroeg Borg. 'Die de dag erna een Bijbelcitaat in een plank in de toren kerfde?'

'Laat de video nog een keer zien,' vroeg Riccardo. 'Zet hem stil op 0.25.'

Munch keek haar vragend aan.

'Vier keer vertraagd,' zei Mia.

Nog een keer op het scherm.

Verwrongen geluiden toen de muziek langzamer klonk. Het flikkerende licht in korte, beter zichtbare flitsen over de kostuums.

'Nu,' zei Mia, toen de duivel langzaam de dansvloer op kwam.

Een paar armbewegingen.

Dan naar Jessica's oor.

Een knikje terug.

Daarna begaf de duivel zich weer langzaam in de menigte.

'Het ziet er bijna uit als een korte onderhandeling, vind je niet?' vroeg Ralph Nygaard. 'Om drugs te kopen? Zoiets?'

'Goed gezien,' vond Mia. 'We denken dat deze onbekende duivel Jessica misschien een aanbod deed dat ze niet kon weigeren. Een deal. En dat ze haar daarom naar de boot volgde.'

'Nogmaals,' zei Munch, terwijl hij zijn armen uitsloeg. 'We weten absoluut niet honderd procent zeker of dit is wat we zoeken, maar het is absoluut een richting waar we prioriteit aan geven. Het duivelsmasker is nu naar FO gegaan. Het moet een paar dagen in het bos hebben gelegen, maar het levert vast iets op. Huid, haar, een wimper.'

Mia ging weer zitten.

'Een duivelskostuum,' zei Munch. 'Waar werd het gekocht? In een speelgoedzaak? Online? Kunnen we die transactie terugvinden?'

Er werd geknikt.

'En,' ging Munch verder, 'iemand moet die duivel toch hebben gezien. Op het feest. Bij iemand thuis.'

'Ze moet er een tijdje zijn geweest,' zei Riccardo, en ze keek om zich heen. 'Tenzij ze van tevoren al wist dat Jessica als Mickey Mouse zou komen.'

'Inderdaad,' zei Munch, terwijl hij naar haar wees. 'Heel goed, Nina. Wist diegene wat Jessica aan zou hebben? Of heeft ze dat daar ontdekt? In het eerste geval, als ze het dus van tevoren wist, zouden we haar snel moeten kunnen vinden. Is het een vriendin? En volwassene in haar omgeving?'

'Maar die twee meisjes zijn het niet, toch?' vroeg Nygaard.

'Nee,' zei Munch. 'We zien hier zowel Goofy als Donald Duck, dus Sylvia en Hannah waren het niet. Iemand anders in haar kennissenkring? Een vaste klant?'

Hij zette zijn iPad op pauze en wendde zich weer naar het team.

'Ik weet dat het vrijdagavond is, mensen. En dat iedereen moe is. Maar die duivel zullen we vinden. Er kan natuurlijk een logische verklaring voor zijn, maar we moeten haar spreken, al was het alleen maar om haar uit te sluiten. Dit is ons beste spoor tot nu toe.'

'Plus de inscriptie,' vulde Nygaard aan.

'Die ook,' zei Munch. 'We weten dat Jessica weleens bij een christelijke jongerengroep kwam. Heeft ze deze persoon daar ontmoet? Ik wil de namen van iedereen die daar weleens kwam. Oké?'

'Ik hoop maar dat onze overtijd wordt uitbetaald,' mompelde Borg toen hij opstond.

Mia bleef zitten terwijl de anderen de ruimte verlieten.

'Wat denk je?' zei ze, knikkend naar het scherm.

'Ik denk dat het net zich begint te sluiten,' zei Munch met een voorzichtig glimlachje.

'Gaan we haar vinden?'

'Zeker weten.'
Hij haalde een sigaret uit het pakje.
'Al moet ik de hele nacht opblijven.'

8

70

Zaterdagochtend, en Sofia deed haar ogen open. Ze bleef een ogenblik onder haar dekbed liggen, voelde hoe haar lichaam zinderde. Vandaag was de dag. Vandaag zou ze in haar mooiste kleren in de kerk zingen. Ze sprong uit bed, liep naar het raam en deed de gordijnen open. De zon stond al hoog aan de hemel. Een enkel wolkje maar, niet veel. Ze hoopte dat het vandaag niet te warm zou worden, want ze zouden met heel veel mensen tegelijk in de kerk zijn. Het werd er altijd erg warm tijdens de koorrepetities, in elk geval deze zomer; laatst hadden ze beide deuren moeten openzetten, die aan de voorkant en de kleine opzij. Ze sloop voorzichtig de gang door. Papa's slaapkamer. De deur stond op een kier, ze zag hem in zijn bed liggen. Hij sliep nog. Toen Sofia de trap af liep en de klok op de muur in de gang zag, begreep ze waarom. Oei, pas halfzes? Wat jammer. Dan duurde het nog wel even. De ceremonie zou om halftwaalf precies beginnen. Maar ze moesten natuurlijk eerder aanwezig zijn, een uur, zodat ze zich konden voorbereiden. Twee liederen. Eerst 'Liefde van God'. Dat zouden ze zingen zodra iedereen op zijn plaats zat. En dan zou de bruid komen. Door het middenpad met haar vader. O, wat voor jurk zou ze hebben? Een sluier? Sofia hoopte van wel. Ze was dol op sluiers. En een kroon. Nee, zo noemde je dat waarschijnlijk niet, wat je op je hoofd had. Diadeem? Was het zoiets? Sofia trok haar korte broek en een T-shirt aan die verfrommeld op de kist bij de piano lagen, en liep naar buiten, de veranda op.

Bloemen. Ze moest een krans op haar hoofd hebben. De dominee had gezegd dat het niet nodig was, alleen als het kon, maar Sofia had verontwaardigd gesnoven toen hij dat zei. Natuurlijk zou ze een krans hebben. Hun tuin stond vol met mooie bloemen. Ze was er al dagen naar aan het kijken, zich afvragend welke ze zou kiezen. Witte natuurlijk, maar welke soort? Margrieten. Die moesten het worden. Een mooie groen-met-witte krans rond haar blonde haar, dat ze gisteravond had gewassen.

Was ze zo kinderachtig?

Daar had ze aan gedacht, vannacht nog, toen ze onder haar dekbed lag en niet kon slapen. Was het stom om bruiloften zo leuk te vinden? Was dat alleen iets voor kleintjes? Voor bruidskinderen en zo? Maar toen dacht ze aan een paar jaar geleden. De bruiloft van prins William en Kate. In Engeland. Ze had bij oma alles op tv gezien. Er waren vlaggetjes en ze hadden taart en snoep gegeten, en mama en oma hadden zich gedragen alsof het de nationale feestdag was. Lachend hadden ze naar de tv gewezen, en oma had zelfs een traantje weggepinkt.

Dus nee.

Het moest toch mogen.

Zíj had een prachtige jurk gedragen.

Kate.

Kanten mouwen en een sluier.

Hij had een soort uniform aangehad, rood met hier en daar wat goud, en een blauwe sjerp over zijn schouder.

Zo'n tinnen soldaatje?

Nee, Kate had er mooier uitgezien.

Sofia ging in de keuken aan tafel zitten.

Het was nu kwart voor zes.

Waarom ging de tijd zo langzaam?

Nog geen bloemen plukken, dat moest vlak van tevoren, anders zouden ze niet vers meer zijn. Ze had wekenlang geoefend op kransen, dus dat kon ze wel.

Sofia zag opeens het groene ontbijtblad op het aanrecht en glimlachte even. Ze zocht in de koelkast naar beleg en haalde het brood uit de lade. Liep naar buiten om een bloem te plukken en zette die in een vaasje.

Met het blad in haar handen liep ze de trap op.

Duwde voorzichtig met haar elleboog de deur open en ging naast het bed staan.

'Papa, wakker worden. Het is zaterdag.'

71

Hannah Holmen trapte zo hard als ze kon op de pedalen, maar dat was niet makkelijk in deze jurk. Verdorie, waarom had ze die nou aangetrokken? Een korte broek was veel beter geweest. Ze stapte even af en keek achterom. Omkeren? En zich omkleden? Nee, ze was nu al te ver: al halverwege op weg naar de snelbootkade. En dan zou ze waarschijnlijk weer voor de spiegel blijven staan. Korte broek of jurk? De witte jurk of de rode? Haar haar opgestoken of los? En welke schoenen? Jeetje, dat was ze bijna vergeten. Ze was naar de gang gerend en had al haar schoenen naar haar kamer gedragen. Sportschoenen waren natuurlijk het fijnst om mee te fietsen, maar waren die mooi genoeg? Zou ze niet liever sandalen aantrekken? Maar dan zag je haar tenen, en hoe hoorde het eigenlijk? Liet je bij een eerste ontmoeting je tenen wel zien? Ze zou willen dat haar moeder zoals ze vroeger was hier nu was geweest, om haar een beetje te helpen.

Kijk, Hannah, deze staat goed.

Maar nee.

Ze had uiteindelijk een keuze gemaakt, was het huis uit gerend, bijna bezweet, maar had zich toch weer bedacht, had zich omgedraaid en was weer naar boven gedraafd.

Nee, zo moest het maar.

De rode jurk met de witte sportschoenen.

Ook al had iemand een keer gezegd dat het iets speciaals betekende als meisjes rood droegen. Dat rood een uitnodiging was. Dat je dan ja zei tegen…

Daar dacht ze helemaal niet aan.

Gewoon vrienden.

Ludvig.

Ze had hem pas een paar dagen geleden online ontmoet. En over zulke dingen hadden ze het ook helemaal niet gehad. Alleen over boeken. En over school. En ja, over de wereld en de toekomst en zo.

Ze hadden heel veel gemeen.

Soms kreeg ze bijna het idee dat hij haar al kende.

Wist wie ze was.

Vanbinnen, zeg maar.
Heel vreemd, maar ook heel fijn.
Ludvig zou schrijver worden, dat had hij besloten.
Hoe vaak hij ook bij uitgevers zou worden afgewezen, hij zou het niet opgeven.
Al moest hij de rest van zijn leven vogelzaad eten en in een caravan wonen.
Daar had Hannah hard om gelachen.
Vogelzaad eten.
Ze had naar zijn foto gekeken en hem voor zich gezien, gebogen over een computer voor een caravan. Ergens diep in een bos, met een mond vol vogelzaad.
En jij?
Ze wist niet goed wat ze moest antwoorden. Niet dat ze er niet over had nagedacht. Ze had verdorie lange tijd over niets anders nagedacht.
Iets waarmee ze geld kon verdienen in elk geval.
Zodat ze hier weg kon, ergens anders heen.
Ver weg.
Misschien naar Parijs?
Ze had ooit een boek gelezen waarin het over de universiteit daar ging, de Sorbonne.
Dat klonk prachtig.
Ze had de Eiffeltoren, de Arc de Triomphe en het Louvre, waar de *Mona Lisa* hing, voor zich gezien.
Hoi, ik ben Hannah, leuk je te ontmoeten.
Wat ik doe, vraag je?
Ik studeer aan de Sorbonne.
Dat moest ze een keer opzoeken.
Hoe je daar kon worden aangenomen.
Maar daarna wist ze het niet goed.
Wetenschappelijk onderzoek misschien?
Iets met wiskunde?
Of astronomie?
Zwarte gaten?
Dat soort dingen.
Ze had een keer een lezing van Stephen Hawking gezien, waarin hij vertelde hoe we hier op aarde langzaam maar zeker naar een

zwart gat werden getrokken. Dat het hele sterrenstelsel ooit zou worden opgeslokt.

Over twintig miljard jaar pas, maar toch.

Het was een vreemde gedachte.

Hannah rook aan haar oksel.

Nee, niks aan de hand.

Ze had bijna vijf minuten met deodorant gespoten. Wilde liever niet bezweet aankomen. Haar haar los, niet opgestoken. Gewoon vrienden.

De ochtendboot van 09.50 uur.

Ze had bijna niet kunnen slapen. Werd voor zessen wakker en ijsbeerde de hele tijd door haar kamer. Wat gingen ze eigenlijk doen? Gewoon daar zitten?

Een auto.

Ze hadden een lift moeten krijgen.

Misschien naar het centrum, naar de kermis?

Of naar de bibliotheek? Daar chocolademelk drinken?

Ze had overwogen om het aan haar moeder te vragen, maar nee.

Toen dacht ze aan Andres Wold, maar dat vond ze geen goed idee.

Dat zou tot roddels leiden.

Hannah heeft een nieuwe vriend, uit de stad.

De jongens hier zijn zeker niet goed genoeg?

Nee, hoor, dank je wel.

En meer mensen kende ze eigenlijk niet die ze om zoiets kon vragen.

Het moest maar zo.

Gewoon een beetje kletsen.

Uitkijken over de zee.

Gewoon vrienden.

Meer niet.

Hannah keek achterom of er geen auto's aankwamen en stapte weer op.

Ze trapte glimlachend verder.

72

Munch gaapte en nam een nieuw stukje appel van het bord dat voor hem stond. Hij had lang geslapen. Hij had zijn ogen geopend, was verward uit bed gerold en zag dat de kermis beneden eindelijk dicht was. Die was nog aan de gang geweest toen hij vlak voor drie uur zijn bed in was gedoken. Hij had het nog maar net kunnen opbrengen om zich uit te kleden. Bijna zes uur slaap? Niet slecht. Hij nam een slok koffie en keek rond in het restaurant, dat tevens ontbijtzaal was. Tamelijk vol vandaag. De meesten journalist zeker. Op een aantal tafels lagen camera's. De grote dag. Munch schudde zijn hoofd en merkte dat het hem geen donder kon schelen. Maar die vrouw met het duivelsmasker? Elk spoor ontbrak. Hij had het bijna niet geloofd toen ze terugkwamen naar het bureau, de een nog vermoeider dan de ander.

Nee. Sorry. Niets.

Oké, we gaan morgen verder.

Geïrriteerd was hij in zijn auto gestapt en had hij het weggetje af gereden naar het hotel.

De lift naar boven genomen.

Had het niet kunnen opbrengen de trap te nemen.

'Gaat het goed hier?'

Ruth stond voor hem met een koffiekan in haar hand.

'Ja, prima, dank je wel,' zei Munch, en hij hield zijn kopje op.

'Weet je het zeker?'

Het blonde meisje keek hem schuin aan.

'Absoluut,' zei Munch.

'Hoeveel heb je er al gedronken?'

'Alleen deze,' zei Munch, terwijl hij met zijn kopje zwaaide.

'Vooruit dan,' zei Ruth, en ze schonk in. 'Maar nu krijg je niet meer.'

Glimlachend liep ze verder langs de tafels.

Oké.

Hoe gaan we verder?

Munch legde zijn notitieboekje dichter bij zijn bord.

Volwassenen in Jessica's omgeving.

Haar moeder, Laura?

Nee.

Anita Holmen?

Zou zeker kunnen.

Motief? *Ja.*

Gelegenheid? *Ja.*

Mia was om een of andere reden hierover ook heel gedecideerd geweest: *Nee, zij is het niet. Waarom niet?* Ze had haar schouders opgehaald. Hem geen goede reden gegeven.

Dus ja?

Anita Holmen?

Hij moest beslist vandaag bij haar langs.

Want wat was anders het verband tussen Jessica en Jonathan?

De naam in het bloed?

Hoeveel mensen hadden ze inmiddels verhoord?

Niemand had ook maar een hint gegeven dat ze die twee ooit samen hadden gezien.

Hannah Holmen – ja, die wel. Maar alleen terloops, bij hen thuis op bezoek. Logisch. Maar ergens anders niet.

Niemand.

Munch dronk zijn koffie op en nam zijn sigaretten mee naar buiten.

Warm vandaag, maar niet zo heel erg.

Behaaglijk.

Hij stond op het punt zijn sigaret aan te steken, toen zijn telefoon ging.

'Met Munch.'

'Hoi, met Rita, van FO.'

'Goedemorgen, Rita.'

'Goedemorgen, Munch. Ik heb hier iets interessants voor je. We hebben zojuist een match met die haar gevonden die in die kop werd verbrand.'

'O ja?'

Munch spitste zijn oren.

'Hij was van Victor Palatin.'

'Wat? Weet je het zeker?'

'Honderd procent. Full match.'

'Oké, dank je wel.'

Palatin?

Hij schudde verbouwereerd zijn hoofd en zocht naar het nummer van Mia.

73

Hannah Holmen kwam vroeg bij de snelbootterminal aan. Het duurde nog veertig minuten voordat de boot zou aankomen. Een beetje verkeerd getimed, maar goed. Beter te vroeg dan te laat. Dat zou gênant zijn geweest. En vervelend. Arme Ludvig; die zou hier helemaal alleen zitten, op een onbekend eiland. Nee, goed dat ze zich had gehaast. Hannah zette haar fiets in het rek aan de achterkant, liep om het gebouw heen en ging op een bankje zitten. De terminal zag er eigenlijk niet uit alsof hij iets met boten te maken had. Hij leek meer op vier mosterdgele huizen die iemand aan elkaar had geplakt. Dat had zeker met het museum te maken. Het Kustmuseum van Trøndelag zat op de eerste verdieping. Toch had Hannah vaak gedacht dat het mooier had moeten zijn. Misschien met een echte kade, en een gebouw van glas, dat 'Welkom op Hitra!' leek te schreeuwen.

Was dat misschien iets?

Het museum?

Nee, ze vond het geen goed idee.

Een tentoonstelling over de visserij van vroeger? Hij had zich er vast iets anders van voorgesteld.

Hier hebben we de oude pioniers, de eersten die...

Nee, hoor, dat vond hij vast heel stom.

Of toch niet?

Zo was Ludvig niet.

Hij zei niet: dit is stom en dat is stom.

Hij kwam heel volwassen over.

Niet zoals de jongens van zijn leeftijd op het eiland.

Heel anders.

Nee, hou op, Hannah.

Gewoon vrienden.

Al die vlinders in haar buik.

Wanneer kwam hij nou?

Ze keek weer op haar horloge – nog een halfuur.

Gelukkig had ze een boek meegenomen.

Ze schoof een stukje op, zodat ze in de schaduw zat, en probeerde te lezen.

Nee.

Te onrustig.
Ze moest het boek weer wegleggen.
Het werd langzaam drukker. Ze herkende de meeste mensen. Verhuurders van vissershuisjes, die toeristen kwamen ophalen met de auto.
Een van hen zat met draaiende motor in zijn auto met muziek aan te roken, en Hannah merkte dat het haar irriteerde.
Wist hij niet wat dat met het milieu deed?
Uitlaatgassen staan uitbraken?
Ze was net van plan erheen te gaan om er iets van te zeggen, toen hij gelukkig de motor uitzette. Hij stapte uit en liep het café binnen.
Ze keek door de deur toen die openging.
Prima.
Om daar te zitten.
Ze hadden niet veel, maar wel iets.
Misschien limonade en iets lekkers.
Ze had geld meegenomen, voor het geval hij niets bij zich had.
Ik trakteer wel.
Dan hadden ze in elk geval iets te doen.
Voor als het stroef liep.
Dat kon best.
Met iemand die je online hebt ontmoet.
Ze had daar verhalen over gehoord, over mensen die online dateten, en als ze elkaar ontmoetten was diegene heel anders, leek niet eens op de foto's.
Hannah kreeg een knoop in haar maag.
Wat als?
Als hij heel anders was dan op Friendz?
Nee, joh. Wat dacht ze nou?
Natuurlijk was hij zichzelf.
Ze waren bijna hetzelfde.
Het maakte niet uit of hij verlegen was of zo.
Of als hij er niet helemaal zo uitzag zoals op die leuke foto.
Ze hadden elkaar *vanbinnen* leren kennen, toch?
Al het andere was niet belangrijk.
Nog tien minuten.
De wachtende mensen kwamen nu in beweging, en opeens zag

ze de turquoise-met-witte boot in de verte.

O nee.

Ik durf het niet.

Ze moest opeens heel nodig plassen en rende het café in. Ze zat op de wasbak te trommelen tot ze klaar was.

Terwijl ze haar handen waste keek ze even in de spiegel.

Hoi, Ludvig, leuk om je te zien.

Hallo, online vriend!

Nee, dat laatste zeker niet.

Hannah stak haar hoofd onder de kraan en dronk wat.

Een laatste blik in de spiegel.

Een brede lach.

Hallo, welkom op Hitra.

Net toen de boot aanlegde kwam ze naar buiten.

Oké.

Ze ging glimlachend bij het bankje staan.

Er waren weinig passagiers aan boord.

De meesten waren toeristen.

Een ouder Japans echtpaar liep voorzichtig over de loopplank.

Keken om zich heen.

Werden door hun chauffeur opgehaald.

Nog een klein groepje, ze kon niet zien waar ze vandaan kwamen.

Vriendelijk gelach.

Nog een chauffeur, en weg waren ze.

Nu kwam er niemand meer.

Hannah keek of er nog iemand aan boord stond.

Nee.

Iedereen leek van de boot af te zijn. De vertrekkende passagiers pakten hun spullen op en begonnen aan boord te gaan.

De boot toeterde.

De motor kwam op gang.

Toen gleed de boot langzaam weer weg, verdween naar zee.

Was hij er niet?

Hannah werd koud vanbinnen.

Liet zich op het bankje zakken.

Ze keek weer om zich heen.

Had ze hem over het hoofd gezien?

Even met haar ogen geknipperd?
Maar nee.
Het was daar nu helemaal stil.
Iedereen was weg.
Hannah bleef met tranen in haar ogen op het bankje voor zich uit zitten staren.
Even stelde ze zich voor dat de boot omkeerde en terugkwam.
Oeps, we waren een paar passagiers vergeten.
Ze wisten niet waar ze van boord moesten.
Ze keek op haar telefoon, maar ze had zijn nummer niet eens; dat hadden ze elkaar niet gegeven.
Hannah bleef nog tien minuten stil op het bankje zitten, voordat ze opstond en naar haar fiets liep.
Ze haalde hem van het slot en wilde opstappen.
Wat was dat nou?
Haar achterband was helemaal plat.
Had ze een lekke band?
Klotezooi.
Nu voelde ze tranen prikken.
Nee, dat ging ze niet doen.
Niet huilen.
Hannah kwam overeind, greep het stuur stevig beet en liep met die stomme fiets aan de hand naar de weg.
Ze was nog niet verder gekomen dan de parkeerplaats, toen ze opeens achter zich een auto hoorde toeteren.
Hannah draaide zich om. De chauffeur zwaaide naar haar.
Wie was dat?
De chauffeur stapte uit, en nu zag ze het.
Fabian?
Wat deed hij hier?
'Hoi Hannah, is er iets gebeurd?'
De psycholoog kwam naar haar toe, keek bezorgd naar haar achterband en daarna naar de weg.
'Ach jee, heb je een lekke band?'
Nu was het moeilijk.
Om de tranen in te houden.
'Is er iets gebeurd? Heb je verdriet?'
Hannah knikte even en keek naar de grond.

'Meisje toch,' zei Fabian. 'En dan ben je ook nog eens helemaal hier. Weet je wat? Kom maar.'

'Wat?'

Hij liep om de auto heen en opende de achterklep.

'Gooi je fiets er maar in, dan breng ik je naar huis. Of nee, ik heb een beter idee. Ik heb thuis plakspullen. We rijden naar mijn huis, en dan plak ik hem voor je. Wat een pech. Nu heb je hulp nodig. Kom.'

Fabian knikte glimlachend naar de achterklep.

'Weet je het zeker?' vroeg Hannah voorzichtig. 'Je hebt het vast druk.'

'Nee, hoor,' zei Fabian. 'Ik heb vandaag geen patiënten. Ik heb alle tijd. Kom maar, lieverd.'

'Oké,' antwoordde Hannah, en ze reed haar fiets naar de auto.

'Dank je wel,' zei ze toen ze was ingestapt.

Het rook hier lekker.

'Je hoeft hem niet te plakken, hoor. Je kunt me gewoon thuis afzetten.'

'Dat is geen enkele moeite. Ik woon hier vlakbij. Dat is zo gepiept. Heb je dorst? Ik heb hier koude cola, als je dat wilt?'

Fabian glimlachte.

'Nee, bedankt,' zei Hannah toen Fabian het contactsleuteltje omdraaide en wegreed.

74

Mia was net op haar motor gestapt toen haar telefoon ging.

'Hoi, Holger, goed geslapen?'

'We hebben een match voor de haar.'

'Welke haar – die in de kop?'

Hij knipte een aansteker aan.

'Ja. Raad eens van wie?'

'Geen idee,' antwoordde Mia. 'Van wie?'

'Victor Palatin.'

'Echt? Weten ze het zeker?'

'Honderd procent, ik heb net met Rita gesproken.'

'Daar snap ik helemaal niets van.'

'Ik ook niet,' zei Munch. 'Ik ga erheen. Wil je mee?'
Mia dacht na.
'Kun je het alleen af? Ik moet iets natrekken.'
'Alweer? Wat ben je toch de hele tijd aan het natrekken?' vroeg Munch.
Ik moet de tijd opnieuw meten.
De afstanden.
Allemaal.
'Ik kan het later vandaag doen,' zei Mia. 'Ik ga wel mee, als je wilt.'
'Nee, hoor,' zei Munch. 'Ik doe het wel.'
'Maar wat denk je?' vroeg Mia. 'Hij was toch op Tautra? Hoe is zijn haar daar dan terechtgekomen?'
'Geen idee. Hebben we het hem gevraagd?'
'Wat gevraagd?'
'Waar hij zijn haar laat knippen?'
'Nee, ik geloof van niet.'
'Verdomme. Oké. Ik kom er wel achter.'
'Bel me dan als je hem hebt gesproken.'
'Goed,' zei Munch, en hij verbrak de verbinding.
Oké.
Eerst van het huis van de familie By naar de pier.
Mia zette haar helm op, startte haar motor en reed slippend de onverharde weg op.

75

Hannah Holmen stapte uit de auto en staarde met open mond naar Fabians huis. Jeetje, wat was het groot. En mooi. Ze was hier nooit geweest. Had alleen hun naam op de brievenbus bij de weg gezien als ze erlangs fietste. KARIN EN FABIAN STENGEL.
'Zo,' zei Fabian glimlachend, terwijl hij haar fiets uit de bagageruimte tilde. 'Dit stalen ros krijgen we in no time weer op de weg.'
'Dank je wel,' zei Hannah. 'Heel aardig van je. Dat had je echt niet hoeven doen.'
'O, geen probleem,' zei Fabian, en hij zette de fiets bij de garage.

'Zoals gezegd heb ik de hele dag vrij. Karin is in de stad. Kom binnen, kom binnen.'

Hij liep naar de deur en wenkte haar.

'Naar binnen?' vroeg Hannah. 'Zouden we niet...'

'Jawel, maar de plakspullen liggen binnen. Kom maar.'

Hannah liep aarzelend over de tuintegels en stapte de gang binnen.

'Moeten ze uit?' vroeg ze, terwijl ze naar haar schoenen knikte.

'Zet ze maar in het kastje. Kom, ik heb een cadeautje voor je.'

'Een cadeautje?'

'Ja,' zei Fabian glimlachend halverwege de trap. 'Ik wilde het eigenlijk bij onze volgende afspraak geven, maar dit is de perfecte gelegenheid. Kom nou maar.'

Hij liep voor haar uit de trap op, ging de woonkamer in, en verdween naar een van de kamers op de verdieping erboven.

Wauw.

Hannah keek om zich heen.

Wat was het hier mooi.

Bijna zoals in een van de interieurbladen die mama vroeger las.

Grote ramen die op het bos uitkeken. Een boekenkast die één muur bijna helemaal bedekte. Een open keuken, die er gloednieuw uitzag. Een mooie, ovale, witte eettafel. Een superdure blauwe designbank. Hannah wist niet precies wat zulke dingen kostten, in elk geval veel meer dan hun bank thuis.

Ze liep naar de boekenkast.

Bekeek glimlachend de titels.

Jeetjemina, wat veel boeken.

Ze nam zich meteen voor om later ook zo'n boekenkast te nemen.

De Sorbonne.

Onderzoeker.

En dan zo'n kast.

Ze glimlachte weer en liet haar blik over de boekruggen glijden.

Stopte opeens, legde haar vinger tegen een van de ruggen.

Jeff Noon, *Vurt*?

Wauw.

Die had Ludvig haar aanbevolen.

Nog meer uit die serie.

Pollen.
Nymphomation.
Pixel Juice.
Jeetje, hij had ze allemaal.
Ze glimlachte.
Die hadden ze niet eens in de bibliotheek.
Alleen op bestelling, en maar eentje.
Misschien mocht ze ze van Fabian lenen?

Hannah bleef midden in de kamer staan en wist niet goed wat ze moest doen, maar besloot op de bank te gaan zitten. Streek de achterkant van haar rode jurk glad en nam voorzichtig plaats.

Fabian kwam weer tevoorschijn en liep glimlachend de trap af.

'Gevonden.'

Hij legde het cadeau op de tafel voor haar. Het was een boek, dat kon ze zien. Mooi ingepakt, met een gouden lint en alles.

'Jeetje, dank je wel,' zei Hannah verlegen.

'Graag gedaan,' zei Fabian, en hij ging op het puntje van de bank zitten. 'Als er iemand is die weet hoe moeilijk je het hebt gehad, dan ben ik het. En je houdt toch van boeken?'

'Jazeker,' zei Hannah aarzelend.

'Dat hoefde ik eigenlijk niet te vragen,' zei Fabian glimlachend. 'Want ik weet alles over jou, Hannah. We hebben jouw diepste gedachten gedeeld. Maak je het niet open?'

Fabian glimlachte breed en kwam dichterbij zitten.

Hannah trok aan het lint en maakte het plakband los.

Ze haalde het ritselende papier eraf en bekeek het omslag.

Vladimir Nabokov, *Lolita.*

'Zo, hé,' zei Hannah. 'Dank je wel.'

'Heb je het gelezen?' vroeg Fabian, en hij streelde voorzichtig over haar schouder.

'Nee, nog niet,' zei Hannah. 'Maar ik heb erover gehoord.'

'Een klassieker. Een van de grote romans over echte liefde. Echt fantastisch. Ik heb hem drie keer gelezen.'

'Dank je wel,' zei Hannah, en ze legde het boek op tafel.

'Misschien moeten we het aan elkaar voorlezen?'

'Eh... wat?'

Fabian kwam nog dichterbij, zijn dij raakte de hare. Ze schrok toen ze zijn hand op haar rug voelde.

'Weet je, Hannah? Zoals Nabokov zo mooi beschrijft, kent liefde geen leeftijd. Twee mensen vinden elkaar gewoon. Ze ontmoeten elkaar. Hun zielen verenigen zich. En later ook... hun lichamen.'

Hij streek met zijn vinger over haar rode jurk.

Hannah schraapte haar keel en stond snel op.

Ze liep naar de boekenkast en staarde strak naar de titels.

Ze had het nu heel koud.

Kreeg bijna geen adem.

'We gingen toch... mijn band plakken?' vroeg ze met haar rug naar hem toe.

'Tuurlijk,' zei Fabian, die opstond.

Hannah staarde voor zich uit.

Las bij zichzelf de titels.

Herman Melville, *Moby Dick*.

John Fowles, *De magiër*.

Tarjei Vesaas, *De vogels*.

Wat?

Dat waren dezelfde boeken als...

Ze draaide zich met een ruk om.

Fabian stond recht voor haar.

Hij had de bovenste knoop van zijn overhemd losgemaakt.

'Weet je, je weet nooit wanneer je echte liefde vindt. Dan moet je je er gewoon aan overgeven.'

Glimlachend maakte hij nog een knoop los.

'Zoals met Jessica, bijvoorbeeld. Zij en ik waren heel verschillend, maar de roep van echte liefde kun je niet negeren. Net als bij ons, Hannah.'

Jessica?

'Kende je... Jessica?' vroeg Hannah zachtjes.

Ze was nu misselijk.

Wilde wegrennen, maar haar voeten leken aan de vloer vastgelijmd.

O, shit...

Lolita.

Hannah keek naar het boek dat op tafel lag.

Mr. LOL.

'Oppervlakkig,' zei Fabian, terwijl hij zijn overhemd uit zijn broek trok. 'Niet zoals jij en ik, natuurlijk. Wij delen eigenlijk één ziel, toch, schat? Wat denk je ervan? Zullen we even naar boven gaan?'

Fabian kwam nog dichter bij haar staan, streek met zijn vinger over haar wang en boog zich naar haar mond.

Een explosie vanbinnen.

Hannah dacht niet na, handelde alleen.

Ze trok een boek uit de kast en sloeg hem ermee in zijn gezicht.

'Au! Wat is dat nou?'

En toen stond ze niet meer vastgelijmd.

Ze schoot bliksemsnel naar de keuken.

De deur open.

En rende op haar sokken zo hard als ze kon naar de weg.

76

Mia drukte de stopwatch op haar telefoon in en trok haar vizier omlaag. Ze startte de motor en draaide hoofdweg 714 op. Zaterdag, en aardig wat auto's onderweg vandaag, maar het was niet anders. Ze moest haar snelheid houden. Ze bleef korte tijd achter een tractor hangen, knipperde even met haar lichten en haalde hem toen snel in. Er verscheen een camper in de tegengestelde rijrichting, maar snel en behendig manoeuvreerde ze op tijd naar haar eigen rijbaan. De camper toeterde, een man stak zijn middelvinger naar haar op. 'Noodsituatie,' mompelde Mia. Ze reed verder tot de afrit. Sloeg rechts af. De 713. Ze gaf meer gas, boog nog verder voorover. Haar kleren klapperden in de wind.

Het huis van Anita Holmen.

Daar.

Verder.

Setervågen.

Daar.

Vol gas verder.

De pier.

Daar.

Ze minderde vaart, bracht haar motor langs de weg tot stilstand en haalde haar telefoon tevoorschijn.

Twaalf minuten.

Oké.

Plus die achttien?

Onmogelijk.

Mia stopte hoofdschuddend haar telefoon weer in haar zak, keerde haar motor om en reed terug.

Rustiger deze keer.

Ze was bijna terug bij de afrit naar het centrum toen ze plotseling een meisje op de weg zag rennen.

Een rode jurk.

Op sokken.

Was dat... Hannah?

Mia reed op haar motor naar haar toe, stopte en stapte af.

'Hannah? Gaat het wel goed met je?'

Het meisje beefde over haar hele lichaam, kon bijna geen woord uitbrengen.

'Hij... Hij...'

Ze draaide zich om en wees.

'Wie?' vroeg Mia, terwijl ze haar helm afzette.

'Fabian,' zei Hannah hijgend. 'Stengel...'

'De psycholoog?' vroeg Mia, terwijl ze in de richting keek die Hannah had aangewezen.

'Hij heeft Jessica vermoord, hij is Mr. LOL.'

'Wat zeg je?'

'Mr. LOL. Uit een boek. Hij heeft het me gegeven. *Lolita.*'

De tranen stroomden nu over haar wangen.

Mia stapte naar haar toe en sloeg een arm om haar heen.

'Je bent nu veilig. Wat is er gebeurd?'

'Hij heeft me bedrogen,' zei Hannah snikkend. 'Hij deed alsof hij iemand anders was. Op internet.'

'Heeft hij iets met je gedaan?'

Hannah schudde haar hoofd.

'Nee, gelukkig niet, ik ben weggerend. Niet met mij, maar met Jessica. Hij heeft haar vermoord. O...'

Ze keek leeg voor zich uit, alsof ze ergens aan dacht.

'Daarom vroeg hij...'

'Vroeg hij wat?'

'Tijdens een spreekuur. De laatste afspraak voor het feest. Hij vroeg welke kostuums we zouden dragen. Ik zei dat we als Disney-figuren zouden gaan. Dat Jessica Mickey Mouse zou zijn.'

Als verlamd van schrik keek ze terug, snikte weer en wees weer trillend in dezelfde richting.

'Hij is het. Fabian heeft het gedaan.'

77

Munch draaide de hoofdweg af en wilde net een sigaret opsteken toen er op het display in zijn auto een nummer oplichtte.

Mia.

Hij drukte op een knop op het stuur.

'Met Munch.'

'Waar ben je?'

'Ik rijd net de... Mastadsva-brug op. Wat is er?'

'Ik denk dat we hem hebben.'

'Hem? Ik dacht dat we het erover eens waren dat het een vrouw was?'

'Misschien zaten we ernaast,' zei Mia. 'Ik heb net Hannah Holmen naar huis gebracht.'

'Waarvandaan?'

'Ze liepen op haar sokken langs de weg. Was weggevlucht uit het huis van Fabian Stengel.'

'De psycholoog?'

Munch zette zijn auto langs de kant.

'Hij probeerde haar te verleiden. Dat had hij met Jessica ook gedaan. Munch, hij is Mr. LOL.'

'Wat? Weet je het zeker?'

'Honderd procent. Hij gaf haar een cadeau. Een boek. *Lolita*, van Nabokov. Hij had dat waarschijnlijk ook aan Jessica gegeven. En hij is gewapend.'

'Hoe weet je dat?'

'Ze is zijn patiënt. Hij had het over geweren. Dat hij graag op jacht ging. Heb ik toestemming om er naar binnen te gaan?'

Munch dacht even na.

'Wil je niet wachten tot ik er ben?'

'Zodat hij de kans krijgt om ervandoor te gaan?'

'Vooruit dan maar, maar wees voorzichtig. Ga niet zonder wapen, oké?'

'Ik heb mijn Glock,' zei Mia, en ze hing op.

Munch zocht snel het nummer van Eriksen.

'Met Luca.'

'Met Munch. We hebben hem. Het is de psycholoog, Stengel.'

'Wat? Nee, nee... dat...'

'Stil, alleen luisteren. Stuur alle eenheden die we hebben naar zijn huis.'

'Oké, maar...'

'Geen gemaar. Iedereen. Onmiddellijk.'

Munch stak zijn sigaret aan, keerde op een onverhard stuk, gaf gas en reed terug over de ranke brug.

78

Mia parkeerde haar motor onderaan de weg, haalde de Glock uit de zijtas en begaf zich langzaam in de richting van het huis. Stilte. Alleen de wind in de bomen om haar heen. Op haar hurken maakte ze zich zo klein mogelijk, met haar pistool voor zich. Een groot huis. Een garage. Een grijze Lexus. Hij was nog steeds thuis. Tenminste, als hij maar één auto had. Of hij was er te voet vandoor. Hannahs fiets stond tegen de garage. Met een platte achterband. *Een zijdeur. Naar de keuken.* Mia schoof langs de muur. Luisterde. Nog steeds niets. Ze nam de grashelling, liep om het huis heen en zag de deur waar het meisje het over had gehad. Er bewoog iets. Toen ze opkeek ving ze een glimp van hem op. Hij verdween weer – een wapperend gordijn. Ze dook nog verder in elkaar en sloop de tuin door. Een bloembed. Een paar bessenstruiken. Een hark. Een hoed en een paar handschoenen op het gras. Was zijn echtgenote thuis? Nee, weg. Ze waren maar met z'n tweeën geweest. Mia naderde een kleine veranda en was nu bijna bij de deur. Van de keuken. Ze sloop voorzichtig het trapje op en kreeg hem weer in het oog. Hij stond met zijn rug naar haar toe voor een kast. Een fles wijn.

Nog een kast. Hij reikte naar iets, nog steeds met zijn rug naar haar toe – een glas.

O, verdomme.

Hij gaat nog...

Stengel draaide zich plotseling om en sperde zijn ogen wijd open toen hij haar ineens achter het raam zag. Van schrik liet hij de fles en het glas op de grond vallen.

Mia nam een snelle beslissing, rende over de veranda en rukte met gericht pistool de deur open.

'Politie! Kom naar buiten, handen boven je hoofd!'

Hij was weg.

Verdomme.

Glasscherven.

Overal wijn.

Ze liep eromheen en ging de woonkamer in.

Boven?

Beneden?

Waar bewaarde hij zijn wapens?

Een geluid nu, van de bovenverdieping.

Oké, boven.

Mia liep zachtjes de trap op, haar pistool stevig in haar hand.

Eerste deur.

Badkamer.

Nee.

Niemand.

Tweede deur.

Slaapkamer.

Een schuifdeur, niet helemaal dicht.

Een kledingkast.

Ze zag er iets in bewegen.

'Politie!' zei Mia, terwijl ze de kamer in ging. 'Ik zie je, Fabian. Ben je gewapend?'

Even stilte, voor een piepstem zei: 'Nee.'

'Laat je handen zien.'

Twee armen kwamen aarzelend uit de kier.

'Oké. Kalm en rustig. Kom eruit. Handen omhoog, zodat ik ze kan zien.'

Hij kwam over het zachte vloerkleed naar buiten gekropen.

'Ik was het niet. Zij was het. Zij is begonnen. En ze is ouder dan zestien. Dus ik heb niet...'

'Kop dicht,' zei Mia, en ze pakte de handboeien uit de achterzak van haar zwarte korte broek.

79

De zon aan de knalblauwe hemel deed de diamanten op de jurk van Lissie Norheim schitteren toen ze uit de witte limousine stapte en even moest blijven staan terwijl ze op de meisjes wachtte die haar sluier zouden dragen. De kerkklokken luidden. Eigenlijk zou het om twaalf uur zijn, maar alles was opgeschoven. Henry Prytz op het laatste moment uit de helikopter. *Sorry, maar hier ben ik. Waar is mijn pak?* Alsof er die ochtend nog niet genoeg stress was. Manicure, pedicure, make-up – alleen haar kapsel had al twee uur geduurd. Als Julia er niet was geweest, zou Lissie een inzinking hebben gekregen. *Relax, schat, het komt goed.* Zo lief en aardig – nee, ze wist niet wat ze zonder haar had gemoeten. Nu ging het beter. Veel beter. Lissie rechtte glimlachend haar rug. Keek achterom en knikte naar de meisjes, die gelukkig nog steeds de sluier droegen. Ze hadden gisteren geoefend, op de eerste verdieping. Haar schoenen waren een halve maat te klein. Ze had haar voeten erin geperst. Had zo netjes mogelijk gelopen, met de meisjes en de lichte sluier achter zich.

'Hier, Lissie!'

'Kijk eens hier, Lissie!'

Journalisten en camera's.

Gelukkig wel op een afstandje.

Papa stond op de trap naar haar te zwaaien.

Heel stijlvol.

Een nieuw pak en een bloem in zijn knoopsgat.

Ze hadden het vaak besproken.

De bruidegom mocht de jurk natuurlijk niet zien.

Pas bij het altaar.

Dus hij was binnen.

Samen met alle gasten.

Alleen papa en zij hier buiten.

Dan zouden de deuren opengaan.
De bruidsmars zou klinken als hij haar door het middenpad leidde.
De bruidskinderen voorop natuurlijk.
Witte rozenblaadjes op haar pad.
Alexander zou bij het altaar staan.
Dan zouden ze voor de dominee knielen terwijl het kinderkoor zong.
'O, meisje van me, wat zie je er mooi uit,' zei papa, en hij kuste haar op beide wangen. 'Heb je alles?'
'Ik geloof het wel,' zei ze met een nerveus knikje.
'Iets ouds?'
'Jou,' zei Lissie, terwijl ze in zijn hand kneep.
Papa lachte even.
'Ben ik dan zo oud?'
'Nee, hoor, maar dat vond ik mooi.'
'Dank je, schat, dat is lief van je,' zei papa met een glimlach.
'Iets nieuws?'
'Mijn jurk.'
'En die is prachtig. Iets geleends?'
'Eh... ja, hoor,' zei Lissie knikkend, maar ze wilde niet zeggen wat het was.
Julia had gisteravond een kanten slip uit haar koffer getrokken.
Kijk, hier, iets geleends.
Hè, die kan ik toch niet...?
Ja, natuurlijk wel.
'Iets blauws?'
'Er zit een blauwe saffier in mijn ring,' zei Lissie.
'Mooi, zijn we er dan klaar voor?' vroeg papa, en hij gaf haar een arm.
De deuren zwaaiden voor hen open.

80

Munch deed de gordijnen in het kamertje dicht, liep terug naar zijn stoel en drukte op de knop.
'Dan beginnen we met het verhoor van Fabian Stengel. Het is

23 juli, en het is nu 12.48 uur. Aanwezig zijn Holger Munch, Mia Krüger en verdachte, Fabian Stengel.'

'En ik heb geen advocaat nodig, want ik heb niets misdaan,' zei Stengel, terwijl hij zich naar de microfoon boog.

'Hoe dan ook,' zei Munch, 'je kunt je op elk moment in dit proces bedenken. Laat het ons weten, dan onderbreken we het verhoor.'

Munch leunde achterover in zijn stoel.

'Nee, ik wil graag een verklaring afleggen,' zei Stengel op zijn beurt. 'Ik heb niets verkeerds gedaan.'

Hij wreef over zijn polsen en staarde een ogenblik naar het tafelblad. Hij had een lichtblauwe polo aan. Beige korte broek. Bruine sandalen. Hij keek weer op en staarde hen van achter zijn dikke zwarte bril aan.

'Oké, luister. Ik ben misschien een beetje te ver gegaan met het meisje, maar ik heb het gewoon verkeerd begrepen. Jullie hebben geen idee hoe ze steeds naar me zat te kijken tijdens onze sessies. Ze heeft me zo ongeveer elke keer met haar ogen uitgekleed.'

'Bedoel je Hannah?' vroeg Mia.

'Ja, Hannah,' bevestigde Stengel.

'Ze had een afspraak met iemand op de kade,' ging Mia verder. 'Die ze op internet had ontmoet. Was jij dat?'

'Ik?'

Hij speelde de vermoorde onschuld.

'Ik?' vroeg hij hoofdschuddend. 'Op internet? Hoezo? Ik bedoel, hoe kan dat? We zijn toch geen vrienden? Niet op Facebook of ergens anders?'

'Dus je bent niet in een chatroom geweest om je voor te doen als een jongen van zestien?'

'Wat een onzin,' zei Stengel. 'Waarom zou ik dat in hemelsnaam doen? Ik ben een respectabele man...'

'Die het met kinderen doet,' zei Munch.

'Wat? Dat heb ik niet gedaan. Ik was misschien iets te familiair, maar ik heb de situatie verkeerd ingeschat. En met kinderen? De seksuele meerderjarigheid is in Noorwegen toch noch steeds zestien? Dus zelfs al had ik het gedaan – wat ik dus niet heb gedaan –, dan was het nog steeds niet strafbaar.'

Munch moest Mia tegenhouden. Het leek alsof ze hem het liefst over de tafel wilde trekken.

'Je denkt niet dat het, omdat je haar psycholoog bent,' zei Munch, 'misbruik van je machtspositie is?'

'Ja, nou ja... Achteraf kun je zo wel redeneren. Ik had beter moeten weten. Maar ik liet me een ogenblik meeslepen.'

'Een ogenblik?' vroeg Mia, nu iets rustiger. 'Dus het was niet gepland? De identiteit op internet, de plaats, het tijdstip, haar fiets?'

'Ik heb geen idee waar je het over hebt,' zei Stengel, terwijl hij zijn bril afzette.

Hij hield hem in de lucht.

'Jullie hebben toevallig niet iets waarmee ik...'

Munch en Mia staken geen vinger uit.

Stengel maakte zijn brillenglazen schoon met zijn overhemd en schraapte zijn keel.

'Zoals gezegd: nee. Ik heb niets gedaan van wat je daar noemt. Geen idee.'

'Wat deed je daar dan op de kade? Precies toen de boot kwam?'

'De tentoonstelling,' antwoordde Stengel zonder blikken of blozen. 'Die in het Kustmuseum. *De oude visserijpioniers*. Erg interessant. Ik was al lang van plan erheen te gaan, maar had er geen tijd voor. Tot vandaag dan.'

Mia keek naar Munch, die terugknikte.

Hij was goed.

Dat moesten ze hem nageven.

Had het zorgvuldig gepland.

Zelfs een alibi voor als er iets mis zou gaan.

'Laten we het even over iets anders dan Hannah hebben,' zei Munch.

'Oké,' zei Stengel, opgelucht.

'Jessica,' zei Mia.

'Wie?' vroeg Stengel, maar hij herstelde zich. 'Jessica – ja, natuurlijk. Verschrikkelijk wat er met haar is gebeurd. Wat een tragedie. Ik heb echt met haar familie te doen.'

'Hoe vaak ben je met haar naar bed geweest?' vroeg Mia.

'Hè? Ik ben niet...'

'We hebben... Hoeveel getuigen hebben we?'

'Vijf,' zei Mia.

'Die zeggen dat ze jou haar boot hebben zien in- en uit gaan, daar in Setervågen,' merkte Munch op.

Dat was gelogen, maar dat kon Stengel niet weten.

'Even kijken,' zei Munch, en hij boog zich over zijn notitieboekje.

'Oké, oké,' zei Stengel. Hij vouwde zijn handen even achter zijn hoofd.

'Goed. Ik geef het toe. Jessica Bakken en ik hadden een seksuele verhouding. Ze hield van oudere mannen, en...'

'Geld?' zei Mia.

'Wat?' zei Stengel. 'Insinueer je dat...?'

Munch bladerde door Jessica's zwarte boekje.

'14 april, Mr. LOL, vijftienhonderd kronen. 22 april, Mr. LOL, vijftienhonderd kronen. 28 april, Mr. LOL, vijftienhonderd kronen.'

Munch liet hem het boekje zien.

'Mr. LOL – zou ik dat dan moeten zijn?' vroeg Stengel laconiek.

'Vladimir Nabokov?' snauwde Mia. '*Lolita*? Gaf je dat aan alle meisjes met wie je naar bed ging, of alleen aan Hannah en Jessica?'

Stengel zweeg even, voor hij weer kuchte.

'Het is een klassieker. Wereldwijd geprezen door critici. Opgenomen in de Wereldbibliotheek van de Boekenclub, verdorie een van de honderd beste en belangrijkste boeken aller tijden.'

'We bestrijden de literaire kwaliteiten van het boek niet,' verzuchtte Munch. 'Misschien meer hoe jij het gebruikte? Deed je dat altijd? Dit boek gaat over een oude man die een meisje seksueel misbruikt. En dat is prima, omdat de Boekenclub dat zegt?'

'Luister,' zei Stengel.

Hij zette zijn bril af en wreef in zijn ogen.

'We moeten stoppen met die denigrerende begrippen. Meisjes. Kinderen. Zestien jaar, toch? Ik heb niets verkeerds gedaan. Helemaal niet. Het is een vrij land. En ik kan met mijn seksualiteit doen wat ik wil. Bínnen de grenzen van de wet, welteverstaan.'

Mia moest diep ademhalen om op haar stoel te kunnen blijven zitten.

'Grooming, valse identiteit, betaling voor seksuele diensten – ik zou zeggen... Wat denk je, Munch?'

'Misschien niet zo lang? Twee, drie jaar gevangenisstraf?'

'Nee, nee,' zei Stengel. 'Er is alleen indirect bewijs. Jullie hebben geen harde bewijzen.'

Hij wees naar het zwarte boekje.

'Aantekeningen van een meisje? Een Mr. LOL, met een datum en een getal erachter?'

Hij lachte.

'Dat kan iedereen zijn, kan van alles zijn. Geen enkele rechter zal dat als bewijs accepteren. En wat Hannah betreft...'

Stengel boog zich naar hen toe.

'Wat heeft ze eigenlijk gezegd? Vertelde ze jullie dat ze mij met haar blik heeft verleid? Haar rode jurk zo omlaagtrok dat haar schouder zichtbaar werd? Heel dicht tegen me aan op de bank ging zitten? Heeft ze fysiek letsel dat op misbruik wijst? Nee, jullie hebben niets.'

Munch moest Mia op haar stoel houden en legde een hand op haar schouder.

'We hebben een huiszoekingsbevel voor je praktijk en je huis. Ik ben benieuwd wat we op de computers vinden.'

'Nee, nee, dat kunnen jullie niet,' zei Stengel hoofdschuddend. 'Mijn archieven doorzoeken? Geen sprake van. Ik heb geheimhoudingsplicht. Alles is strikt vertrouwelijk. Weten jullie, ik geloof dat ik die advocaat toch wel wil hebben. Dit moet worden voorkomen. Tegen elke prijs. Omwille van mijn patiënten.'

Munch drukte weer op het knopje.

'Verdachte heeft om bijstand van een advocaat gevraagd. Het verhoor wordt om 13.06 uur stopgezet.'

'Zo,' zei Munch. 'Wie moeten we bellen?'

'Mijn telefoon.' Stengel knikte naar de telefoon die ze ingenomen hadden, die aan de rand van de tafel lag.

Mia schoof hem naar Stengel toe, met een vel papier en een pen.

Hij noteerde een nummer en gaf haar het briefje.

'Zo terug,' zei Mia, terwijl ze de kamer uit liep.

Munch leunde weer achterover op zijn stoel en trok een sigaret uit het pakje in zijn zak.

'Zo, mannen onder elkaar, nu de vrouwen de kamer hebben verlaten.'

Munch knipoogde en bood Stengel het pakje aan.

Met een glimlach bedankte hij beleefd.

'Zaterdagavond?' vroeg Munch. 'Was je daar wel of niet? Even naar de boot?'

'Afgelopen zaterdag?'

'Ja.'

''s Avonds niet, nee. Ik had 's morgens mijn laatste patiënt. Ik ben onmiddellijk daarna naar Oslo gevlogen. Mijn broer werd veertig. Groot feest. Ongeveer vijftig gasten, geloof ik. Erg gezellig.'

'Dus... zaterdag was je niet op het eiland?'

'Nee, 's avonds niet. Ik heb een heleboel foto's op mijn telefoon, als jullie me niet geloven.'

Wel verdomme...

'Geef me twee minuten,' zei Munch.

En hij beende woedend de gang in.

81

Sofia stond op de eerste rij van het koor en had het beste zicht van iedereen. Ze kon het bijna niet geloven. Zoveel mensen. En zoveel mooie kleren. Overal om haar heen jurken in allerlei kleuren. Maar geen zwart, dat was voor begrafenissen. En ook geen wit, want dat was voor de bruid. Maar alle andere kleuren... Ze kon haar ogen er bijna niet van afhouden. Roze, lichtblauw en lichtpaars. En de mannen droegen een pak, allemaal veel mooier dan dat van de prins van Engeland. Sommige kinderen in het koor hadden een bloemenkrans op hun hoofd, maar niemand had aan margrieten gedacht. Veel mensen hadden het op weg naar binnen gezegd: *Wat een mooie krans, zeg.* Ook mensen die ze niet kende. Een man in een grijs pak, met een wonderlijke snor, had zelfs Engels tegen haar gepraat. Ze had er niet zoveel van begrepen, alleen '*wonderful*', en ze had een kniksje gemaakt en '*thank you very much*' gezegd. De kerk was bijna onherkenbaar. Er waren overal bloemen, echt overal. Zelfs bij het altaar, waar Jezus aan het kruis hing met heel veel vis om zich heen, en daar weer *enorm* veel bloemen omheen, en erboven de letters A en E – dat was het bruidspaar. Alexander en Elisabeth. Alles zag er sprookjesachtig uit. Sofia had het bijna niet herkend. Bleef met open mond midden in de kerk staan.

Nu gebeurde er blijkbaar iets, want Alexander liep naar het altaar. Samen met twee anderen: nog een man in een grijs pak en een jonge vrouw met kort haar en een grappige wijd uitstaande jurk. De getuigen. Ze moesten de ring geven. Iemand in het koor had gezegd dat haar moeder in een tijdschrift had gelezen dat hij heel duur was.

Nu kriebelde het overal vanbinnen, want plotseling werd het stil in de kerk. Het orgel begon te spelen.

Toen gingen de deuren open.

En daar kwam ze.

Sofia ging op haar tenen staan.

Wauw...

Langzaam door het middenpad, met een boeket in haar handen.

Wat een jurk.

Kant en zijde.

De kraag schitterde.

En achter haar misschien wel de langste sluier op aarde.

O, wat was ze mooi.

Sofia glimlachte breed, ze kreeg bijna zin om te klappen.

Nora kwam naar voren en nam haar plaats in voor het koor.

'Oké, iedereen,' fluisterde ze. 'Denk aan hoe we het gerepeteerd hebben.'

Ze hief haar armen.

'Eén, twee, drie.'

Sofia deed haar mond open en zong uit volle borst.

Liefde van God borrelt op, als een schoooone, heldere brooooon!

82

Mia vroeg Luca de advocaat te bellen en liep terug door de gang, waar ze op een razende Munch stuitte, die een hoofdgebaar maakte naar de briefingruimte.

'Wat is er?' vroeg Mia toen hij de deur achter zich had dichtgedaan.

Hij stond te schuimbekken.

'Hij was godverdomme niet hier!'

'Wat?' vroeg Mia. 'Zaterdagavond?'

'Hij was op een feestje in Oslo. Zijn broer werd veertig.'

'Godver,' mompelde Mia. 'Weet je het zeker?'

'Hij zegt dat hij foto's heeft. En vliegtickets. We gaan het natuurlijk checken, maar verdomme. Hij weet donders goed dat we hem zouden pakken als het niet waar was.'

Munch sloeg met zijn vuist op tafel en plofte in een stoel.

'Oké,' zei Mia. 'Dit is niet het einde van de wereld.'

'Niet het einde van de wereld?' brieste Munch. 'We hebben verdomme het hele eiland op zijn kop gezet om die vent te pakken te krijgen. Waarom heb je niet gecheckt of...'

Hij merkte dat hij nog steeds zijn sigaret in zijn mond had en gooide die nijdig op de grond.

'Ik?' vroeg Mia. 'Wanneer had ik dat moeten doen? Ik heb Hannah rechtstreeks naar huis gebracht, heb tien minuten met haar gepraat om een overzicht te krijgen en heb toen jou gebeld. We hadden hier wel te maken met een gewapende potentiële moordenaar. Ik heb hem in de boeien geslagen en achter in de auto van Luca gezet. Toen linea recta hierheen. Wanneer had ik dan...?'

'Oké, oké, sorry,' zei Munch. Hij nam zijn hoofd in zijn handen. 'Ik...'

'Wat doen we nu met hem?'

Ze knikte naar het kamertje.

'Hm?' vroeg Munch, en hij keek weer op. 'Nou, we houden hem natuurlijk. Het zou me verbazen als zijn advocaat hem er nog uit kan krijgen. De papiermolen is al in gang gezet, we pakken hem wel op wat hij op zijn computers heeft. Als het meisje tenminste de waarheid sprak.'

Hij plukte aan zijn baard.

'Vertrouwen we haar? Zullen we haar laten komen?'

'Waarom zouden we haar niet vertrouwen?' vroeg Mia geïrriteerd. 'Haar nu hierheen halen? Ben je gek? Heeft ze vandaag niet genoeg op haar bordje gehad?'

'Rustig maar,' zei Munch. Hij stak zijn handen omhoog.

'Ik?' vroeg Mia. 'Als er iemand...'

'Oké, genoeg,' zei Munch terwijl hij opstond. 'Nieuw plan. Geef me tijd om na te denken. Blijf hier wachten en laat hem maar binnen zitten. Ik ga even roken.'

Mia vloekte zachtjes en pakte haar koffie, toen haar telefoon ging.

Gabriel.

'Hoi, Gabriel, we zitten ergens middenin. Kan ik je straks terugbellen?'

Nina Riccardo klopte aan, terwijl ze op de gang met een stuk papier stond te zwaaien.

'Natuurlijk,' zei Gabriel. 'Maar ik heb hier iets gevonden waarvan ik dacht dat je het wel wilde weten.'

'Wat dan?'

'Zal ik het je nu vertellen, of wil je...?'

'Goed, snel dan,' zei Mia, en ze schudde haar hoofd naar Riccardo.

'Oké,' zei Gabriel. 'Nou. Het gaat over al die namen die je me hebt gestuurd, die lijst. Ik heb uiteindelijk alles door kunnen nemen en heb niets bijzonders gevonden. Je had die dominee, maar achter één persoon heb ik een vraagteken gezet. In eerste instantie was er niets bijzonders: Facebook, Instagram, erg religieus, maar het zal wel. De reden waarom ik haar in mijn achterhoofd hield, was dat haar geschiedenis zo kort was.'

'Hoe bedoel je, "kort"?'

'Nou, het gaat maar terug tot december drie jaar geleden. Daarvoor niets. Toen checkte ik iets grondiger, en bingo. Zo vreemd bleek het niet te zijn. Ze is drie jaar geleden van naam veranderd.'

'Over wie hebben we het?'

'Nora Strand.'

Shit.

De koster.

'Nora Vikmark Olsen heette ze eerst. En over haar heb ik wel het een en ander gevonden.'

'Oké?'

'Onder andere een oude website van wat je misschien een sekte kunt noemen. Ik weet het niet. "Gods Engelen." Hij bestaat niet meer, maar toen ik verder zocht vond ik een aantal dingen. Verschillende demonstraties, anti-abortus, brand in een synagoge, onderlinge gesprekken over dit soort dingen op verschillende fora...'

'Zie je mij nou niet?' vroeg Riccardo, die binnenkwam met het vel papier in de lucht.

'Ik bel je terug, Gabriel,' zei Mia.

'Ik heb iets,' zei Riccardo. 'Op het lijstje met mensen in de jongerengroep stonden toch alleen kinderen? Dit is er een met de volwassenen die erbij waren.'

Ze legde het vel op tafel en wees.

'Nora Strand?' vroeg Mia.

'Ja? Hoe wist je...?'

Verdomme.

'Kom,' zei Mia.

En ze liep naar buiten om Munch te zoeken.

83

Nora Strand wachtte tot de laatste noot de nok van de kerk had bereikt en glimlachte lief naar het koor. Prachtig. Echt schitterend. Ze nam tevreden weer plaats in het bankje, terwijl de dominee naar voren kwam en voor het bruidspaar ging staan. Zo'n sukkel had ze nog nooit gezien. Bijna jammer dat ze niet zou zien hoe hij zichzelf in de kerk voor schut zou zetten. Of nou ja, een kerk was het niet meer. Het was een winkelcentrum geworden. Van boven tot onder toegetakeld, je reinste wansmaak overal om haar heen. Nora keek even op naar het afschuwelijke altaarstuk. Ach ja. Niet lang meer. Met de kraaien had het er eigenlijk beter uitgezien. Nora Strand sloeg haar hand voor haar mond en probeerde haar lachen in te houden toen de stuntelige dominee zenuwachtig zijn keel schraapte en begon.

'Genade zij u en vrede van God, onze Vader, en van de Here Jezus Christus. Lieve Elisabeth en Alexander, jullie zijn vandaag naar de kerk van Sandstad gekomen om in het huwelijk te treden. We zijn hier bijeen om dat met jullie te vieren. We zullen jullie eeuwige geloften aan elkaar horen, en bidden om Gods zegen voor jullie en het gezin dat jullie zullen vormen.'

Oké, genoeg nu.

Nora stond op en liep stilletjes naar de achterdeur.

Moet het koor daar staan?

Ja, uilskuiken, het koor moet daar staan.

Vlak bij de deur.

Nora glimlachte, ging naar buiten en sloot de deur zachtjes achter zich.

Ze had dat laatste uiteraard niet hardop gezegd.
Ze lachte even en pakte het koord om haar nek.
Twee sleutels.
Een van hier, een van de voorkant.
Ze controleerde of de deur op slot zat, liep langzaam naar het schuurtje achter de garage en trok een overall aan.
En handschoenen natuurlijk.
En een haarkapje.
Bah, wat had ze gestonken.
Goed dat ze het had getest.
Het poppenhuis in het bos.
Oké – overall, handschoenen, masker.
Ze haalde de plaid van de twee rode metalen jerrycans af, verliet het schuurtje en liep naar de achterkant van de kerk.
Normaal gesproken niet, natuurlijk niet, nooit, maar dit was toch geen kerk meer?
De doppen van de jerrycans zaten steviger vast dan ze zich herinnerde, maar ze kreeg ze uiteindelijk los.
Bah, wat een stank.
Ze goot wat benzine tegen de muur en de rest op de grond eronder. Het isolatiemateriaal dat ze voor het nieuwe dak had besteld zou goed helpen.
Leg het maar aan de achterkant.
Ze lachte weer en voelde in haar zakken.
Lucifers?
Had ze die niet meegenomen?
Ze keerde beide zakken binnenstebuiten.
Wat krijgen we...?
Ja, daar waren ze.
Nora streek een lucifer af.
En liet hem in het gras vallen.
Ze liep terug naar het schuurtje, stroopte haar overall af, deed het haarkapje af en haar handschoenen uit, en liep langzaam naar de voorkant van de kerk.
Oef, die stomme journalisten.
Ze had eigenlijk verwacht dat ze in haar eentje daar zou staan.
Maar nee, natuurlijk niet.
Er stonden er een stuk of tien vlak voor de trap.

Ze zette haar strenge stem op.
'Nee, hier mogen jullie niet blijven. Geen toegang tot de kerk tijdens de ceremonie.'
Ze ging de trap op en deed de deur op slot.
'Zo,' zei ze knikkend, terwijl ze langs de journalisten liep.
Een van hen volgde haar naar haar auto.
'Wie ben je? Mag ik je naam?'
'Maria,' zei Nora met een glimlach. 'De minnares en beschermer van Jezus.'
'Oké,' zei de journalist, terwijl hij iets opschreef. 'En je achternaam?'
Eikel.
Nora Strand pakte haar rugzak van de achterbank en zette hem naast zich.
Zo.
Nu was ze gereed.
Ze draaide de sleutel om in het contact en glimlachte naar zichzelf in de spiegel.
Rustig reed ze de weg op.

84

Even een kort overleg op de trap, bij de motor. Mia pakte haar pistool uit de zijtas, stak het in de achterzak van haar korte broek en bleef ongeduldig op het grind staan.
'Oké, wat doen we met Nora Strand?' vroeg Munch.
'De bruiloft,' zei Riccardo. 'Zij is toch de dirigent van het kinderkoor? Zouden ze niet tijdens de ceremonie zingen?'
Verdomme.
Het koor.
Dat was ze vergeten.
Sofia was er ook.
'Oké,' begon Munch, maar Mia had geen tijd om langer te blijven staan.
Ze zette haar helm op.
'Bel Gabriel,' riep ze door het vizier. 'Laat haar telefoon volgen. Live. Dan zien we waar ze heen gaat.'

'Oké,' zei Munch, en hij wilde nog iets zeggen, maar ze hoorde het al niet meer.

Mia gaf gas en reed slippend de weg op.

Oké.

De kerk.

Niet ver.

Drie minuten.

Net voorbij het centrum.

Ze kende de afstanden hier nu wel.

Er stond een zwarte SUV aan de kant van de weg, waar een paar kinderen uit stapten. Mia reed er door de berm langs.

De bestuurder toeterde naar haar en stak dreigend zijn vuist omhoog.

Ze keek snel in haar spiegel.

Kinderen hier laten uitstappen?

Verdomme, SommerFillan.

Het was inmiddels druk in het centrum.

Gelach en geschreeuw.

Ze moest plotseling remmen toen een grote groep mensen haar over de weg tegemoet liep.

Heel rustig, alsof ze alle tijd hadden.

Schiet toch eens op.

Ze kon niet langer wachten en draaide over het voetpad het gras weer op.

Zo.

Vrij baan.

Ze boog zich over het stuur.

De motor onder haar gierde.

De afvalcontainers.

Nu niet ver.

Daar.

De kerk.

Ze draaide het plein op. Er kwam iemand op haar af gerend.

'Brand!'

85

Sofia keek glimlachend hoe de bruid en de bruidegom zich naar elkaar toe keerden. Ze voelde tranen prikken en wreef in haar ogen. Het was ontroerend, maar toch niet zo ontroerend? Ze huilde toch meestal niet? Niet eens toen ze bij Erik uit de boom was gevallen. Toen had ze zelfs een vinger gebroken, maar ze had niet gehuild. Of bijna niet. Een beetje maar. Ze wreef weer in haar ogen en hoestte. Bah, wat vervelend. En wat rook het hier raar.

De bruid, Elisabeth, hield een vel papier voor zich op en wilde net beginnen, toen er een man opstond en hard begon te roepen.

'Brand! Brand! We moeten naar buiten! Iedereen eruit!'

Sofia keek of ze Nora zag, maar die was weg.

En toen zag ze het.

Rook en vlammen kwamen onder de muur achter het altaarstuk door.

'Blijf rustig! Eén tegelijk!'

Sofia hoestte.

Ze wist waar de ene deur was.

Die was toch daar?

Voorovergebogen liep ze erheen, met haar hand voor haar mond, en ze voelde aan de klink.

Vreemd.

Waarom ging hij niet open?

Er kwam een hoestende man achter haar aan lopen, die haar opzijduwde en hetzelfde probeerde.

'Hij zit op slot!'

Ergens hoog boven in de kerk sprong een raam. Overal glasscherven. Een meisje in het koor greep naar haar gezicht, er stroomde bloed over haar vingers.

'Kom!'

Iemand trok haar met zich mee.

Weer een knal.

Er gilden mensen om haar heen.

Ze kropen huilend over de vloer.

'Geen paniek!'

Een jonge vrouw naast haar.

De getuige.

Met de tutu-achtige jurk.
De jonge vrouw sloeg haar armen om haar heen, beschermde haar tegen de horde mensen.
'Hij wil niet open! Wel verdomme!'
Een man morrelde aan de klink en bonkte op de deur.
Weer een knal.
Mensen gilden weer.
Een man ging op de bank staan en begon met zijn hand voor zijn mond het glas eruit te slaan.
Sofia kreeg nu bijna geen adem meer. Er wolkte dikke rook om hen heen over de vloer.
'De wc,' zei Sofia, en ze trok aan de jurk van de getuige.
'Wat?'
De jonge vrouw boog zich naar haar toe.
'Wat zei je?'
'De wc,' zei Sofia, wijzend, en ze hoestte weer. 'Daar is een raam.'
De getuige met de tutu pakte haar hand en baande zich een weg door de gillende menigte.
'Kom mee! Dit meisje weet waar we heen moeten!'
'Deze kant op,' zei Sofia wijzend.
Er klonk weer een knal.
Rinkelende glasscherven van de glas-in-loodramen.
'Hierheen,' zei Sofia, en ze wees de weg. 'Dit kan open.'
De getuige rommelde met de haakjes en duwde tegen het raam.
Ze stak haar hoofd naar buiten, trok het weer in en riep naar binnen.
'Hier! Hierheen!'
Ze keerde zich naar Sofia.
'Kom op, jij eerst.'
Ze hielp Sofia via de wc-pot het kozijn in.
Sofia keek naar de grond.
En sprong.

86

'Heeft iemand de brandweer gebeld?' riep Mia, terwijl ze naar de kerk rende.

'Ja, ze zijn onderweg.'

Waarom kwam er verdomme niemand naar buiten?

Ze kreeg het antwoord toen ze bij de trap kwam en gebonk hoorde aan de binnenkant van de witte deur.

'Help! We zitten opgesloten!'

Een schouder tegen de deur aan de binnenkant. Meer schouders. De deur kraakte.

Een enorme dreun.

Rinkelend glas van een van de kleurige ramen over het plein.

Mia riep tegen de journalisten.

'Weg jullie, allemaal! Achteruit!'

Ineens zag ze Dorothea Krogh. De weduwe stond verstijfd van schrik in haar tuin.

Weer een knal.

Rinkelend glas.

'Help! De deur zit op slot!'

Nu likten de vlammen aan de muren.

Sirenes in de verte.

Ze liep de trap af naar de tuin.

'Kom, Dorothea.'

Mia sloeg haar arm om haar heen.

'Je kunt hier niet blijven staan.'

'Sofia is binnen!'

'Heb je een breekijzer?'

'Wat?'

'Een breekijzer. De deur moet open.'

Dorothea knikte naar een schuurtje.

'Ga iets verder weg staan,' riep Mia.

Weer een knal.

Een regen van gloeiende stukjes glas op het gras om haar heen.

Haar gezicht tegen de hitte beschermend rende ze naar het rode schuurtje.

Een breekijzer?

Daar.

'Help!'

Ze hoorde binnen mensen roepen.

'Een, twee, drie!'

De witte deur verboog enigszins.

Mia stak het breekijzer bij het slot tussen de deur en de deurpost.

'Nog een keer!'

Opnieuw werd er binnen geteld.

'Een, twee, drie!'

Ze trok zo hard ze kon.

'Nog een keer!'

'Een, twee, drie!'

De deur begon nu te kraken.

Er ging plotseling ergens een raam open.

Iemand kroop naar buiten.

Sofia.

'Sofia!' riep Dorothea, en ze greep haar kleinkind en trok haar met zich mee in de richting van de weg.

'Nog een keer!'

Opnieuw werd er binnen geteld.

'Een, twee, drie!'

En nu kwam hij.

Het hout kraakte.

De deuren sprongen open.

Mensen rolden over elkaar naar buiten.

De een na de ander, hoestend.

De brandweerauto's kwamen er al aan, met loeiende sirenes.

Gevolgd door ambulances.

'Uit de weg! Laat de hulpdiensten erdoor!'

Mia rende hoestend naar de weg.

'Gaat het goed met jullie?'

Ze boog zich voorover en streelde Sofia over haar hoofd.

'Mijn hand,' zei Sofia, en ze liet hem zien.

'Dat komt wel goed. Je oma helpt je wel. Ja toch, oma?'

Dorothea knikte.

Er werd getoeterd.

Mia draaide zich om.

Munch.

In die auto.

Ze rende naar hem toe.

'Is ze hier?' vroeg Mia.

'Nee,' zei Munch. 'Ze is ervandoor.'

Hij had Gabriel op de speaker.

'Haar telefoon is voor het laatst geregistreerd op Fjellværsøya. Zegt dat jullie iets?'

Munch keek haar aan.

'Palatin,' bevestigde Mia, terwijl ze in de auto stapte.

87

Nora Strand reed naar het schattige huisje en parkeerde voor de garage. Ze wierp een blik in de spiegel en fatsoeneerde haar pony voordat ze haar rugzak van de passagiersstoel pakte en uitstapte. Wat een plek! Wat een man! Nora trok haar jurk recht en liep naar de deur. Een stem achter haar. Schel over het erf.

'Wie is daar?'

Het gerimpelde kreng in de rolstoel.

Nora liep zuchtend naar het andere huis.

'Ik dacht al dat jij het was,' zei de oude vrouw schril, terwijl ze naar haar wees.

'Je bent hier niet welkom. Victor wil je hier niet hebben. Ik zag je hier vorige keer ook. Bloemen op de trap. En je was ook binnen, toch?'

Nora deed haar rugzak af, pakte er een revolver uit en schoot haar in haar gezicht.

Zo. Eindelijk stil.

Ze stopte glimlachend de revolver in haar rugzak en liep terug over het erf.

Ze deed de deur open en ging naar binnen.

'Victor? Ben je thuis?'

Ze liep net de woonkamer in toen Victor de verandadeur opendeed en vanuit de tuin naar binnen stapte.

Hij bleef naar haar staan staren.

'Nora? Ben jij het? Wat doe je hier? Hoorde je die knal?'

Hij keek om zich heen.

'Het is jachtseizoen,' zei Nora glimlachend.

'Dat is toch nog niet geopend?'

Hij keek over haar schouder.

'Ik ben het,' zei Nora, en ze liep naar hem toe om hem te omhelzen.

Victor deinsde achteruit en stak zijn handen voor zich uit.

'Ik zei toch dat je niet meer moest komen, Nora? Het is uit tussen ons. Dat weet je.'

Nora hield glimlachend haar hoofd schuin.

'Ik heb het opgelost. Dat heb je toch wel gehoord?'

'Wat opgelost?' vroeg Victor met een stugge blik.

'De verleidster,' antwoordde Nora. 'De kleine Jezabel. Die alles verpestte. Je bent vrij.'

Ze liep op hem af en streelde zachtjes zijn wang.

'God heeft je vergeven.'

'Wat?'

Victor greep hoofdschuddend haar hand.

'Nee, nee, Nora. Zeg niet dat jij...'

Nora glimlachte.

'Maar de engel zei tegen hem: Wees niet bevreesd, want uw gebed is verhoord.'

Victor duwde haar weg.

Ze viel bijna en hield zich nog net aan een stoel overeind.

Nora staarde naar hem.

'Maar Victor, zo behandel je je geliefde toch niet?'

Hij liep snel naar zijn telefoon, die op de tafel lag.

Nora deed haar rugzak weer af.

'Niet doen.'

Ze richtte de revolver op hem.

Victor draaide zich om en verstijfde.

Stak langzaam zijn handen omhoog.

'Nora, ik...'

'Ga op de bank zitten.'

Hij deed wat ze zei.

'Alsjeblieft, Nora. Denk na.'

'Wie niet liefheeft, kent God niet, want God is liefde.'

'Alsjeblieft, ik smeek je.'

'Zei je niet dat God ons had samengebracht?'

'Ja, Nora, dat was waar.'

'Dat de hemel voor ons was, en dat wij de hemel waren?'

Hij huilde nu met gierende uithalen.

'Ja, Nora... Wij zijn de hemel. Jij en ik. Voor altijd.'
'Kijk me aan.'
Hij hief voorzichtig zijn hoofd op.
Keek haar bevend aan.
'Je liegt.'
'Het is echt waar. Ik zweer het.'
'Nee. Je liegt.'
Nora Strand schudde haar hoofd.
En ze legde haar vinger op de trekker.

88

Munch liet de auto de laatste meters in z'n vrij rijden en stopte een eindje verderop. Hij pakte zijn kijker en wees naar de twee lagergelegen huisjes. Knikte even en gaf de kijker door aan Mia.

'Een witte Skoda?' vroeg Mia. 'Denken we dat die van haar is?'

'Daar komen we snel genoeg achter,' zei Munch, terwijl hij het portier opende.

Hij deed het voorzichtig achter zich dicht en haalde zijn pistool uit de holster.

Mia haalde haar wapen uit haar korte broek en knikte.

Ze liepen langzaam de flauwe helling af.

Een kraai vloog krassend op uit een boom in het bos.

Een aardappelveldje.

Een vogelverschrikker deinde zachtjes in de wind.

Gebogen, met getrokken pistool, liepen ze behoedzaam naar het erf.

'Kijk,' fluisterde Mia.

'Verdomme,' mompelde Munch.

De oude vrouw in de rolstoel.

Haar hoofd achterover, haar mond open.

'Die kant op,' zei Mia met een knik, en ze sloop naar de schuur.

Munch volgde haar.

Verder naar de tuin.

'Laag,' zei Mia. Ze kroop naar het huis.

Haar rug tegen de muur.

Ze liet haar pistool zakken en stond voorzichtig op.
Wierp een snelle blik door het raam.
Ze hurkte weer en knikte.
'Is zij het?' fluisterde Munch.
'En Palatin,' zei Mia zachtjes. 'Ze zit op de grond. Hij zit vastgebonden op een stoel.'
'Heb je het wapen gezien?'
Mia schudde haar hoofd.
'Versterking?' vroeg Munch. 'Of...?'
Ze luisterde al niet meer.
Draafde voorovergebogen langs de muur naar de achterkant van het huis.
Munch volgde.
De verandadeur stond open.
Ze zagen haar daar binnen.
Geknield op de vloer met een revolver voor zich.
'Politie!' riep Mia, terwijl ze de veranda op stapte.
Nora Strand keek hen verrast aan.
'Politie!' herhaalde Mia, en ze liep verder naar haar toe. 'Raak het wapen niet aan of ik schiet!'
Nora pakte de revolver van de vloer.
'Nee, leg neer!'
Munch wierp snel een blik op Palatin.
Zijn handen aan de stoel gebonden.
Tape over zijn mond.
'Leg neer!' zei Mia, en ze kwam nog dichterbij. 'Laatste waarschuwing!'
Nora Strand keek glimlachend naar het kruis dat voor haar aan de muur hing.
Ze legde de revolver tegen de onderkant van haar kin.
'Jezus heeft mij lief.'
En haalde de trekker over.

89

Op zaterdagmiddag was de stemming in de briefingruimte goed, maar niet uitgelaten. Munch had iedereen eigenlijk bij elkaar geroepen voor een debriefing, maar had er toch van afgezien. Iedereen was moe. *Kom maar als je zin hebt.* Nina Riccardo stond tegen de muur geleund. Ralph Nygaard hing met een glimlachje in een stoel. De deur ging open en Kevin Borg kwam binnen met een sixpack in zijn hand.

'Iemand een biertje?'

'Graag,' zei Riccardo grijnzend.

'Ik ook,' zei Nygaard, en hij stak een vinger omhoog.

'Chef?' vroeg Borg. Hij haalde er eentje uit het pak.

'Nee, dank je,' zei Munch, terwijl hij zijn flesje water ophield.

'Dit mogen we toch wel vieren?'

Borg maakte een blikje open en plofte in een stoel.

'Zeker.' Munch knikte. 'Dat hebben jullie verdiend.'

'Is Mia er niet?' vroeg Borg, terwijl hij om zich heen keek.

'Ze komt eraan,' zei Munch.

'Proost dan maar,' zei Borg met zijn biertje in de hand.

'Proost,' zei Nygaard. 'Jeetje, wat een dag.'

'We hebben haar te pakken,' zei Riccardo met een glimlach, en ze nam een slok van haar blikje.

'Even voor alle duidelijkheid,' zei Nygaard. 'Nora Strand was eerst bij Palatin thuis, waar ze zijn haar vond, in een borstel of zo?'

'In het doucheputje, geloof ik,' zei Riccardo.

'En toen naar de boot, waar ze Jessica vermoordde en het ritueel uitvoerde? De haar in de kop verbrandde?'

'Of andersom,' zei Borg. 'Ze kan de haar eerst hebben verbrand en haar daarna hebben vermoord.'

Nygaard keek naar Munch.

'Dus zij was de duivel? Op het feest?'

'Ja,' zei Munch.

'We hebben het kostuum bij haar thuis gevonden,' merkte Riccardo op.

'Had ze dat niet weggegooid?'

'Blijkbaar niet,' zei Riccardo, terwijl ze zich uitrekte. 'Beschermd door God, zeker.'

'En die psycholoog, Stengel?' ging Borg verder. 'Wat gebeurt er met hem?'

'Trondheim,' zei Munch. 'Nielsen en twee agenten hebben hem meegenomen.'

'Kunnen we hem ergens op pakken?' vroeg Borg.
'Laten we het hopen,' antwoordde Munch.
'Wat een eikel. Met jonge meisjes naar bed? Er zijn van die mannen...' zei Riccardo hoofdschuddend.
'Kijk je naar mij?' vroeg Borg.
'Nee, nee.'
'Ik heb toch niets gedaan?'
'Jij bent alleen ook af en toe een eikel.'
'Tja,' zei Borg, en hij nam een slok van zijn bier. 'Het is gewoon...'
'Dat het beest in jou er soms uit moet?' vroeg Riccardo. 'Dat moet je niet zeggen. Je klinkt heel dom.'
'Nee, nu...' begon Borg.
'Nu is het tijd om het te vieren,' zei Munch, en hij hield zijn flesje water op.
De anderen proostten met hun bierblikjes.
'Proost,' zei Borg nogmaals. 'Op ons!'
'Maar die jongen dan?' vroeg Nygaard. 'Jonathan? Wat is er met hem gebeurd? Zei ze daar iets over?'
Munch schudde stil met zijn hoofd.
'Komt Mia zo?' vroeg Borg. 'Ik wil het met haar vieren.'
Munch liep naar het raam en trok het gordijn opzij.
'Ze komt eraan.'

90

Voor het lage bruine huis draaide Mia het erf op en ze stapte van haar motor. De zon stond laag aan de hemel. De berkenbomen wierpen lange schaduwen over het grind.
Luca Eriksen zat op het trapje.
'Hoi, Luca,' zei Mia, terwijl ze de helm aan het stuur hing.
'Hoi, Mia.'
Ze liep naar hem toe en ging naast hem zitten.
'Ja, Luca, wat doen we hier nu mee?' vroeg Mia.
'Ik weet het niet,' zei Luca met zijn hoofd tussen zijn handen.
'Schreef je de naam in het bloed voordat je me belde?'
Hij knikte stil.

'Was je bang? Dat ik erachter zou komen? Overal achter?'
Hij knikte weer.
'Om ons op een ander spoor te zetten – was het daarom?'
'Het spijt me,' zei Luca. 'Maar ik wist niet wat ik moest doen. Toen je hierheen kwam, bedoel ik. Iedereen zei dat je heel goed was, en toen kwam je naar mij toe voor alle dossiers. Om de zaak opnieuw te openen. Ik...'
'Je zag een mogelijkheid om mij op een dwaalspoor te brengen?'
'Zoiets,' zei Luca zachtjes. 'Hoe...?'
Hij keek haar voorzichtig aan.
'Hoe ik erachter ben gekomen?'
'Ja.'
'De politieboot,' zei Mia.
'De boot?' vroeg Luca.
'De tijdlijn,' zei Mia met een knikje. 'Anita Holmen belde je om dertien minuten voor tien. 's Avonds. Dus je was thuis. Ze belde je hier. Ik heb alle afstanden honderd keer gereden. Onmogelijk. Je kon in die tijd niet van hier naar Viken rijden om dan om vijf over tien aan te komen met de boot. Zelfs niet iets later, als het logboek niet klopte. Je moet daar al zijn geweest.'
Luca verborg zuchtend zijn gezicht weer in zijn handen.
'Is dat zo?' vroeg Mia. 'Waren jullie er allebei? Jij en Amanda?'
'Ja. Ze belde me.'
'Dronken?'
Hij knikte.
'Dat was al vaker gebeurd, toch? Dat ze dronken achter het stuur zat?'
'Niet heel vaak, maar...'
'Bij het ongeluk ook, hè? De bloedtests toonden alcohol in haar bloed aan. Veel.'
Luca knikte voorzichtig.
Er rolde een traan over zijn wang.
'Die avond. Op 16 juli. Ze belde je thuis, en toen?'
'Ze was helemaal hysterisch. Zei dat ze hem met de auto had geraakt. Dat hij levenloos langs de kant van de weg lag.'
'Dus je nam de boot om haar te helpen?'
'Ik moest toch wel? Een dronken leraar die haar eigen leerling doodt? Hier? Nee, dat...'

'Heb je zijn fiets in het water gegooid?'
Hij schudde van nee.
'Nee, dat had Amanda al gedaan. Ze was zichzelf niet. Ze was helemaal...'
'En zijn lichaam?'
'Ik had een lijkzak in de boot. We droegen hem samen aan boord. Ik nam stenen mee van het strand.'
'Dus waar is hij?'
'Ergens op zee.'
'Luca...' zei Mia.
'Ik weet het,' zei Luca, en hij sloeg zijn hand weer over zijn ogen. 'Maar wat moest ik doen? Het was mijn Amanda.'
'Hoe hebben jullie haar auto vervolgens thuis gekregen?'
'Ze zat zelf achter het stuur.'
'Dronken?'
Hij knikte.
'Beter dat dan...'
'Dan dat iemand haar daar vond?'
'Ja.'
'Dus waar was je eigenlijk toen Anita Holmen belde?'
'In de boot.'
'En toen ben je teruggegaan naar de pier?'
'Nee, niet meteen, nee. Ik heb eerst even rondgevaren, zodat het niet zou lijken alsof...'
'Alsof je er al was?'
'Ja.'
'Luca...' zei Mia weer.
Hij staarde met lege ogen voor zich uit.
Sloeg zijn handen weer voor zijn gezicht.
'Ze was mijn grote liefde.'
'Ik begrijp het,' zei Mia. Ze streelde hem over zijn rug. 'Doe je uniform maar uit en pak wat spullen in. Dan breng ik je naar het bureau.'
Luca knikte en stond op.
'Ik moet wel met je mee,' zei Mia. 'Is dat goed?'
'Oké,' zei Luca zacht.
En hij liep langzaam voor haar naar binnen.

9

91

Munch zat aan zijn tafeltje in de ontbijtzaal in Hotel Hjorten en had zichzelf een broodje garnalen gegund. Met extra mayonaise. Geen Lillian meer, dus waarom niet? Dan lubberde alles maar. Het kon hem niet meer schelen. Het was zondagochtend en het feest was buiten al in volle gang. SommerFillan. Overal vrolijke mensen. Ze joelden en gilden in de carrousel op de kermis. Hij had uitstekend geslapen. Als een os. Was lekker in bed blijven liggen. Ludvigsen had hem eerder gebeld om hem te feliciteren. *Blijf vooral een tijdje als je dat wilt, je kamer is betaald.*

Munch veegde glimlachend zijn baard af. Ook vandaag was het stralend weer. Trøndelag had zich van zijn beste kant laten zien tijdens zijn verblijf. Hij hield niet van zwemmen, maar nu was dat een aanlokkelijk idee. Naar de rotsen slenteren, een voet in het water steken. Munch schoof zijn bord opzij en zette zijn iPad aan. De kranten online. Pagina's vol over wat er was gebeurd. Niet over de moord, daar ging het weinig over. Slechts een klein artikeltje hier en daar. Maar over de brand? Dat stond op alle voorpagina's. *Miljardairszoon in branddrama. De bruiloftschaos. Nieuwe bruiloft, waarschijnlijk op de Bahama's.* Foto's van de kerk, tot de grond toe afgebrand. En van de brand zelf natuurlijk. De journalisten en fotografen stonden al klaar, met de primeur vlak voor hun neus. Er waren gelukkig geen doden gevallen. Wel veel gewonden, maar geen dodelijk gewonden, zo leek het. Een wonder. Goed dat dat meisje zo snel had gereageerd. In de landelijke pers stond niet zoveel over haar, maar in de lokale wel. In de HitraFrøya-krant. *Sofia uit Kvenvær was de grote held.* Een foto van het elfjarige meisje met haar vader. Munch glimlachte weer, terwijl Ruth uit de keuken opdook met een koffiekan in haar hand.

Hij legde zijn hand over de kop.

'O?' De blonde jonge vrouw glimlachte. 'Heb je al genoeg gehad?'

'Voor vandaag wel,' antwoordde Munch.

'Ik hoorde dat jullie de zaak hebben opgelost,' zei Ruth, terwijl ze een stoel naar achteren trok.

'Mag ik?'

'Ja, natuurlijk.'

'Ik hoor dat de mensen hier onder de indruk zijn. Van jou en...'

'Mia,' zei Munch. 'Nou ja, er is altijd een heel team. Geen reden om er iemand uit te lichten.'

'Bescheiden,' zei Ruth. 'Wat charmant. Waar is je hoed?'

'Tja, ik twijfel over die hoed,' zei Munch glimlachend. 'Ik denk dat die vakantie krijgt.'

'Jammer,' zei Ruth, terwijl ze weer opstond. 'Ik vond hem wel leuk. En nu? Terug naar Oslo?'

'Ik weet het nog niet,' zei Munch. 'Misschien blijf ik een paar dagen, om een beetje rond te kijken.'

'O ja? Vergeet dan Frøya niet.'

'Nog mooier dan hier,' zei Munch.

'Laat het weten als je een gids nodig hebt,' zei Ruth met een glimlach, en ze verdween naar de keuken.

Munch stond op en liep naar buiten.

Een paar dagen blijven?

Dat zou hij serieus overwegen.

Hij rekte zich uit naar de zon, haalde een pakje uit zijn zak en stak een sigaret op.

92

Mia draaide met haar motor het pad af naar de zo Amerikaans ogende garage en parkeerde bij de ingang. Binnen stond de radio aan. Harde countrymuziek door een open raam. Ze gaf een klopje op het zadel van de motor, bedankte hem voor de bewezen diensten en nam de helm mee het kantoor in. 'Kantoor' was wel een beetje overdreven. Het zag er meer uit alsof er in een tweedehandswinkel een bom was ontploft, maar er waren wel een soort toonbank en een oude kassa, die er niet uitzag alsof die recent nog was gebruikt.

'Hoi, ben je daar?' zei Roar, terwijl hij de radio zachter zette.

'Is hij klaar?'

'De Jaguar is klaar, ja,' bevestigde hij, terwijl hij zijn handen afdroogde aan een lap.

'Hoeveel krijg je van me?'

Ze haalde haar bankpasje uit haar achterzak.

'Plastic?' Roar gniffelde. 'Nee, daar voel ik me te goed voor. Ik stuur wel een factuur. Heb je een e-mailadres?'

'Natuurlijk,' zei Mia, en ze schreef haar adres op.

'Goed,' zei Roar, die de lap over zijn schouder sloeg. 'Zullen we even kijken?'

'Graag,' zei Mia en ze liep achter hem aan om het huis heen.

De Jaguar stond buiten, achter de garage, waar ze Roar voor het eerst had gesproken.

Een totaal andere Roar, bijna trots toen hij haar de auto liet zien.

'Het ging sneller dan ik dacht. Soepel wagentje, dat moet ik zeggen.'

'Dank je wel,' zei Mia.

De jadegroene auto glansde in de zon.

'Jeetje. Heb je hem gewassen?'

'Gewassen en in de was gezet,' zei Roar. 'Niet ik, maar...'

Hij knikte naar de keet van zijn zoon.

'Andres? Doe hem de groeten en bedank hem.'

'Nou ja,' zei Roar, tussen zijn tanden peuterend. 'Het werd hem opgedragen, om het zo maar eens te zeggen.'

Hij kwam dichterbij en dempte zijn stem.

'Je weet toch van die inbraak in het centrum?'

'In de kapsalon?'

Hij knikte.

'Je hebt het niet van mij, maar dit was zijn straf.'

Roar knipoogde en stak zijn handen in zijn zak om haar de sleutels te geven.

'Hier.'

'Dank je,' zei Mia, en ze ging achter het stuur zitten.

'Rijd voorzichtig,' zei Roar. Toen ze wegreed, tikte hij met zijn hand tegen zijn voorhoofd.

Mia draaide vanaf het pad de weg op. Reed een paar kilometer en stopte weer. Stapte uit en leunde tegen de auto.

De zon stond hoog boven het witte huis.

Ze zag Sofia in de tuin.

Een gezinnetje.

Een ander leven.

Er kwam een geluid uit haar zak.

Chen.

Kom je?

Ze ging weer achter het stuur zitten en typte terug: *Vertrek vandaag van het eiland.*

Mia wierp een laatste blik op het idyllische huis en legde haar telefoon op de stoel.

Toen stuurde ze de Jaguar weer de weg op.